Diogenes Taschenbuch 20343

detebe

Patricia Highsmith

Die gläserne Zelle

Roman

Aus dem Amerikanischen von
Gisela Stege und
Anne Uhde

Diogenes

Titel der amerikanischen Originalausgabe:
›The Glass Cell‹

Die deutsche Erstausgabe erschien
bei Rowohlt unter dem Titel
›Das unsichtbare Gitter‹.
Die vorliegende Übersetzung
bringt erstmals den
vollständigen Text.
Umschlagzeichnung von Tomi Ungerer.

80/86/29/11
ISBN 3 257 20343 8

Für Spider,
meine liebe Katze,
geboren in New York,
mein Zellgenosse
beim größten Teil dieses Buches.

I

Es war 15.35, Dienstagnachmittag, in der Staatlichen Strafanstalt, und die Gefangenen kehrten aus den Werkstätten zurück. Männer in ungebügelten, fleischfarbenen Sträflingsanzügen, auf dem Rücken eine Nummer, schlurften durch den langen Korridor des A-Blocks. Gedämpftes Murmeln hing in der Luft, obwohl keiner der Männer zu sprechen schien, ein unheimlicher, klangloser Chor, der Carter am ersten Tag erschreckt hatte. In seiner Naivität hatte er geglaubt, eine Revolte sei im Entstehen begriffen, doch jetzt nahm er dieses Gemurmel hin als eine Eigentümlichkeit des Zuchthauses oder vielleicht aller Strafanstalten. Zellentüren standen offen, und nach und nach verschwanden die Männer in ihren Zellen im Erdgeschoß und den vier Stockwerken, bis der Korridor fast menschenleer war. Sie hatten jetzt fünfundzwanzig Minuten Zeit, sich am Becken der Zelle zu waschen, das Hemd zu wechseln, wenn sie Lust und ein frisches hatten, einen Brief zu schreiben oder sich über Kopfhörer das Programm des Schallplattenjockeys anzuhören, das täglich um diese Zeit gesendet wurde. Um vier Uhr läutete es zum Abendessen.

Philip Carter ging langsam. Ihm graute vor dem Anblick und der Gegenwart seines Zellengenossen Hanky. Hanky war klein, untersetzt, wegen bewaffneten Raubüberfalls und Mord zu dreißig Jahren verurteilt und offensichtlich sehr stolz darauf. Hanky mochte Carter nicht und nannte ihn verächtlich einen Snob. In den neunzig Tagen, die Carter in Hankys Gesellschaft verbracht hatte, war es zu etlichen kleinen Reibereien gekommen. Hanky hatte zum Beispiel gemerkt, daß Carter in seiner Gegenwart ungern die frei in der Zelle stehende sitzlose Toilette benutzte, und erledigte daraufhin seine Notdurft so geräuschvoll und ordinär wie möglich. Carter hatte das zunächst mit gutmütiger Gelassenheit hingenommen, doch vor zehn Tagen, als der Witz allmählich abgedroschen war, hatte er gesagt: »Zum Donnerwetter noch mal, Hanky, hör endlich auf damit!« Hanky war wütend geworden und hatte Carter mit allerhand Schimpfnamen belegt. Einen Augenblick hatten sie sich mit geballten Fäusten gegenübergestanden, doch dann war ein Wärter aufmerksam geworden und hatte den Streit beendet. Danach hatte Carter zu Hanky höflichen, aber kühlen Abstand gewahrt; stets reichte er ihm das einzige Paar Kopfhörer, wenn er näher dran war, das Handtuch oder ähnliches. Die Zelle mit den zwei Pritschen war so schmal, daß sie nur unter Schwierigkeiten aneinander vorbei konnten, und so herrschte stillschweigende Übereinkunft, daß der eine auf seiner Pritsche liegen blieb, wenn der andere auf war, und umgekehrt. Doch diese Woche hatte Carter schlechte Nachrichten von Tutting, seinem Anwalt, erhalten. Das Wiederaufnahmeverfahren war abgelehnt worden, und da neunzig Tage verstrichen waren, kam auch eine Amnestie nicht in Frage. Carter mußte sich also darauf gefaßt machen, noch einige Zeit die Zelle mit Hanky zu teilen, und da war es vielleicht besser, nicht ganz so ablehnend und reserviert zu sein. Es machte die Atmosphäre in der Zelle unerquicklich, und was war damit erreicht? Hanky hatte sich am vergangenen Freitag den Fuß verstaucht. Er war von dem Lastwagen gesprungen, der die Sträflinge zur Feldarbeit brachte und wieder abholte. Carter fand, daß er sich wenigstens nach dem kranken Fuß erkundigen könne.

Hanky hatte die untere Pritsche. Er saß auf der Kante und hantierte vertieft mit seinem unvollständigen, abgegriffenen Kartenspiel.

Carter nickte ihm zu und warf einen Blick auf den bandagierten Knöchel. »Wie geht's denn heute?« Er knöpfte sich das Hemd auf und trat ans Waschbecken.

»Ach, so lala. Kann immer noch nicht richtig auftreten.«

Hanky hob die Matratze am Fußende und förderte zwei Päckchen Camel zutage, die er dort versteckt hatte.

Carter sah es, als er sich aufrichtete und mit dem kleinen, rauhen Handtuch abtrocknete. Hanky war Nichtraucher. Die Zuteilung betrug vier Päckchen pro Woche; die Sträflinge mußten die Zigaretten von ihrem selbstverdienten Geld bezahlen. Ihr Lohn belief sich auf vierzehn Cent täglich, die Packung Zigaretten kostete zweiundzwanzig. Hanky sparte seine Ration und verkaufte sie mit Gewinn an die Mitgefangenen. Die Aufseher wußten von diesem Nebenverdienst und drückten ein Auge zu, weil Hanky ihnen gelegentlich ein Päckchen Zigaretten oder sogar einen Dollar zusteckte.

»Tust du mir 'nen Gefallen, Dart? Bring die hier für mich auf Nummer dreizehn hier unten und Nummer achtundvierzig im dritten Stock. Jedem eins. Ich kann nicht so weit laufen. Bezahlt sind sie schon.«

»Gern.« Carter nahm die Zigaretten in die eine Hand, knöpfte sich mit der anderen das Hemd zu und ging los.

Nummer dreizehn lag nur zwei Türen weiter.

Auf der unteren Pritsche hockte ein alter, weißhaariger Neger.

»Zigaretten?« fragte Carter.

Der Schwarze rollte sich seitlich auf die knochige Hüfte und zog einen Zettel aus der Tasche. Mit steifen, dunklen Fingern schob er Carter die Quittung für Hanky hin.

Carter stopfte sie in die Tasche, warf ein Päckchen Camel auf die Pritsche und verließ die Zelle. Er ging auf die Treppe am Ende des langen Korridors zu. Der Aufseher mit dem Spitznamen Moony – für Moonan – beschleunigte seinen Schritt und kam stirnrunzelnd näher. Carter hielt das zweite Päckchen Zigaretten in der Hand. Er merkte, daß Moony es sah.

»Na, Zigaretten austragen?« Moonys langes, mageres Gesicht wurde noch finsterer. »Tragen Sie nächstens vielleicht auch noch Milch und Zeitungen aus?«

»Ich mach' das für Hanky. Er hat sich den Fuß verstaucht.«

»Geben Sie mal die Hände her.« Moony machte die Handschellen von seinem Gürtel los.

»Ich hab' die Zigaretten nicht gestohlen. Fragen Sie Hanky!«

»Hände her!«

Carter streckte dem Aufseher die Hände hin.

Moony ließ die Handschellen um seine Gelenke schnappen. Im selben Augenblick sah Carter über Moonys Schulter hinweg einen pickeligen, schwammigen Sträfling, der den Vorgang beobachtete und hämisch grinste.

Bis jetzt hatte Carter noch an einen Scherz geglaubt, denn er hatte des öfteren gesehen, wie Moony mit Hanky seine Späße trieb und ihm sogar lachend mit dem Gummiknüppel drohte. Nun wurde ihm klar, daß Moony nicht scherzte. Moony konnte ihn nicht ausstehen. Er nannte ihn immer ›Professor‹.

»Gehen Sie vor mir her!« befahl Moony.

Moonys Stimme war laut. Während er mit Carter sprach, war es in den zwei, drei Zellen an beiden Seiten des Blocks, von denen man sie beobachten konnte, still geworden, und das Schweigen breitete sich im ganzen Erdgeschoß aus. Carter ging los, Moony dicht auf den Fersen. Am Ende des Ganges lagen zwei Treppen, die in den zweiten Stock führten, die Gittertüren der Fahrstühle, die Carter nur zweimal offen gesehen hatte, als Kranke ins Revier hinaufgebracht wurden, und zwei normale, in die Mauer eingelassene Türen mit großen, runden Schlössern. Eine führte zum benachbarten Zellenblock, dem B-Block, die andere in das sogenannte ›Loch‹. Moony trat an Carter vorbei und löste den großen Schlüsselring vom Gürtel.

Carter hörte unterdrücktes Aufstöhnen von den zuschauenden Männern, ein gedämpftes, unbestimmtes Murmeln.

»Was gibt's, Moony?« fragte eine selbstbewußte Stimme. Ohne hinzusehen, wußte Carter, daß sie nur einem Aufseher gehören konnte.

»Ich hab' den Herrn Ingenieur hier beim Zigarettenaustragen erwischt«, erklärte Moony. Er öffnete die Tür. »Marsch, runter!« befahl er Carter.

Die Treppe führte abwärts. Also das ›Loch‹.

Nach zwei Stufen blieb Carter stehen. Vom ›Loch‹ hatte er schon gehört. Es war, selbst wenn die Sträflinge übertrieben – und davon war er überzeugt –, eine Folterkammer. »Hören Sie, ein einfacher Verstoß gegen die Zuchthausordnung – ich hab' doch nur Hanky einen Gefallen tun wollen – kann doch höchstens ein paar Strafpunkte kosten, oder?«

Moony und Cherniver, ein anderer Aufseher, der zufällig vorbeikam, lachten herablassend, als habe er etwas Dummes gesagt.

»Marsch, weiter!« fuhr Moony ihn an. »Sie haben schon mehr Strafpunkte, als Sie und ich zählen können.« Er versetzte ihm einen Stoß.

Carter fing sich jedoch und stieg hinunter; er gab sorgfältig acht, wohin er trat, denn wenn er stolperte, konnte er sich mit den gefesselten Händen nicht abfangen. Auch am Einlieferungstag war er gefallen; damals hatte man ihm die Handschellen an einen schweren Ledergürtel gekettet. Er hatte tatsächlich eine Menge Strafpunkte, aber das war darauf zurückzuführen, daß er noch nicht genau wußte, was erlaubt war und was nicht. Man bekam Strafpunkte, wenn man in der Reihe, die zum Eßsaal marschierte, nicht Schritt hielt, wenn man ›Verzeihung!‹ sagte oder auf dem Weg zu den Werkstätten sprach (aber nicht auf dem Rückweg), wenn man sich zu bestimmten Zeiten mit dem Kamm durch das Haar fuhr oder einen Besucher zu lange durch die doppelte Gitterwand am Ende des A-Blocks hindurch anstarrte (vielleicht einen Fremden, Mann oder Frau). Viermal hatte Carter wegen der Strafpunkte am Sonntagnachmittag seine Frau nicht sehen dürfen. Das war um so ärgerlicher, als jedesmal die beiden Briefe, die er pro Woche schreiben durfte, schon abgeschickt waren und er Hazel nicht mitteilen konnte, daß er sie am Sonntag nicht sehen durfte. Eine Liste der Vorschriften gab es nicht, und so war es nicht zu vermeiden, daß ein Neuling sich strafbar machte. Carter hatte sich bei einigen Mitgefangenen erkundigt, was nun eigentlich alles genau verboten war. Aber als man ihm etwa dreißig bis vierzig Vorschriften aufgezählt hatte, hatte einer der Sträflinge mit resigniertem Lächeln gesagt: »Mein Gott, ich glaube, es gibt mindestens tausend. Die Aufseher müssen doch was zu tun haben!« Carter vermutete jetzt, daß ihm vierundzwanzig bis achtundvierzig Stunden Dunkelhaft drohten. Er holte tief Luft und versuchte, es gleichmütig hinzunehmen: Es würde nicht ewig dauern, und was waren bei dem miserablen Essen schon drei oder sechs versäumte Mahlzeiten? Er bedauerte nur eines: daß er den täglichen Brief von Hazel, der immer gegen halb sechs in die Zelle gebracht wurde, nicht bekommen würde. Er erreichte ebenen Steinboden. Die Luft war ungewohnt feucht und roch vertraut nach abgestandenem Urin.

Moony hatte eine Taschenlampe, aber er leuchtete nur sich und Cherniver, der hinter ihm kam, während Carter im Dunkeln vorausging. Jetzt sah Carter rechts und links die niedrigen Türen der Zellen, von denen er gehört hatte, winzige schwarze Löcher, in denen man nicht aufrecht stehen konnte, an den Türen hohe Stufen, so daß man gezwungen war, hineinzukriechen. Das Zuchthaus war 1869 erbaut worden, und dies mußte ein Teil des ursprünglichen Gebäudes sein, an dem sich seit damals nichts verändert hatte. Alles übrige sollte angeblich einmal renoviert worden sein.

». . . der Schlauch?« fragte Cherniver leise.

»Nee, was Kräftigeres. Da sind wir ja. Halt! Hier hinein!«

Sie standen vor einer türlosen Zelle mit hohem, offenem Eingang. Als Carter eintrat, hörte er aus einer anderen Zelle ein Ächzen oder Knurren und Schniefen. Er war also nicht allein hier unten. Das war tröstlich. Die Zelle war riesig im

Vergleich zu der, die Carter mit Hanky teilte, aber sie enthielt weder Pritsche noch Stuhl oder Toilette, nur einen kleinen, runden Abfluß im Boden. Die Wände bestanden aus Stahl, nicht aus Stein, grauschwarz und rostig. Dann entdeckte Carter, daß von der Decke zwei Ketten herabhingen, an denen unten schwarze Schlingen befestigt waren.

»Hände her!« kommandierte Moony.

Carter hielt ihm die Hände hin.

Moony nahm die Handschellen ab. »He, Cherny, kannst du mir von irgendwo 'n Hocker holen?«

»Jawohl, Sir«, sagte Cherniver und ging. Dabei zog er eine eigene Taschenlampe heraus.

Mit einem viereckigen Holzschemel kam er zurück. Er stellte ihn direkt unter die Ketten.

»Los, rauf!« befahl Moony.

Carter stieg hinauf; Moony folgte. Carter hob die Hände, noch ehe es ihm befohlen wurde. Die Schlaufen bestanden aus Leder, mit Gummi gepolstert, und waren mit Schnallen versehen.

»Daumen!« befahl Moony.

Gehorsam streckte Carter die Daumen in die Höhe. Auf einmal begriff er voller Entsetzen, was Moony vorhatte. Moony legte die Schlaufen zwischen dem ersten und zweiten Fingergelenk um Carters Daumen und zog sie fest zu. Die Schlaufen waren im Abstand von einem Zentimeter gelocht.

Moony stieg vom Hocker herunter. »Schemel wegstoßen!«

Carter hing so hoch, daß er auf Zehenspitzen stand und den Hocker nicht wegstoßen konnte.

Moony versetzte dem Hocker einen Tritt, daß er zwei Meter weit über dem Boden rutschte und umfiel. Carter baumelte in der Luft. Der erste schmerzhafte Stich zog sich durch seinen ganzen Körper. Blut schoß ihm in die Daumenspitzen. Er hing mit dem Rücken zu den Aufsehern und wartete auf den Schlag, der nun kommen mußte.

Moony lachte, und dann trat ihn einer der beiden in den

Oberschenkel; er begann zu pendeln und sich dabei zu drehen. Dann ein Stoß ins Kreuz. Carter unterdrückte ein Stöhnen. Er hielt die Luft an. Jetzt rann ihm der Schweiß die Kinnbacken herab. Seine Ohren dröhnten. Er roch Zigarettenqualm. Er fragte sich, ob ihnen eine Zeitgrenze gesetzt war, eine ungefähre Zeitgrenze, etwa eine Stunde, zwei Stunden? Wieviel Zeit war bereits verstrichen? Drei Minuten? Fünfzehn? Carter fürchtete, gleich schreien zu müssen. Nicht schreien, befahl er sich. Darauf warten die Kerle ja nur. Seine Rückenmuskeln begannen zu flattern. Sein Atem ging mühsam. Er hatte ganz kurz die Wahnvorstellung, daß er ertrank, daß er im Wasser schwebte statt in der Luft. Dann übertönte das Klingen in seinen Ohren die Stimmen der Aufseher.

Etwas klatschte ihm in den Rücken. Wasser rann über den Steinboden, ein Eimer klapperte. Alles ringsum schien in Zeitlupe abzurollen. Er fühlte sich viel schwerer und bildete sich ein, die beiden Aufseher hätten sich an seine Beine gehängt.

»Ach, Hazel!« murmelte Carter.

»Hazel?« wiederholte ein Aufseher.

»Seine Frau. Kriegt jeden Tag 'nen Brief von ihr.«

»Na, heute nicht. Heute kriegt er bestimmt keinen!«

Carter spürte, wie ihm die Augen aus den Höhlen traten. Er versuchte, sie zu schließen. Die Augäpfel fühlten sich trocken an und riesengroß. Er hatte eine Vision: Hazel lief nervös in seiner Zelle auf und ab, rang die Hände, warf ihm von Zeit zu Zeit einen Blick zu und sagte etwas, das er nicht verstand.

Die Szene wechselte zur Gerichtsverhandlung. Wallace Palmer. Wallace Palmer war tot. *Was hat er denn Ihrer Ansicht nach mit dem Geld gemacht? ... Aber, aber, Mr. Carter! Sie sind doch ein intelligenter Mensch – Akademiker, Ingenieur, gebildeter New Yorker!* (Euer Ehren, das gehört nicht zur Sache.) *Sie unterschreiben doch keine Papiere, ohne zu wissen, was Sie da unterschreiben!* Ich wußte, was ich unterschrieb. Quittungen, Rechnungen. Es war nicht meine Aufgabe, den genauen Preis aller Materialien zu kennen. Palmer war Bauunternehmer. Die Preise konnten auf den Quittungen erhöht worden sein, nachdem ich sie unterschrieben hatte. Von Palmer ... Ich wußte, daß unser Material minderwertig war; das habe ich ihm auch wiederholt gesagt. *Wo ist das Geld, Mr. Carter? Wo sind die 250 000 Dollar?* Und dann war Hazel im Zeugenstand und sagte mit ihrer klaren Stimme: Mein Mann und ich, wir hatten immer ein gemeinsames Bankkonto ... Wir hatten nie Geheimnisse voreinander, was Geldsachen betraf ... Geld ... Geld ...

»Hazel!« schrie Carter, und dann war sein Traum zu Ende.

Mehrere Eimer Wasser ergossen sich über ihn.

Hinter ihm schienen Stimmen zu singen. Er hörte Gesang und Gelächter. Die Stimmen verklangen, und er war wieder allein. Er erkannte, daß der Gesang das Pulsieren des Blutes in seinen Ohren war. Er hatte das Gefühl, seine Daumen seien jetzt über einen halben Meter lang. Er war nicht tot. Wallace Palmer war tot. Palmer, der reden könnte, wenn er nicht tot wäre. Palmer war vom dritten Stock eines Baugerüstes gestürzt und neben einem Zementmischer aufgeschlagen. Jetzt war das Schulhaus fertig. Carter sah es, dunkelrot, vierstöckig. Es hatte die Form eines breiten U, wie ein Bumerang. Auf dem Dach wehte die amerikanische Flagge. Es stand, aber es war mit schlechtem Material gebaut. Der Zement war minderwertig, die Installationen funktionierten nicht, der Verputz bekam Risse, noch ehe das Gebäude fertiggestellt war. Carter hatte mit Gawill und Palmer über das Material gesprochen, aber Palmer hatte gesagt, das sei so in Ordnung, das Schulkomitee habe es so verlangt, weil gespart werden müsse, und es solle ihre Sorge nicht sein, wenn schlechtes Material verwendet werde. Dann sickerte etwas durch, und der Sicherheitsausschuß, oder wie immer das hieß, erklärte, kein Kind dürfe einen Fuß hineinsetzen, das Bauwerk werde ihnen über dem Kopf zusammenfallen, und das Schulkomitee wolle auch nicht am falschen Ende sparen, sondern habe das Beste verlangt und bezahlt, und wer, ja wer sei verantwortlich? Wallace Palmer war verantwortlich, und vielleicht hatten noch ein paar andere bei Triumph ihren Anteil an den 250 000 Dollar bekommen – Gawill zum Beispiel mußte doch gewußt haben, was vor sich ging –, aber Philip Carter war der Chefingenieur, engster Mitarbeiter von Bauunternehmer Palmer, stammte von auswärts, aus New York, ein gerissener Bursche, ein Mann, der sein Schäfchen auf Kosten des Südens ins trockne bringen wollte, ein Fachmann, der das Ansehen und die Vertrauenswürdigkeit seines Standes in Verruf gebracht hatte, und der Staat verlangte sein Blut.

»Laßt die Schule leerstehen, bis der nächste Sturm sie umbläst«, sagte der Anklagevertreter, »als Schandmal, als teures Schandmal für den gesamten Staat!«

Zwei Männer kamen und nahmen ihn herunter. Carters Kopf schlug auf den Steinboden. Ungeschickte Versuche, ihn aufzuheben. Flüche. Sie ließen ihn zusammengesunken am Boden liegen und gingen wieder. Carter würgte, ohne daß etwas hochkam. Die Männer kehrten mit einer Bahre zurück. Es war ein langer Weg, durch Korridore; aber Carter war viel zu apathisch, um seine Umgebung wahrzunehmen. Treppe um Treppe trugen sie ihn hinauf, Moony und noch einer – wie war doch sein Name, der von der vergangenen Nacht? Oder wann? Weiter hinauf ging es; sie ließen ihn fast rückwärts, mit dem Kopf voran, von der Bahre rutschen. Dann wieder Korridore, schmale Gänge, wo Sträflinge – Carter erkannte sie an ihren fleischfarbenen Anzügen – und ein paar Neger in blauen Overalls, ebenfalls Insassen der Strafanstalt, ihnen schweigend nachstarrten. Dann Geruch nach Jod und Desinfektionsmitteln. Sie trugen ihn ins Krankenrevier. Er lag auf der Bahre auf einem harten Tisch. Eine

Stimme murmelte etwas Ärgerliches. Eine angenehme Stimme, dachte Carter.

Moonys Stimme erwiderte: »Er tanzt dauernd aus der Reihe ... dauernd. Was soll man mit diesen Burschen anfangen? ... Sie sollten meinen Job haben, Mister ... Meinetwegen, reden Sie doch mit dem Direktor! Dann werd' ich ihm aber auch was erzählen!«

Der Arzt hob Carters Hand. »Sehen Sie sich das an!«

»Hab' schon Schlimmeres gesehen«, gab Moony ungerührt zurück.

»Wie lange hat er gehangen?«

»Weiß ich nicht. Ich hab' ihn nicht aufgehängt.«

»Sie nicht? Wer denn?«

»Keine Ahnung.«

»Würden Sie das bitte feststellen?«

Ein Mann mit runder Hornbrille und weißer Jacke wusch Carter mit einem großen, feuchten Tuch das Gesicht und drückte ihm ein paar Tropfen auf die Zunge.

»... Morphium, Pete«, sagte der Arzt. »Große Dosis.«

Sie rollten seinen Ärmel hoch und gaben ihm eine Injektion. Der Schmerz ebbte ab wie die zurückweichende Flut, wie ein Meer, das versickert. Wie der Himmel. Ein angenehmes, einschläferndes Summen begann in seinem Kopf, sanft, leicht, wie zärtliche Musik. Jetzt arbeiteten sie an seinen Händen, und darüber schlief er ein.

2

Als Carter aufwachte, lag er in einem stabilen weißen Bett auf dem Rücken, den Kopf auf einem Kissen. Seine Arme lagen über der Decke, und seine Daumen waren riesige Mullklumpen, ebenso groß wie die Hände. Er sah nach rechts und links. Das linke Bett war leer, im rechten lag ein schlafender Neger mit verbundenem Kopf. Der Schmerz kam langsam zurück in seine Daumen, und er begriff, daß er von diesem Schmerz aufgewacht war. Er wurde schlimmer, und das erschreckte ihn.

Er blickte dem Arzt entgegen, die Augen angstvoll geweitet, und da er merkte, daß man ihm die Angst ansah, kniff er sie rasch zusammen. Der Arzt lächelte. Er war klein, dunkel, ungefähr vierzig.

»Wie fühlen Sie sich?« fragte er.

»Meine Daumen tun weh.«

Der Arzt nickte, noch immer lächelnd. »Die sind auch ganz schön strapaziert worden. Sie brauchen wohl noch eine Spritze.« Er sah auf die Armbanduhr, runzelte ein wenig die Stirn und ging.

Als er mit der Spritze zurückkam, fragte Carter: »Wie spät ist es?«

»Halb sieben. Sie haben gut geschlafen.« Die Nadel drang ein, blieb einige Sekunden. »Wie wär's mit einem Happen zu essen – ehe Sie von dem Zeug hier wieder einschlafen?«

Carter schwieg. Am Licht vor dem Fenster sah er, daß es halb sieben Uhr abends war. »Was für ein Tag ist heute?«

»Donnerstag. Rührei? Milchtoast? Etwas anderes würde ich Ihnen nicht raten. Oder Eiscreme? Hätten Sie darauf Appetit?«

Carters Gehirn registrierte erschöpft, daß dies die freundlichste Stimme war, die er seit seiner Einlieferung gehört hatte. »Rührei.«

Carter lag zwei Tage im Krankenrevier, dann nahm man ihm die Verbände ab. Seine Daumen waren unförmig und krebsrot. Sie schienen gar nicht zu ihm, zu seinen Händen zu gehören. Winzig lag der Daumennagel in die Fleischmasse gebettet. Und sie taten immer noch weh. Alle vier Stunden gab es eine Morphiumspritze, doch Carter hätte lieber mehr gehabt. Der Arzt gab sich betont zuversichtlich, doch Carter merkte, daß er sich Sorgen machte, weil der Schmerz gar nicht nachließ. Er hieß Dr. Stephen Cassini.

Sonntag war der übliche Besuchstag. Das galt aber nicht für Patienten der Krankenstation. Carter konnte seine Frau also nicht sehen.

Am Sonntag stellte Carter sich vor, wie Hazel unten in der Vorhalle aufbegehrte, sie sei gekommen, um ihren Mann zu sehen, und würde nicht gehen, ehe sie ihn auch gesehen hätte. Dr. Cassini hatte nach Carters Diktat einen Brief geschrieben, in dem er ihr mitteilte, daß es mit diesem Sonntag leider nichts würde. Der Brief war am Freitag hinausgeschmuggelt worden, aber Carter wußte nicht, ob Hazel ihn schon am Samstag erhalten hatte. Und wenn ja, würde sie bestimmt trotzdem kommen, weil er geschrieben hatte, seine Hände seien ›leicht verletzt‹. Er wußte aber auch, daß die zweifachen grauen Gittertüren der Vorhalle und die uniformierten Beamten, die die Ausweise der Besucher prüften, am Ende die Sieger bleiben würden. Er warf sich im Bett herum und drückte das Gesicht in das harte Kissen.

Er nahm ihre beiden letzten Briefe unter dem Kopfkissen hervor, hielt sie mit zwei Fingern und las sie noch einmal.

... Liebling, Timmie hält sich sehr tapfer, mach Dir um ihn also keine Sorgen! Ich rede ihm jeden Tag gut zu und bemühe mich dabei, nicht allzusehr zu schulmeistern. Die Kinder in der Schule hänseln ihn natürlich; das liegt ja wohl leider in der Natur der Menschen ...

Und im letzten Brief:

Phil, Liebling, ich war eben über eine Stunde bei Mr. Magran, weißt Du, dem Anwalt, den David schon immer statt Tutting empfohlen hat. Er gefällt mir sehr gut. Er redet vernünftig, ist zuversichtlich, aber wieder nicht so optimistisch, daß man mißtrauisch wird. Überdies behauptet Tutting jetzt, er könne nichts mehr tun. Als ob es nicht den Obersten Gerichtshof gäbe! Aber ich möchte nicht mal, daß

Tutting das in die Hand nimmt. Ich habe ihn ausbezahlt, das heißt, die letzten fünfhundert Dollar von seinem Honorar, so daß Magran die Sache übernehmen kann, wenn Du einverstanden bist. Magran hat gesagt, es wird dreitausend Dollar kosten, eine Abschrift der Prozeßakten für den Obersten Gerichtshof tippen zu lassen, aber Du weißt ja, daß wir uns das leisten können. Er möchte Dich natürlich so bald wie möglich sehen.

Magran schreibt auch an den Gouverneur persönlich. Er schickt Dir eine Kopie. Du darfst Dir keine Sorgen machen. Ich weiß genau wie Du, daß dies nicht ewig dauern kann, nicht mal sehr lange. Sechs bis zwölf Jahre! Es werden bestimmt nicht mal sechs Monate ...

Magrans Honorar dürfte mindestens dreitausend Dollar betragen, dachte Carter; dazu noch die dreitausend für die Abschrift ... damit würde ihr verfügbares Kapital ziemlich erschöpft sein. Alle Zahlen schienen astronomisch. Fünfundsiebzigtausend Dollar, zum Beispiel, für seine Kaution; die konnten sie natürlich nie aufbringen, und Tante Edna hatte Carter nicht darum angehen wollen. Hazel besaß natürlich noch den Wagen, der seine achtzehnhundert Dollar wert war, aber den brauchte sie zum Einkaufen und für die fünfunddreißig Kilometer, die sie zu fahren hatte, wenn sie ihn sonntags besuchte.

Und jetzt waren seine Daumen ausgerenkt. Das war der lächerliche, aber nicht wegzuleugnende Tatbestand. Der Arzt nannte es anders, aber im wesentlichen lief es darauf hinaus. Und eine Operation wäre, laut Dr. Cassini, von fragwürdigem Nutzen. Das Zuchthaus, das sich Carter für einen Aufenthalt von wenigen Wochen gar nicht einmal so schlimm vorgestellt hatte, das er nicht einmal als bedeutende Episode in seinem Leben betrachten wollte, hatte ihn jetzt unwiderruflich gebrandmarkt. Das zweite Gelenk beider Daumen würde nie mehr voll beweglich werden, und darunter würde eine Vertiefung bleiben. Seine Daumen würden komisch aussehen und nie mehr viel Kraft haben. Phantasiebegabte Menschen würden vermutlich ahnen, was die Deformierung verursacht hatte. Beim Bridge würde er die Karten nur ungeschickt geben und nie mehr für Timmie Pfeil und Bogen schnitzen können. Aber bis er herauskam, hatte Timmie wahrscheinlich sowieso kein Interesse mehr an Pfeil und Bogen. Damals, am Sonntag, als der Verband herunterkam, hatte er schon zwei Stunden später an Hazel geschrieben. Er hatte den Kugelschreiber wacklig zwischen Zeige- und Mittelfinger gehalten und ihr, so gräßlich das alles klang, mitteilen müssen, was geschehen war, um seine merkwürdige Handschrift zu erklären. Aber er hatte den Vorfall bagatellisiert und von etlichen Stunden gesprochen, anstatt von nahezu achtundvierzig. Seine Daumen waren für immer deformiert, weil ein Mann namens Hanky ihn aus einem unbekannten Grund nicht ausstehen konnte. Warum? Weil er Hanky das Bild von Hazel nicht gezeigt hatte? »Du hast 'ne Frau? ... Hast du 'n Bild von ihr? ... Zeig mal her!« hatte Hanky am ersten Nachmittag ihrer Bekanntschaft gesagt. So liebenswürdig er konnte, hatte Carter erwidert: »Ach, lieber ein andermal.« – »Du hast ja gar kein Bild!« Das wäre vermutlich eine Gelegenheit gewesen, es doch noch zu zeigen und Hanky zu beruhigen, aber er hatte sie nicht genutzt. Das Bild, das er in der Brieftasche trug, war der Ausschnitt eines vergrößerten Farbfotos; Hazel im Schnee vor ihrer New Yorker Wohnung in der East Fifty-seventh Street; sie trug keinen Hut, ihr dunkles Haar wehte im Wind. Sie lachte mit diesem wunderbar typischen Ausdruck, und darum liebte Carter das Bild auch so sehr. Was für ein Vergnügen aber konnte ein Ferkel wie Hanky daran haben, das Bild einer Frau zu betrachten, die den Biberkragen ihres Mantels bis zum Kinn hochgezogen hatte?

Am Sonntagnachmittag gegen vier erschien Dr. Cassini und machte Visite bei den über vierzig Patienten der Krankenstation. Als er zu Carter kam, sagte er: »Na, Carter, wollen wir ein paar Schritte versuchen?«

»Aber sicher!« sagte Carter und setzte sich auf. Schmerz durchzuckte seinen Rücken, aber er ließ sich nichts anmerken. Am Fußende des Bettes schwankte er und mußte sich an der hilfreich hingestreckten Hand des Arztes festhalten.

Dr. Cassini lächelte und schüttelte den Kopf. »Sie machen sich dauernd Gedanken über Ihre Daumen. Wissen Sie, daß die Knoten in Ihren Beinen den Blutkreislauf unterbunden haben und daß Sie hätten Gangräne bekommen können? Wissen Sie, daß Sie noch gestern früh fast vierzig Grad Fieber hatten und ich eine Lungenentzündung befürchtete?«

Carter war froh, als er wieder saß. Er fühlte sich schwach. »Wann wird das aus meinen Beinen verschwinden?«

»Die Knoten? Mit der Zeit. Und mit Massage. Gehen Sie ein paar Schritte auf und ab, wenn Sie wollen, aber bitte nicht mehr«, empfahl ihm Dr. Cassini und ging zum nächsten Patienten.

Carter saß da und keuchte, als sei er gerannt. Er erinnerte sich an Dr. Cassinis Worte vom Vortag. Er sei immerhin dreißig und könne sich von einer solchen Strapaze nicht so schnell erholen wie ein Neunzehnjähriger. Wenn Dr. Cassini das ›Loch‹ und dessen Opfer erwähnte, die er behandelt hatte, sprach er heiter und sachlich. Das verlieh Carter das unheimliche Gefühl, sich im Irrenhaus zu befinden, statt in der Strafanstalt, in einem Irrenhaus, in dem die Wärter die Verrückten waren, wie in der alten, abgedroschenen Redensart. Dr. Cassini wollte sich offenbar über die Zustände im Zuchthaus nicht äußern. Oder doch? Dr. Cassini hatte ihn gestern gefragt, weshalb er hier sei, und Carter hatte es ihm erzählt. »Bei den meisten hier frage ich gar nicht erst, weshalb sie sitzen«, hatte Dr. Cassini gesagt. »Ich weiß es auch so: Einbruch, bewaffneter Raubüberfall, Autodiebstahl. Aber Sie sind anders.« Er hatte sich erkundigt, auf welcher Schule er gewesen war – Carter hatte Cornell besucht – und dann, warum er in den Süden gekommen sei. Carter wünschte, er hätte sich selber vor acht Monaten auch diese Frage gestellt, damals, als Hazel und er sich dazu entschlossen. Carter war hergekommen, weil das Angebot der Firma ›Triumph Builders‹ verlockend klang: jährlich fünfzehntausend, plus Sondervergütungen. »Was hat Palmer Ihrer Meinung nach mit dem Geld gemacht?« hatte Dr. Cassini gefragt, und Carter hatte geantwortet: »Nun ja, er hatte eine Freundin in New York und eine in Memphis, mit denen er abwechselnd die Wochenenden verbrachte. Freitags flog er immer los. Er hat ihnen teure Geschenke gemacht, Autos und alles mögliche andere.« Und Dr. Cassini hatte genickt und gesagt: »Aha, verstehe.« Carter hatte das Gefühl, er verstand es tatsächlich und glaubte ihm.

Aber das Gericht hatte ihm nicht geglaubt. Selbst als die Mädchen hergeholt und verhört wurden, hielt man es für ausgeschlossen, daß Palmer in rund einem Jahr für zwei Mädchen eine Viertelmillion Dollar ausgeben konnte und daß die Mädchen dafür nicht mehr vorzuweisen hatten als jede einen Nerzmantel im Wert von etwa fünftausend Dollar und ein Brillantarmband für zirka sechstausend. Anscheinend wußte und interessierte es niemand, daß Palmer etwa fünfhundert Dollar pro Monat für Essen und Trinken ausgeben konnte, und das auch tat, daß seine Flugscheine Geld kosteten, daß beide Mädchen kurz vor dem Prozeß kostspielige Autos abgestoßen hatten und daß Palmer vielleicht einiges Geld nach Brasilien verschoben haben mochte.

Carter kroch wieder ins Bett. Während er auf der Bettkante saß, hatte der Neger mit dem verbundenen Kopf ihn unverwandt angestarrt, als sehe er einen langweiligen Film. Carter hatte mehrfach versucht, ein Gespräch mit ihm anzuknüpfen, aber keine Antwort erhalten, und morgens hatte ihm Dr. Cassini erzählt, der Schwarze habe Abszesse in beiden Ohren, habe bereits eine ganze Anzahl gehabt, und sein Gehör sei wohl nicht mehr zu retten.

Er las Hazels letzte vier Briefe noch einmal durch, den einen, den er in der Tasche trug, als sie ihn aufhängten, und die drei, die seither gekommen waren. Hazel hatte einen Tropfen ihres Parfüms auf den letzten Brief, den fröhlichsten der vier, getan. Pete, der Krankenpfleger, kam mit der Morphiumspritze; stumm machte er sie fertig. Pete hatte nur ein Auge; das andere war eine eingesunkene Höhle – ob infolge einer Krankheit oder einer Verletzung, konnte Carter nicht feststellen. Die Nadel stach in seinen Arm. Schweigend ging Pete weiter, und Carter nahm wieder die Briefe zur Hand. Als ihm das Morphium ins Blut drang, tauchte er langsam in seiner Traumwelt unter. Er hörte Hazels Stimme, die ihre eigenen Worte vorlas, und er las die Briefe, als seien sie ihm ganz neu. Er hörte auch, wie Timmie sie unterbrach, und wie Hazel sagte: ›Moment noch, Liebling, siehst du nicht, daß ich an Daddy schreibe? Ach so, ja, deine Boxhandschuhe – hier sind sie, auf dem Sofa, ausgerechnet. Kannst du sie nicht mit raufnehmen in dein Zimmer?‹ Timmies kleine Faust fuhr in den Boxhandschuh. ›Wann kommt Daddy wieder?‹ – ›Sobald er . . .‹ Wann kommt Daddy wieder? Wann kommt er wieder? Carter legte sich im Bett anders hin und rückte weg von der Vision, er blieb still liegen, den Blick auf Hazels Brief gerichtet, bis eine neue Vision kam. Er sah das Schlafzimmer zu Hause: Hazel stand vor dem Frisiertisch und bürstete sich das Haar. Er war im Pyjama. Als er auf sie zukam, lächelte sie ihm im Spiegel zu, und dann küßten sie sich, ganz lange. Das Morphium verstärkte die Erinnerung; es war fast, als läge Hazel neben ihm in seinem harten Bett. Carter konnte seinen Visionen zuschauen, als sähe er sie vor sich auf der Bühne. Niemand war im Theater außer ihm – er war der einzige Zuschauer. Niemand hatte vor ihm die Show gesehen, und niemand würde sie nach ihm sehen.

Hier, im Krankenrevier, war das Leben etwas erträglicher. Bis hierher drangen die Stimmen der Sträflinge nicht. So hatten ihm seine lädierten Daumen wenigstens ein paar Tage

Ruhe verschafft. Das schmerzgequälte Stöhnen eines Patienten, das Geklapper der Bettschüsseln war Musik, verglichen mit den Ausscheidungsgeräuschen um halb sieben Uhr früh im Zellenblock, dem irren Gekicher bei Nacht, das wie Frauenlachen klang, und den anderen, nicht weniger störenden Geräuschen von Männern, die bei sich selber Erleichterung suchten. Wer ist hier verrückt? fragte sich Carter. Wer? Die Geschworenen oder die Richter, die diese sechstausend Männer hier hereingeschickt hatten?

3

Erst am Mittwoch konnte Carter wieder laufen. Dr. Cassini besorgte ihm einen neuen Sträflingsanzug, der ihm besser paßte als der, den er vorher getragen hatte. Er war immer noch schwach. Seine Schwäche erschreckte ihn.

»Das war bei den anderen genauso«, meinte Dr. Cassini.

Carter nickte. Immer, wenn der Arzt in seiner sachlichen Art über das ›Loch‹ sprach, war er verwirrt und benommen. »Haben Sie viele Fälle gesehen – wie meinen?«

»Freilich, ein paar. Schließlich bin ich seit vier Jahren hier. Verstehen Sie mich recht, ich behaupte nicht, daß das, was sie hier tun, richtig ist. Ich habe dem Direktor geschrieben. Er verspricht, der Sache nachzugehen. Er wirft einen Aufseher hinaus oder läßt ihn versetzen.« Dr. Cassini breitete mit hoffnungsloser Gebärde die Hände aus. Dann rückte er nervös seine Hornbrille zurecht und sah Carter blinzelnd an. »Wenn man versucht, gegen den Amtsschimmel anzukämpfen, kann man gleich ins Irrenhaus gehen. Viel länger bleibe ich nicht hier.« Er nickte, wie um sich selber seine Worte zu bestätigen, und Carter wurde sofort mißtrauisch. »Es wird Zeit für die nächste Spritze, nicht wahr?«

Carter schrieb an den Direktor Joseph J. Pierson einen Brief in Sachen Moonan und Cherniver. Er hatte beabsichtigt, den Brief knapp, ruhig und sachlich zu halten. Das Ergebnis war ein solches Meisterwerk an Untertreibung, daß Carter kurz auflachte. Der Brief lautete:

Sehr geehrter Herr Direktor Pierson,

ich möchte Sie darauf aufmerksam machen, daß ich am Nachmittag des 1. März in einem der Kellerräume der Anstalt annähernd achtundvierzig Stunden an den Daumen aufgehängt wurde. Wenn ich ohnmächtig wurde, brachte man mich durch kalte Wassergüsse zur Besinnung. Als Folge haben meine Daumen einen dauernden Schaden davongetragen: das zweite Gelenk jedes Daumens wurde aus seiner Pfanne gerissen. Die verantwortlichen Aufseher sind Mr. Moonan und Mr. Cherniver. Ich ersuche Sie höflichst, in Verbindung mit diesem Zwischenfall von Ihrer Amtsvollmacht Gebrauch zu machen.

Hochachtungsvoll

Philip E. Carter
(37765)

PS. Ich würde es begrüßen, eine vollständige Liste der Gefängnisvorschriften und -bestimmungen zu bekommen, um in Zukunft eine Anhäufung von Strafpunkten vermeiden zu können.

Von einem der Sträflinge hatte Carter gehört, daß Direktor Pierson zwar äußerst gewissenhaft den Empfang jedes Schreibens bestätigte, aber niemals eines beantwortete. Jedenfalls warf Carter den Brief in den Schlitz mit der Aufschrift ›Intern‹, und damit war der Fall erledigt. Geduld und Kraft, dachte er. Es würde ein langer, zäher Kampf werden, auch wenn Hazel anderer Meinung war. Am Sonntag würde er Hazel sehen. Dr. Cassini hatte eine Sondererlaubnis für ihren Besuch erwirkt. In genau zweiundsiebzig Stunden würde er sie für zwanzig Minuten sehen. Ein heiterer Fatalismus hielt ihn aufrecht: umbringen konnten sie ihn bis Sonntag nachmittag wohl kaum, also stand einem Wiedersehen mit Hazel offenbar nichts im Wege.

In der Krankenstation konnte er keine Strafpunkte bekommen, weil er ja praktisch nichts tat, nirgends hinging und außer der Toilette keinerlei zuchthauseigenen Geräte oder Einrichtungen benutzte.

Er las noch einmal *Wuthering Heights* und schrieb an Hazel.

Mein Liebes, denke Dir, ich bin im Zuchthaus und lese Emily Brontë! Nicht schlecht, was? Bitte gräm Dich nicht, vor allem reg Dich nicht auf, wenn Du kannst. Ich habe mich in den ersten Wochen hier oft aufgeregt, und eingebracht hat es mir gar nichts außer Strafpunkten und schlechter Laune der Wärter. Am besten unterdrückt man den Zorn, wenn man kann. Wie die Yogis oder die passiven Widerständler, weißt Du. Wir kommen doch nicht dagegen an.

Ich bin froh, daß Timmie jetzt besser ist im Lesen, und ich freue mich sehr, daß sie ihn in der Schule nicht mehr hänseln. Hoffentlich stimmt das. Aber er würde es Dir doch erzählen, oder? Ich weiß nicht recht – vielleicht behält er es auch für sich. Schreib's mir mal. Den nächsten Brief schreibe ich an ihn, dann bekommst Du also keinen, aber sag ihm schon von mir, ich finde es großartig, daß er so viel im Hause hilft, während ich fort bin. Schneefegen und so. Zwei Zentimeter Schnee ist gar nicht ganz wenig!

Ich helfe jetzt hier im Krankensaal, so weit ich kann – Bettpfannen ausleeren und ähnliches. Mach Dir keine Sorgen wegen meiner Hände, Du siehst, es geht ganz gut mit dem Schreiben. Ich liebe Dich, mein Herz. Phil.

Das Briefschreiben war reine Schwerarbeit, und die Schrift war nicht gut – fast jeder Buchstabe stand für sich.

»Mistah Carter«, sagte der Neger drängend. »Mistah Carter –«

Carter trat ans Fußende des andern Bettes, hob mit den Handballen die Bettpfanne von dem kleinen Tisch und schob sie unter die Decke.

»Danke schön, Sir.«

»Gern geschehen«, murmelte Carter, obgleich ihn der Neger nicht hören konnte.

Am Sonntag rasierte sich Carter besonders sorgfältig. Es war ein weiterer großer Vorteil der Krankenstation, daß er täglich duschen und sich rasieren konnte, statt zweimal in der Woche mit den anderen zum Duschen und zum Friseur getrieben zu werden. Mittags duschte er noch einmal und wienerte seine schweren Schuhe. Er machte sich ebenso sorgfältig zurecht wie damals bei seiner Hochzeit und überlegte, ob er Hazel das erzählen sollte, beschloß dann aber, es nicht zu tun – sie würde es vielleicht nicht komisch finden. In einem Zimmer hinten im Gang der Krankenstation bügelte er seine ausgebeulten Hosen. Dort gab es ein Bügeleisen, ein Plättbrett und ein Ausgußbecken.

Dann zog er das weiße Hemd an, das die Sträflinge sonntags, wenn sie Besuch bekamen, tragen durften. Es hatte kurze Ärmel und überlange Kragenspitzen – Krawatten durften die Sträflinge nicht dazu tragen, weil sie, wie Carter vermutete, sich daran aufhängen konnten –, aber das Hemd war wenigstens weiß, und nach der ewigen Fleischfarbe war jede Abwechslung ein Genuß.

Er betrachtete sich im Spiegel neben der Tür und versuchte sich so zu sehen, wie Hazel ihn sah. Er hatte Schatten unter den Augen, keine tiefen, aber immerhin. Fraglos war sein Gesicht schmaler geworden. Und er sah aus wie mindestens fünfunddreißig, und nicht wie dreißig, fand er. Sogar die Lippen wirkten schmaler und straffer, der Kopf hagerer, aber das lag natürlich am Gefängnishaarschnitt. Die blauen Augen musterten das Spiegelbild wie einen Fremden, müde, unbarmherzig und ein wenig mißtrauisch.

Dr. Cassini kam vorbei und schlug ihn auf die Schulter. »Na, feingemacht, Philip?«

Carter nickte lächelnd, und plötzlich begann sein Herz vor Aufregung rascher zu schlagen. Schwindelerregende Vorfreude ergriff ihn, wie früher, wenn er Hazel zu einer Verabredung abholte, und mit einem Taxi nach Gramercy Park hinunterfuhr, Blumen auf dem Schoß; wenn er dann, zwei Stufen auf einmal nehmend, die Treppe hinaufstürzte – und Hazel die braune Tür mit dem Messingdrücker schon öffnete, bevor er angeklopft hatte.

»Wollen Sie noch eine Spritze?«

»Nein, danke. Es wird wohl so gehen.« Seine Daumen begannen ein wenig zu schmerzen, aber er wollte jetzt, um halb eins, keine Spritze mehr nehmen. Er hatte um zehn eine bekommen, die müßte eigentlich bis kurz vor zwei reichen. Dann war Hazels Besuchszeit um. Zehn nach eins wurde das Pochen in den Daumen heftiger, und Carter war versucht, sich rasch von Pete eine Spritze geben zu lassen; er brauchte ihn lediglich darum zu bitten. Aber er beschloß, sich an sein kleines Gelübde zu halten und darauf zu verzichten, bis er Hazel gesehen hatte. Er ließ sich von Pete die Daumen ein wenig verbinden, damit Hazel bei ihrem Anblick keinen Schreck bekam.

Mit dem Fahrstuhl fuhr er hinunter; sein Passierschein war von Dr. Cassini und vom Aufseher der Krankenstation, Clark, unterzeichnet. Carter mußte ihn dreimal vorzeigen, erhielt jedesmal eine neue Unterschrift, ehe er seinen alten A-Block erreichte, in dem sich vorne der Eingang zum Besuchsraum befand. Inzwischen fühlte er sich schon schwach in den Knien.

Vor sich, aber auf der linken Korridorseite, sah Carter die schwammige Gestalt von Hanky, der wohl zu seiner alten Zelle wollte. Carter verlangsamte seinen Schritt, er wollte vermeiden, Hanky einzuholen oder von ihm gesehen zu werden. Als er sich dem Gitter näherte, versuchte er auf der anderen Seite Hazel zu erspähen, konnte sie aber unter den vielen Wartenden nicht entdecken. Die Vorhalle oder das Wartezimmer hatte Bänke wie eine Kirche, mit einem Mittelgang. Hinten bei der Eingangstür stand ein Kaffeeautomat und einer mit Süßigkeiten und Kaugummi. Zwischen Zellenblock und Wartezimmer lag ein Raum, etwa vier Meter im Quadrat, der an zwei Seiten durch Mauern, an den beiden anderen vom Boden bis zur Decke durch Gitter abgeschlossen war. Dieser Raum wurde ›Der Käfig‹ genannt. Drinnen befanden sich ständig zwei Aufseher, und die beiden Türen wurden niemals zur gleichen Zeit aufgeschlossen. Kein Besucher durfte den Käfig betreten, solange ein Sträfling drinnen war, selbst wenn dieser nur einem Aufseher den Postsack übergab. Rechts im Käfig, vom Block aus gesehen, lag eine verschlossene Tür, durch die die Besucher in den Besuchsraum ein Stockwerk tiefer hinabsteigen konnten. Sträflinge, die Besuch empfingen, gelangten durch eine Tür im Korridor, gleich neben dem Käfig, hinunter.

Carter sah Hazel, als er noch etwa sechs Meter vom Käfig entfernt war. Sie stand vor dem großen Schreibtisch rechts im Warteraum und zeigte dem Beamten ihren Personalausweis. Carter stieg das Herz in die Kehle, und er wandte sich langsam ab, damit der Aufseher, der rechts von ihm an der Wand lehnte, nicht annahm, er sei aus Neugier gekommen.

»Santoz!« rief der Aufseher an der Eingangstür für Gefangene.

»Hier!« Ein Mann trottete nach vorn.

»Colligan!«

Mürrische, gleichgültige, doch neidische Gesichter beobachteten, wie Männer in weißen Hemden sich aus der trägen Masse im Korridor schälten, lebendig wurden und mit ihren Passierscheinen zur Tür des Besuchsraumes hasteten.

»Carter!«

Der Aufseher nahm seinen Passierschein, kritzelte etwas darauf und forderte ihn mit einem Wink auf, weiterzugehen. Carter stieg die nur schwach beleuchtete Treppe hinab. Sie führte in einen langen Raum mit gläserner Trennwand, an der auf beiden Seiten ein tischhohes Sims befestigt war. Die Stühle davor waren fast alle besetzt. Der Besuchereingang lag am anderen Ende des Raumes, jenseits der Trennwand. In allen vier Ecken stand ein bewaffneter Aufseher. Carter hielt die Besuchertür im Auge, damit er Hazel sofort erkennen konnte.

Dann trat sie ein, und er ging, ohne den Blick von ihr zu lassen, auf einen freien Stuhl auf ihrer Seite der Trennwand zu, wies darauf und fand dann auch für sich einen Stuhl. Hazel trug ihren blauen Tweedmantel und ein buntes Halstuch. Für Carter waren die Farben ungewohnt leuchtend und wunderbar, wie Blumen oder Vogelgefieder. Ihr roter Mund lächelte, aber ihre Augen hatten einen angespannten Ausdruck. Sie sah auf seine Hände.

Carter schob die Unterlippe vor, lächelte ebenfalls und zuckte die Achseln. »Tut nicht weh. Du siehst blendend aus!« Wegen der Glasscheibe mußte er laut und deutlich sprechen.

»Was ist denn nun damit los? Hat man dir etwas Neues gesagt?« wollte sie wissen.

»Nichts.« Carter schluckte und warf einen Blick auf die Uhr. Er saß ganz vorn auf der Stuhlkante. Ehe er sich's versah, würden die zwanzig Minuten um sein, und er vergeudete bereits kostbare Sekunden mit Schweigen und Schauen. »Wie geht's Timmie?«

»Gut. Alles in Ordnung.« Hazel befeuchtete sich die Lippen. »Du hast etwas abgenommen.«

»Nicht viel.«

»Mr. Magran sagt, er will dich heute auch besuchen.«

Ihre Stimme erinnerte ihn an klares, kühles Wasser. Sechs Wochen lang hatte er keine Frauenstimme gehört. »Es ist wunderbar, dich wiederzusehen.« Links neben ihm unterhielt sich ein Mitgefangener mit einem Besucher im dunklen Anzug, wohl seinem Anwalt. Carter hörte ihn wütend sagen: »Weiß ich nicht! Wenn ich es doch nicht weiß! Wieso fragense mich dauernd?« Er sprach so laut, daß Carter Hazels Stimme kaum hören konnte.

»Hast du schon ein Attest vom Arzt?« fragte sie.

In seinen Daumen pochte das Blut schneller. Auf der Stirn stand ihm kalter Schweiß. »Er ... hm ... er muß noch einmal röntgen. So kann er noch nicht sagen, was los ist. Nicht genau.«

»Dann ist es also doch schlimmer, als du mir gesagt hast?«

»Ich weiß es nicht, Liebes, wirklich. Es sind die Gelenke ...«

Schreib mir die Namen der Aufseher, die das getan haben, hatte Hazel in einem ihrer Briefe verlangt. *So etwas ist heutzutage gesetzwidrig.* Ein merkwürdiges Wort – gesetzwidrig! Merkwürdig in Anbetracht der Dinge, die er im Zuchthaus erlebt hatte. Was war zum Beispiel mit dem alten Mann im A-Block, dessen Gebiß zerbrochen war, und der es nicht richten lassen und daher jetzt nur Suppe essen konnte? War das legal, einen Gefangenen so zu behandeln? Carters Kehle schnürte sich zu, als müßten ihm gleich die Tränen kommen. Ich möchte ihr nur den Kopf in den Schoß legen, dachte er und straffte die Schultern. »Ich lasse mir das Attest von Cassini so bald wie möglich geben.«

»Weißt du, David braucht es nämlich«, sagte Hazel ernst.

»David? Ich dachte, Magran wollte es haben!«

»David sagte, er würde es persönlich zum Gouverneur bringen. Er ist ja auch Anwalt. Er würde das bestimmt schneller erledigen als Magran. Sofort.«

»Wer bearbeitet nun eigentlich meinen Fall – Sullivan oder Magran?« fragte Carter schnell. Seine Hände lagen auf dem Tisch wie Boxerfäuste. In den Daumen pochte das Blut, als wolle es oben aus dem Verband spritzen. »Wie ich höre, siehst du Sullivan recht häuftig«, sagte er. An ihrer Miene erkannte er, daß er sie mit seinen Worten gekränkt hatte.

»Ich habe es dir jedesmal erzählt, wenn ich ihn getroffen habe! Ohne ihn wäre ich wirklich verzweifelt, Phil! All die Nachbarn, die anrufen und vorbeikommen – was können sie denn schon tun? David hat wenigstens eine Ahnung vom Recht.«

»Das Recht. Was ist das Recht? Wie weit kommt man damit?«

Hazel seufzte. »Ach, Darling! Du bist erschöpft und hast Schmerzen.« Sie kramte nervös in ihrer Handtasche nach Zigaretten und wollte auch Carter das Päckchen anbieten, da fiel ihr die Glaswand ein. »Hast du keine Zigaretten?«

»Vergessen ... Ich will auch keine. Macht nichts.« Er hätte aber doch gerne eine gehabt und sah zu, wie sie sich die Zigarette ansteckte. Ihre Hände zitterten ein wenig. Zwischen den zusammengezogenen Brauen erschien eine scharfe Linie. Ihre Stirn war glatt und faltenlos. Ihre sehr reine Haut erschien Carter jetzt unwirklich schön, fast wie auf Glas gemalt. Wangen und Lippen zeigten natürliches Rot. Ihr Mund war klein, und sie hatte die weichsten Lippen, die Carter jemals gesehen oder geküßt hatte. Er überlegte, ob Sullivan sie auch schon geküßt hatte. Oder würde er sie noch küssen?

»Wie heißen die Aufseher?« fragte Hazel. »Hattest du Angst, mir die Namen zu schreiben?«

Carter sah automatisch nach rechts und links. »Ich hatte keine Angst, aber ich dachte, der Brief würde vielleicht zensiert. Sie heißen Moonan und Cherniver.«

»Moonan und wie?« Ihre dunkelblauen Augen blickten ihn offen an.

»Cherniver, C-h-e-r-n-i-v-e-r.«

»Das behalte ich. Aber ich möchte, daß du dir sofort das Attest besorgst. Die Röntgenaufnahmen haben Zeit. Für die lassen wir uns dann noch ein Attest geben.«

»Gut, mein Liebes.« Er zerbrach sich den Kopf, was er ihr noch erzählen konnte, etwas Fröhliches, Heiteres, damit sie lächelte. In der Krankenabteilung wurde manchmal gelacht, aber jetzt wollte ihm nichts einfallen. »Gehst du heute abend mit Sullivan essen? Wie üblich?«

»Wie üblich?« Schon war der ablehnende Ausdruck wieder da.

»Ich meine, weil Sonntag ist. Du triffst dich doch gewöhnlich Sonntag abends mit ihm, nicht wahr?«

»Eigentlich nicht, Phil. Ich erzähle dir jedesmal, wenn ich ihn gesehen habe, worüber wir gesprochen haben, und sogar, was wir essen!«

Sie hatte recht, und Carter biß die Zähne zusammen. Das war nur Gawill mit seinen Sticheleien im letzten Brief, und die waren bestimmt übertrieben, oder Gawill hatte alles frei erfunden.

»Du schreibst mir nie, was du ißt«, beschwerte sich Hazel.

Und jetzt konnte Carter doch ein wenig lachen. »Ich glaube kaum, daß dir das schmecken würde. Schweinewamme ...« Und andere undefinierbare Dinge, die im Zuchthaus besondere Namen hatten.

»Bei mir kannst du dich ruhig beklagen. Ich wünschte nur, ich könnte es mit dir teilen.«

Der Schmerz in den Daumen war so stark, daß seine Gedanken verschwammen. Er redete, um munter zu bleiben. »Ich stelle mir aber nicht einmal in meinen traurigsten Momenten vor, daß du hier bist. Ich will nicht, daß du erfährst, wie es hier zugeht; es ist zu abstoßend. Manchmal wage ich nicht mal, dein Bild anzusehen.«

Sie machte ein erstauntes, erschrockenes Gesicht. »Darling ...«

»Ich meine ja nicht, daß du mich nicht besuchen sollst! Mein Gott – das meine ich doch nicht!« Schweißtropfen rannen ihm an den Ohren vorbei.

»Noch zwei Minuten«, verkündete der Aufseher, der hinter Carter vorbeischlenderte.

Carter sah verstört auf die Uhr. Es stimmte.

»Mr. Magran sagt, er hat wegen deiner Daumen bereits an den Direktor geschrieben«, berichtete Hazel.

»Na, der wird nicht antworten«, erwiderte Carter schnell.

»Was soll das heißen? Es ist doch ein Brief von deinem Anwalt!«

»Ich meine –« er bemühte sich, ruhig zu sprechen – »er wird den Empfang zwar bestätigen, sich aber nicht über das Aufhängen auslassen. Das kann ich dir jetzt schon verraten.«

Hazel preßte die Finger zusammen. Die Zigarette zitterte. »Wir werden ja sehen. Ach, Darling, ich wünsche mir so, ich könnte dir ein bißchen was kochen!«

Carter lachte; aber es klang schrill und unecht. »Hier bei uns ist so ein Alter, Mac heißt er. Der ist fast siebzig und redet unentwegt davon, wie gut seine Frau kochen kann – Apfelkuchen, Sauerbraten, Nonnenfürzchen. Stell dir vor – Nonnenfürzchen!« Er brach wieder in Lachen aus, seine Schultern zuckten, und er sah, daß Hazel auch lachte, beinahe wie früher; ihr Gesicht war ganz verändert. »Es ist so komisch, weil –« Carter wischte sich die Tränen aus den Augen – »... weil alle anderen davon reden, wie sehr sie ihre Frauen oder Freundinnen im Bett vermissen, oder so, und er redet vom Essen. Er verbringt seine ganze Freizeit damit, Schiffsmodelle zu basteln, oder vielmehr, seit ich hier bin, ein einziges Schiff. Es ist ein Meter zwanzig lang, und sein Zellengenosse beschwert sich, weil es zuviel Platz einnimmt. Er sitzt gleich da oben.« Er zeigte nach rechts, als könne man Macs Zelle von hier unten aus sehen.

»Die Zeit ist um!« sagte der Aufseher.

Carter stand auf; die Lippen geöffnet, starrte er Hazel an.

Hazel erhob sich ebenfalls. Gleich würde sie ihn verlassen. »Das ist der erste Mensch hier, von dem du mir erzählst. Erzähl mir doch mehr! Schreib mir. Bis nächsten Sonntag, Darling.« Sie warf ihm eine Kußhand zu, drehte sich um und ging.

Er trat den langen Rückweg durch den Zellenblock an. Er

brauchte eine Spritze, sonst konnte er die zwanzig Minuten mit Magran nicht durchstehen. Am Ende des Blockes sah er suchend nach links und kam endlich an Macs Zelle. Die Tür stand offen; Mac saß auf seinem Stuhl und war so vertieft in das vorsichtige Abschmirgeln des Schiffsrumpfes, daß er Carter gar nicht bemerkte. Bemalt war das Schiff noch nicht, aber Mac hatte große Fortschritte gemacht, seit Carter es zuletzt gesehen hatte. Die Takelung schien fertig.

»Hallo, Mac!« sagte Carter.

»Ah, hallo!« erwiderte Mac, ohne ihn jedoch zu erkennen, und wandte sich wieder seiner Arbeit zu. »Hast du Zeit für einen Schwatz?«

»Nein. Leider. Ein andermal.« Carter ging weiter. Mac hatte auf irgendeine Weise Frieden mit sich geschlossen, und Carter beneidete ihn darum. Mac hatte nicht einmal seine verbundenen Hände bemerkt, und das war für Carter auch irgendwie tröstlich. Mac hat mich nicht einmal richtig gesehen, dachte er, nur meine Stimme hat er gehört.

4

Carter bekam seine Spritze von Pete und setzte sich dann in einen Korbsessel am Ende der Krankenstation. Seine Nerven waren so gespannt, daß seine Absätze auf dem grauen Linoleum klapperten, so sehr er sich auch mühte, das Zittern zu unterdrücken. Durch Hazels Besuch war ihm etwas Schreckliches klargeworden: Er hatte die vergangenen drei Monate in einem bewußt herbeigeführten Nebel durchlebt, in einer Art seelischem Schutzpanzer, der aber im Grunde doch nicht stark genug war. Gegenüber den Sträflingen und bei Dr. Cassini war er in der Lage, ihn aufrechtzuerhalten. Bei Hazel war er ein paar Minuten wieder er selber gewesen. Der Schmerz in seinen Daumen hatte seiner Widerstandskraft den *coup de grâce* versetzt. Er hatte ihr etwas vorgejammert und seiner

Bitterkeit freien Lauf gelassen. Das war undankbar – außerdem sollte sich ein Mann in Gegenwart seiner Frau nie so gehenlassen.

Er lehnte sich zurück und wartete, bis das Morphium wirkte. Das Morphium attackierte den Schmerz, und wie gewöhnlich, gewann es die Schlacht – für fast zwei Stunden. Dann würde der Schmerz seine Streitkräfte mobilisieren und den Gegenangriff auf das Morphium starten, und diesmal würde er der Sieger sein. Es war auch ein Spiel, ebenso sinnlos und unwirklich wie das Zuchthausspiel. Eine Kette von Schocks und immer neue Versuche, sich anzupassen. Der erste Schock hatte darin bestanden, sich gemeinsam mit einem Dutzend anderer Männer, die am selben Tag eingeliefert worden waren, nackt auszuziehen. Einer davon hatte rot entzündete Stellen auf dem Rücken, ein anderer, noch immer betrunken und streitsüchtig, eine Kopfwunde, ein dritter war ein neunzehn- bis zwanzigjähriger Junge mit narbigem Gesicht und einem Mund wie eine Frau – klein und wohlgeformt. Es war ein Gesicht, bei dessen Anblick Carter sich unwillkürlich an die häufig vertretene Ansicht erinnerte, daß sich hinter diesen Unschuldsmienen oft die schlimmsten Verbrecher verbergen. Dann die ersten Mahlzeiten, das erste, trübselige ›Licht aus!‹ und der unruhige Schlaf bis zum Wecken kurz vor Tagesanbruch. Die ersten kalten Dezembernächte. Die Nacht, in der er Kleider und Pyjama ausgezogen, alles im Waschbecken naß gemacht und dann in die Ritzen zwischen den Steinen an der hinteren Zellenwand gestopft hatte, während Hanky ihm mit einem Streichholz leuchtete. Hanky hatte ihn sehr bewundert für die Idee, die Sachen naß zu machen, so daß sie festfrieren mußten, aber es gab leider mehr Ritzen als Kleider. Er erinnerte sich an Weihnachten, als er mit Bronchitis in seiner Zelle im Bett gelegen hatte, und an den ersten Annäherungsversuch eines Homosexuellen in der Schuhfabrik. An all das hatte Carter sich mehr oder weniger gewöhnt oder zumindest gelernt, es gelassen hinzunehmen. Sogar das Aufhängen habe ich ertragen, dachte er, mit Hilfe meiner seelischen Widerstandskraft. Aber was, wenn diese Widerstandskraft zusammenbrach? Was, wenn dies sehr bald geschah, weil die bohrenden Schmerzen in seinen Daumen nicht nachließen? Würde er brüllend durch die Korridore rennen, Aufseher anfallen, jedem die Fäuste ins Gesicht pflanzen – bis man ihn abschoß oder er sich an einer Steinmauer den Schädel einrannte?

Clark kam und sagte, er habe unten Besuch. Carter rührte sich mit Wasser aus dem Waschbecken einen klumpigen Pulverkaffee an, tat drei Löffel Zucker hinein und trank. Dann holte er sich einen Passierschein von Clark und fuhr mit dem Lift nach unten.

Wieder der endlose Weg zum Besuchsraum. Unterwegs fiel ihm ein, daß er Magran noch nie gesehen hatte. Ihn selber würde Magran an den Händen erkennen.

Carter straffte die Schultern. Er mußte den bestmöglichen Eindruck machen. Nicht, damit der Anwalt ihn für unschuldig halten sollte, aber er wollte zuversichtlich wirken, denn Magran würde Hazel bestimmt von der Unterredung berichten.

Im Besuchsraum erhob sich ein Mann und nickte ihm lächelnd zu.

»Lawrence Magran. Guten Tag, Mr. Carter«, sagte er.

»Vielen Dank, daß Sie gekommen sind.«

Magran nahm Platz. Carter ebenfalls.

Magran war klein und rundlich. Er hatte schütteres schwarzes Haar, trug eine randlose Brille und hielt sich krumm. Er sah aus, als verbringe er die meiste Zeit seines Lebens am Schreibtisch. Er fragte Carter nach seinem Befinden, ob die Hände viel Schmerzen verursachten, ob seine Frau vorhin dagewesen sei. Magrans Stimme war überraschend freundlich und sanft. Carter mußte sich vorbeugen, um ihn zu verstehen.

»Ich nehme an, Ihre Frau hat mit Ihnen über die Berufung

beim Obersten Gerichtshof gesprochen. Ein langwierige Angelegenheit, aber jetzt unsere einzige Hoffnung.«

»Ja, sie hat es erwähnt. Ich freue mich, daß Sie das Wort Hoffnung überhaupt noch benutzen. Ich kann ein bißchen davon gebrauchen«, erwiderte Carter.

»Davon bin ich überzeugt. Und ich möchte nicht zuviel versprechen, aber eine Appellation beim Obersten Gerichtshof hat schon oftmals Erfolg gehabt, und damit werden wir es jetzt mal versuchen, wenn Sie einverstanden sind.«

»Natürlich bin ich einverstanden!«

»Und sich darauf gefaßt machen, daß es gute sieben Monate dauern kann, bis wir Antwort bekommen und daß die Antwort dann vielleicht negativ ausfallen kann.«

Carter nickte. Sieben Monate oder sechs, wie Tutting gesagt hatte – wo war der Unterschied?

Magran nahm seine Notizen zur Hand und begann Carter Fragen zu stellen.

Carter erklärte: »Wie ich vor Gericht schon sagte, habe ich die Rechnungen und Quittungen unterschrieben, wenn Palmer draußen auf dem Bauplatz war. Es kam oft vor, daß er nicht in der Baubude war.«

»Ihre Frau sagte, Sie meinten, Palmer sei oft absichtlich weggegangen, damit Sie unterschreiben mußten. Stimmt das?«

»Ja, das stimmt. So kam es mir wenigstens vor.«

Magran machte sich Notizen und stand auf. Er werde Carter in wenigen Tagen schreiben, erklärte er. Dann winkte er ihm aufmunternd zu und verschwand.

Carter schöpfte neuen Mut.

Magran hatte mit keinem Wort die Kosten erwähnt, hatte keine einzige falsche Hoffnung, ja eigentlich überhaupt keine Hoffnung erweckt.

»Holen Sie sich ein Attest wegen Ihrer Daumen«, hatte Magran gesagt, und damit war das Thema erledigt. Als Carter den Besuchsraum schon verlassen wollte, hielt ihn der

Aufseher neben der Tür am Arm zurück. »Sie haben noch einen Besuch.«

»Danke.« Carter sah zum Käfig hinüber. Vermutlich Sullivan. Er machte kehrt und stieg die Treppe zum Besuchsraum wieder hinab.

Es war Gregory Gawill. Carter sah ihn sofort. Er war vierschrötig, dunkelhaarig, etwa ein Meter siebzig und trug einen überweiten Kamelhaarmantel mit weißen Knöpfen. Gawill zeigte auf einen freien Stuhl und setzte sich. Gegenüber zog Carter sich einen Stuhl heran. Gawill war einer der Vizepräsidenten bei ›Triumph‹. Es war sein zweiter Besuch im Zuchthaus. Das erste Mal hatte er sich forsch und fröhlich gegeben und wie alle anderen gesagt, es handelte sich lediglich darum, an die ›richtigen Leute‹ heranzukommen, und Carter werde im Handumdrehen draußen sein. Heute zeigte er sich ernst und mitfühlend. Er hatte von der Verweigerung des Wiederaufnahmeverfahrens und von Carters Daumen gehört.

»Ich habe Ihre Frau zufällig an dem Tag angerufen, als sie von der Ablehnung erfuhr. Sie war ziemlich niedergeschlagen. Ich hätte sie besucht, aber sie sagte, sie sei abends mit David Sullivan verabredet.«

»Ach.« Carter war auf der Hut. Gawills Rede klang einstudiert.

»Sullivan hat viel Einfluß auf Hazel. Sie hält ihn allmählich für den lieben Gott persönlich.«

Carter lachte. »Hazel ist nicht dumm. Ich glaube kaum, daß sie jemanden für den lieben Gott hält.«

»Seien Sie nicht zu sicher. Sullivan ist ein gewitzter Bursche. Er hat sie ganz schön am Bändel jetzt. Ist Ihnen das denn nicht aufgefallen?«

Carter war unsicher und wütend. Mit der Linken griff er nach den Zigaretten. »Nein, das ist mir nicht aufgefallen!«

»Als Neuestes stellt Sullivan Nachforschungen über mich an. Davon hat man Ihnen bestimmt erzählt.«

Carter fühlte sich ein wenig schuldbewußt, aber er zuckte die Achseln. Er hatte Sullivan gegenüber geäußert, Gawill sei vermutlich ebenso schuldig wie Wallace Palmer. »Sullivan muß wissen, was er tut. Er ist der Anwalt, nicht ich. Und außerdem ist er nicht mein Anwalt.«

Gawill lächelte düster. »Sie verstehen mich nicht. Sullivan versucht, sich bei Hazel beliebt zu machen, und das gelingt ihm verdammt gut, weil er behauptet, er werde schon etwas ausgraben, das mir den Hals bricht. In bezug auf die Wally-Palmer-Geschichte natürlich. Na, dann viel Glück, Mr. Sullivan, kann ich nur sagen!«

»Woher wissen Sie das?«

»Es ist mir hinterbracht worden. Meine Freunde halten zu mir. Warum auch nicht? Ich bin kein Gauner. Ich könnte Sullivan verprügeln. Schlimm genug, daß er hinter Ihrer Frau her ist. Es ist doch wirklich eine bodenlose Gemeinheit, sich an die Frau eines anderen ranzumachen, während ihr Mann im Zuchthaus sitzt und nichts dagegen tun kann?«

Glaub nicht dran, er lügt, sagte sich Carter. Mindestens die Hälfte ist erlogen, wenn nicht sogar alles. »Was heißt, er macht sich an Hazel heran?«

Gawills dunkle Augen verengten sich. »Das wissen Sie doch! Muß ich noch deutlicher werden? Ihre Frau ist attraktiv. Sehr attraktiv.«

Carter mußte an den Abend denken, als Gawill auf einer Party bei Sullivan einen über den Durst getrunken, sich Hazel geschnappt und dabei einem Gast den Teller aus der Hand gestoßen hatte (es gab kaltes Büfett). Er hatte sie so grob um die Taille gepackt, daß ihr weißes Kleid hinten aufgerissen war. Carter verspürte den Wunsch, ihn, wie damals, von ihr wegzuziehen und ihm ins Gesicht zu schlagen. Hazel war ebenfalls empört gewesen, aber sie hatte Carter einen warnenden Blick zugeworfen. ›Laß ihn‹, hieß der, und deshalb hatte er Gawill in Ruhe gelassen. Nervös knickte Carter ein Streichholz hin und her.

»Na los, dann werden Sie doch deutlicher! Falls Sie überhaupt etwas wissen«, sagte Carter.

»Sullivan ist dauernd bei ihr. Muß ich noch mehr sagen? Die Nachbarn klatschen schon. Hat Ihnen denn nie jemand brieflich oder sonstwie einen Wink gegeben?«

Die Edgertons nicht. Von ihnen hatte er zwei Briefe bekommen. Die Edgertons wohnten im Nebenhaus, also in Sichtweite. »Offen gestanden – nein.«

»Na ja ...« Gawill wand sich, als sei es ihm unangenehm, das Thema noch breiter auszuwalzen.

Carters Hand krampfte sich fester um das Streichholzbriefchen. »Sind Sie sich klar darüber, daß Sie mit dieser Behauptung auch meine Frau schlecht machen?«

»Aber nein!« Gawill mit seinem New-Orleans-Akzent dehnte das Wort in die Länge. »Ich will lediglich sagen, daß ich Sullivans Haltung verurteile. In meinen Augen ist er ein abgefeimter Schurke, und ich scheue mich nicht, das auch auszusprechen. Er sieht gut aus, das ist sein Vorteil. Hat eine gute Erziehung, zieht sich gut an. Elegant.« Er machte eine Handbewegung. »Und ich behaupte, er ist hinter Ihrer Frau her. Vielmehr, ich weiß es!«

»Vielen Dank für die Warnung. Zufällig habe ich aber Vertrauen zu meiner Frau.« Carter wollte eigentlich lächeln, brachte es jedoch nicht fertig.

»Hm, hm, hm«, machte Gawill in einem Ton, daß Carter ihn am liebsten durch die Glaswand hindurch geohrfeigt hätte. »Nun, wenden wir uns lieber angenehmeren Themen zu. Drexel beabsichtigt, Ihnen, solange Sie hier im Knast sind, hundert Dollar pro Woche zu zahlen. Rückwirkend, und für die vorgesehene Dauer Ihres Vertrages. Ich habe mich am Freitagabend lange mit Drexel unterhalten. Über Sie.«

Carter war überrascht. Alphonse Drexel war der Präsident der ›Triumph‹. Während des Prozesses hatte er sich in kalter Neutralität zurückgehalten und auf Befragung auch nur wenige gute Worte für ihn gehabt: *Soweit mir bekannt ist, hat er im Bereich seiner Pflichten gute Arbeit geleistet. Ob er das Geld oder einen Teil des Geldes unterschlagen hat, kann ich nicht sagen.* Carter erwiderte: »Sehr nett von Mr. Drexel. Wie kommt das?«

»Nun, ich habe mir den Mund fusselig geredet«, erklärte Gawill lächelnd. »Ich habe Drexel praktisch überzeugt, daß einzig und allein Wally Palmer der Schuldige gewesen sein muß. Ich habe ihm eingebleut, daß er vor Gericht jämmerlich wenig getan hat, um Ihnen aus der Patsche zu helfen, und nun plagt ihn natürlich das Gewissen. Wenn er Ihnen nun einen Teil Ihres Gehaltes weiterzahlt, kann er wieder ruhig schlafen. Jedenfalls, es war mein Vorschlag, und ich glaube, Sie können's gebrauchen.«

Ob das wirklich so einfach gewesen ist? fragte sich Carter. Offensichtlich legte Gawill es darauf an, den Dank dafür einzuheimsen. Warum? Trug Gawill vielleicht ebensoviel Schuld an der Sache wie Palmer? Carter wußte es einfach nicht. Palmer und Gawill waren, soweit Carter und andere Beteiligte des Prozesses das beurteilen konnten, nie besonders gut Freund miteinander gewesen, doch das bewies noch lange nichts. Es gab überhaupt keine schlüssigen Beweise, nur die Schecks und Bankkonten, die – vielleicht – zwischen Palmer und Gawill ausgetauscht worden waren, und die waren nicht greifbar.

»Vielen Dank«, sagte Carter. »Hazel wird sich auch sehr freuen.«

»War nicht das erste Mal, daß ich mit ihm darüber gesprochen habe«, murmelte Gawill. Er blickte auf Carters verbundene Daumen und schüttelte den Kopf. »Ihre Frau sagt, die Daumen tun immer noch weh.«

»Ja«, bestätigte Carter.

»Scheußlich! Bekommen Sie schmerzstillende Tabletten?«

»Morphium.«

»Ach! Davon kann man aber leicht süchtig werden.«

»Ich weiß. Der Arzt hier wird mir was anderes geben. Demerol oder so etwas.«

Gawill nickte. »Nun ja, es gibt immer einen Prügelknaben, nehme ich an, und diesmal waren Sie's – weiß Gott!«

Carter sah stirnrunzelnd auf den schmutzigen Metallaschenbecher, der vor ihm stand. Was sollte das alles bedeuten? Glaubte Drexel jetzt, daß er vollkommen unschuldig war, oder was? Warum schrieb Drexel ihm nicht? Scheute er sich, so etwas zu Papier zu bringen? Carter wußte plötzlich, an wen Drexel ihn erinnerte: an Jefferson Davis. Ein vertrockneter, grauer, alter Mann mit unberechenbaren Launen.

»Gut, daß Hazel ein paar Tage verreist. Diese letzten Monate müssen ziemlich schwer für sie gewesen sein.«

»Verreist?«

»Rauf nach Virginia, zu Ostern, mit Sullivan. Hat sie es Ihnen nicht gesagt? Sie haben sie doch heute gesprochen, nicht?«

Eine schmerzliche Empfindung machte sich plötzlich in ihm bemerkbar – eine Mischung aus Eifersucht, Angst, ein kindisches Gefühl des Ausgeschlossenseins. »Ja, ich habe sie gesprochen. Wir hatten so viele andere Dinge zu überlegen, daß sie wohl nicht daran gedacht hat, es zu erwähnen.«

Gawill musterte ihn aufmerksam. »Ja. Sullivan hat Freunde da oben, mit einem großen Haus. Ein Gut. Pferde, Swimming-pool und was dazu gehört. Die Fennors.«

Carter hatte noch nie von den Fennors gehört. Hatte Hazel es nicht erwähnt, weil sie fürchtete, es würde ihm das Eingeschlossensein im Zuchthaus noch schwerer machen, wenn sie von diesem netten Vorhaben erzählte?

»Sullivan ist mächtig besorgt um sie«, fuhr Gawill fort. »Ich glaube ja nicht, daß er damit Glück hat. Aber ich bin überzeugt, er liebt sie wirklich. Nun ja, das ist ja auch kein Kunststück.« Gawill grinste. »Ich habe ja auch einmal mein Glück bei ihr probiert, wissen Sie noch, als ich damals diesen Zacken in der Krone hatte ... Hoffentlich sind Sie mir nicht böse deswegen, Phil. Das war das erste und das letzte Mal.«

»Nein, nein. Ich weiß.«

»Sullivan fängt es bestimmt geschickter an«, kicherte Gawill.

Carter gab sich Mühe, seine Unruhe nicht merken zu lassen, aber er war sehr nervös und rutschte auf seinem Stuhl hin und her. Sullivan war so glatt, so kultiviert; seine Annäherungsversuche waren bestimmt auch kultiviert. Er verkörperte vieles, was Hazel bewunderte. Jetzt, wo sie so einsam war, bestand da nicht die Möglichkeit, daß Hazel eine sehr diskrete Affäre mit ihm unterhielt? Hazel hatte großes Talent zur Diskretion. Sie würde es ihm niemals sagen, weil sie wußte, daß es ihn umbringen würde. Und jetzt fangen sie damit schon an, dachte Carter, kaum drei Monate, nachdem ich im Zuchthaus bin. Nun, so war es bei solchen Dingen wohl eben, es passierte schnell oder gar nicht.

Die Zeit war um. Als der Aufseher sich näherte, sprang Carter auf. Gawill erhob sich ebenfalls, riß noch einen Witz, er werde ihm nächstes Mal eine Feile mitbringen, winkte und verschwand. Carter ging steif hinaus.

Auf der Krankenstation wurde gerade das Essen serviert. Pete holte die Tabletts aus dem Speiseaufzug neben dem Lift. Das Essen kam von ganz unten aus der Küche herauf und war immer schon kalt.

Carter aß seitlich auf dem Bett sitzend. Da die Tische auf der Station so winzig waren, daß neben dem Essenstablett kein Platz mehr für ein Buch war, legte er das Buch aufgeschlagen aufs Bett und stützte sich auf den linken Ellbogen. Es war ein dicker Wälzer, ein historischer Roman, der ihm zuerst nicht sonderlich gefallen hatte, über den er aber wenigstens vorübergehend Zeit und Umgebung vergessen konnte. Diesmal jedoch starrte er zwischen den einzelnen Bissen auf das Buch, ohne richtig zu lesen. Das Essen auf dem Tablett bestand aus einem ›Hamburger‹, der Fäulnisgeruch ausströmte, Limabohnen und Kartoffelbrei, und alles zusammen schwamm in einer hellgrauen Soße, die jetzt von einer erstarrten Fettschicht überzogen war. Teller gab es nicht, das Essen lag in den Tablettmulden. Das einzig Genießbare an der Mahlzeit war das Brot – jedesmal zwei Scheiben – und ein kleines Stück Butter. Er aß mit dem Löffel. Die Sträflinge durften weder Messer noch Gabel benutzen. Er trank den wäßrigen Kaffee aus dem Plastikbecher, trug das Tablett in den Flur und stellte es neben dem Speiseaufzug auf den Boden. Pete würde später Tabletts, Becher und Löffel durch eine Rutsche hinabwerfen.

Carter kehrte zu seinem Bett zurück; vom Nachttisch nahm er seinen Bleistift und den Brief, den er gestern an Hazel zu schreiben begonnen hatte. Er fügte hinzu:

Sonntag, 16 Uhr 25

Meine liebe Hazel,

war sehr beeindruckt von Magran, wie Du voraussagtest. Tut mir leid, daß ich so bedrückt war heute. Verzeihst Du mir? Du hattest recht, meine Daumen taten weh (ich hatte mir keine Spritze geben lassen, bevor Du kamst), und das ist, wie wenn man Zahnschmerzen hat, die nicht aufhören wollen, bis einem die Nerven durchgehen. Jetzt sieht alles schon besser aus.

G. Gawill kam; er brachte gute Nachrichten: Drexel hat beschlossen, mir 100 Dollar die Woche zu zahlen, rückwirkend, bis mein Vertrag abgelaufen ist. G. sagte auch, daß Du Ostern mit David S. verreisen willst. Gute Idee!

Sehnsucht nach Dir. Kein Platz mehr. P.

Danach warf er sich auf dem Bett herum und vergrub das Gesicht in den Kissen, erschöpft von der Anstrengung des Schreibens, erschöpft auch von seinen Zweifeln und den quälenden Gedanken. Er kam sich geradezu heroisch vor, weil er geschrieben hatte, er freue sich, daß sie mit Sullivan verreise; leicht war ihm dieser Satz nämlich nicht gefallen. Aber er mußte endlich einmal aufhören, nur das Leichte und Bequeme zu tun. Er war kein Held. War es vielleicht heldenhaft, daß er Hanky einen Gefallen tun wollte, nur um mit so einem Blödian besser zu stehen? Er hätte sich ja denken können, daß Hanky da irgendwas im Schilde führte. Dieser Hang in ihm, den Weg des geringsten Widerstandes zu wählen und seine Gedankenlosigkeit hatten ihn schließlich hierher geführt. Wußte nicht jeder Idiot, daß man nicht unterschreiben soll, ohne vorher genau gelesen oder geprüft zu haben, was man da unterschrieb, wie etwa die Quittungen für die ›Triumph Corporation‹? Die Preise hätten ebensogut schon erhöht worden sein können, ehe er sie unterschrieb; er hätte es bestimmt nicht gemerkt. Und um noch weiter zurückzugreifen: aus reiner Nachlässigkeit hatte er von den drei Fragen der Abschlußprüfung in Cornell nur zwei beantwortet, weil er entweder die Instruktionen nicht sorgfältig durchgelesen oder das Blatt nicht umgedreht hatte. Er hatte zwar gute Noten bekommen, hätte jedoch bessere erzielt, wenn er alle drei Fragen beantwortet hätte. Einer seiner Professoren hatte ihm ein sehr schmeichelhaftes Zeugnis geschrieben, weil er der Ansicht war, das werde Carter bei der Stellungssuche von Nutzen sein, doch Carter hatte schon vor der Abschlußprüfung eine Stellung gehabt. Es war alles so einfach gewesen. Immer, sein ganzes Leben lang, hatte er Glück gehabt, war ihm alles leicht gemacht worden – bis jetzt. Seine Eltern waren gestorben, zuerst seine Mutter, kurz nach seiner Geburt, und dann, als er fünf war, sein Vater. Doch dann hatte ihn sein liebevoller, kinderloser, wohlhabender Onkel John zu sich nach New York genommen. Tante Edna, Onkels Johns Frau, hatte ihn noch mehr verwöhnt als seine Mutter, wahrscheinlich, weil sie keine eigenen Kinder hatte und er ein hübscher, aufgeweckter Junge war. Das Vermögen seiner Eltern war für ihn mündelsicher angelegt worden; es war mehr als genug, um seine Ausbildung zu sichern, ihn mit Kleidung zu versorgen, mit einem Wagen und mit Geld zum

Ausgehen mit seinen Freundinnen. Er hatte es nie nötig gehabt, in den Sommerferien zu arbeiten. Nach der Schule, als er in New York eine eigene Wohnung besaß, hatte er Mädchen gehabt wie Sand am Meer – Affären, die lediglich seiner Eitelkeit schmeichelten. Dann hatte er Hazel Olcott kennengelernt; sie war damals verlobt, mit einem gewissen Dan, einem Exportkaufmann mit einer Pflanzung in Brasilien. Carter hatte sie auf der Party eines Freundes in New York kennengelernt; sie war ihm sofort aufgefallen. Er hatte sich bei dem Gastgeber nach ihr erkundigt und auch von dem Exportkaufmann namens Dan erfahren, der ebenfalls bei der Party war, ein überaus selbstbewußter Bursche von zirka dreißig Jahren. Dann hatte Hazel ihn noch am selben Abend gefragt, ob er Lust habe, zu einer Geburtstagsparty zu kommen, die sie für ihre Mutter gab, und Carter in seiner üblichen guten Stimmung hatte die Einladung angenommen in dem Glauben, der Verlobte werde ebenfalls da sein, und die Mutter dazu, und dies sei wohl die aussichtsloseste Einladung, die er sich vorstellen konnte. Jedoch, der Verlobte war nicht da gewesen, und Carter hatte sich großartig mit Hazel, ihrer Mutter und den Freunden der Mutter unterhalten. Eine Verabredung hatte zur nächsten geführt, denn der Verlobte schien ständig geschäftlich unterwegs zu sein, obgleich die Hochzeit im August stattfinden sollte, und damals war es schon Juli. Und wenn Carter auch merkte, daß Hazel ihn ermutigte, zögerte er doch, ihr zu sagen, daß er sie liebe, denn zum erstenmal in seinem Leben war er überzeugt, daß er kein Glück haben werde. Hazel, glaubte er, werde eine solche Liebeserklärung wohl höchst geschmacklos finden, da sie ja doch verlobt war. Dann, als der Juli sich seinem Ende zuneigte, hatte er ihr schließlich doch stammelnd seine Liebe gestanden, und Hazel, ganz und gar nicht überrascht, hatte erwidert: »Ja, ich weiß, aber seien Sie unbesorgt, ich habe vor drei Wochen meine Verlobung mit Dan gelöst.« Wie unglaublich einfach alles gewesen war – ein kleines Wunder!

Zum erstenmal in seinem Leben hatte sich Carter richtig glücklich gefühlt. Sein Glück hatte genau sieben Jahre und zwei Monate gedauert, bis zu dem Tag, da Wallace Palmer vom Baugerüst gefallen war.

Carter und seine Tante Edna schrieben sich damals nur noch ungefähr zweimal im Jahr. Seit Onkel Johns Tod wohnte Tante Edna bei ihrer Schwester in Kalifornien. Seit Beginn des Prozesses hatte er ihr nicht mehr geschrieben. Einmal war er der Ansicht gewesen, daß dieser Alptraum bald vorüber sei, daß die Geschichte schon irgendwie in Ordnung komme, und hatte Tante Edna nicht unnötig belasten und beunruhigen wollen. Sie war jetzt in den Siebzigern. Jedoch der Alptraum ging nicht vorüber. Carter fand, daß er ihr nun wirklich einmal schreiben müsse. Und auch mehreren New Yorker Freunden, die die Berichte in der Zeitung gelesen und ihm ein paar nette Zeilen geschickt hatten, die er noch nicht beantwortet hatte. Der Gedanke, ihnen jetzt zu schreiben, war nicht angenehm. Und doch käme Stillschweigen wohl einem Schuldbekenntnis gleich, überlegte er.

Carter erwachte aus einem Traum, verkrampft vor Angst. Er richtete sich halb auf im Bett und sah auf die Uhr über der Tür. Zwanzig nach zehn. Er legte sich wieder hin. Sein Gesicht war mit einer leichten Schweißschicht bedeckt, und sein Atem ging hastig. Er schluckte, streckte sich, um das Wasserglas zu erreichen, und fand es leer.

Eine Bewegung in der Ecke des Zimmers erweckte seine Aufmerksamkeit. Dr. Cassini erhob sich von einem Stuhl und kam zu ihm, lächelnd, die dunklen Augen verzerrt und vergrößert von seiner Brille.

»Nein danke, ich brauche keine Spritze«, sagte Carter.

»Oh, das habe ich auch nicht gesagt«, erwiderte Dr. Cassini. »Haben Sie schlecht geträumt?«

»Hm, hm.« Carter stieg aus dem Bett, um sich ein Glas Wasser zu holen. Er trug es zwischen den kleinen und den Zeigefingern. Er konnte sich mittlerweile schon ganz gut mit seinen Händen behelfen; nur die Knöpfe an Hemd und Hose bereiteten noch Schwierigkeiten.

Dr. Cassini stand immer noch an seinem Bett. »Ich denke, Sie können morgen wieder in den Zellenblock zurück – wenn Sie wollen.«

Carter spürte die Herausforderung in den Worten. Dr. Cassini war offenbar der Meinung, daß es ihm wieder gut genug ging. Carters Schädel dröhnte noch von der Wirkung des Morphiums.

»Sie könnten aber auch hierbleiben; dann müßten Sie allerdings ein bißchen mit zugreifen. Sie sehen ja, daß wir Leute brauchen können, auch wenn sie keine Daumen haben.« Dr. Cassini sah ihn an, den dunklen Kopf schief gelegt, als sei die Entscheidung, die Carter nunmehr zu treffen habe, absolut weltbewegend. »Im Zellenblock – nun, ich wüßte nicht, was für Arbeit man Ihnen dort geben könnte: Feldarbeit, Schuhmacherei, Tischlerei, alles, was mir einfällt, kommt nicht in Frage wegen Ihrer Daumen. In ungefähr einer Woche könnten wir dann noch einmal röntgen. Die Entzündung müßte allmählich abklingen. Sie könnten also genausogut hier oben bleiben.«

Was sagte er da? Vorübergend wurde Carter von einem Übelkeitsgefühl gequält. Der Desinfektionsgeruch, die Erinnerung an Bettschüsseln, Hämorrhoidenfälle, wundgelegene Patienten, Leistenbrüche – alles auf einmal, und dazu die Angst, morphiumsüchtig zu werden, nur weil das Zeug hier so leicht zu bekommen war.

»Und Ihr Morphium bekommen Sie unten auch nicht so leicht, das wissen Sie ja«, sagte Dr. Cassini trocken.

»Ich weiß. Sie sagten, Sie würden mir etwas anderes geben.«

»Das ist aber nicht so gut.« Dr. Cassini verschränkte die Arme und lächelte.

Carter hielt es für möglich, daß Dr. Cassini selber morphiumsüchtig war. Dieser Gedanke war ihm schon einmal durch den Kopf geschossen, aber ganz sicher war er nicht, und es war ihm auch gleich. Jedenfalls sah es so aus, als lege es Dr. Cassini darauf an, ihn beim Morphium zu halten, damit er ebenso süchtig werde wie der Arzt – vielleicht. »Ich kann's ja trotzdem mal versuchen«, meinte Carter und setzte sich auf sein Bett.

»Na schön. Morgen früh gebe ich Ihnen die Pillen, und dann können Sie meinetwegen runtergehen in Ihren Zoo.« Er wandte sich ab, sah sich aber noch einmal um. »Falls Sie Schwierigkeiten haben mit der Arbeit, die man Ihnen zuteilt, geben Sie mir Bescheid. Ich kann Ihnen dann helfen.«

5

Am nächsten Morgen ging Carter, ein Dutzend Pillen in der Tasche, seine Habseligkeiten in ein Hemd gebunden, den Passierschein in der Hand, hinunter zum A-Block. Dr. Cassini hatte ihm um beide Daumen einen Schutzverband gemacht. Es war gegen neun Uhr. Die Sträflinge gingen ihrer Arbeit nach. Der Aufseher prüfte den Passierschein, warf einen Blick auf seine Daumen und brachte Carter dann zu seiner alten Zelle, Nummer neun. Der Aufseher war neu; Carter kannte ihn nicht. Die Zelle war jetzt mit zwei Männern belegt, das sah Carter an den beiden Schildern mit den Sträflingsnummern über der Tür und an den beiden Handtüchern und Waschlappen, die über der Stange an der hinteren Wand hingen. Hanky war immer noch da: Carter erkannte das Farbfoto mit der üppigen Blondine, das Hanky gehörte.

»Müssen wohl noch ein Feldbett reinstellen«, meinte der Aufseher.

Carter wußte, daß viele Zellen mit drei Männern belegt waren, obgleich man sie ursprünglich als Einzelzellen geplant hatte. Es graute ihm davor, in dieser engen Zelle, wo man bei jeder Bewegung mit einem der anderen zusammenstieß, mit

Hanky und noch einem Mann leben zu müssen. »Ist denn gar keine andere Zelle ...?«

»Wenn hier steht, Nummer neun, dann ist es Nummer neun«, erklärte der Aufseher und schwenkte Carters Passierschein. »Warten Sie hier.« Er ging davon, zum Käfig.

Carter wußte, er würde lange warten müssen. Er überquerte den Korridor und setzte sich auf eine Holzbank. Es dauerte fast fünfundvierzig Minuten, bis der Aufseher zurückkam. Carter stand auf.

»In zwei Minuten wird ein Feldbett gebracht, also gehn Sie schon rein«, sagte er.

Langsam schlenderte Carter hinüber. Da sein Feldbett noch nicht da war, wußte er nicht, wohin mit seinen Sachen. Er ließ das Hemdbündel vorn in der Ecke zu Boden fallen und legte sich vorsichtig, die Füße seitlich heraushängend, auf die untere Pritsche.

Das Feldbett kam; es wurde von einem Gefangenen gebracht, den Carter noch nie gesehen hatte. Carter wollte ihm helfen, das Bett aufzuschlagen, aber es war sinnlos mit den verbundenen Daumen.

»Schon gut, laß man.« Der Gefangene hatte das Bett im Nu aufgestellt, als habe er das schon x-mal gemacht. Es war ein junger, dunkelhaariger Bursche, möglicherweise Italiener. »Haben sie dich an den Daumen aufgehängt?« fragte er leise.

»Ja.«

Der junge Mann warf einen raschen Blick auf die halb offene Zellentür. »Nett von denen, das zu verbinden. Na, hoffentlich hast du 'n anständigen Kumpel hier, der dir mit dem Bett 'n bißchen hilft.«

»Danke. Vielen Dank.«

»Ich bin Joe. C-Zoo.«

»Ich heiße Carter.«

Der Junge ging.

Carter steckte eine Pille in den Mund, beugte sich über den Wasserhahn am Becken und schlürfte das Wasser aus der hohlen Hand. Er legte sich wieder auf die Pritsche und wartete, bis die Pille anfing zu wirken. Nach zehn Minuten merkte Carter noch immer kein Nachlassen der Schmerzen. Ob Dr. Cassini ihn hereingelegt hatte, ihm vielleicht einfache Zuckerpillen gegeben hatte? Zuzutrauen wäre es ihm schon. Auf seiner Armbanduhr war es elf Uhr fünf. Noch zehn Minuten, dann kamen die Männer zu der Fünfzehn-Minuten-Pause vor dem Mittagessen aus den Werkstätten. Dr. Cassini hatte gesagt: »Wenn Sie das Gefühl haben, daß Sie eine Spritze brauchen, dann bitten Sie einfach einen Aufseher, Ihnen einen Passierschein zur Krankenstation auszuschreiben.« Aber schriftlich hatte Carter das nicht. Er nahm noch eine Pille, ob sie nun half oder nicht, und verließ dann die Zelle.

Der wachhabende Aufseher – sonst lag der Korridor leer – war Cherniver; er sah Carter mit aufgerissenen Augen an.

»Ich möchte einen Passierschein zur Krankenstation«, sagte Carter.

»Was ist denn los?«

»Ich habe Schmerzen. Dr. Cassini sagte, ich könnte mir eine Spritze holen, wenn es nötig wäre.«

Chernivers hageres Gesicht verzog sich zu einer Fratze. »Sie sind also wieder im Zoo.«

»Jawohl, Sir. Aber ich habe Erlaubnis, zur Krankenstation zu gehen, wenn es nötig ist.«

Cherniver zeigte verärgert die Zähne und ging zum Käfig. Ein zweiter Aufseher im Käfig ließ ihn heraus, und er verschwand hinter den Doppelgittern.

Carter wartete. Er stand ungefähr in der Mitte des Zellenblocks. Er hätte ans Ende des Blocks gehen und nach dem Lift klingeln können, aber er wußte nicht, ob der Fahrstuhlführer ihn ohne Passagierschein mitnehmen würde. Carter wartete; dann kamen die Sträflinge aus den Werkstätten hereingeströmt. Sie drängten sich so dicht im Korridor, daß er nicht mehr feststellen konnte, ob Cherniver kam oder ob Hanky und der andere Mann schon in Nummer neun waren. Carter bangte um seine Sachen, die er dort gelassen hatte. Hanky würde gar nicht erst fragen, wem sie gehörten, sondern das Bündel, wütend beim Anblick des Feldbettes und der Aussicht auf einen Neuen, einfach auf den Korridor werfen, wo dann seine Bücher und Briefe und Hazels Bild unter die Räuber fallen würden. Gequält von den Schmerzen und seiner Schwäche, gab Carter die Hoffnung auf einen Passierschein auf. Cherniver war jetzt vermutlich im Warteraum und trank Kaffee.

»He, Cart!« sagte jemand vergnügt, doch bis Carter sich umdrehen konnte, sah er nur noch auf und ab tanzende Hinterköpfe. Carter schaute sich nach einem anderen Aufseher um. Er klammerte sich an die Gitterstäbe einer offenen Zellentür, nahm noch das verdutzte Gesicht des Insassen wahr, eines Negers, sah, daß der etwas sagte, das er nicht verstand, und wurde ohnmächtig.

Als er zu sich kam, lag er auf dem Feldbett. Hanky sah auf ihn herab, die feisten Fäuste in die breiten Hüften gestemmt. Am Fußende des Feldbettes stand ein schlanker Negersträfling und starrte ihn mit aufgerissen Augen an. Carters Stirn und Haar waren naß, entweder von Schweiß oder von Wasser, das man ihm übergegossen hatte.

»Bist du auch wieder da?« fragte Hanky.

Schmerz wühlte in seinem rechten Daumen, ein wütender Protest gegen die Anstrengung, die er ihm kürzlich versehentlich zugemutet hatte.

»He! Bleibst du jetzt wieder hier?«

Carter vernahm Hankys Worte, faßte aber nicht ihren Sinn. Mühsam rappelte er sich auf. »Ich muß zur Krankenstation!« Er machte ein paar Schritte zur Tür; der Neger trat zurück, ebenso ein anderer Sträfling, der hinter ihm stand und zuschaute. Carter ging weiter, wankte in den Korridor hinaus. Er bog ab zum Fahrstuhl. Jetzt kamen ihm die Sträflinge entgegen, strömten zum Eßsaal, dessen Zugang sich links vom Käfig befand. Männer rempelten ihn an, er stieß gegen andere. Harte Schultern rammten ihn, brachten ihn aus dem Gleichgewicht, schleuderten ihn auf Entgegenkommende. Wütende Schimpfworte wurden ihm nachgebrüllt.

»He, bist du blau?«

»Woher hat der das Zeug?«

Gelächter.

»He, du läufst in die falsche Richtung!«

Nur noch ein paar Meter zum Lift, dachte er. Wenn er es nicht bis oben schaffte, würde er Dr. Cassini bitten lassen, herunterzukommen.

»He, Carter!«

»Das ist Carter!«

»Hallo, Sie da!« Diese Stimme gehörte unverkennbar einem Aufseher.

Dann krachte ein Gummiknüppel auf Carters Kopf, und sein Schädel dröhnte wie eine Glocke. Als er zusammenbrach, bekam er noch einen Schlag in den Magen. Dann wurde ihm schwarz vor den Augen. Er hörte wildes Geschrei; es brauste um ihn herum wie ein tosendes Meer. Eine Sirene heulte. Männer traten ihm auf die Daumen, traten ihn überall, aber nur in den Daumen spürte er wirklichen Schmerz. Jetzt wurde er an den Armen rückwärts über den Boden geschleift. Jemand lehnte ihn an Gitterstäbe, dann sank er um.

Dreimal schrillte eine Trillerpfeife. In die plötzliche Stille hinein tönten die Rufe der Aufseher. Unter halb geschlossenen Lidern sah Carter aus den Augenwinkeln, wie der Strom der fleischfarbenen Gestalten langsamer wurde, sich teilte, und dann hörte er nur noch das Schlurfen der Schuhsohlen auf dem Steinfußboden. Im Korridor lag, höchstens sechs Meter von Carter entfernt, ein Aufseher. Sein Gesicht blutete. Die Mütze lag nicht weit von seinem Kopf. Zwei Aufseher mit gezogenen Pistolen näherten sich dem Liegenden. Einer stellte sich auf die Zehen und schrie:

»Wer war das? Wer hat den Mann hier niedergeschlagen?«

Die Masse der Sträflinge rührte sich nicht. Sie standen so still, daß man glauben konnte, sie hielten den Atem an.

»Zurück in die Zellen, marsch, marsch! Alles zurück in die Zellen! Verstanden?«

Ein Stöhnen, ein Murren aus dem Hintergrund, nicht lokalisierbar. Und dann ein Lachen, hoch, schrill, wie von einer Frau. Die fleischfarbene Masse erwachte zögernd zum Leben und schob sich schlurfenden Schrittes, ein schnarrendes Crescendo, in die Zellen zurück. Einer der Aufseher warf Carter einen wütenden Blick zu und bückte sich dann über den Liegenden, neben dem schon der andere Aufseher kniete.

Jetzt erkannte Carter den Aufseher, der am Boden lag: Cherniver.

Die Tür zum Käfig klirrte; vier weitere Aufseher trabten im Laufschritt an den wenigen Sträflingen vorbei, die ihre Zellen noch nicht erreicht hatten. Die vier hielten Pistolen in den Händen. Ihre Stiefel knallten hart auf dem Steinboden.

»Cherny?« erkundigte sich einer.

»Tot.«

»Wer war das?«

»Alle. Nicht nur einer. Der ganze Block.«

»Jawoll, und du kommst auch noch dran!« schrie eine Stimme irgendwo aus der Zellenreihe; der Ruf wurde mit Gelächter und Beifallskundgebungen quittiert. »Werft ihn doch ins Scheißhaus!«

Die vier neuen Aufseher liefen, drohend die Pistolen erhoben, im Korridor auf und ab und brüllten die Gefangenen in den Zellen an.

»Schnauze! Ihr sollt die Schnauze halten! Sonst gibt's 'ne Kugel zwischen die Rippen!«

Ein Aufseher mit tiefer Stimme befahl: »Schließt sofort eure Türen. Alle Türen zu! Schließt eure Türen!«

Überall klirrten die Gittertüren.

Nun waren sie alle geschlossen, aber doch nicht verriegelt. Das geschah durch Hebeldruck vom Käfig aus.

Die Aufseher schritten auf und ab und musterten mit finsteren Mienen die Zellen. Ein Summen hing jetzt in der Luft, wie ein Schwarm Bienen, oder der Wind. Carter sah hinüber zur anderen Zellenreihe: Alle Gefangenen standen mit geschlossenem Mund und unbeweglicher Miene hinter den Gittertüren, und doch erfüllte ein stetes, verhältnismäßig lautes Summen den Zellenblock.

»Hört auf mit dem Summen!« schrie ein Aufseher. »Hört sofort auf mit dem Summen, oder ihr kommt alle ins ›Loch‹!«

Daraufhin wurde das Summen nur noch lauter. Ein paar Riegel schlossen sich mit langgezogenem Stöhnen und dann einem Klicken.

»Aufhören zu summen!« Aber der Befehl erzielte keinerlei Wirkung.

Jetzt trugen zwei Aufseher Chernivers schlaffen Körper davon, auf den Käfig zu. Ein Aufseher stolperte und wäre fast gefallen. Bei diesem Anblick begann jemand wie wahnsinnig zu lachen.

Ein paar Zellentüren begannen zu klappern. Andere folgten. Und plötzlich herrschte ein Lärm, ein metallisches Rattern, als spiele eine riesige Maschine verrückt. Weitere Aufseher kamen in den Block gestürzt, liefen auf und ab, schrien mit weit offenem Mund, aber ihre Rufe gingen ungehört unter.

Ein Schuß fiel. Carter wußte nicht, welcher Aufseher geschossen hatte, und dann schossen sie plötzlich alle, wenn auch nur an die Decke. Die Mündungen der Waffen rauchten. Unversehens wurde es still, so vollkommen still, daß Carter den keuchenden Atem der Aufseher vernahm. Sie standen mit offenem Mund; mit weit aufgerissenen Augen sahen sie in die Runde, ob einer der Sträflinge sich zu rühren wagte. Oben schlossen sich weitere Riegel.

Zwei Aufseher, Moonan und ein anderer, gingen langsam, mit gezogenen Waffen die beiden Seiten des Blocks ab; als sie sahen, daß alles ruhig blieb, liefen sie zum Käfig. Noch einmal stieg der Summton auf, als gemeinsamer Protest. Die Männer hinter den Gittern wußten, daß sie kein Mittagessen bekommen würden.

»Wer ist das?« fragte ein Aufseher, der auf Carter zukam. »Wer sind Sie?«

»Carter. Drei-sieben-sieben-sechs-fünf.«

»Was ist denn los mit Ihnen?«

Der Aufseher, der ziemlich nervös war, machte Anstalten, ihm einen Tritt zu versetzen, also versuchte Carter, sich zu erheben. Er klammerte sich an die nächstliegende Zellentür und spürte die helfende Hand des Insassen, der durch die Stäbe griff und ihn am Arm packte. Es war eine schwarze Hand. »Ich muß zur Krankenstation.«

»Wo ist Ihr Passierschein?« fragte der Aufseher.

Carter wischte sich einen Tropfen von der Wange und stellte überrascht fest, daß es Blut war. »Ich wollte mir gerade einen holen. Dann wurde ich niedergeschlagen.«

»Wohin gehören Sie?« wollte der Aufseher wissen.

»Block A, Nummer neun«, gab Carter automatisch Bescheid. »Der Arzt hat mir gesagt, ich könnte mir eine Spritze holen, wenn ich eine brauche.« Er hob nur ganz leicht eine Hand.

Nichts war jetzt mehr wichtig für ihn, nur noch das Morphium, und das mußte er so schnell wie möglich bekommen. Alle Männer, die nahe genug waren, hörten zu, und alle, die ihn sehen konnten, starrten her. Manche murmelten, andere summten und versuchten, das allgemeine Summen wieder in Gang zu bringen.

»Kommen Sie mit!« befahl der Aufseher und ging voraus zum Käfig.

Carter schaffte es; aber er mußte sich immer wieder stützen, sich immer wieder im Vorbeigehen an den Gitterstäben der Zellen festhalten. Aus mehreren Zellen wurde ihm flüsternd Mut zugesprochen oder auf die Aufseher geflucht. Der Aufseher verschwand im Käfig, und Carter wartete, an die Gitterstäbe der ersten Zelle geklammert. Der Aufseher kam, einen Passierschein in der Hand, und winkte ihm. Carter wollte auf ihn zugehen und brach zusammen. Dieses Mal blieb er bei Bewußtsein, hatte aber einfach keine Kraft mehr. Der Aufseher rief:

»Eddie! Frank! Kommt, faßt mal mit an!«

Sie packten ihn unter den Armen und führten ihn durch den ganzen Block. Ein endloser Weg. Bis sie am Lift waren, mußten die Aufseher ihn fast tragen. Sie fuhren mit ihm hinauf. Murmelnd unterhielten sie sich. Wegen dem hier, wegen der Daumen von diesem Kerl, habe Cherny sterben müssen, behaupteten sie. »Ein Hundeleben, und was kriegen wir dafür bezahlt...?« – »Dieses Gesindel...« – »Und wenn wir aus Versehen mal einen von *denen* umlegen – Junge, Junge!« Die Aufzugtür glitt zur Seite.

Pete kam mit erstaunter Miene herbei, das Auge weit aufgerissen.

»Er ist bloß 'n bißchen zusammengeschlagen«, erklärte der eine Aufseher.

Mit Petes Hilfe erreichte Carter sein altes Bett; die Daumen schützte er, so gut es ging, bis er endlich auf dem Rücken lag und die Hände zu beiden Seiten des Körpers fallen lassen konnte. Pete hantierte mit der Spritze.

»Was ist passiert?« erkundigte sich Pete. »Jesus, du hast ja 'ne Beule über dem linken Auge, wie 'n Tennisball. Augenblick!« Er verschwand.

Das Morphium hatte den Kampf noch nicht aufgenommen. Er stellte sich vor, wie es mächtig durch seine Adern rollte, überall Ausschau hielt nach dem Schmerz, ihn fand – und attackierte. Ihn ansprang wie ein hungriger Tiger. Pete säuberte ihm die Stirn mit Alkohol.

»Was ist denn passiert? Ich hab gehört, es hätte fast einen Aufstand gegeben. Bis hier herauf haben wir den Krach gehört. Ist einer von den Aufsehern verletzt? Der Doktor ist runtergerufen worden. Haben sie dich wieder zusammengeschlagen? Die Aufseher?« Seine Stimme verriet keine Spur Mitleid, nur Neugier.

»Sie haben Cherny umgebracht«, sagte Carter.

»Energieverschwendung«, stellte Pete nüchtern fest. »Na ja. Wer war's denn? Hast du's mitgekriegt?«

»Alle«, erwiderte Carter benommen. »Pete, ich muß meine Sachen von Nummer neun holen.«

»Okay. Ich geh gleich.« Pete machte sich auf den Weg.

Dann war Carter allein mit seinen Träumen. Er sah Hazel in einem blau-weißen Badeanzug mit weißer Badekappe, genau wie in jenem Sommer in – ja wo? In welchem Sommer? Er sah einen langen, sonnigen Strand, und sie wollten mit Timmie am Wasser entlanglaufen. Blau und unendlich breitete sich der Himmel. Anschließend gingen sie in ein Restaurant an der Küste und aßen gegrillten Barsch mit besonders guten Pommes frites, und dann fuhren sie zu dem Bungalow zurück, den sie gemietet hatten. Hazel nahm ihr Kopftuch ab und ließ sich den Wind durch die Haare wehen. Jetzt erinnerte sich Carter: Das war vor zwei Jahren gewesen, in New Hampshire.

Später, noch immer nicht ganz wach, begann Carter sich, da der Schmerz langsam zurückkehrte, im Bett herumzuwerfen.

Er sah, daß Pete sich über ihn beugte; sein Gesicht und der Kopf schienen riesig groß, und obgleich Carter es gewöhnlich vermied, Petes gerötete leere Augenhöhle anzusehen, starrte er jetzt unverwandt hinein, als ziehe sie seine Blicke magnetisch an. Pete grinste vergnügt und belustigt über Carters regloses Starren.

Dann erwachte Carter und sah direkt in Petes Gesicht, in das leere Auge hinein, das jetzt zwar kleiner war, aber wirklich, und er schrie. Noch einmal schrie Carter und wand sich, um Petes zupackenden Händen zu entgehen. Dann kam Dr. Cassini herbeigeeilt, und Carter hörte auf zu schreien, wenn auch sein Mund immer noch offenstand. Er lag jetzt auf der

Seite, auf einen Ellbogen gestützt, den riesigen, verbundenen Daumen dicht vor dem Gesicht.

Sie gaben ihm noch eine Spritze.

»Das ist nicht nur Morphium«, erklärte Dr. Cassini munter. »Das ist hauptsächlich ein Beruhigungsmittel. Junge, was für ein Vormittag, was, Philip? Ha! Mister Cherniver, den hat's erwischt.« Er spie die Worte mit großer Genugtuung heraus. »Einmal habe ich in Tennessee einen Aufstand erlebt ... Na, ich möchte keinen zweiten erleben, das kann ich Ihnen sagen! Damals hatte ich mich hinten in der Zelle hinter den Pritschen versteckt, bis alles vorbei war. Ich werde doch nicht Kopf und Kragen riskieren, nur um den Helden zu spielen!«

Chernivers Tod, das Summen und das Türenklappern boten Pete, Dr. Cassini und Alex, dem Bodenreiniger des A-Blocks, während der folgenden Tage reichlich Gesprächsstoff. Sie waren sich einig, daß der Krawall keineswegs ein Aufstand gewesen sei. Ein Aufstand entwickelte sich gewöhnlich ohne Grund oder aus Bagatellen, wie einer besonders schlechten Mahlzeit. Ein Aufstand entwickelte sich gewöhnlich spontan.

Chernivers Tod war ein unbedeutender Zwischenfall, der für Carter im Laufe der Gespräche immer unbedeutender zu werden schien.

Die Teilnahme am sonntäglichen Gottesdienst um zehn Uhr vormittags war für jeden gehfähigen Sträfling Pflicht. Also ging Carter hin. Er wurde von allen Seiten begrüßt. Nach den üblichen Gebeten und Kirchenliedern sprach der Kaplan über den Aufseher Thomas J. Cherniver, der am Montag in Ausübung seiner Pflicht das Leben gelassen hatte. Er forderte die Männer auf, ihre Herzen von Schuld reinzuhalten, jenen zu vergeben, die, irregeleitet und unwissend, zu dieser Untat beigetragen hatten, und für die Erlösung der Seele des Thomas J. Cherniver zu beten. Carter beugte, wie alle anderen, den Kopf. Er saß ziemlich weit hinten und hörte unterdrückte Zwischenbemerkungen. Einige beichteten ganz offen und ungeniert.

Der Kaplan räusperte sich und rief: »Meine Herren, darf ich um Ruhe bitten?«

6

Während des Monats nach Chernivers Tod hatte Carter zwei weitere Besprechungen mit Magran. Der Anwalt beschäftigte sich noch einmal mit derselben Frage wie Tutting, nur gründlicher. Er hatte noch einen Zeugen gefunden, einen gewissen Joseph Dowdy, einen Postangestellten, der sich entsann, an Wallace Palmer im vergangenen Juli in einer Stadt namens Pointed Hill, etwa sechzig Meilen von Fremont, ein Postfach vermietet zu haben. Dowdy erkannte Palmer auf den Fotografien, obgleich Palmer das Postfach unter anderem Namen gemietet hatte. Während des Prozesses war ständig von einem Postfach 42 in Ogilvy und einem Postfach 195 in Sweetbriar die Rede gewesen. Palmer hatte sie auf einer Karte notiert, die in seiner Brieftasche gefunden wurde. Dort waren jedoch nach seinem Tod keine Briefe mehr eingetroffen. Einige der Lieferfirmen, an die ›Triumph‹ Zahlungen geleistet hatte (mit Mitteln des Schulkomitees), existierten überhaupt nicht. Palmer hatte die Firmen samt Lieferungen einfach erfunden und kassierte in ihrem Namen das Geld, das auf die verschiedenen, von ihm unter falschem Namen gemieteten Postfächer eingezahlt wurde. Carter fragte Magran geradeheraus, ob er glaube, daß Gawill von Palmer Geld erhalten habe, und Magran hatte in seiner ruhigen, zurückhaltenden Art gemeint: »Die Möglichkeit besteht. Irgendwo muß das Geld ja geblieben sein.«

David Sullivan hingegen – er besuchte Carter einmal in diesem Monat, sein dritter oder vierter Besuch im Zuchthaus – schien etwas zu fest überzeugt von Gawills Mitschuld, und auch davon, daß er ihn überführen werde. Sullivan berichtete, er komme häufig mit Magran zusammen, um gemeinsam mit ihm das Material zu bearbeiten, das sie zur Vorlage beim Obersten Gerichtshof sammelten. Carter hegte den leisen, aber beunruhigenden Verdacht, daß Gawill mit seiner Vermutung recht hatte. Sullivan schien wirklich bemüht, sich bei Carter ins rechte Licht zu setzen. Vielleicht aus dem schlechten Gewissen heraus, weil er sich so häufig mit Hazel traf.

Auch Ostern fiel in jenen Monat. Carter hatte Magran am Ostersonntag gesprochen. Kurz vor der Unterredung hatte er eine kräftige Dosis Morphium genommen (er gab sich die Injektionen jetzt selber, hielt die Nadel mit den Fingern und drückte den Kolben mit der Handfläche herab), und das Morphium sowie der geschäftlich-nüchterne Ton des Gesprächs hatten dazu beigetragen, Carters düstere Stimmung zu vertreiben, die daraus resultierte, daß Hazel nicht kam. Als er später auf seinem Bett lag, konnte er wieder lächeln bei dem Gedanken an Hazel und was sie jetzt wohl gerade machte, ob sie mit einem Drink am Swimming-pool ihres Gastgebers in der Sonne lag und sich lachend mit Sullivan und den Fennors unterhielt, und vielleicht hatten sie im Hintergrund eine gute Platte auf den Stereo-Apparat gelegt. Und dann saßen sie gewiß an einem langen Tisch mit einer frischen weißen Leinendecke und dicken Leinenservietten, und alles, was es zu essen gab, war erstklassig. Und vielleicht machte Sullivan Hazel auch Komplimente und blickte sie liebevoll oder sogar zärtlich an? Na, laß ihn. Hazel liebte Schmeicheleien.

In der Nacht zum Ostermontag konnte Carter trotz des Morphiums nicht schlafen. Wieder und wieder rappelte er sich auf, weil jemand stöhnte oder nach Pete verlangte. In jener Nacht fühlte er sich sehr elend und verlassen, als sei das Band, das ihn immer noch mit Hazel verknüpfte, plötzlich zerschnitten worden. Er konnte sich ihr Bild vor Augen rufen, deutlich wie immer, aber er empfand nichts dabei. Es war, als seien sie nicht mehr verheiratet, seien niemals verheiratet gewesen, als liebe sie ihn nicht mehr, habe ihn niemals geliebt. Es schien unbegreiflich, daß er noch einen Tag vorher gedacht hatte: ›Nichts kann mich treffen, denn Hazel liebt mich und gehört zu mir.‹

Wieder im Bett, hatte Carter Visionen von Sullivan und Hazel, zusammen im Bett, schlafend vielleicht, nachdem sie sich geliebt hatten. Nein, Sullivan schlich auf den Zehenspitzen zurück in sein Zimmer – es war ja schließlich Fennors Haus. Carter warf sich im Bett herum. Nein, im Grunde glaubte er nicht daran. Oder doch? Wenn er es nicht glaubte, warum mußte er dann ständig daran denken? Oder, wenn er es nicht fürchtete, warum dachte er dann ständig daran? Natürlich fürchtete er es. Das hatte er sich schon vor langer Zeit eingestanden, nicht wahr? Ja.

Carter drehte sich auf die andere Seite und zwang sich, an etwas anderes zu denken. Er mußte die ›richtige Einstellung‹ finden, sonst würde er nicht durchhalten. Man durfte die Hoffnung nicht aufgeben, durfte die Dinge auch nicht zu schwer nehmen. Seine Daumen – nun, noch mehr Menschen hatten ihre Hände in der Zuchthausmaschine verloren. Es war schwierig, die richtige Einstellung zu finden, wenn die Briefe, die Hazel an Kongreßmitglieder und Bürgerrechtsorganisationen geschrieben hatte und ihn hatte schreiben lassen, kein Resultat zeitigten als knappe Bestätigung oder höflich-mitfühlende Antworten. Er dachte an Magrans neuen Zeugen, Joseph Dowdy, und fragte sich, was für ein Mensch er wohl sei. Dann fiel ihm auf einmal die Zeugin der Anklage ein, und sein Körper verkrampfte sich. Louise McVay. Sie war Bankangestellte und erinnerte sich, daß Carter einmal mit einem Scheck zur First National Bank of Fremont gekommen war. Der Scheck über 1200 Dollar der ›Triumph‹ war auf Wallace Palmer ausgestellt und von diesem indossiert worden. Palmer hatte an jenem Tag rasch etwas

Bargeld gebraucht und Carter gebeten, es für ihn zu holen, da Carter sowieso zur Bank mußte. Und der Anklagevertreter, das Schulkomitee mit seinen unbegrenzten Mitteln für Detektive und seinem unbegrenzten Zorn auf die Gauner von Bauunternehmern und Ingenieuren, von denen es übers Ohr gehauen worden war, trieben diese Miß McVay auf, die sich genau an Carter und den Scheck von Wallace Palmer erinnerte. Carter hatte ihn eingelöst und das Geld kassiert. Der Scheck war ein absolut legaler Barscheck gewesen, aber es sah so aus, als stelle er Carters Entlohnung dar. Die Aussage hatte auf Richter und Geschworene tiefen Eindruck gemacht.

Auf einmal kam Lärm vom Lift herüber, Rufe nach Dr. Cassini; Carter setzte sich im Bett auf und sah zwei Aufseher mit einem blutenden, halb bewußtlosen Sträfling auf dem Korridor stehen.

Der Verwundete war jung, mit krausem blondem Haar. Er hatte eine Stichwunde in der Kehle und eine Schnittwunde am Kopf, die fürchterlich blutete. Dr. Cassini nähte die Kopfhaut in dem kleinen Zimmer am Ende der Station mit ein paar Stichen zusammen. Der Doktor sagte, die Stichwunde an der Kehle habe keine Arterie verletzt, aber dennoch schoß dem Jungen in Sekundenabständen hellrotes Blut aus dem Mund. Die Halswunde war ein rissiger Schnitt, Carter hatte schon mal so einen gesehen: abgefeilte Küchenlöffel, und Dr. Cassini sagte, in den Zellen gäbe es sehr viele solche Löffel, obgleich die Wärter darauf achten sollten, daß jeder Häftling seinen Löffel mit dem Tablett zurückgab. Dr. Cassini nähte auch die Halswunde, und Carter half ihm, die Nähte zu klammern.

Sie packten den Jungen in ein Bett und gaben ihm eine Spritze, doch kaum lag Carter wieder in seinem eigenen Bett, da fuhr der Junge hoch, schrie und wehrte sich gegen unsichtbare Angreifer.

»Dr. Cassini!« rief Carter.

Dr. Cassini kam, brummend; im Gehen verknotete er

den Gürtel seines Bademantels. »Mein Gott, diese Schwulen! Wo ist die Spritze?«

Carter und der Aufseher hielten den Jungen fest, der Aufseher am Kopf, Carter auf den Füßen hockend.

»Jesus, nie hat der Mensch Ruhe und Frieden«, kam es von einem der Betten.

»Wenn's dir nicht paßt, kannst du ja zurückgehen in euren Zoo und dir ein Messer in den Hals stoßen lassen, wie der hier!« fauchte Dr. Cassini ihn an.

Der Junge beruhigte sich allmählich, und schließlich lag er entspannt und keuchte nur noch ein wenig. Der Aufseher verabschiedete sich mit einer Handbewegung.

Carter trat an sein Bett und kniff die Augen zusammen. Das matte gelbrote Licht auf dem Gang paßte genau zu seiner Stimmung – eine kranke, falsche Dämmerung.

Dr. Cassini schlug ihm leise lachend auf die Schulter. Carter zuckte zusammen. Unfälle, Schmerzen, Blut – das alles schien Dr. Cassini in beste Laune zu versetzen.

»Ich hab den Bengel schon oft gesehen«, sagte Dr. Cassini. »Er heißt Mickey Castle. Ist älter als er aussieht. Diese Schwulen, die wissen, wie man sich jung hält. Ha! Der kriegt alle paar Monate ein Messer in den Korpus. C-Block, ein widerlicher Block!«

Ein Mann in der Bettenreihe knurrte böse, wütend über Dr. Cassinis Geschwätz.

Carter ließ sich aufs Bett fallen, und der Arzt kehrte in sein Zimmer zurück. Es war zwanzig nach drei. Die Nacht dehnte sich endlos.

Ein wilder Schrei jagte Carter hoch. Mickey war wieder auf. Stolpernd rannte er davon und hieb mit den Fäusten schlaftrunken ins Leere.

Carter ging auf ihn zu. »Ruhig, Mickey! Du bist in der Krankenabteilung!«

Carter lief auf den Gang, um Dr. Cassini und den Aufseher zu holen; der letztere mußte wohl auf die Toilette gegangen sein, denn er war nicht da. Jetzt ging Mickey auf Carter los. Carter merkte es rechtzeitig und trat zur Seite. Mickey krachte gegen den Türpfosten und brach zusammen. Die ganze Abteilung war jetzt in Aufruhr, und Dr. Cassini kam im Trab den Korridor entlang.

Der Aufseher und Dr. Cassini legten Mickey wieder aufs Bett. Er war bewußtlos.

»Er blutet wieder«, bemerkte Carter.

»Ach, das ist weiter nichts. Darum kümmere ich mich morgen früh.«

Es waren nur noch fünfundvierzig Minuten bis zum Morgen, deshalb sagte Carter nichts weiter, sondern legte sich wieder auf sein Bett. Sekundenlang dachte er, ob sich Mickeys Stichwunden am Hals unter dem Verband nicht wieder öffneten.

Wenn er seine Daumen nicht zu schützen gehabt hätte, so hätte er vielleicht verhindern können, daß der Junge gegen den Türpfosten schlug. Aber irgendwann hätte es Mickey doch mal erwischt. Es konnte ja nicht ständig jemand den Schutzengel spielen.

Am Morgen war Mickey tot. Carter bemerkte es als erster. Unter der Decke war das Bett naß von Blut, das nur durch das Gummituch unter dem Bettlaken aufgefangen wurde.

Dr. Cassini tobte. Er verfluchte die Aufseher, und er verfluchte alle Gefangenen. Die gesamte Abteilung lauschte, tief beeindruckt von der Tatsache, daß einer der ihren ermordet worden war. »Also wieder einer hinüber! Wozu sind eigentlich diese verdammten Aufseher da, wenn sie so was nicht verhindern können? Aber wie kann man so was verhindern, wenn ihr euch alle benehmt wie eine Horde tollwütiger Straßenköter?«

Carter stand reglos und hörte zu, wie die anderen. Die Frühstückstabletts blieben unbeachtet im Speiseaufzug. Carter und Pete konnten die blutgetränkten Tücher und Decken nicht entfernen, weil Dr. Cassini Bett und Leiche als Requisiten für seinen Monolog benutzte. Ein Teil seiner Rede klang überaus ernst und edel; er erinnerte Carter an die ersten Worte, die er von Dr. Cassini vernommen hatte, als er fast ohne Bewußtsein in die Krankenstation eingeliefert wurde. Doch Dr. Cassinis gerechter Zorn hielt nicht lange an. In Dr. Cassinis Brust wohnten zwei Seelen – mindestens zwei. Mit der Zeit würde das Morphium vielleicht noch weitere zum Leben erwecken. Carter war jetzt überzeugt, daß der Arzt Morphium nahm: er hatte zufällig einmal in seinem Zimmer einige Schachteln mit den Ampullen gesehen.

An jenem Tag konnte Carter nicht an Hazel schreiben. Er war zu erschüttert, nicht nur wegen Mickey, sondern im allgemeinen. War Dr. Cassini zuverlässig genug, um eine Röntgenaufnahme seiner Hände beurteilen zu können? Carter bezweifelte es. Zuverlässig genug, ihn zu operieren? Das war eine erschreckende, deprimierende Vorstellung. Ehe er um neun Uhr zu Bett ging, gab Carter sich die siebente Morphiuminjektion. An jenem Tag hatte er keinen Brief von Hazel bekommen. Sicher, am Samstag, dem Tag der Abreise mit Sullivan, hatte sie vermutlich zuviel zu tun gehabt, um Zeit zum Schreiben zu finden. Aber eine Karte hätte sie wenigstens schicken können.

Mitten in der Nacht kam ihm ein bedrückender Gedanke. Sollte er Hazel nicht vielleicht vorschlagen, für die Zeit seiner Strafe in eine größere Stadt zu ziehen? Sie würde vermutlich protestieren, weil sie ihn dann nicht so häufig besuchen könnte, doch möglicherweise wäre es besser, für sie und für den Jungen. Falls sie nach New York zog, würde sie damit auch von David Sullivan getrennt, fiel ihm ein. Carter seufzte. Das war jedoch nicht seine eigentliche Absicht. Ganz bestimmt nicht.

Am folgenden Sonntag setzte ihr Carter seine Idee auseinander.

»New York!« sagte Hazel und schwieg einen Moment. Doch Carter las ihr vom Gesicht ab, daß auch ihr dieser

Gedanke schon gekommen war. »Nein, Phil, sei nicht dumm. Was soll ich denn in New York?«

»Was sollst du hier? Ich weiß doch, wie langweilig es für dich ist. Viele interessante Leute gibt es nicht ...«

»Ich habe dir letzte Woche geschrieben, daß ich vielleicht in Elsies Modesalon mit einsteige. Sie will keine Kapitaleinlage von uns, sie braucht nur jemand, der ihr ein wenig Arbeit abnimmt.«

»Sie ist über fünfzig. Die ganze Arbeit würde an dir hängenbleiben.«

»Hier in der Stadt fehlt aber ein guter Modesalon.«

»Gibt es hier denn überhaupt Leute mit gutem Geschmack, die als Kunden in Frage kämen? Fängst du vielleicht an, dich für dieses lausige Nest zu interessieren?«

»Solange ich hier lebe ...«

»Liebling, ich möchte aber nicht, daß du hier lebst. Ich möchte, daß du ...«

»Ruhe!« sagte ein Aufseher und kam näher. »Sie sind hier schließlich nicht allein.«

Carter murmelte einen Fluch, dann blickte er entschuldigend zu Hazel. »Verzeih. Was ich sagen wollte ... Daß du nur zwanzig Meilen oder so von mir entfernt bist, hilft auch nicht, mich schneller hier herauszuholen, mein Schatz.« Er sah auf die Uhr. Noch sechs Minuten.

»Ich möchte nicht mehr davon sprechen, Phil. Ich sehne mich genauso danach, dich zu sehen, wie du dich nach mir. Mehr bleibt uns ja nicht – vorläufig.«

Carter schlug mit den Fingern einen Trommelwirbel auf dem Tisch und suchte verzweifelt nach einem Gesprächsthema. »Du ... du hast Ostern also ein paar schöne Tage verlebt, ja?«

»Das habe ich nicht gesagt. Es war ganz nett.«

Warum ist sie so ärgerlich? dachte er. Weil mir der Fluch herausgerutscht ist? Wegen meines Vorschlags, nach New York zu ziehen? Die Zeit reichte nicht mehr, Mißverständnisse zu klären. »Darling, sei nicht böse! Ich kann das nicht ertragen!«

»Ich bin dir nicht böse. Du verstehst mich nicht«, beschwerte sie sich und sah ebenfalls auf die Uhr, als habe sie es eilig, bei Ablauf der Besuchszeit gleich wegzukommen.

Abends besuchte Carter die Filmvorstellung. Er sah sich häufig die Filme der Strafanstalt an, selbst wenn sie mehr als mittelmäßig waren. Auch die derben Witze, die Alex, der Bodenreiniger, ihm erzählte, machten ihm Vergnügen. Ohne gewisse Zugeständnisse, ohne die Filme und vielleicht sogar ohne die wüsten Geschichten, die hier als Witze galten, wäre er verrückt geworden. Männer, die sich gegen das Zuchthausleben sträubten, die Filme ablehnten, die Tage zählten, wurden ruhelos wie wilde Tiere, die im Zoo in ihren Käfigen auf und ab laufen. Carter hatte Dr. Cassini von derartigen Fällen erzählen hören – Männern, die in die Krankenstation gebracht wurden, ohne daß ihnen physisch etwas fehlte, die aber vollkommen unansprechbar waren, so daß man sie weiterschicken mußte zur nächsten Station, der staatlichen Irrenanstalt. Carter stellte fest, daß solche Männer das Zuchthaus am besten ertrugen, die körperlich kerngesund waren, keinen Menschen hatten, der sich für sie interessierte, nicht einmal Geschwister oder Eltern, und die über alles roh und zynisch lachten. Diese Männer ließen weder einen Film noch ein Baseballspiel aus. Selbst die Aufseher schienen sie zu mögen. Und wenn man sie fragte, sagten sie, daß sie es wieder tun würden, ganz gleich, welches Verbrechen sie begangen hatten. »Genau, wie es in den klugen Büchern steht: Ich bin nur hier, um meine Methode zu verbessern. Ha, ha!«

Vollbringe eine gute Tat, finde zu Gott, lerne ein Handwerk, bete, daß du ein besserer Mensch wirst, erkenne, daß deine Zuchthausstrafe dir zum Segen gereichen kann, weil sie dir Zeit gibt, über deine Fehler nachzudenken, und so weiter und so fort, predigte die Zuchthauszeitung. Sie bestand aus vier Seiten, nannte sich ›Ausblick‹ und wurde ausschließlich von Sträflingen geschrieben, bis auf den Artikel des Direktors, der ebenso viele Grammatikfehler aufwies wie der übrige Text. Nur allzuoft schleuderte Carter diesen Fetzen mit seinen primitiven Karikaturen, den Moralpauken, den miesen Witzen, den Fotos von Baseball- und Basketball-Spielern, die aussahen wie aus den Slums rekrutiert, einfach zu Boden und stöhnte leise: »O Gott!«

7

Hazel wurde also Teilhaberin von Elsie Martells Modesalon, und im Mai brachten ihre Briefe Beschreibungen der Ladeneinrichtung, Farben und sogar der Details bestimmter Kleider und Kostüme, die sie auf Lager genommen hatten, obgleich sie wußte, daß Carter sich nicht für Damenkleider interessierte. »Du machst dir nur was aus Kleidern, wenn ich drin stecke!« hatte sie einmal zu Carter gesagt.

Die ›Dress Box‹ lag in der Main Street, »gleich neben dem großen Drugstore«, schrieb Hazel. Hazel als Teilhaberin an einem Modesalon namens ›Dress Box‹ in der Main Street einer Stadt namens Fremont – ein unvorstellbarer, absurder Gedanke! Sehr real jedoch wirkte es, als Hazel ihm schrieb, daß David Sullivan ein paarmal abends um acht, als sie noch tapezierten und pinselten, mit dem Wagen vorbeigekommen sei und Hazel zum Essen ausgeführt habe. Einmal hatte er auch Elsie mitgenommen (das war wirklich nett von ihm), aber mindestens dreimal war er mit Hazel allein aus gewesen. ». . . eine richtige Wohltat, denn ich hatte überhaupt keine Lust, nach Hause zu gehen und zu kochen. Leider war ich todmüde und wohl keine sehr gute Gesellschafterin. Einfach zu kaputt zum Tanzen. Du kannst Dir also vorstellen, wie es war.« An diesen Abenden war sie um sechs Uhr nach Hause gegangen, um Timmie das Abendbrot zu machen. Millie, ein junges Mädchen aus der Nachbarschaft, fungierte häufig als Babysitter. Nachmittags kam Timmie allein zurecht. Der Schulbus setzte ihn ab, er betrat das Haus mit dem Schlüssel, den er an einer Schnur um den Hals trug, und holte sich den Imbiß, den Hazel für ihn zurechtstellte, aus dem Kühlschrank.

Carter frischte in der Freizeit sein Französisch auf. Hazel hatte ihm sein französisches Wörterbuch und seinen vollständigen Verlaine geschickt, dazu den neuesten, mit dem Prix Goncourt ausgezeichneten Roman, den sie aus New York kommen ließ. Er hatte in der Schule und im College fünf bis sechs Jahre Französisch gehabt. Lesen konnte er es jetzt wesentlich besser als damals, mit dem Sprechen jedoch haperte es. Leider war niemand da, mit dem Carter üben konnte.

Außerdem hatte er angefangen, bei Alex Judo-Karate zu lernen. Alex hatte eines Tages aus heiterem Himmel gesagt: »Willst du Judo lernen? Das wäre nicht schlecht; mit den Daumen kannst du doch niemals mehr richtig zuschlagen.« Carter fand, daß Alex recht hatte. Man konnte nie wissen, ob man nicht einmal die Fäuste gebrauchen mußte. Und so nahm Carter, teilweise, um sich die Zeit zu vertreiben, bei Alex Unterricht. Alex war kleiner als Carter, wog aber fast ebensoviel. Er war darauf bedacht, bei ihren Scheinkämpfen Rücksicht auf Carters Daumen zu nehmen. Trainingsplatz war der Korridor, sehr zum Vergnügen des gelangweilten Aufsehers Clark. Von irgendwoher hatte Alex zwei verdreckte klumpige Matten organisiert; die wurden auf den Boden gelegt. Nach drei Übungsstunden schrieb Carter an Hazel: »Ich lerne Judo bei Alex. Der hat es bei den Soldaten gelernt und scheint es recht gut zu können, aber würdest du mir ein Buch darüber besorgen? Du mußt es wahrscheinlich bei der Buchhandlung in Fremont bestellen.« Er wollte hinzufügen, daß es mit dem Zupacken am Handgelenk und dem Überwerfen wegen der Daumen noch nicht so gut ging, daß er aber den Handkantenschlag tadellos beherrsche. Dann unterließ er es aber; Hazel liebte keinerlei Gewalttaten. Einer der Schläge, die Alex ihm beibrachte, war ein Schlag gegen die Kehle; ein tödlicher Schlag, wie Alex erklärte. Hazel bestellte das Buch, es blieb jedoch beim Zensor hängen, und Carter bekam es nie zu Gesicht. Die Judoübungen gingen jedoch unter den Augen des Aufsehers weiter. Carter versuchte auch, seine Handkanten zu härten und hämmerte immer, wenn er Zeit hatte, gegen eine Tischkante; doch das war zu schmerzhaft für seine Daumen, und er mußte es bald wieder aufgeben.

Der Sommer im Süden war lang und heiß. Obgleich die Anstalt auf einer Anhöhe lag, gab es kaum einen Luftzug. Kam eine kleine Brise, war sie ebenfalls heiß, doch die Männer auf den Feldern richteten sich auf, nahmen trotz der glühenden Sonne die Kappen ab und boten dem Wind die schweißnasse Stirn. Ziegel und Steine des alten Zuchthausgebäudes absorbierten Woche um Woche die Sonnenstrahlen und speicherten Hitze, wie sie im Winter Kälte gespeichert hatten; und im August waren die Zellenblöcke die reinsten Bratöfen – stickig, sogar bei Nacht, und es stank nach Urin und dem Schweiß von Schwarzen und Weißen.

Im August, als Fremont, wie Hazel sagte, fast menschenleer war und die wenigen Leute, die blieben, so benommen waren von der Hitze, daß sie das Haus nicht verließen, fuhr sie mit David Sullivan nach New York. Sullivan hatte dort Freunde, die Knowltons, die in der West Fifty-third Street, gegenüber dem Museum of Modern Art, eine Wohnung mit Klimaanlage besaßen, und diese Wohnung stellten sie Sullivan für den Monat August, während sie in Europa waren, zur Verfügung. Carter war zunächst bei dieser Eröffnung entsetzt gewesen, dann wütend, dann einfach bestürzt und zum Schluß niedergeschmettert. Sicher, die Knowltons hatten eine zwanzigjährige Tochter, die mehrmals das Wochenende in der Wohnung verbringen würde, da sie einen Sommerjob in einem Erholungsort bei New York angenommen hatte und am Wochenende frei war (offenbar handelte es sich um eine größere Wohnung). Außerdem würde Timmie ja dabei sein. Trotzdem – so groß die Wohnung auch sein mochte, die Situation war genauso verdächtig und intim wie ein Doppelzimmer in einem Hotel, wo sie als Ehepaar abstiegen. Carter schrieb: »Haben wir nicht genug Geld für ein Hotel?«

Und Hazel antwortete: »Weißt Du, was in New York ein Hotelaufenthalt von einem Monat kostet? Und alle Mahlzeiten mit Timmie im Restaurant? Am Sonntag komme ich, da können wir besser darüber sprechen ...«

Am Sonntag sagte Hazel: »Ich mag David sehr gern, Darling, das stimmt. Aber ich schwöre dir, er ist so etwas Ähnliches geworden wie ein alter Schuh – ja, richtig wie ein alter Schuh.« Und sie lachte urplötzlich so fröhlich, wie Carter sie nicht mehr erlebt hatte seit der Zeit in dem Haus in Fremont – in dem Haus, wo Sullivan nunmehr so zur Familie gehörte, daß er war wie ein alter Schuh.

»Ich glaube, er kommt sich dir gegenüber aber durchaus nicht vor wie ein alter Schuh«, gab Carter zurück, ohne zu lächeln.

Hazel sah ihn überrascht an und zog die Brauen hoch. »Soll das heißen, du willst nicht, daß ich nach New York fahre? Mit David? Los, sag's doch! Du hast das Recht dazu.«

Carter zögerte. Mit Sullivan konnte sie natürlich überall hingehen, wo sie als Frau nicht allein erscheinen konnte. Das durfte Carter ihr nicht streitig machen. »Nein. Nein, durchaus nicht.«

Hazel machte ein erleichtertes Gesicht. Sie lächelte ihn an. »Soll das heißen, daß du nicht an platonische Freundschaft zwischen Mann und Frau glaubst?«

Carter lächelte. »Ich denke doch.«

»Ich versichere dir, vom weiblichen Standpunkt aus gibt es das.«

»Der weibliche Standpunkt deckt sich nicht immer mit dem männlichen.«

»Ach, Unsinn! Das ist männlicher Chauvinismus!«

»Bei älteren Frauen, weniger attraktiven Frauen – vielleicht. Aber du bist zu hübsch. Das stört.«

Trotzdem fuhr sie, und trotz des nicht abreißenden Stromes ihrer Postkarten und Briefe war der August für Carter nicht leicht. Timmie war begeistert vom Naturgeschichtlichen Museum. Sullivan hatte ihn eines Tages ins Planetarium mitgenommen, während Hazel Schuhe kaufen ging: Drei Paar hatte sie bei einem Ausverkauf erstanden. »Die schwarzen Lackschuhe hebe ich auf. Die ziehe ich zum erstenmal an, wenn wir beide tanzen gehen ... Was hat Dr. Cassini über die Röntgenaufnahmen gesagt?«

Dr. Cassini hatte alles mögliche gesagt, wesentlich jedoch war lediglich, daß das untere Ende des zweiten Daumengliedes sich unnatürlich gedehnt hatte und nicht mehr in die Gelenkpfanne zurückgebracht werden konnte. Man konnte natürlich den Knochen verkürzen, aber das war offenbar eine Operation, die Dr. Cassinis Fähigkeiten überstieg. Er riet davon ab. Carter hätte gern einen anderen Arzt konsultiert, einen Handspezialisten, doch da er glaubte, im Herbst, spätestens im Dezember, nach der Verhandlung vor dem Obersten Gerichtshof, entlassen zu werden, drängte er nicht darauf. Dazu hätte es auch der Erlaubnis des Direktors bedurft, einer Eskorte, falls er dazu die Anstalt verlassen mußte, und eines solchen Papierkriegs, daß allein schon die Vorstellung ihn abschreckte. Die Schwellung in den Daumen war zurückgegangen, und er trug keinen Verband mehr, aber die Haut war immer noch unnatürlich und häßlich gerötet. Außerdem hatte er fast keine Kraft in den Daumen. Sie waren beinahe sogar schon nutzlose Anhängsel, in schlechten Momenten hatte Carter sogar schon eine Amputation erwogen. Er brauchte noch immer vier große Injektionen, also etwa 350 mg Morphium pro Tag. Das war absolute Notwendigkeit. Angefangen hatte er mit sechzig bis hundert mg pro Tag. Seine Sucht hatte sich also verschlimmert.

Hazel und Timmie blieben drei Wochen und zwei Tage in New York. Sie kamen an einem Samstag zurück, damit sie ihn am Sonntag besuchen konnte. An jenem Samstag – der Tag war so heiß, daß sieben Fälle von Hitzschlag in die Krankenstation eingeliefert wurden – erhielt Carter einen Brief von Lawrence Magran, in dem dieser ihm zu seinem größten Bedauern mitteilte, daß der Oberste Gerichtshof des Staates seinem Ersuchen um ein Wiederaufnahmeverfahren nicht stattgegeben habe.

Carters Reaktion war merkwürdig. Er setzte sich mit dem Brief auf sein Bett. Er spürte weder Schock noch Überraschung oder Enttäuschung, obgleich er im Verlauf des letzten Monats immer sicherer geworden war, daß er einen neuen Prozeß bekommen würde. Magran hatte drei weitere Zeugen für Palmers Methode zum Einlösen von Schecks gefunden und zusätzlich zu den drei bereits bekannten zwei weitere Banken, wo Palmer, emsig wie ein Hamster, Geld gehortet hatte. Dies alles hatte Carter durchaus für ›neues und wesentliches Beweismaterial‹ gehalten, wie man es für ein neues Verfahren braucht. Magran selber war auch dieser Ansicht gewesen, obgleich Palmers Einzahlungen sich alles in allem auf weniger als 50 000 Dollar beliefen. Magran sagte, er sei erstaunt und bedaure unendlich, und er komme Carter entweder an diesem oder am folgenden Sonntag besuchen. Carter stand auf und ging zum Fenster am Ende der Station. Ein paar hundert Meter entfernt sah er im schimmernden Licht der untergehenden Sonne den großen Bogen – ähnlich wie bei Vergnügungsparks oder Friedhöfen –, der die Einfahrt überspannte: STRAFANSTALT stand da, rückwärts; an klaren Tagen ohne die flimmernde Hitze waren die Buchstaben vom Fenster aus gut zu lesen. Jetzt fuhr ein schwarzer Wagen darauf zu, hinter sich eine große Staubwolke; er fuhr unter dem Schild hindurch und weiter, in die Welt hinaus.

Hazel weiß es noch nicht, dachte er plötzlich. Jetzt, in dieser Minute, befand sie sich in der Luft, im Flugzeug. Sie sollte um zehn Minuten nach sieben landen. Sie kam mit der Geschwindigkeit von mehreren hundert Meilen pro Stunde – um diesen verdammten Wisch vorzufinden!

Das Zuchthaus hat mich völlig abgestumpft, dachte Carter, und der Gedanke machte ihn ärgerlich.

Um halb acht waren seine Gedanken mit anderen Dingen beschäftigt. Er saß an Dr. Cassinis Schreibmaschine in einem Zimmer am Ende des Ganges und tippte – soweit man das Tippen nennen konnte – mühselig einen Brief an Lawrence Magran. Nachdem er den Empfang von Magrans Schreiben bestätigt hatte, fuhr er fort:

Ich habe keine Hoffnung mehr. Helfen könnte nur noch, wenn David Sullivan neue Fakten, insbesondere Fakten bezüglich Gregory Gawills eventuellem Kontakt mit Palmer, ausgraben kann. Oder bezüglich Gawills eventuellen Einzahlungen bei verschiedenen Banken. Das erweist zwar nicht meine Unschuld, weckt aber vielleicht einige Zweifel an meiner Schuld. Vielleicht macht Sullivan auch ein paar neue Zeugen ausfindig. Meine Frau behauptet, er interessiere sich sehr für den Fall. Würden acht bis zehn Zeugen (falls wir sie beschaffen können) mehr Gewicht haben als die paar, die wir schon haben?

Carter ging zu Bett, obgleich es erst kurz nach acht Uhr war. Er war so entmutigt und gelähmt, daß er sich nicht einmal seine gewohnte Morphiuminjektion machte, bevor er sich schlafen legte. In seinen Daumen pochte leise der Schmerz, eben stark genug, um ihn wach zu halten – für wie lange? Bis eins vielleicht, weil dann die Schmerzen so stark werden würden, daß er doch eine Spritze haben mußte? In dem Morphium sah er ebenfalls einen Feind. Würde die Droge ihn fertigmachen, genau wie das Zuchthaus? Ein seltsamer Feind, dieses Morphium, sowohl Freund wie auch Feind, genau wie ein Mensch. Wie David Sullivan, zum Beispiel. Wie das

Gesetz, das manchmal die Menschen schützte – daran bestand kein Zweifel – und sie manchmal verfolgte, und daran bestand ebensowenig Zweifel.

Als Hazel am Sonntag kam, wußte sie es bereits. Das sah Carter, sowie sie den Besuchsraum betrat. Ihr Lächeln wirkte gezwungen; und das Strahlende war erloschen, das sonst von ihr ausging und die Augen der Aufseher wie der Sträflinge auf sie zog. Sie sagte, Sullivan habe morgens mit Magran telefoniert und es von ihm erfahren. Danach habe Sullivan sie angerufen.

»Es tut mir leid, Hazel«, sagte Carter. Er dachte an die vielen Briefe, die sie geschrieben hatte, empörte Briefe, naive Briefe und formelle Briefe an die örtlichen Zeitungen, an die *New York Times*, an den Gouverneur. Hazel hatte ihm von allen die Durchschläge geschickt.

»David ist auch da, er möchte dich sprechen.«

Sie wirkte so bedrückt, daß Carter sich große Mühe gab, stark zu erscheinen. »Nun, Magran hat einmal gesagt, daß kein Gesetz es verbietet, sich ein zweites Mal an den Obersten Gerichtshof zu wenden. Magran hat nicht gesagt, ob er heute kommen wollte, oder?«

»Nein. Ich weiß nicht. Vielleicht hat er David etwas gesagt.«

Sie versuchten von New York zu sprechen, über all das, was sie und Timmie dort unternommen hatten.

Carter sagte: »Findet Timmie es jetzt nicht langweilig in Fremont?«

»O Phil!« Unvermittelt warf Hazel sich vornüber und barg das Gesicht in den Händen.

Ihr Kopf, das seidig glänzende Haar, waren ganz dicht vor Carters Händen, nur durch das Glas von ihm getrennt. »Nicht weinen, Darling!« redete Carter ihr zu. Er versuchte zu lachen. »Wir haben noch acht Minuten.«

Hazel sah auf und setzte sich wieder gerade. »Ich weine ja nicht«, sagte sie ruhig, aber ihre Augen waren feucht.

Den Rest der Besuchszeit sprachen sie über New York.

»Ich schreibe dir heute abend«, versprach Hazel, als sie sich verabschiedete. »Bleib du noch, für David, Darling.«

In diesem Augenblick kam Sullivan herein.

»Ich habe noch einen Besuch«, sagte Carter und wies auf Sullivan.

Der Aufseher prüfte Sullivans Passierschein, und dann saßen Carter und Sullivan einander gegenüber.

David Sullivan war ungefähr fünfunddreißig, ein paar Zentimeter größer als Carter und normalerweise etwas schlanker, aber Carter hatte im Zuchthaus fast fünfzehn Pfund abgenommen. Sullivan hatte blaue Augen, fast wie Carter, doch das Blau von Sullivans Augen war leuchtender. Seine Augen waren verhältnismäßig klein, und ihr Ausdruck fast immer derselbe: ruhig, gelassen, nachdenklich, wie Sullivan selber. Sullivan verlor nicht viele Worte des Mitleids wegen der Entscheidung des Obersten Gerichtshofes.

»Natürlich kannst du noch einmal Revision beantragen«, erklärte Sullivan. »Magran hat das bestimmt auch vor. Du darfst dies nicht als Niederlage betrachten, Phil. Wir werden einfach noch einmal hingehen mit neuen Fakten, und diesmal haben wir mehr Zeit, sie zu sammeln.«

Carters Gefühle waren geteilt, seine Gedanken ebenfalls. Er hatte das Gefühl, als sei sein Fall für Sullivan zu einer Art Hobby geworden. Nach vielen Jahren würde Sullivan, wenn er seine Memoiren schrieb, einige Seiten dem erstaunlichen und ärgerlichen Fall Carter widmen. ›Carters Frau wurde meine Frau, Gefährtin meines ...‹ Carter riß sich zusammen und gab sich Mühe, aufmerksam zuzuhören.

»Ich mache mit Gawill jetzt dasselbe, was Tutting mit Palmer versucht hat. Ich überprüfe sogar seine Spirituosenhändler – und das sind eine ganze Menge –, weil ich feststellen will, wieviel und wann er Geld ausgegeben hat. Leider bewahren nur wenige Geschäfte die alten Rechnungen auf.« Sullivan runzelte die braune Stirn; seine sonnengebleichten

Brauen zogen sich zusammen, während er seine Zigarette im Aschenbecher ausdrückte. »Gawill war mindestens zweimal mit Palmer in New York. Sie waren so vorsichtig, nicht im selben Hotel abzusteigen und nicht im selben Flugzeug zu kommen. Das gehört auch zu meiner Arbeit in New York, zehn bis zwanzig Hotels zu überprüfen.«

Zu seiner Arbeit . . .

»All das braucht natürlich seine Zeit. Ich weiß es, es ist kein Spaß für dich hier zu sitzen, in diesem antiquierten . . .« Sullivan sah in die Runde, zur Decke hinauf. »Man hätte diesen Kasten schon um die Jahrhundertwende abreißen sollen, wenn nicht schon eher!«

»Oder überhaupt nicht bauen.«

»Noch besser.« Sullivan lachte zustimmend. Er hatte schöne Zähne, höchstens ein bißchen zu klein für sein langes Gesicht, genau wie sein Mund.

Carter wußte, er sollte jetzt eine Bemerkung darüber machen, daß Gawill zur selben Zeit wie Palmer in New York gewesen war. Gawill hatte sich vermutlich mit Palmer auch in die Freundinnen geteilt. Gawill war ein Junggeselle, der Parties liebte, genau wie Palmer. Aber er fand die Worte nicht. »Es war also schön in New York – sagt Hazel.«

»Oh, das hoffe ich doch! Sie war viel allein tagsüber. Ich habe ihr alle meine alten Freunde vorgestellt und sie mir ihre, daher waren die Abende immer ziemlich ausgefüllt. Timmie ist fast immer mitgekommen, weil wir meistens privat eingeladen waren, und da konnten wir ihn in einem Zimmer schlafen legen, wenn er müde wurde.«

»Sag einmal ehrlich: Wie trägt Hazel dies alles? Du kannst das besser beurteilen als ich – du bist soviel mit ihr zusammen!«

Sullivans Miene wurde ernst. »Ich glaube, es ist gut, daß sie sich an diesem Modesalon beteiligt hat. Das füllt sie aus. Sie hat zwar auch so genug zu tun, aber es lenkt sie ab, weißt du? Sie hat große Kraft. Willenskraft«, erklärte Sullivan.

»Sie hat dich sehr gern – sagt sie.«

»O ja. Nun, das hoffe ich«, sagte Sullivan freimütig.

»Und ... Sicher magst du sie auch, sonst würdest du wohl nicht soviel mit ihr zusammensein.«

Sullivan kniff mißtrauisch die Augen zusammen, aber er lächelte, und seine Miene war sorglos. »Phil, wenn ich unmoralische Absichten auf deine Frau hätte – glaubst du, dann käme ich dich hier besuchen? Glaubst du, ich bin ein so großer Heuchler?«

Gawill hat eben das behauptet – daß Sullivan ein so großer Heuchler sei. »Ich habe nicht gesagt, daß du unmoralische Absichten hast«, widersprach Carter. Er fühlte sich höchst unbehaglich.

»Hazel ist, glaube ich, die treueste Frau, die ich kenne.«

Weil er ihre Treue auf die Probe gestellt hatte?

»Man merkt es an allem«, fuhr Sullivan fort. »Sie spricht nur von dir, von den Briefen, die sie dir schreibt, von ihren Besuchen hier. Und wohin wir auch fahren, in Fremont, überall zeigt sie mir die Stellen, wo du mit ihr gewesen bist.« Sullivan zuckte die Achseln und starrte nachdenklich auf die Tischplatte. »Sie spricht davon, was ihr tun werdet, wenn du hier raus bist. Sie möchte mit dir nach Europa fahren. Dort wart ihr beide einmal, nicht wahr?«

»Ja.« Sie hatten die Hochzeitsreise nach Europa gemacht, ein Geschenk von Onkel John und Tante Edna. »Liebst du sie?« fragte Carter.

Sullivan errötete; sein Ausdruck wurde starr. »Du hast keine Veranlassung für eine derartige Frage!«

Carter lächelte. »Nein, vielleicht nicht. Aber ich frage trotzdem.«

»Ich glaube nicht, daß das von Bedeutung ist.«

»Aber, aber! Ich finde, es ist von größter Bedeutung!« erwiderte Carter hastig.

»Na schön, wenn du unbedingt willst«, gab Sullivan nach. Seine Stimme war jetzt wieder ruhig und nüchtern. »Jawohl, ich liebe sie. Das läßt sich nicht ändern. Ich will es auch gar nicht ändern.«

»So, so. Hast du es ihr gesagt?«

»Ja. Sie sagte ... Sie meinte, es sei unmöglich. Sie hielt es für besser, daß wir uns nicht mehr sehen. Und es tat ihr leid, das habe ich gemerkt«, fuhr Sullivan mit einem Seitenblick auf Carter fort. »Also tat es mir ebenfalls leid, und das habe ich ihr auch gesagt.«

Carters Blick wich nicht von seinem Gesicht.

»Und da sagte ich, na schön, ich würde es nicht mehr erwähnen, aber ich wollte sie trotzdem weiterhin sehen.«

»Aha, verstehe«, sagte Carter, der eigentlich gar nicht verstand. Er verstand nur, daß das eine gefährliche Situation war, die irgendwann einmal zur Explosion führen mußte.

»Ich glaube, das war vor sechs Monaten. Seitdem habe ich nicht mehr davon gesprochen.« Er sah Carter gelassen an, ernst und beherrscht, und auch, als halte er sich für sehr edel.

»Liegt dir diese Art von Selbstkasteiung?«

»Das ist keine Kasteiung. Es ist besser, als sie überhaupt nicht mehr sehen zu dürfen«, sagte Sullivan mit einer Spur Ironie im Lächeln.

Carter nickte. »Wenn ich nicht im Gefängnis wäre, hättest du es ihr dann auch gesagt? Würdest du sie dann überhaupt lieben?«

Sullivan überlegte einen Moment. »Das weiß ich nicht.«

»Doch, du weißt es!« stellte Carter böse fest.

Sullivan schob den Stuhl zurück und schlug die Beine übereinander. »Also gut, du hast recht. Natürlich hat es damit zu tun. Ich wußte nicht, wie lange du noch im Zuchthaus bleibst und Hazel auch nicht. Wir wissen es jetzt noch nicht. Man kann doch fragen, nicht wahr, wenn man eine Frau liebt? Mehr habe ich nicht getan.«

Carter preßte mit den Daumen das Streichholzbriefchen zusammen, das vor ihm auf der Tischplatte lag. »Ich dachte, du hättest es ihr gesagt – nicht gefragt. So sagtest du doch vorhin!«

»Ich habe gar nichts gefragt. Ich habe ihr gesagt, daß ich sie liebe. Und das war alles.«

Carter glaubte ihm nicht. Doch wenn Hazel Sullivan immer noch traf, konnte sie seine Erklärung nicht allzu empörend und aufdringlich gefunden haben. Carter kannte Hazel; sie würde sich niemals mit einem Mann treffen, der sie belästigte. Das war eigentlich der wichtigste Faktor in diesem Bild. »Du . . . du arbeitest doch eigentlich gegen deine eigenen Interessen, wenn du Hazel liebst und mich trotzdem hier herausholen willst, nicht wahr?«

Sullivan lachte. »Sei doch nicht albern! Was Hazel angeht, so glaube ich, daß ich bei ihr die gleichen Chancen habe, ob du hier bist oder draußen – nämlich gar keine.«

Das ist doch widersinnig, dachte Carter, wo Sullivan eben noch gesagt hatte, er hätte Hazel gegenüber niemals etwas erwähnt, wenn er, Carter, nicht im Zuchthaus gesessen hätte.

»Da ich Hazel wirklich liebe«, fuhr Sullivan fort, »ist es doch nur natürlich, daß ich alles tun werde, was sie glücklich macht, ihr alles verschaffen werde, was sie sich wünscht – und das bist du!«

Carter legte die Arme auf den Tisch und lächelte. Ein paar sehr farbige Zuchthausausdrücke für diese Art von Gewäsch kamen ihm in den Sinn. »Ich glaube nicht an Ritterlichkeit. Nicht mehr«, setzte er hinzu.

»Oh, das tust du aber doch! Jedenfalls nach dem, was Hazel mir von dir erzählt hat. Laß dich vom Zuchthaus nicht unterkriegen, Phil!«

Carter erwiderte nichts.

»Hast du den Eindruck, daß meine Ermittlungen über Gawill nicht vorankommen?« fragte Sullivan, sich vorbeugend. »Ich erkundige mich auch nach seinem Verhalten bei früheren Jobs, von New Orleans bis Pittsburgh. Gawill weiß davon. Selbst wenn er unschuldig ist – ich meine, in der ›Triumph‹-Affäre –, seine Vergangenheit bleibt, und das spricht sich herum, und Gawill windet sich. Drexel weiß auch davon.

Es ist allerhand ans Tageslicht gekommen – möglicherweise wirft Drexel ihn jetzt hinaus.« Sullivan sah Carter erwartungsvoll an. Dann, irritiert, ärgerlich, weil Carter nichts erwiderte: »Falls ich zu weit gehe, falls ich ein bißchen zuviel Erfolg habe, wird Gawill sich bestimmt nicht scheuen, mich außer Betrieb zu setzen.«

»Wie könnte er das?«

»Mich umbringen, meine ich. Vielmehr, mich umbringen lassen.«

»Glaubst du das wirklich?«

»Er hat da in New Orleans ziemlich rauhe Gesellen als Freunde, und es gab da einen höchst mysteriösen Mord. Gawill hat sich natürlich herausgehalten, genau wie die Leute, mit denen er sich eingelassen hatte. Aber ein Mann namens Beauchamp, der zur gesetzgebenden Körperschaft des Staates gehörte und sehr viel Lärm machte um das Aufrechterhalten der Parish-Gesetze, wurde in einem Sumpfgewässer erdrosselt aufgefunden. Und dann kam die Firma, bei der Gawill arbeitete, plötzlich mit ihren Bauplänen durch. Oh, von dir aus gesehen ist das natürlich nur ein Detail, aber ich will damit beweisen, daß Gawill tatsächlich ein Gauner ist. Der läßt, ohne mit der Wimper zu zucken, jeden aus dem Weg räumen, der ...«

Ein Aufseher tippte Carter auf die Schulter. Carter erhob sich. »Verzeihung«, sagte er zu Sullivan.

Sullivan stand auf, und der gespannte Ausdruck wich von seinem Gesicht. Wieder war er aufrecht und gelassen. »Bis bald, Phil. Kopf hoch!« Dann drehte er sich um und ging rasch hinaus.

8

Manchmal mußte Carter den Sträflingen in den verschiedenen Zellenblocks Pillen und Medikamente bringen. Es gab im ganzen sechs Zellenblocks, die alle miteinander verbunden waren; der schlimmste war Block C, da hatte Dr. Cassini ganz recht. Die grauen Steinwände waren schmutziger, er war auch dunkler (weil mehrere elektrische Birnen kaputt waren), und die Männer sahen zwar älter und stiller aus, aber die Atmosphäre war feindseliger als in den andern Blocks. Die Erinnerung an den Mord an Cherniver war bei Carter – und wohl auch bei den andern – noch sehr lebendig. Die Insassen konnten wie eine Sturzflut über einen Mann hinwegströmen; ein Dutzend oder so mochten ihn zu fassen kriegen, dann schob sich die Flut weiter, unbewegt, mit harmlosen Gesichtern, namenlos, unkenntlich, weil sie alle gleich schuldig waren. Und wenn er selber, dachte Carter, ganz gesund gewesen wäre und ein Paar kräftige Hände gehabt hätte, und wenn er ganz dicht an Cherniver herangekommen wäre an dem Tag? Ja, er hätte ihm vielleicht auch eins versetzt, auch ohne den zusätzlichen Anlaß, daß Cherniver ihn persönlich schikaniert hatte.

Nur vier Blocks, A bis D, gehörten zum ursprünglichen Gebäude. Block E und F waren einfach aneinandergehängt, Block E ans Ende von Block D. Von weitem – das wußte Carter noch vom November her, als er im Auto angekommen war – sah das Zuchthaus so aus wie ein Haufen von sechs aufeinandergetürmten alten Eisenbahnwagen, die sich verkeilt hatten, weil der erste plötzlich angehalten hatte. Block A bis D waren durch bewachte Doppeltüren gesichert, und Passierscheininhaber wurden auf dieselbe Weise durchgeschleust wie durch den Käfig, vorne in Block A. Der Eßsaal, die Werkstätten und die Wäscherei zogen sich unter mehreren Blocks entlang. Marschierten die Männer dorthin, mußten sie sich zu Zweierreihen formieren, sowie sie aus dem eigenen in einen fremden Block überwechselten. Das von den Blocks E und F gebildete L war durch einen hohen, schweren, mit Stacheldraht gekrönten Drahtzaun in einen Hof verwandelt worden. Hier trotteten schichtweise zwischen vier und fünf Uhr Gruppen von Männern umher, scharf bewacht von Beamten, die mit Maschinengewehren unter dem Arm die Seiten säumten. Das Zuchthaus war zur Zeit so überbelegt, daß nicht alle Sträflinge gemeinsam essen konnten; sie wurden in zwei Schichten eingeteilt.

Im E-Block gab es einen bulligen Kerl von ungefähr fünfzig Jahren, der hinter dem linken Ohr eine häßliche Wunde hatte. Dr. Cassini hatte ihn untersucht und mit der Anweisung zurückgeschickt, eine bestimmte Salbe zu benutzen. Von dieser Salbe sollte Carter ihm jetzt eine zweite Dose bringen. Der Mann war allein in seiner Zelle. Carter fragte nach seinem Zellengenossen.

»Der hat Schwein! Nach Hause gefahren ist er. Mutter gestorben.«

»Nach Hause?«

»Ja. Darf zwei Nächte wegbleiben. Chicago. Besucht seine Frau.« Der Mann hob den schweren Schädel und zwinkerte Carter zu.

Zwei Aufseher hätten Sweepey begleitet, erzählte er weiter, und sie hätten ihm Handschellen angelegt, sogar im Zug. Aber zwei ganze Nächte könne der Glückspilz nun bei seiner Frau verbringen. Carter sah ihn ungläubig an, als habe der Mann ihm einen Bären aufgebunden.

Plötzlich schüttelte Carter den Kopf, erschrocken über seine eigenen Gedanken. »Der Glückliche«, sagte er mechanisch.

Der andere sah ihn finster an, verärgert über die Unterbrechung. Dann stand er zu Carters Überraschung auf und holte mit der rechten Faust aus.

Carter trat zurück, über die hohe Schwelle hinaus auf den Gang.

Der Mann rief ihm ein unflätiges Wort nach und schleuderte die Salbendose hinter ihm her. Sie traf die Zellenwand neben der Tür, platzte, und der Deckel drehte sich scheppernd, bis er endlich umfiel und liegenblieb.

Vier Tage später erschwindelte sich Carter von Clark einen

Passierschein und stattete Zelle siebenundzwanzig im E-Block einen Besuch ab; er wollte Sweepey sehen. Er nahm eine neue Dose Salbe mit. Es war kurz nach vier, und die Insassen von Block E erwarteten in ihren Zellen das Klingelzeichen zum Abendessen. Der Bullige war nicht da, aber Sweepey saß, die Kopfhörer eingestöpselt, pfeifend und im Rhythmus mit den Fingern schnipsend, auf seinem Stuhl.

»Hallo, Pillendreher! Was kann ich für dich tun?« Er war so aufgekratzt, als habe er getrunken.

»Ich hab neue Salbe gebracht für deinen Kumpel.«

»Okay, okay. Ich sag's ihm dann.«

Carter musterte den Mann von dem dunklen Haar bis zu den Gefängnisstiefeln und wieder hinauf. »Ich habe gehört, du warst zu Hause?«

»Ja. Sehr lustig war's ja nicht, aber immerhin, es war Zuhause. Meine Mutter ist gestorben.« Er war noch ganz erfüllt von der Musik und brannte offensichtlich darauf, die Kopfhörer wieder aufzusetzen.

»Du hast wenigstens deine Frau gesehen«, sagte Carter naiv. Er hätte gehen können, hatte die Zelle nicht einmal richtig betreten, sondern nur die Salbendose auf die Pritsche geworfen, aber er konnte sich einfach nicht losreißen. Er starrte Sweepey an, als könne er irgendwo an ihm ein geheimnisvolles Mal entdecken.

»Tja, davon muß ich auch ziemlich lange zehren«, grinste Sweepey. »Mein Alter ist schon tot; nur meine Schwester lebt noch, und die ist zäh.« Er setzte sich die Hörer wieder auf und wandte sich zum Tisch. »Nett, daß du die Salbe gebracht hast«, sagte er.

Carter ging.

Drei Monate später, um den Erntedank herum, lernte er Max Sampson kennen. Max saß im B-Block, und Carter mußte einem Insassen dieses Blocks Hustenmedizin bringen. Carter wurde auf Max aufmerksam, weil er an dem kleinen Tisch in seiner Zelle saß und ein französisches Buch las – ein

Paperback mit dem Titel *Le Promis*. Er war allein. Carter blieb an der halb offenen Tür stehen.

»Verzeihung«, sagte er.

Der Mann sah auf.

»Sind Sie Franzose?«

Der Mann lächelte. Er hatte ein freundliches Gesicht, ruhig und gewöhnlich bleich. Die hohe, kräftige Stirn unter dem schwarzen, leicht gewellten Haar war fast weiß. »Nein. Ich lese nur hin und wieder Französisch.«

»Sprechen Sie es auch?«

»Doch, ich spreche Französisch. Warum?« Wieder lächelte er.

Ein Lächeln war etwas so Ungewöhnliches hier im Zuchthaus, daß Carter allein daran schon seine Freude hatte. Hämisches Grinsen – ja, Feixen, aber nie ein einfaches, natürliches, frohes Lächeln. »Ich frage nur, weil ich auch Französisch lerne – allein. *Vous pouvez parler – vraiment?*«

»Oui.« Ein stärkeres Lächeln zeigte kräftige weiße Zähne, weißer noch als das Gesicht.

Etwa zehn Minuten lang unterhielt sich Carter mit ihm, dann läutete es zum Mittagessen, und Max mußte gehen. Die Unterhaltung war auf Englisch und Französisch geführt worden, und Carter fühlte sich merkwürdig erregt und glücklich. Wenn Carter nach einem Wort suchte, half Max ihm weiter, falls er erriet, was Carter sagen wollte. Auf einem Wandbrett hinten in der Zelle hatte Max etwa zwanzig Bücher stehen, die Hälfte davon französische. Großzügig nötigte er Carter zwei davon auf, eines war ein Band Lyrik des achtzehnten Jahrhunderts, das andere eine Auswahl aus Pascals *Pensées*. Es war natürlich nur eine Leihgabe, doch Max sagte, es sei ihm gleich, wann er sie zurückbekomme. Glücklich und gehoben kehrte Carter zur Krankenstation zurück. Max war der erste Mensch, den er im Zuchthaus kennenlernte, über dessen Bekanntschaft er sich freute, mit dem er sich anfreunden zu können glaubte. Es war wunderbar. In den zehn

Minuten hatte er erfahren, daß Max aus Wisconsin stammte, daß sein Vater Amerikaner, seine Mutter aber Französin gewesen war und daß er im Alter von fünf bis sieben bei seiner Mutter in Frankreich gelebt hatte und dort zur Schule gegangen war. Seit fünf Jahren sitze er hier im Zuchthaus, hatte er gelassen auf Carters Frage erklärt. Warum, das hatte er nicht gesagt, und Carter wollte es auch gar nicht wissen.

Max hatte ihm erzählt, daß er mit einem anderen Gefangenen in Block B gewettet habe, wer bis Weihnachten die blasseste Gesichtsfarbe habe. Es ging um sechs Dosen Pulverkaffee, und Max war fest überzeugt, er werde gewinnen, auch wenn sein Gegner blond war. Wegen der Wette schützte Max bei dem zweimal wöchentlich stattfindenden Spaziergang im Hof sein Gesicht sorgfältig vor der Sonne. Eine Jury aus sechs Gefangenen war bereits aufgestellt worden; sie sollte den Sieger bestimmen.

»Ich bin von Natur aus blaß«, hatte Max lächelnd in seinem langsamen und präzisen Französisch gesagt. »Anscheinend war ich von klein auf für das Gefängnisleben bestimmt.«

Sie wollten sich am folgenden Tag um drei Uhr fünfunddreißig in Max' Zelle treffen.

Im strahlenden Licht der neuen Bekanntschaft klang Hazels letzter Brief melancholisch, fast schon düster. Sie schrieb:

Liebling, glaubst Du, daß das Schicksal (oder Gott) uns diese furchtbare Prüfung geschickt hat, um uns auf die Probe zu stellen? Bitte verzeih, wenn meine Worte mysteriös erscheinen. Ich bin oft in dieser Stimmung – auch heute abend. Man kann dies alles – unser entsetzliches Leben, jedes auf seine Art entsetzlich – auch als Prüfung auffassen, die nur wenigen auferlegt ist. Bis jetzt haben wir uns so wunderbar gehalten; ich meine, was Charakterfestigkeit betrifft. Und so wollen wir es auch weiterhin tun, bis alles überstanden ist. Meine Gedan-

ken sind sicher beeinflußt von dem Telefongespräch, das ich heute nachmittag mit Mr. Magran hatte ...

Magran hatte ihr gesagt, daß sie wegen der Feiertage erst Mitte Januar beim Obersten Gerichtshof des Staates einen neuen Wiederaufnahmeantrag stellen könnten. In der augenblicklichen Situation empfand Carter das durchaus nicht als Schicksalsschlag. Er schrieb:

Du fragst immer, warum ich mir hier nicht einen anständigen Menschen zum Freund nehme, und ich habe immer gesagt, es gibt keinen hier, aber jetzt nehme ich das zurück. Durch Zufall habe ich einen wirklich großartigen Kerl getroffen, der Französisch kann (liest und spricht), so daß ich jetzt endlich mit jemand üben kann. Er heißt Max Sampson, ist ungefähr so alt wie ich, groß, dunkelhaarig, sehr blaß. Mehr über seine Blässe beim nächsten Besuch. Er ist in Block B, aber ich glaube, ich kann ihn besuchen, wann ich will.

Carter sah ein, daß er nicht mehr über Max berichten konnte, weil er nicht mehr über ihn wußte; höchstens noch, daß seine Mutter Französin gewesen war. Während der nächsten Tage erfuhr Carter noch immer nicht viel mehr über Max, aber die Zwanzig- bis Fünfundzwanzigminutenbesuche bei Max waren für ihn die Höhepunkte des Tages. Max' Zellengenosse war ein großer, gutmütiger Neger, der von ihrem Französisch nicht mehr verstand als ›oui‹. Er störte sie nicht, solange Carter da war; er lag auf der oberen Pritsche, las seine alten, zerfledderten Comic-Books oder hörte über Kopfhörer Radio. Carters Briefe waren nunmehr voll von Berichten über Max, und wenn Hazel sonntags kam, sprach er fast nur von ihm. Zu Carters Überraschung schien Hazel seinem neuen Freund zu grollen.

»Ich dachte, du wolltest, daß ich in diesem Loch hier so jemand finde«, sagte Carter.

»Ist dir klar, daß du von fast zwanzig Min
die Hälfte von ihm gesprochen hast?« Hazel
ihr Ärger war deutlich.

»Tut mir leid. Das Leben, das ich hier führe, ist
Darling. Wolltest du lieber, daß ich von . . . na,
mal, von den beiden Idioten oben auf der Kran...station spreche, die fast blind geworden wären, weil sie Alkohol aus der Schreibmaschinen-Reparaturwerkstatt getrunken haben?« Carter lachte. Seit er Max kannte, fiel ihm das Lachen leichter. »Du solltest Max mal kennenlernen. Er ist . . . Na ja, für eine Frau sieht er wohl nicht einmal schlecht aus.«

Doch Hazel sollte Max nie kennenlernen. Vielleicht hätte sie es gekonnt, wenn sie sonntags einmal einen Besuchsantrag gestellt hätte, und Carter war auch mit dieser Idee herausgekommen, doch Max lehnte ab. »Nein, lieber nicht. Das bringt kein Glück«, sagte er auf Englisch. Carter wiederholte den Vorschlag nie. Auch im Besuchsraum konnte Hazel Max nicht sehen, denn Max bekam niemals Besuch. Er habe keine Verwandten, sagte er, und der einzige, der ihn je besucht habe, sei sein ehemaliger Hauswirt gewesen, ein Mann, bei dem er kurz vor der Verhaftung als Untermieter gewohnt habe. Der sei zweimal gekommen, aber auch nur im ersten Jahr. Trotzdem fand Carter, es spreche für Max, daß sein Vermieter ihn zweimal besucht hatte. Carter fragte Max nie nach seiner Vergangenheit und Max nie nach seiner, aber er hatte Carters Daumen gesehen. Er wußte genau, woher die Verletzung stammte, hatte aber nur gesagt: »Es geht brutal zu hier.« Er hatte es resigniert gesagt, auf Französisch.

Samstags und sonntags abends gingen Max und Carter gemeinsam zur Filmvorführung. Es tat gut, jemand bei sich zu haben, der den Film ebenso mittelmäßig fand, wie man selber. Ihre Freundschaft wurde natürlich bemerkt, von einigen Aufsehern und von Gefangenen. Einige Sträflinge hielten die beiden für homosexuell und machten hörbar Bemerkungen, hinter Carters Rücken und vor seiner Nase. Carter

…e sich nichts daraus, fragte sich aber, wohin das führen …ochte. Manche Sträflinge machten sich einen Spaß daraus, Männer zu verprügeln, die homosexuelle Neigungen zeigten. Carter war vorsichtig und sah sich beständig um, wenn er nachmittags zu Max hinüberging, damit niemand ihn hinterrücks anfallen konnte. Die Tür von Max' Zelle stand immer offen, wenn er ihn besuchte – man hätte sowieso durch die Gitterstäbe alles beobachten können –, und außerdem war der Neger da. Als Carter über diese Dinge nachdachte, fiel ihm ein, daß er Max nie berührt hatte; sie hatten sich nicht einmal die Hand geschüttelt.

»Na, lernen Sie Handschriften fälschen?« fragte der Aufseher von Max' Zellenblock eines Nachmittags, als er Carter einließ.

»Handschriften fälschen?«

»Ich sehe Sie manchmal da drinnen schreiben.« Der Aufseher nickte hinüber zu Max' Zelle. »Das ist ein Fälscher, der Max. Ein sehr geschickter sogar.« Der Aufseher lächelte.

Carter winkte, zwang sich zu lächeln und ging weiter. Er sah Max' klare Handschrift vor sich, die er aus den Notizbüchern kannte. Max führte unregelmäßig Tagebuch, und gelegentlich schrieb er ein französisches Gedicht. Sein Schriftbild wirkte merkwürdig unschuldig. Fälschung. Das hatte Carter einen abscheulichen Schock versetzt. Aber irgend etwas mußte Max ja verbrochen haben – sonst wäre er nicht hier. Nun, dachte Carter, wenigstens sitzt er nicht wegen Mord.

Er war der Ansicht, daß er mit Hilfe von Max' Freundschaft eine neuerliche Ablehnung seines Antrags an das Oberste Gericht leichter ertragen würde. So versuchte sich Carter auf das Schlimmste gefaßt zu machen. Die zweite Ablehnung kam eines Tages im April mit der Nachmittagspost. Sie erschreckte ihn mehr als die andere. Sein erster Impuls war, zu Max in die Zelle zu laufen, aber um diese Zeit konnte er Max nicht besuchen. Carter ging zur Toilette und gab das Abendessen von sich, das er eine Stunde zuvor eingenommen hatte. Er wollte niemanden sehen, mit niemandem sprechen, aber auch dieser Wunsch wurde ihm verwehrt. Im Zuchthaus gibt es kein Privatleben.

In jener Nacht schlief er sehr wenig und nahm schließlich, gequält von seinen Gedanken, ein Nembutal. Am folgenden Morgen verrichtete er mit steinerner Miene, fast ohne nachzudenken, seine Arbeit, überschlug das Mittagessen und machte sich um drei Uhr auf dem Kocher im Waschraum eine Tasse Kaffee. Das Kaffeepulver stammte aus einer der drei Dosen, die Max ihm zu Weihnachten geschenkt hatte. Max hatte die Wette um die blasseste Hautfarbe gewonnen und den Siegespreis mit Carter geteilt.

In Max' Zelle setzte er sich, die Hände vor das Gesicht geschlagen, auf die untere Pritsche. Er weinte, ohne sich zu schämen, obgleich der Neger neben Max stand, beunruhigt, weil jeder, der vorbeikam, Gefangener oder Aufseher, beim Anblick eines weinenden Häftlings neugierig stehenblieb.

»Ich weiß«, sagte Max. »Es ist wegen dem Obersten Gerichtshof, nicht wahr?« fragte er auf Französisch.

Carter nickte.

Der Neger hörte ›Oberster Gerichtshof‹ und verstand. »Heiliger Gott im Himmel!« sagte er mitfühlend und ging schwerfällig hinaus, um sie allein zu lassen.

Max brannte eine seiner Zigaretten an und reichte sie Carter. Carter erzählte ihm von seiner Arbeit bei ›Triumph‹, von Wallace und Palmer, von dem Prozeß, wie er im letzten September ins Zuchthaus geschickt worden war und daß er es noch immer nicht fassen konnte. Er erzählte von Gawill, von Sullivan und von Sullivan und seiner Frau.

»Ich muß erreichen, daß Hazel jetzt nach New York zieht!« Carter schlug sich, ohne an seine Daumen zu denken, mit der Faust auf den Schenkel.

»Heute darfst du noch keinen Entschluß fassen«, warnte Max mit seiner ruhigen, tiefen Stimme.

Carter blieb eine Weile stumm sitzen.

Dann begann Max auf Französisch von sich, von seiner Kindheit zu erzählen. Mit fünf Jahren war er nach Frankreich gekommen. Als später sein Vater starb und kein Unterhaltsgeld mehr kam, nahm seine Mutter ihn mit zurück nach Wisconsin, wo er geboren war. Dort lebten Verwandte des Vaters. Seine Mutter heiratete wieder, aber sein Stiefvater dachte nicht daran, ihn aufs College zu schicken. So ging Max nach der Schule als Lehrling in eine Druckerei. Dann traf er Annette; er war einundzwanzig, sie neunzehn, und sie wollten heiraten. Aber Annette durfte nicht heiraten, bevor sie einundzwanzig war. »Ich habe gewartet, aber ich war glücklich dabei, denn ich liebte Annette«, sagte Max. Dann starb Annette nach knapp einjähriger Ehe. Max' Mutter war auf Besuch, und Annette war mit dem Wagen, in dem auch die Mutter saß, über eine Klippe gestürzt. Annette hatte den Wagen herumgerissen, weil plötzlich ein Reh über die Straße sprang; ein Mann hatte den Unfall gesehen. Annette war schwanger gewesen. Damals hatte Max angefangen zu trinken und daraufhin seinen Job verloren. Er war in den Süden gegangen und hatte in Nashville eine Menge übler Burschen kennengelernt, unter anderen ehemalige Sträflinge und Fälscher. Max hatte gelernt, Unterschriften zu fälschen, und die Taschendiebe der Bande brachten ihm die gestohlenen Reiseschecks und alles andere, was eine Unterschrift benötigte. »Natürlich war mir klar, daß ich etwas Gesetzwidriges tat«, sagte Max. »Aber ich war ja allein. Es ging niemanden etwas an und mich selber kümmerte es nicht.« Es war eine lukrative Beschäftigung für alle, und Max hatte seine Position in der Bande für besonders ungefährlich gehalten. Doch eines Nachts wurde das Hauptquartier von zwei Kriminalbeamten entdeckt. Beim Kampf hatte Max den einen getötet; er war wegen Fälschung und Totschlag zu siebzehn Jahren verurteilt worden.

»Und jetzt bin ich dreißig. Das Leben ist seltsam, nicht wahr, mein Freund? Das Leben ist seltsam.«

Carter seufzte. Er war sehr müde.

Max erhob sich und drückte Carter auf die Pritsche zurück. »Komm, leg dich hin.«

Carter ließ sich seitwärts auf die untere Pritsche fallen und zog die Füße nach. Es war Max' Pritsche. Dann fuhr er auf einmal hoch.

»Was ist?«

»Es muß gleich zum Essen läuten, und da möchte ich nicht einschlafen.«

Max ging langsam auf und ab, die Hände zusammengelegt. Sein Gesicht war ruhig, die dunklen Augen wach und fast humorvoll. Max sah aus wie immer. Die Nachricht hatte ihn überhaupt nicht berührt. Das tröstete Carter merkwürdigerweise.

»Das Leben ist seltsam«, wiederholte Max. »Man muß sich selber mit Abstand sehen und gleichzeitig nicht mit Abstand, beides jedoch kann zu Wahnsinn führen. Beides muß gleichzeitig geschehen. Es ist schwierig. Du erlebst heute einen Tag, an dem du dich mit Abstand betrachtest.« Max bückte sich und kam mit einem Buch in der Hand wieder hoch. »Lies darin heute nacht«, sagte er. Bei seinen letzten Worten schrillte die Essensglocke, nervenzerreißend, grell, zehnmal lauter als notwendig, schmerzhaft vertraut. Max lächelte belustigt, bis sie endlich verstummte. »Nun, ich muß fort, die abendliche *pièce de résistance* zu mir nehmen. Zweifellos wenigstens *canardeau à l'orange.*« Er hielt Carter das Buch hin.

Carter nahm es, ohne nachzusehen, was es war. Er lächelte mit Max über das, was Max eben gesagt hatte. Es tat gut, wieder einmal zu lächeln.

9

Wieder einmal wußte Hazel schon alles, ehe Carter es ihr mitteilen konnte. Magran hatte sie am selben Tag angerufen, als er an Carter schrieb. Carter hatte von ihr einen Brief bekommen, der deprimiert klang, aber gefaßt. Als er sie dann jedoch am Sonntag sah, erschrak er. In ihren Augen stand Verzweiflung; sie wirkte fast, als stehe sie unter Drogen.

»Du mußt weg von hier! Du solltest wirklich nach New York ziehen.« Er hatte seine Ansicht noch nicht geändert.

Es dauerte eine Zeit, bis sie antwortete. »Du sagst das so ruhig. Du hast dich sehr verändert, Phil.«

»Nein, bestimmt nicht.« Aber er wußte, daß sie recht hatte. »Vor Monaten habe ich dir das schon gesagt. Und jetzt hast du einen Grund mehr, endlich hier wegzugehen.«

»Du sagst gar nicht, was wir jetzt tun sollen.«

Wir können weiterhin Eingaben machen, hatte Magran geschrieben. Was sollte das heißen? »Magran hat sich nicht sehr klar ausgedrückt in seinem Brief.«

»Nein, das ist nicht wahr. Er sprach von Briefen an alle möglichen Leute ... Es gibt da ein Komitee in New York; wie das heißt, weiß ich nicht mehr, aber es befaßt sich mit den Bürgerrechten. Mr. Magran erwähnte es am Telefon.«

Carter seufzte. »Weißt du, Hazel, ich bin nicht der einzige in dieser Lage. Glaubst du, für die anderen wird soviel getan? Die schreiben auch. Wer hat denn schon Zeit, uns zu helfen? Und wer hat vor allem die Macht?«

»Aber genau dafür gibt es doch die Komitees«, sagte Hazel energisch. Ihre Hände lagen zu Fäusten geballt auf dem Tisch. »Mr. Magran sagt, du müßtest ebenfalls dahin schreiben.«

»Na schön, sag mir, wie das Komitee heißt. Natürlich schreibe ich.«

Hazel sah auf die Uhr. »Ich glaube, Max ist nicht gut für dich, Phil.«

»Wieso?« Carter runzelte die Stirn.

»Du hast dich verändert, seit du ihn kennst.«

»Wirklich? Nun, er macht mir das Leben hier leichter, Hazel.«

»Nur weil er es leichter nimmt. Er ist seit fünf Jahren hier, sagst du. Er ist ein richtiger Krimineller, Phil ... Du hast gesagt, er sei ein Fälscher – sogar ein Fachmann im Fälschen. Er ist gewöhnt ans Gefängnisleben – vielleicht wüßte er gar nicht, was er draußen anfangen sollte. Ich hab von solchen Leuten gelesen – sie können gar kein normales Leben mehr führen, mit richtiger Arbeit und Verantwortung und so. Es kommt mir so vor, als ob er dich ebenso macht – jedenfalls so weit, daß du solche Leute tolerierst. Und wenn du das erstmal tust, dann wirst du schließlich genauso. Ich habe den Eindruck, daß du jetzt schon denkst, so schlimm ist es hier eigentlich gar nicht. Und das wäre wirklich das Ende.« Ihre Worte klangen wie ein Ultimatum.

Carter hatte geduldig, aber mit leisem Groll zugehört. Ein Angriff auf Max war wie ein Angriff auf ihn selber. »Ich wollte gern, daß du Max mal kennenlernst, aber daran liegt dir offenbar nichts. Ich hab dir doch geschrieben, was er durchgemacht hat – daß seine Frau gestorben ist, als sie erst ein paar Monate verheiratet waren.«

»Andere Leute müssen auch sehr viel durchmachen und werden doch keine Verbrecher.«

»Er hat einen Fehler gemacht, deshalb ist er hier; er hat keine Reihe von Verbrechen hinter sich. Max ist ein zivilisierter Mensch, jedenfalls im Vergleich zu den andern hier – lauter Spinner oder Tiere. Ich bin froh, daß ich ihn gefunden habe. Vielleicht gibt's noch ein paar mehr, es sind ja sechstausend Männer hier, aber ich kenne doch höchstens ein paar hundert.« Er wußte, es war nicht ganz fair zu behaupten, daß nur Hazel nichts an dem Kennenlernen lag: Max hatte es ja ebenfalls nicht gewollt. Dann war da noch ein Punkt: vor etwa drei Monaten hatte Max ihn gebeten, ihm etwas

Morphium in die Zelle zu bringen. Carter hatte erwidert, es sei verschlossen – was auch stimmte –, aber jetzt hatte Carter den Schlüssel zu dem Schrank. Zweimal hatte ein Wärter Carter untersucht, als er zu Max unterwegs war; wenn man Rauschgift bei ihm fand, würde er das teuer bezahlen müssen. Carter hatte sich nicht weiter gewundert, als Max ihn darum bat; aber Hazel wollte er davon bestimmt nichts sagen. »Liebes, ich wollte, du verständest das mit Max. Ich sehe ihn ja nur zwanzig Minuten am Tag, und nicht mal jeden Tag.« Zweimal wöchentlich gingen die Insassen um diese Zeit zum Duschen. »Ich weiß, was in Büchern über Gefängnisse geschrieben wird, und über Verbrecher. Wir haben solche Bücher hier in der Bibliothek, ich hab sie gelesen.«

»Dann weißt du ja, was ich meine. Bitte, Phil, paß auf, daß du nicht auch so wirst.«

Carter saß sehr aufrecht auf seinem Stuhl. Er starrte auf seine Hände und war sich plötzlich des Bildes bewußt, das er durch Glas und Draht für sie bieten mußte. Er trug das weiße Sonntags-Besuchshemd mit den kurzen Ärmeln, in dem er sich nun nicht mehr komisch vorkam, sondern richtig elegant im Vergleich zu den alltäglichen Arbeitshemden. Sein Bürstenhaar störte ihn auch nicht mehr. Seine Schläfen färbten sich schon leicht grau; das war zwar bei dem kurzen Haar kaum zu sehen, aber Hazel hatte es sicher bemerkt; Hazel bemerkte alles. Die Linien auf seiner Stirn und zwischen den Brauen hatten sich vertieft. Und natürlich war er blaß. Er bot bestimmt keinen hübschen Anblick. »Ich ... werkele jetzt ein bißchen in der Tischlerei.«

»Oh, gut! Das ist schön. Woran arbeitest du gerade?«

»Ich helfe bei Arbeiten, mit der die ganze Werkstatt beschäftigt ist. Zum Beispiel Regale für die Wäscherei. Ich kann ja nicht alle Arbeiten tun, aber an der Kreissäge bin ich recht gut.«

In den letzten Minuten sprachen sie wie üblich von Timmie. Carter erkundigte sich nach dem Modesalon, obgleich er wußte, daß er eben die Unkosten deckte und weder sie noch Elsie Profit machten. Für ihre Halbtagsarbeit bekam Hazel siebenundfünfzig Dollar pro Woche, plus Provision auf ihre Verkäufe. Es war nichts weiter als eine Beschäftigung für sie.

An diesem Nachmittag ging Carter nicht zu Max. Hazels Worte hatten ihn zutiefst beunruhigt. Mit ungewohnter Besorgnis erwartete er Hazels Brief, der am Dienstag kommen mußte. Sie schrieb ihm schon lange nicht mehr gleich nach den sonntäglichen Besuchen, aber am Dienstag mußte ein Brief kommen, denn Montag wollte sie mit Magran sprechen.

Als der Brief eintraf, war er im Ton ruhiger, als Carter erwartete. Sie nannte ihm Namen und Adressen von vier Komitees und Organisationen und von zwei Herren in Washington, denen er schreiben sollte. Zwei der Komitees kannte er; an sie hatte er schon vor Monaten geschrieben, aber nicht einmal der Empfang seiner Briefe war bestätigt worden.

Er besuchte Max weiterhin vier- bis fünfmal in der Woche. Außerdem schrieb er jetzt Aufsätze auf Französisch und gab sie Max, der sie über Nacht korrigierte und bei der folgenden Sitzung mit Carter besprach. ›Mein Tag‹ war der Titel eines Aufsatzes, ein recht lustiger Bericht über seinen Tagesablauf in der Krankenstation, vom Aufstehen bis zum ›Licht aus‹. ›Wie ich meinen Tag verbringen würde, wenn ich könnte‹, hieß ein anderer, eine großartige Konjunktivübung und eine Vision von zu Hause, von Hazel und Timmie, vom Essen und Autofahren, nachmittags Fischen und Kochen auf dem Holzfeuer und Schlafen im Zelt; und in der rustikalen Szene kam auch eine Hi-Fi-Anlage vor, mit Musik von Schönberg und Mozart. Dann ›Was ich von Zuchthäuslern halte‹ und ›Über den Fortlauf der Zeit: Eine persönliche Ansicht‹. Carter nahm die korrigierten Aufsätze mit hinauf in die Krankenstation und schrieb sie während der Freizeit mit den von Max angebrachten Verbesserungen ab, so daß er schließlich eine Sammlung von fünfzehn bis zwanzig ›perfekten‹, wenn auch recht einfachen eigenen Aufsätzen auf Französisch besaß. Das erfüllte ihn mit großem Stolz.

Hazel schrieb:

Darling, wie geht es jetzt mit dem Morphium? Du hast es schon lange nicht mehr erwähnt. Zuletzt sagtest Du, Du brauchtest es noch, und zwar vermutlich noch lange. Gibt es denn gar nichts anderes, was Du nehmen könntest? Ich habe nachgelesen – Morphium ist das Hauptalkaloid des Opiums (und falls Du glaubst, ich weiß nicht, was ein Alkaloid ist – bitte sehr, jetzt weiß ich es!). Liebling, bitte, sei vorsichtig . . .

Ihre Worte riefen bei ihm leichte Gewissensbisse hervor. Er versuchte, sein Quantum herabzusetzen. Er konnte mit drei Injektionen pro Tag auskommen, und vier hatte er genommen. Aber der Unterschied machte sich seelisch bemerkbar: er war wesentlich deprimierter. Er bat Dr. Cassini um Demerol oder etwas Ähnliches, das die Schmerzen stillte, und der Doktor gab ihm etwas – diesmal etwas Wirksames. Es half, aber nicht so wie das Morphium; das hatte, wie Carter jetzt feststellte, eine besonders angenehme Art, die Wirklichkeit erträglich zu machen.

Zwei Wochen lang verzichtete Carter völlig auf das Morphium, dann kehrte er zur halben Dosis zurück und ersetzte das Fehlende mit dem Schmerzmittel.

Im Juli erhielt er einen Brief von Hazel, in dem sie ihm mitteilte, sie habe nunmehr beschlossen, mit Timmie nach New York zu ziehen. Sie schrieb, sie habe durch Sullivan einen Interessenten für das Haus gefunden.

Es ist leichter, Dir dies zu schreiben, als es Dir durch die gräßliche Glaswand zu sagen. Dort habe ich immer das Gefühl, ich schreie, auch wenn das gar nicht der Fall ist. Du weißt, ich gehe ungern von Dir fort, und im Grunde tue ich das ja auch nicht, aber wie Du mir hundertmal gesagt hast, machen mich diese grauenvollen Sommermonate und die Langeweile hier langsam verrückt, und jetzt kommt wieder ein Sommer. Noch vor zwei Wochen dachte ich, daß ich es noch einen Sommer in Fremont aushalten könnte, aber sogar der Modesalon macht für einen Monat zu ...

Sie schrieb, daß sie und Timmie in New York bei Phyllis Millen wohnen könnten, bis sie eine Wohnung fand. Phyllis Millen – den Namen, das Gesicht mußte Carter erst aus dem Schlamm versunkener Zeiten ausgraben – war eine Werbetexterin, etwa achtunddreißig und unverheiratet, die er und Hazel oberflächlich gekannt hatten, als Timmie ein Baby war.

Nun, das wäre erreicht, dachte Carter. Bald also war Schluß mit den Sonntagsbesuchen von Hazel. Sie mußte es schon seit geraumer Zeit planen, denn offensichtlich besaß sie von Phyllis bereits eine Zusage. Sie hatte also am vergangenen Sonntag schon gewußt, daß sie nach New York ziehen würde und hatte es nicht erwähnt. Was war der Unterschied, wenn sie es ihm durch die Glasscheibe sagte? Konnte sie ihm vielleicht dabei nicht in die Augen sehen? Carter fügte seinem Brief, den er gerade an Hazel schrieb, noch einige Zeilen hinzu. »Heute kam dein Brief – ich bin sehr froh, daß du nach New York gehst. Du hättest schon vor Monaten gehen sollen. Du wirst dich dort sehr wohl fühlen, und deshalb wird es mir auch guttun.«

Lawrence Magran, der sein Honorar für die Bemühungen mit dem Obersten Gerichtshof inzwischen erhalten hatte, würde nunmehr auf freier Basis für ihn weiterarbeiten, schrieb Hazel. Carter ärgerte sich ein wenig, daß Magran das mit Hazel besprochen hatte, statt ihm zu schreiben. Es war, als sehe Magran in Carter einen Toten und erfüllte an der Leiche lediglich noch Formalitäten.

Hazel schrieb ihm während der Woche vor ihrem Umzug

täglich. Es war, als habe sie ein schlechtes Gewissen. Seine eigenen Gefühle waren gemischt: manchmal ärgerte er sich (meist, wenn er abgespannt war oder Schmerzen hatte), dann wieder freute er sich für sie und war glücklich. Er schrieb ihr nur, wenn er glücklich war.

... Ich bin nun mal hier in der Strafanstalt und muß vielleicht noch vier Jahre bleiben, schlimmstenfalls. Aber ich bin viel besser dran als 99 Prozent der andern Männer, die die Hälfte der Zeit in Zellen sitzen. Daran mußt du denken, wenn du an mich denkst.

Als sie am letzten Sonntag zu ihm kam, sah sie besonders hübsch aus. Ein neues hellrosa Leinenkleid, ärmellos, um den Hals ein apfelgrünes Seidentuch, mit einer antiken Goldnadel gehalten. Er hatte sie ihr an einem Hochzeitstag – dem dritten, vierten? – geschenkt; es war ein geringelter Drache mit einem Rubinauge. Ihr Haar wirkte frisch gewaschen, glänzend und seidig. Aber sie lächelte nicht so oft wie sonst. Zum erstenmal bemerkte Carter eine Linie in ihrem Gesicht, einen feinen Querstrich auf ihrer Stirn. Irgendwie berührte ihn das sehr.

Hazel sagte: »Ich habe gerade einen großen Scotch getrunken.«

Carter lächelte. »Ich wünschte, du hättest mir etwas davon mitgebracht.«

Er merkte an ihr keinerlei Wirkung von diesem Scotch. Weder Tränen noch Sentimentalität. Beide bemühten sich angestrengt, frisch und fröhlich zu sein, aber sie wiederholten Dinge, die sie bereits in Briefen gesagt hatten, sie versicherten sich gegenseitig, daß Magran ihn durchaus nicht im Stich gelassen habe und immer noch einer der besten Strafverteidiger des Landes sei ...

»Vielleicht ist es, weil ich kein richtiger Verbrecher bin«, sagte Carter, und beide lachten ein wenig.

Sie hatte eine Anzahlung von achttausend Dollar auf das Haus erhalten; alles in allem würde es zwölftausend bringen, das wußte Carter bereits. Der neue Besitzer war ein Mann namens Abrahol; er hatte eine Frau, zwei halbwüchsige Kinder und einen Collie. Sie wollten am 1. August einziehen.

Unsere Anstrengungen, fröhlich zu wirken, sind recht erfolgreich, dachte Carter. Beide lächelten, als Hazel aufstand und gehen wollte. Sie sagte, sie würde bestimmt noch vor dem Erntedanktag herunterkommen können. An der Tür drehte sie sich noch einmal um und warf ihm eine Kußhand zu. Carter starrte hinter ihr her. Dann war sie fort, verschwunden – die schmale rosa Linie mit dem dunkelbraunen Haarschopf. Er blickte auf den Steinboden, als er zurückging; in seinen Augen standen keine Tränen. War er im Begriff, zu Stein zu werden, wie der Fußboden hier, wie die Anstalt? Ob Hazel jetzt weinte? Er blieb stehen und blickte sich um, als könne er sie noch sehen, als wäre noch ein Blick auf sie möglich, wenn sie noch hinter dem Doppelgitter des Käfigs stand. Ach was, wozu sollte sie zögern – draußen wartete vermutlich Sullivan im Wagen auf sie.

Hazels Briefe waren zunächst sehr lebendig, voller Beschreibungen der vielen neuen Gebäude, die seit ihrem letzten Besuch in New York, im vergangenen Sommer, aus dem Boden geschossen waren. Und dann kam, was Carter erwartet hatte: in der letzten Augustwoche sollte David Sullivan geschäftlich nach New York kommen und, wie schon einmal, etwa einen Monat lang im Heim der Knowltons wohnen. Hazel besaß jetzt eine Wohnung in der East Twenty-eighth Street, ohne Lift, drei Zimmer, Küche, Bad. Carter hatte geahnt, daß Sullivan nach New York fahren würde. Jetzt, da er es mit Sicherheit wußte, war er richtiggehend erleichtert. Und auch beruhigt, weil sie ihm offen davon geschrieben hatte.

Hazel kam nicht vor dem Erntedanktag. Sie besuchte einen Soziologie-Kurs an der New School in der Twelfth Street, und ihr Studienplan ließ eine längere Unterbrechung vor Weihnachten nicht zu. Hazel hatte im College ein Soziologie-Examen abgelegt und besuchte den Kursus der New School zur ›Auffrischung‹, wie sie sagte, und ›um etwas zu tun zu haben‹. Weihnachten kam sie ihn besuchen; die Edgertons hatten sie und Timmie für zwei Wochen nach Fremont eingeladen. Sie war schmaler geworden, obgleich sie das abstritt. Während der Feiertage besuchte sie ihn zweimal. Carter schenkte ihr ein Regal aus Kirschholz, das er in der Tischlerei gearbeitet hatte. Es wurde Hazel – uneingepackt, weil er kein Packmaterial hatte, und außerdem hätte es der Aufseher sowieso ausgewickelt – durch den Käfig gereicht, zusammen mit einer verhältnismäßig großen Eichentruhe mit Timmies Monogramm auf dem Deckel, ebenfalls einer Arbeit von Carter. Auf einer Karte hatte Carter an Timmie geschrieben: »Ich weiß, allmählich wirst Du zu alt für Spielzeug, aber Mammi sagt, Du müßtest ein bißchen ordentlicher werden. Also pack Deine Sportgeräte hier hinein.«

Und dann reiste Hazel wieder ab; sie hatte versprochen, Ostern wiederzukommen. Einmal besuchten ihn die Edgertons, und mehrmals schrieben sie ihm auch Briefe – Briefe, die fröhlich klingen sollten, über ihre Blumen und ihre Katze, die Junge bekommen hatte. Sullivan schrieb ebenfalls. Er teilte ihm mit, daß Gawill, von der ›Triumph‹ entlassen, zurückgegangen sei nach New Orleans und nun bei einer Firma arbeite, die Metallmarkisen herstelle. Carter fand das uninteressant. Er hatte schon vor fast einem Jahr erfahren, daß Gawill von der ›Triumph‹ entlassen worden sei. Sullivan sah den Grund dafür in seinen Ermittlungen und in der Aufdeckung der hohen Ausgaben, die Gawill zur Zeit der Schul-Fonds-Veruntreuungen gemacht hatte. Und wenn das stimmte? Warum wurde Gawill dann nicht gerichtlich belangt? Wer weiß, ob er nicht tatsächlich was angestellt hatte – aber er war jedenfalls ein freier Mann. Unrecht war recht und Recht war unrecht, und alles war aus Papier: Urteile, Gnadenerlasse, Gesuche, Akten, Strafpunkte, Schuldbeweise, aber nie und niemals Unschuldsbeweise. Gäbe es kein Papier, dachte Carter, so würde der ganze Justizapparat zusammenfallen und verschwinden.

Überall in der Strafanstalt und sogar auf der Krankenstation saßen Männer und schrieben Briefe mit Hilfe von Gesetzbüchern, Anwaltsformschreiben und Wörterbüchern. Sie schrieben über habeas corpus, coram nobis und tausenderlei persönliche Klagen. Oft baten sie Carter, die Briefe auf Grammatik und Orthographie hin durchzusehen. Solche Fehler konnte er korrigieren, nicht aber die jämmerliche Abfassung vieler Briefe, die ihn zuerst so gestört hatte, daß er einige Briefe ganz umschrieb. Als er dann niemals ein Resultat der Anstrengungen sah, ließ er die Briefe so laufen. Manche klangen zerbrochen wie ein Schrei aus der Tiefe; andere kamen von Männern, die stets und ständig jammerten, bei ihnen war einfach Dummheit schuld an der miserablen Anordnung. Manche der Jämmerlinge waren ganz geübt und konnten sich sogar ausdrücken; die zeigten Carter die Briefe nicht, um korrigiert zu werden, sondern weil sie Komplimente wünschten. Die Briefe waren ein Ventil für Kreativität, aber auch für Groll und Haßgefühle. Besonders die Männer in Max' Block kamen mit Briefen, weil sie Max und Carter schreiben sahen. Max schrieb viele Briefe für Analphabeten. Nach der Anstaltsordnung durfte jeder Häftling im Monat zwei solcher ›dienstlichen Briefe‹ schreiben.

David Sullivan schrieb an Carter:

Vielleicht scheint Dir die Situation im Augenblick nicht sehr vielversprechend, aber alles, was wir brauchen, sind Beweise. Aussagen von Leuten, die in Gawills Machenschaften ver-

wickelt waren, das heißt Empfänger des Geldes, das er während der Veruntreuungsaffäre so mit vollen Händen hinausgeworfen hat. Gawill und Palmer waren recht vorsichtig, aber es gibt doch Leute, die etwas wissen. Mit zweien habe ich persönlich gesprochen. Hazel kennt ihre Namen ebenfalls, aber schriftlich will ich sie lieber nicht erwähnen. Leider fürchten sie Gawills Rache und wollen erst den Mund auftun, wenn er hinter Gittern sitzt, aber so herum geht das nun einmal nicht. Die Gefahr jedoch, in der er schwebt, macht Gawill langsam fertig. Er ist wieder in N. O., in vertrauter Umgebung, und wie üblich gehören seine Freunde zum Abschaum. Ich werde hinfahren, und wenn ich mich dafür maskieren müßte . . .

Zu Max und seinem Zellengenossen, dem Neger, wurde ein dritter Mann gelegt, der auf einem Feldbett schlafen mußte, und von da an war der Französischunterricht keine ungetrübte Freude mehr. Der Neue wollte sich um halb vier, wenn Carter kam, durchaus die Haare waschen, oder er brauchte den Tisch, um einen Brief zu schreiben, und selbst wenn Max und Carter sich mit angezogenen Beinen auf Max' Pritsche hockten, beschwerte er sich über das ›Gemurmel‹, das zu dieser Stunde wesentlich leiser war als die Stimmen im Korridor. Der Neue hieß Squiff. Er war unter dreißig, blond, mager, mit einer Narbe auf der Wange, die bis zur Schläfe verlief. Er hatte schon mehrmals gesessen, aber Max wußte nicht, weshalb er diesmal im Zuchthaus war. Dies mußte mindestens seine dritte Strafe sein und offenbar eine recht schwere. Auf jeden Fall haßte er Gott und die Welt, und vor allem haßte er Max. Max war höflich zu ihm, beanspruchte möglichst wenig Platz, war großzügig mit Zigaretten, doch Carter merkte, daß das Squiffs Abneigung nur noch vertiefte. Auf Französisch sagte Carter zu Max, er solle zu seinem eigenen Besten doch ein wenig härter sein. Max zuckte lediglich die Achseln.

»Ich habe das Gefühl, er will unbedingt einen Streit vom Zaun brechen.«

»Ach, ich bin größer als er«, erwiderte Max.

»Ich meine, einen üblen Streit«, sagte Carter, und Max wußte, was er damit meinte: eine Messerwunde, einen Schlag über den Kopf mit dem Stuhl, wenn Max den Rücken kehrte.

»Ronnie wird mir helfen«, meinte Max.

Ronnie war der große Neger. Carter wußte, daß Ronnie Squiff haßte, aber nur wenige Neger – es gab ein- paar im Zuchthaus, die einen fürchterlichen Weißenhaß an den Tag legten – wagten es, Hand an einen Weißen zu legen, so sehr sie auch provoziert werden mochten. Neger wurden immer mit Negern zusammengelegt, und wenn das nicht möglich war, suchte man einen sehr ruhigen Weißen aus dem Norden aus, wie Max. Carter erwähnte Squiff nicht mehr, aber seine Gegenwart machte ihn immer nervöser. Er wagte ihn kaum noch anzusehen, damit Squiff ihm nicht die Abneigung vom Gesicht ablesen konnte und einen Streit inszenierte.

»Hört mal, ihr Neunmalklugen, sprecht ihr etwa über mich?« fragte Squiff eines Tages und fuhr herum. Er stand am Waschbecken und wusch sich ein Hemd aus. Max, Carter und die Papiere bekamen einen wahren Tropfensegen ab.

»Nein, wir ...« Max zögerte. »Wir sprechen über Dinge, die wir uns ausdenken. Über was kann man hier sonst schon sprechen?«

Carter zwang sich, den Blick nicht vom Wörterbuch zu heben. Er wischte nicht einmal den Tropfen weg, der auf die eine Seite gefallen war.

Ganz langsam drehte sich Squiff wieder zum Becken, wrang sein Hemd aus, schüttelte es und hängte es mit so heftigen Bewegungen an einen Haken, daß es zerriß. »Zu schade, daß ihr Intellektuellen euch nicht in die Bibliothek verkrümeln könnt.«

Max sprach von Keyhole (Schlüsselloch), dem kleinen Hund in der Wäscherei. Das Tier war jetzt fast einen Monat dort, sorgfältig versteckt, natürlich, denn Tierhaltung war verboten. Die Wäschereiarbeiter hatten ihn vom Fahrer eines Lieferwagens, der Zulaß zum Zuchthausgelände besaß. Der Hund war klein, eine schwarz-weiße Promenadenmischung mit einem Schuß Foxterrier, und, wie Max annahm, etwa ein Jahr alt. Die siebzig bis fünfundsiebzig Männer der Wäscherei wußten alle von dem Tier, aber nur sie – weder ein Aufseher noch ein anderer Sträfling. Die Wäschereiarbeiter brachten ihm Reste von ihren Mahlzeiten, und einer hatte ihm sogar ein Halsband geflochten. Wenn jemand einen Aufseher kommen sah, schrie er laut: »Weiß einer, wie spät es ist?« und der Gefangene, der Keyhole am nächsten war, steckte den Hund rasch in einen Waschkorb, bis die Luft wieder rein war. Bei Nacht schlief Keyhole in einem großen Wäschekorb, der auch seinen Freßnapf, Wasser und Papierschnipsel als Toilette enthielt. Er fühlte sich wohl und nahm zu.

»Habt ihr vor, auszubrechen?« fragte Squiff verächtlich.

Max lachte. »Nein. Du etwa? Ich mache mit!«

»Gibt es denn kein französisches Wort für Schlüsselloch?« Squiff kicherte. »Ist doch komisch!«

Max erklärte: »So heißt eine kleine Stadt in Arkansas.«

»Ach so!« Squiff gab sich zufrieden.

Carter hatte an seine Tante Edna geschrieben, als Antwort auf einen Brief, den Hazel ihm ins Zuchthaus nachschickte. Er erklärte so gut er konnte, warum er im Zuchthaus war; seine Daumen erwähnte er nicht. Ein Schreck zur Zeit war genug. Er tippte den Brief auf der Schreibmaschine, damit Edna nicht die veränderte Handschrift sah. Als er den Brief abschickte, wurde er von Depression gepackt bei dem Gedanken, daß Edna, die immer viel Zeitungen las und jetzt in Kalifornien sicher auf die NEW YORK HERALD TRIBUNE abonniert war, die sie sehr liebte, keine Ahnung hatte, daß er im Zuchthaus war. Als er ihren nächsten Brief bekam, wurde ihm noch elender zumute. Sie schrieb:

»Ich konnte es gar nicht fassen. Es ist ganz furchtbar für Hazel und den Jungen, aber ich kenne ja Hazel und weiß, sie wird auch hier den Mut nicht verlieren. Aber hast Du Dein Gewissen und Deine Taten wirklich gründlich durchforscht? Niemand ist ganz ohne Schuld. Ich kann einfach nicht glauben, daß ein amerikanisches Gericht einen Mann verurteilen würde, wenn er ganz schuldlos ist. Du bist immer vergeßlich gewesen, Philip, ich meine geistesabwesend, wenn Du hättest aufpassen sollen. Wenn Du einsähest, daß Du Dich irgendwo, wenn auch nur in einer Kleinigkeit, falsch verhalten hast, so wäre damit etwas von der Bitternis genommen und würde Dir helfen, Deinen Frieden mit Gott zu machen ...«

Edna wurde alt, das sah Carter. Sie war Mitte siebzig, das war für viele noch nicht alt, wohl aber für sie. Er ließ ein paar Wochen verstreichen, bevor er ihr wieder schrieb, diesmal etwas kürzer und vorsichtiger; er erklärte eingehender, auf welche Weise Palmer sich die Mittel angeeignet hatte, die das Schulkomitee der Firma ›Triumph‹ konzediert hatte. Auf diesen Brief erhielt er nie eine Antwort.

Im Juli schrieb ihre Schwester Martha, bei der sie wohnte, daß Edna mit Wasser und Herzschwäche im Bett liege. Der Arzt glaube nicht, daß sie durchkommen werde. Im August schrieb Martha dann, daß Edna gestorben sei. Carter erbte die Hälfte ihres Vermögens, etwa 125 000 Dollar. Die andere Hälfte ging an Martha – durchaus berechtigt, wie Carter fand, denn Edna hatte über zehn Jahre bei ihr gelebt, und Martha selber besaß nicht viel Geld. Man hatte Carter zwar immer gesagt, er werde der Alleinerbe seines Onkels und vermutlich auch seiner Tante sein, aber das machte ihm jetzt nichts aus; er hegte weder Groll wegen der Hälfte noch erfüllte ihn die Erbschaft mit Glück – es war ihm egal. Zu Max sagte er nichts davon. Carter wollte, daß Hazel sich mit dem Geld das Leben leichter machte, den größten Teil investierte und die Idee, eine Stellung anzunehmen, aufgab. Sie wollte jetzt einen zweijährigen Kurs absolvieren, der mit dem Master's Degree in Psychologie und Soziologie abschloß. Ohne diesen Grad konnte sie keine passable Anstellung finden.

Er hatte Hazel im Juli gesehen; sie war mit Timmie hergeflogen und hatte diesmal im Haus David Sullivans in Clayton gewohnt, mehrere Meilen vor Fremont. Carter machte sich jetzt wesentlich weniger Sorgen über das Verhältnis Hazels zu Sullivan. Er glaubte nicht, daß sie etwas miteinander hatten oder je gehabt hatten. Und wenn sie bis jetzt nichts gehabt hatten, dann würden sie auch nicht mehr damit anfangen, meinte Carter. Seine Liebe zu Hazel hatte im Zuchthaus eine seltsame, tiefe Wandlung durchgemacht. Es war jetzt eine sexlose Liebe, als sei der Teil ihrer Liebe, der vorher so stark gewesen war, vorübergehend lahmgelegt worden. Und doch war seine Liebe zu ihr gewachsen. Ihre Treue war für ihn das Größte und Schönste, das es gab. Als sie ihm bei ihrem Besuch im Sommer sagte: »Schließlich ist jetzt die Hälfte vorbei, auch wenn es wirklich sechs Jahre werden«, fühlte Carter sich beruhigt und neu gekräftigt. Vor zwei Jahren noch hätten ihn diese Worte erbittert.

Die Aussicht auf 125 000 Dollar konnte Hazel jedoch nicht von ihrem Plan abbringen, das staatliche Soziologie-Examen abzulegen. Im September fing sie im Adelphi College in Long Island an.

Der August war ein quälender Monat für Carter. Die Hitze schien schlimmer als in anderen Sommern. Sullivan war wieder in New York, in der Wohnung der Knowltons. So schnell verging ein Jahr. In der letzten Augustwoche wurde Keyhole entdeckt. Ein Häftling, der ihn schnell verstecken wollte, als ein Aufseher kam, trat ihm auf die Pfote, und Keyhole jaulte. Der Aufseher – er hatte die Waffe gezogen, um sich Gehorsam zu verschaffen und brachte es nicht fertig – verlangte, der Hund solle herausgegeben werden. Keyhole saß derweil in seinem Korb, und niemand rührte einen Finger, um ihn herauszuholen. Max sagte, es sei totenstill gewesen in der Wäscherei, alle Maschinen abgestellt. Und in diese ungewöhnliche Stille hinein habe Keyhole gebellt. Der Aufseher entdeckte den Korb und holte den Hund heraus.

»Der Aufseher war so wütend, daß er am liebsten den Hund umgebracht hätte«, erzählte Max. »Aber dann, das schwöre ich dir, hätten die Jungens da unten ihn in Stücke gerissen!« Max sprach Französisch. Squiff war, wie immer, dabei.

Keyhole wurde ins Tierasyl in Bowman, einer Nachbarstadt, geschafft. Max sagte, einige Männer wollten einen Brief an den *Bowman Eagle* schreiben und versuchen, ein Heim für den Hund zu finden. Außerdem wollten die Sträflinge drei Dollar für die Zulassung zum Asyl hinschicken. Der Brief an die Zeitung sollte von allen Wäschereiarbeitern unterzeichnet werden, damit die Zuchthausbehörde nicht einen oder ein paar für alle bestrafen konnte.

Bis zum nächsten Morgen wußte das ganze Zuchthaus von Keyhole. Seltsam, drei Monate lang war die Anwesenheit des Hundes streng geheimgehalten worden, und nun wußten innerhalb von vierundzwanzig Stunden sechstausend Zuchthaus-Insassen von ihm. Sie waren empört. Max sagte, im Eßsaal sei an dem Tag, als der Hund entdeckt wurde, geflüstert worden, und die Aufseher hätten über den Lautsprecher eine Warnung gebrüllt, daß jeder, der beim Sprechen erwischt werde, am Wochenende nicht zur Filmvorführung dürfe.

»Du wußtest also von Keyhole, aber mir hast du nichts davon gesagt!« beschwerte sich Squiff bei Max. Er saß auf dem Stuhl und reinigte sich die Nägel mit einem Zahnstocher. »Du arbeitest doch in der Wäscherei, nicht?«

Max sagte leichthin: »Ach komm, Squiff! Wenn wir es jedem erzählt hätten, wäre der Hund nicht zwei Tage geblieben. Irgendein Lump hätte es den Aufsehern erzählt.«

»Aber deinen Freund hier, den hast du eingeweiht!« Er

nickte zu Carter hinüber. »Der arbeitet nicht in der Wäscherei; der ist ein Pillendreher. Warum hast du's dem denn gesagt?«

Zwei Tage später erzählte Max, der Brief, den alle Wäschereiarbeiter unterzeichnet hätten, sei angehalten worden. Der Zensor habe ihn offenbar dem Direktor gezeigt, denn jetzt hätte sich der Direktor eingeschaltet, und jeder Mann aus der Wäscherei erhalte zwei Monate Strafzulage und dürfe einen Monat nicht an der Filmvorführung teilnehmen.

Carter verabschiedete sich von Max. Am Ende des A-Blocks wartete er auf den Lift. Auf einmal hörte er Stimmengewirr. Es kam aus der Richtung des B-Blocks. Zuerst klang es wie Jubel, aber wer sollte hier schon jubeln? Die Fahrstuhltür öffnete sich, der Liftführer hörte den Lärm, und seine Miene wurde gespannt und erschreckt. Alle Gefangenen im Korridor des A-Blocks standen stumm, die Köpfe dem immer mehr anschwellenden Lärm zugewandt. Andere kamen aus ihren Zellen, um zu lauschen.

»Es geht los!« kreischte eine sich überschlagende Stimme.

»Komm rein!« sagte der Liftführer hastig zu Carter, doch in diesem Augenblick sprang ein Sträfling den Liftführer an, preßte ihm die Arme an den Körper, und beide stürzten im Fahrstuhl zu Boden.

Auf einmal begannen alle zu laufen. Carter wurde von drei, vier Männern beiseite gestoßen, die lachend und johlend zum Fahrstuhl rannten. Irgendwo im Block fiel ein Schuß, aber die Explosion klang nur schwach durch das Stimmengetöse. Die Fahrstuhltür schloß sich. Carter drehte sich um und sah, daß die Tür zum B-Block sperrangelweit offen stand und Männer aus dem A-Block hindurchströmten. Er wußte nicht, wohin, wollte sich in eine der nahen Zellen retten; doch nach wenigen Schritten schon stieß er heftig mit einem großen Mann zusammen, der in die entgegengesetzte Richtung rannte. Carter keuchte vor Schmerz und versuchte wieder zu Atem zu kommen. Jetzt packte ihn auch die Wut. Er lief auf den B-Block zu. Die Tür bildete einen Engpaß, und hier herrschte entsetzliches Gedränge. Carter spürte, daß er auf etwas Weiches trat – einen menschlichen Körper. Einige Männer schlugen die sich vor ihnen herschiebenden mit den Fäusten auf den Kopf. Dann war Carter durch. Von den Stockwerken des B-Blocks kamen Sträflinge herabgeströmt, alle aus vollem Hals brüllend. Aus einem der oberen Stockwerke ergoß sich Wasser auf die Männer, die fluchend dem Strahl auszuweichen suchten. Carter schob sich weiter durch das Gedränge. Bis zu Max' Zelle waren es noch etwa zweihundert Meter, aber es hätten ebensogut zweihundert Kilometer sein können. Carter gab den Gedanken auf, sie zu erreichen und steuerte auf die Zellen zu seiner Linken zu. Hinter ihm her kam ein alter Mann, klammerte sich wie ein Ertrinkender an Carters Hemd und winselte: »Ich will zu meiner Zelle! Zu meiner Zelle!«

»Geh weiter, Freund!« sagte ein finsterer Sträfling, als Carter endlich eine Zelle erreichte. Sie war mit fünf Mann besetzt, die mit vereinten Kräften die Tür zuhielten.

Carter wurde weitergeschoben, immer auf Max' Zelle zu. Die Menge strebte zum C-Block, und Carter nahm an, daß die Verbindungstür offen war. Die Türen der nächsten beiden Zellen standen weit offen, aber sie waren geplündert, das Bettzeug zerfetzt, die Matratzen zu Boden geschleudert. Eine Toilette war aus dem Boden gerissen, und aus dem Loch strömte das Wasser. Carter schoß der Gedanke durch den Kopf, daß viele herausgerissene Toiletten unten eine Überschwemmung verursachen und viele Männer ertrinken könnten. In einer anderen Zelle brüllte ein Mann vor Schmerz: sechs, acht Gefangene schlugen und traten auf ihn ein. Carter gab die Zellenidee auf. Was, wenn Hunderte dieselbe Idee hatten? Er sah, wie ein einzelner Mann verzweifelt die Tür seiner Zelle zuhielt und es nicht schaffte. Über Carters Kopf hinweg flog in hohem Bogen eine Toilette und riß mindestens zwei Mann zu Boden.

»Achtung! Weitergeben!« rief einer, und hoch über den Köpfen kam waagerecht ein Mann daher, wie wahnsinnig lachend, von zahllosen Händen weitergereicht, vor Wut und Angst geschlagen, wieder weitergegeben von anderen, lachenden Männern, und bald außer Sicht, auf die Tür des C-Blocks zugetragen.

»Hängt den Direktor! Hängt den Direktor!« Immer mehr Männer nahmen den Singsang auf.

Carter suchte nach Max. Er sah Hanky, grinsend und grölend, triumphierend ein selbstgefertigtes Messer schwingend. Wasser platschte von oben auf Carter und die Männer in seiner Nähe herab, und der Schwung, mit dem sie alle dem Guß auszuweichen suchten, schwemmte Carter in die Gangmitte hinein. Hier strömte die Masse mit größerem Tempo dahin, und in Sekundenschnelle war er auf einer Höhe mit Max' Zelle und kämpfte sich durch zur Tür.

In der Zelle befanden sich etwa acht Mann; mit angstvoll aufgerissenen Augen versuchten sie, die Tür zuzuhalten.

»Wo ist Max?« schrie Carter hinüber.

»Wer?«

»Max! Dies ist seine Zelle!«

Die Männer blickten starr. Vielleicht hatten sie ihn nicht verstanden. Er mußte über ein Dutzend Menschen hinwegschreien. Von den Männern in der Zelle kannte er keinen.

Auf einmal verteilte sich die Menge um Carter. Alles drängte hinüber zum C-Block.

»Zieh Leine, Mann!« sagte einer der Männer in Max' Zelle zu Carter.

»Ich will ja nicht rein. Weiß denn keiner von euch, wo Max ist?«

Jetzt flogen einige Zellentüren auf. Johlende, lachende Männer kamen heraus. Sie hatten nur Zuflucht gesucht, bis das Ärgste vorbei war und waren jetzt wieder zu allem bereit.

»Kommt, raus hier!« sagte einer der Männer in Max' Zelle.

Unversehens stießen sie die Tür auf und schoben sich, einer nach dem anderen, acht bis zehn an der Zahl, auf den Korridor.

Hinten in der Zelle lag Max.

Als Carter ihn umdrehte und sein Gesicht sah, wußte er, daß er tot war. Sein ganzes Gesicht war blutig und bis zur Unkenntlichkeit zerschlagen. Carter atmete mit kurzen, keuchenden Stößen und lief hinaus. Er lief zum C-Block, hinter den zehn Männern her. Einer von ihnen war es gewesen – oder auch mehrere –, als sie um Platz in Max' Zelle kämpften. Ein großer Mann streckte lachend den Arm aus und tat, als wollte er Carter aufhalten. Carter hob den Fuß und trat den Mann in den Magen. Der Mann stürzte rückwärts gegen die Wand. Er sank zu Boden. Carter sprang auf ihn. Er sprang auf sein Gesicht, seine Brust, er trat ihn. Laute Stimmen jubelten ihm zu. Carter packte den Mann beim Hemdkragen und stieß seinen Kopf auf den Steinboden.

Dann packte ein Neger Carter vorne am Hemd, grinste ihn an und fragte: »He, Mann! Verrückt geworden?«

Carter holte mit der Faust aus, verfehlte aber den Neger.

Der Neger schlug zu, und Carter ging bewußtlos zu Boden.

Als er zu sich kam, war es ganz still im Block, nur am anderen Ende hörte er Stimmen. Dort standen zwei Gefangene mit Pistolen. Ein dritter, auch mit einer Pistole, stand für sich am anderen Ende des Blocks, in Carters Nähe.

»Dachte schon, du wärst hin, Joe«, sagte der einzelne mit der Pistole, ein Neger. Er wiegte sich gemessen von einem Fuß auf den anderen.

Carter versuchte sich aufzurichten, aber sein Arm gab nach und knickte ganz merkwürdig ein: er war gebrochen. Mit Hilfe des anderen Armes kam er dann hoch und wankte auf eine Zellentür zu. Die Zelle war leer. Er sank auf die untere Pritsche, auf die nackten Sprungfedern, denn das Bettzeug lag auf dem Boden verstreut.

Hier verbrachte er vierundzwanzig Stunden. Die ganze Zeit brannte das Licht. Die Sträflingswachen wurden abgelöst; an jedem Ende des Korridors standen jetzt mehrere Männer. Zweimal holten zwei von ihnen für Carter etwas Wasser; woher, wußte er nicht, denn das Becken in der Zelle war zerbrochen. Aus der Leitung in der Wand sickerte Wasser, aber das Rohr war tief innen abgebrochen, und das Wasser lief innerhalb der Mauer ab. Carters Arm war geschwollen. Mehrmals bat er, in die Krankenstation gebracht zu werden, aber die Wachen sagten, sie dürften ihren Posten nicht verlassen, das sei Befehl. Sie sagten es stolz, als dienten sie einer Armee, die sie liebten und achteten. Einer sagte, er wolle Erlaubnis holen, ihn zu zweit nach oben bringen zu dürfen. Der Schmerz in Carters Arm war ebenso stark wie der in den Daumen. Er sehnte sich nach einer Morphiumspritze. Jetzt erbrach er das Wasser, wenige Minuten, nachdem er es getrunken hatte. Die Männer, die ihn fortbrachten, waren vergnügt und angetrunken. Carter roch den Alkohol in ihrem Atem. Einer war farbig, der andere weiß.

»Jawohl, Sir!« sagte der Neger. »Jetzt klappt der Laden. Jetzt haben wir erstklassigen Service. Tragbahren, Wärmflaschen, Hummer, Lachs und Bärenschinken!« Er lachte schrill.

Sie stolperten und stießen ihn beim Tragen. Der Lift sei nicht in Ordnung, erklärten sie. Sie mußten die Treppe benutzen.

»Bist du der, der Whitey umgebracht hat?« fragte der Neger fröhlich grinsend.

Carter schwieg. Nur vage erinnerte er sich an einen brutalen Kampf, erinnerte er sich, einen Mann getreten zu haben. Er hatte keine Ahnung mehr, wie dieser Mann aussah, ob er groß war oder klein, dick oder dünn, weiß oder schwarz.

Die Krankenstation lag in Trümmern. Dr. Cassini sah aus wie ein verschrecktes Kaninchen. Er warf Carter ein gemurmeltes Hallo zu, als sei er ein Fremder. In einer Ecke waren zerschlagene Bettische aufgetürmt. Stühle gab es nicht mehr.

Zwei Sträflingswachen lümmelten sich am Fenster; aus ihren Taschen schauten Pistolengriffe heraus.

»Immer, wenn jemand kommt, habe ich Angst, es ist wieder ein Überfall«, sagte Dr. Cassini. »Mein Gott! Was glauben die denn, wieviel Rauschgift wir hier haben? Viermal bin ich geplündert worden!« Er tastete an Carters Arm herum.

»Haben Sie noch Morphium?« erkundigte sich Carter. Unwillkürlich dämpfte er die Stimme.

Dr. Cassini grinste und sah sich vorsichtig um. Er beugte sich herab und sagte: »Ich habe noch einen Privatvorrat. Für den Notfall. Penicillin auch. Keine Sorge, Philip, mein Junge!«

Mit einem Zugapparat richtete Dr. Cassini Carters Arm, nachdem er ihm eine Extraportion Morphium verabreicht hatte. Trotzdem tat es weh, als der scharfe Knochen in das wunde Fleisch stach. Carter redete sich ein, er habe Max versprochen, keinen Mucks von sich zu geben, und das half. Er mußte noch mehr über sich ergehen lassen: eine Stirnwunde mußte ausgewaschen werden, ein paar Kratzer auf der Hand ebenfalls, und eine Wunde am Schienbein mußte genäht werden. Sie hatte so geblutet, daß sein Schuh voller Blut stand. Es war getrocknet und mußte aufgeweicht werden, damit der Schuh vom Fuß herunter kam. Fünfundvierzig Minuten nach dem Richten des Armes war Carter wieder munter genug, um kräftig zu fluchen. Schweinehunde nannte er die Kerle, die Max umgebracht hatten, Squiff oder wer immer es gewesen war. Er bedachte sie alle mit saftigen Zuchthausausdrücken.

Pete erzählte, es habe sechs Tote gegeben, vielleicht sogar mehr. Alle Krankenbetten seien belegt, und Carters wäre auch weg gewesen, wenn er es nicht freigehalten hätte. Sogar im Korridor lagen die Männer. Die Sträflinge hielten im C-Block sechs Aufseher als Geiseln fest; sie verlangten zweimal die Woche Steak, statt nur einmal, die Verlegung von etwa zweihundert Gefangenen, die Zusage, daß keine Zelle mit mehr als zwei Mann belegt würde und stärkeren Kaffee zum Essen.

»Mein Gott, die müssen wahnsinnig sein!« war Dr. Cassinis Kommentar. »Ich dachte, die hätten Krach geschlagen wegen dem Hund in der Wäscherei, aber die Hälfte von denen, die ich hier verarztet habe, hatte keine Ahnung von dem Köter. Ich habe keine Minute mehr geschlafen, seit das hier losgegangen ist. Ich habe auch Angst, einzuschlafen. Allmählich muß die Miliz doch kommen. Die müssen doch die Miliz gerufen haben! Dann geht die Schießerei erst richtig los.«

Carter ließ das alles gleichgültig. Es kümmerte ihn einen Dreck, ob die Miliz kam und ihn auch noch umlegte. Alles war so unwichtig geworden. Wie im Traum hörte er Petes Monolog. Einige der Verletzten erwähnten den Brief, den der Zensor gestoppt hatte, aber niemand wußte, was wirklich geschehen war, nur daß es im C-Block angefangen hatte. Zwei Sträflinge hatten einen Aufseher überwältigt und ihm die Pistole abgenommen.

»Das Komische ist«, sagte Pete, »daß ich gestern hörte, der Direktor habe beim Essen verkünden wollen, daß er den Hundebrief durchgehen lassen will. Aber damit ist er zu spät gekommen. Zehn Minuten zu spät. Komisch, nicht?«

Zwei Sträflinge seien in ständiger Telefonverbindung mit dem Direktor, erzählte Pete weiter. Pete hatte wilde Gerüchte gehört über die Forderungen, die die Aufständischen stellten: jeden Abend Filmvorführung, alle drei Monate Urlaub für jeden Gefangenen, heiße Dusche in allen Zellen ... Dieser letzte Wunsch löste bei Pete wieherndes Gelächter aus.

Abends gegen acht war plötzlich Gewehrfeuer zu hören, und kurz darauf wurde bekannt, daß Block A in der Hand der Miliz und der Aufseher sei. Es war zwar noch nicht dunkel, trotzdem meinte Dr. Cassini, heute abend würde es keine weiteren Kämpfe geben.

»Das Ziel der Miliz ist vermutlich die Küche«, sagte Dr. Cassini verächtlich. »Hängt diesen Kerlen den Brotkorb höher, und sie kommen auf dem Bauch gekrochen. Die haben nichts im Kopf als ihren Magen. Und Sex, natürlich.«

Sie diskutierten bis tief in die Nacht. Carter hatte geglaubt, nach soviel Morphium werde er wohl schlafen können, aber die Schmerzen hielten ihn wach. Irgendwie machte ihm das nichts aus. Er dachte fast die ganze Nacht an Max. Wenigstens hatte er Max gerächt. Er hatte zwar nicht den Mann erwischt, der Max umgebracht hatte – vermutlich nicht –, aber doch einen von der Bande, und die waren sich alle gleich. Carter war überzeugt, daß der Mann tot war. Und das fand er nur recht und billig.

11

Nach einem Monat gehörte der Zuchthausaufstand für Carter der Vergangenheit an. Er hatte drei Tage gedauert und Schlagzeilen in allen Zeitungen gemacht. Carter hätte ihn vielleicht auch eher vergessen, aber es dauerte einen Monat, bis durch die Sträflinge der Schaden, den sie angerichtet hatten, wieder behoben war, Toiletten und Waschbecken installiert, aufgebrochene Schlösser repariert (von einer Schlosserei, denn dieses Handwerk wurde im Zuchthaus nicht gelehrt), die zerstörten Maschinen in Wäscherei, Tischlerei und den anderen Werkstätten wieder instand gesetzt und die Wunden und Knochenbrüche der Aufständischen geheilt waren. Der traurigste Fall war wohl der alte Mac; er hatte zwar keine Verletzung, aber er war, wie Dr. Cassini es formulierte, übergeschnappt. Mac hatte mitansehen müssen, wie sein Schiffsmodell in Stücke geschlagen und zertrampelt, seine Zelle in einen Trümmerhaufen verwandelt wurde. Er hatte sich sogar noch von einem Aufseher in seine Zelle einschließen lassen, wie Carter hörte, aber die Sträflinge hatten das

Schloß mit einem Vorschlaghammer erbrochen, und das nur, um hineinzukommen und das Schiffsmodell zu zerstören. Carter schrieb Hazel davon. Da der Aufstand die allgemeine Aufmerksamkeit auf die Zustände im Zuchthaus gelenkt hatte, würde Mac voraussichtlich bald in eine Nervenheilanstalt überwiesen werden, da im Zuchthaus niemand mit ihm umgehen konnte. Er war nicht gewalttätig, aber er wußte nicht, wo er war, und mußte sogar gefüttert werden. Der Aufstand war für Carter nichts als ein ›Ereignis‹ in einer Existenz, einem Zeitenstrom, der ihm immer vorkam wie ein andauernder haßerfüllter rebellischer Aufstand. Er versuchte, Hazel das in einem Brief zu erklären, und dachte, er hätte sich gut und klar ausgedrückt, aber sie schrieb zurück, sein Gedankengang sei so negativ, er ließe gar nichts Gutes am Charakter oder an den Absichten der Strafvollzugsbeamten, solche Haltung müsse in einer schrecklichen Depression und Menschenfeindlichkeit enden, wenn er sich nicht bemühe, die Dinge anders zu sehen, »so wie sie wirklich sind. Im Leben gibt es kein Schwarz und Weiß. Tut mir leid, Lieber, wenn ich in Klischees rede, aber wie David mal sagte, Wahrheiten sind immer Klischees. Sie sind so oft gesagt worden, weil sie sich eben als wahr herausgestellt haben...« Da war etwas dran, das gab Carter auch Hazel gegenüber zu, aber er führte auch die traurigen Resultate des Aufstands auf: Männer wie Max Sampson hatten sie ermordet, Mac war tobsüchtig und konnte jetzt nicht einmal mehr seine Frau sehen, weil er nicht in den Besucherraum hinunter konnte und Besucher nicht nach oben gelassen wurden; und der schlimmste der Aufständischen, der ›Schwede‹ (so nannten sie ihn, obgleich er klein und dunkel war), der hatte genau das bekommen, was er wollte, nämlich eine Zelle für sich. Angeblich nur, weil er ›aufstandsverdächtig‹ war; das konnte aber nicht stimmen, denn er vertrug sich ja jeden Tag mit den andern Insassen in seiner Werkstatt und in den Gängen in seinem Block. Die Zelle hatte er gekriegt, weil er sie verlangt hatte und die

Verwaltung Angst hatte, er werde noch mehr Schwierigkeiten machen, wenn man sie ihm nicht gab.

Im vierten Jahr von Carters Strafzeit zog David Sullivan nach New York und trat in eine Anwaltsfirma ein. Hazel hatte ihr Examen am Adelphi bestanden und eine Zeitlang erwogen, einen Job in Europa anzunehmen und Timmie in der Schweiz zur Schule zu schicken. Doch sie hatte es sich überlegt und eine Arbeit bei einer Kinderwohlfahrts-Organisation auf der West Side von Manhattan angenommen. Zweifellos hatte Sullivans Umzug nach New York ihren Entschluß, in den Vereinigten Staaten zu bleiben, beeinflußt.

Drei- bis viermal im Jahr kam sie ihn besuchen; sie wohnte dann im einzigen Hotel von Bowman, dem Southerner. Geld spielte jetzt keine Rolle mehr, aber statt dessen war Hazels Zeit knapp bemessen. Manchmal kam sie nur für ein Wochenende. Sie schrieb ihm zwei- bis dreimal die Woche und schickte oft Fotos von Timmie mit. Carter hatte sich ein Album angelegt, in dem er die Fotos sammelte – nicht nur die von Timmie, sondern auch Bilder von Hazel und einigen Freunden, die Hazel in New York kennengelernt hatte: den Elliotts aus Locust Valley, Long Island; Jeremy Sutter, den Hazel am Adelphi kennengelernt und der ein Mädchen namens Susan geheiratet hatte – Menschen, für die sich Carter keineswegs interessierte, deren Bilder er aber trotzdem einklebte. Aber von ihren alten Freunden, Blanche und Eddie Langauer zum Beispiel, schrieb Hazel gar nichts. Beide hatten ihm im ersten Jahr seiner Haft zweimal geschrieben, und er hatte auch geantwortet. Später waren die Langauers aus beruflichen Gründen nach Dallas gezogen. Jetzt hatten sie lange nicht geschrieben. Mit andern New Yorker Freunden war es ebenso gegangen: ein- oder zweimal kam ein konsternierter, mitfühlender Brief, und dann nichts mehr.

Timmie war jetzt elf Jahre. Er schrieb Carter zweimal im Monat, aber Carter fand die Briefe gezwungen. Das wurde bestimmt besser, wenn er Timmie endlich wiedersah. Natürlich würde das bestimmt nicht einfach, aber er nahm sich vor, behutsam zu sein und nicht zu erwarten, daß ihm sein Sohn in die Arme stürzte oder daß sie schon nach ein paar Wochen dicke Freunde waren.

Carter hatte jetzt eine Glastür mit Schloß an seinem Bücherschrank: allzuviele hatten sich Bücher ohne seine Erlaubnis geholt. Aber den Insassen auf der Krankenstation gab er sie gern, wenn sie darum baten. Er hatte nun eine ganze Reihe: Swift, Voltaire, Stanley Kunitz, Robbe-Grillet, Balzac, einen Band der Encyclopaedia Britannica (mit Teilen von E und F), den ein entlassener Häftling aus irgendeinem Grunde zurückgelassen hatte, ein amerikanisches Wörterbuch und ein Handbuch für sanitäre Installation. Alle diese Bücher hatte er gelesen. Zeichenstifte und Kompaß hatte er in einem verschlossenen flachen Holzkasten unter seiner Matratze (die Federn gaben nach, und der Kasten paßte in die Mulde). Die Zeichnungen von den Maschinen, an die er sich erinnerte und die er selber erfunden hatte, waren in einem Schnellhefter aufbewahrt, der oben im Bücherschrank lag. Beim Zeichnen hinderten ihn die schwachen Daumen jetzt nicht mehr. Er erzählte das auch Hazel – es war wichtig für eine zukünftige Anstellung –, aber Hazel redete immer noch von einer Operation. Sie hatte wegen der Daumen auch mit einem New Yorker Spezialisten gesprochen. Carter war sich klar, daß er die Sache seit langem schleifen ließ und daß auch Hazel das wußte. Er war an den jetzigen Zustand der Daumen gewöhnt, aber darüber wurde nicht weiter gesprochen.

Im fünften Jahr versuchte er, das Morphium ganz abzusetzen. Er wurde zahllose Male rückfällig, hauptsächlich, weil er die Lage nicht für so ernsthaft hielt. An Entziehungssymptomen traten lediglich Schweißausbrüche auf und am zweiten oder dritten Tag, etwa zwölf Stunden lang, ein Tremor. Er hielt das für eine sehr milde Form. Er bewies sich, daß er es zwei Monate und länger ohne Morphium aushalten konnte, wenn er ein milderes Schmerzmittel nahm, etwa Demerol.

Die Schmerzen in seinen Daumen hatten nachgelassen. Dieser Beweis war wichtig, denn außerhalb des Zuchthauses war nicht so leicht an Morphium heranzukommen. Auch wollte er Hazel sagen können, daß er ganz ohne das Gift auskam.

Nach zehn Monaten, dem Zeitraum, den Carter noch bei ›Triumph‹ verbracht hätte, waren die wöchentlichen Hundert-Dollar-Zahlungen von Mr. Drexel eingestellt worden. Damals waren – nach der Schule in Fremont – noch zwei weitere Bauten geplant gewesen. Drexel versprach Carter ein Empfehlungsschreiben, wollte aber damit warten, bis Carter entlassen war, so daß es entsprechend datiert werden konnte. Das mache sich besser bei der Stellungssuche. Carter war belustigt. ›Entsprechend datiert‹: das hieß bis zum Ende der Haftzeit. Wir können diesen Mann ›wärmstens empfehlen – seine Daumen halten sehr viel aus‹. Im Dezember sollte er entlassen werden. Wegen guter Führung erließ man ihm drei Jahre und mehrere Monate seiner zehn Jahre.

Dr. Cassini hatte Carter in seinem Bericht, den er ihm zeigte, sehr gelobt. Auch David Sullivan hatte sich für ihn eingesetzt und ebenso Mr. Drexel, auf Carters Bitte. Carter würde nun Weihnachten zu Hause sein; er mußte nicht, wie viele andere Männer, wieder ganz von vorn anfangen – er hatte eine Frau, ein Kind, ein Zuhause, und er hatte Geld. Er konnte ihnen mit eigener Hand Geschenke geben, eingepackte Sachen, die niemand vorher geöffnet hatte, die niemand kannte außer ihm selbst. Am 1. Dezember konnte er bei Hazel in der New Yorker Wohnung sein, ein freier Mann und sogar mit einem guten Führungszeugnis, obgleich er im Zuchthaus einen Mann umgebracht hatte. In den Monaten nach dem Aufstand hatte Carter sich oft ausgemalt, daß irgendein unangenehmer Häftling in der Tischlerei oder in einem Zellenblock, wo er Medizin austeilte, auf ihn zukam und sagte: »Du bist das also, der Whitey umgebracht hat«, und dann ›gings richtig los‹, wie Dr. Cassini gesagt hätte. Aber es war nicht dazu gekommen.

12

Am 1. Dezember, einem Freitag, wurde Carter um acht Uhr früh den ungepflasterten Weg entlang und durch das Tor der Staatlichen Strafanstalt in die Freiheit gefahren. Carter trug den braunen Anzug entlassener oder auf Urlaub befindlicher Sträflinge, in der Tasche den Zehndollarschein, mit dem das Zuchthaus die Entlassenen in die Welt hinausschickte.

An der Bushaltestelle in Gurney, einem Städtchen zwei Kilometer vom Zuchthaus, wurde Carter abgesetzt.

»Vergessen Sie nicht den Bewährungshelfer!« warnte der Aufseher.

»Bestimmt nicht.« Am folgenden Tag sollte sich Carter beim Bewährungshelfer in New York melden.

Der Bus kam bald. Der Tag war sonnig und frisch. Carter saß mit weit offenen Augen, wie auch schon vorher im Wagen. Er blinzelte häufig und gab sich Mühe, nicht allzu auffällig zu starren, doch immer wieder ertappte er sich, wie er aus dem Fenster stierte, den schwarzen Strohhut mit den kleinen roten Vögeln der Dame vor ihm betrachtete oder die beiden Jungen ansah, die vor ihm standen, sich am Gepäcknetz festhielten, mit Südstaatenakzent sprachen und lachten. Sie mußten etwa fünfzehn sein. In drei Jahren würde Timmie so alt sein wie sie; im Stimmbruch und an Mädchen interessiert.

In Fremont mußte er drei Stunden warten. Er telegrafierte Hazel seine Ankunftszeit. Hazel hatte ihn am Zuchthaustor abholen wollen, aber er hatte sie gebeten, nicht zu kommen. Drei Stunden lang wanderte Carter in den Straßen beim Flugplatz herum.

Hazel hatte ihm hundert Dollar überwiesen, und das Zuchthaus hatte sie ihm ausgezahlt. Siebenundfünfzig Dollar neunzig kostete die Flugkarte. Unterwegs wurde Lunch serviert, dicke, dunkelbraune Roastbeefscheiben, zarte, gebräunte Kartoffeln, runde, appetitliche Tomatenscheiben auf Salatblättern mit einem Pappbecher cremefarbener Soße dazu. Den Becher öffnete er, indem er die Lasche mit den Zähnen packte. Er hantierte ungeschickt mit Messer und Gabel und hätte lieber einen Löffel genommen, aber er hatte das Gefühl, daß ihn sein Nachbar beobachtete und ihn für genau das hielt, was er auch war: ein soeben entlassener Sträfling.

In Pittsburgh und Wilkes-Barre machten sie eine Zwischenlandung, und dann trafen sie pünktlich in La Guardia ein. Als Carter mit den anderen Passagieren die Halle durchquerte, sah er auf dem Balkon Hazel, Timmie und auch Sullivan stehen. Er winkte, lächelte. Hazel winkte aufgeregt. Sullivan winkte gelassen, lächelnd, Timmie winkte scheu. Das alles erfaßte Carter mit einem Blick.

Hazel küßte ihn auf beide Wangen, dann auf den Mund. Sie weinte. Und lachte. Carter blinzelte verlegen in das Licht, das ihm so grell vorkam, staunte über die knalligen Farben.

»Wie geht's, Timmie?« Carter hielt ihm die Hand hin.

Timmie sah auf die Hand, nahm sie und drückte sie fest. »Gut!«

Timmies Stimme klang wie Musik in Carters Ohren. Sie war kräftig, ein wenig schrill – eine richtige Jungenstimme. Als er sie zuletzt gehört hatte, war sie noch eine Kinderstimme.

»Ich habe den Wagen draußen«, sagte Hazel. »Hast du Hunger? Zu Hause wartet ein Abendessen.«

»Komm, nimm meinen Mantel«, drängte Sullivan. Er knöpfte ihn auf und reichte ihn Carter.

Carter zitterte vor Kälte, darum nahm er ihn an. Leicht glitt sein Arm durch das Seidenfutter.

Hazel steuerte den Wagen durch das Labyrinth von La Guardia, über die Triboro Bridge. Es war ein Morris; sie hatte ihn seit einem Jahr. Durch die Dämmerung blinkten die Lichter von Manhattan, und die City wirkte so groß wie die Welt – reichlich groß für Carter.

»Übrigens, ich bleibe nicht zum Essen«, sagte Sullivan. »Ich wollte dich nur mit abholen.«

»Kommst du nicht noch auf einen Drink mit nach oben, David?« fragte Hazel. Sie näherten sich der Ecke Thirty-eighth Street und Lexington Avenue.

»Nein, danke. Bis bald, Phil«, verabschiedete sich Sullivan, als er ausstieg. Den Mantel hielt er über dem Arm. Carter hatte darauf bestanden, daß er ihn zurücknahm.

Dann waren sie allein – allein zu dritt. Hazel parkte unter einem Baum in der Eeast Twenty-eighth Street; sie sagte, sie habe wieder einmal Glück mit dem Parkplatz; sie parke oft an dieser Stelle. Carter legte die Hand an den Baumstamm. Dann merkte er, daß Timmie sich mit dem Koffer abplagte.

»Danke, Timmie. Ich mache das schon.«

»Nein, nein, ich kann das!« Timmie mußte beweisen, daß er es ganz allein schaffte.

Der Koffer war nicht schwer. Er enthielt lediglich sein Waschzeug, das Fotoalbum, die französischen Aufsätze und einen Spiegel, dessen Rahmen er in der Tischlerei gebastelt hatte. Die Bücher hatte er voraussenden lassen. Er fragte Hazel, ob sie angekommen seien. Sie waren noch nicht da. Timmie wollte Carter den Koffer nicht einmal die letzte Treppe hinauftragen lassen. Das Haus war hübsch, ein ehemaliges Einfamilienhaus, Geländer und Treppe blank poliert, der Teppich neu und sauber. Hazel schloß auf und sagte:

»*Voilà*, Darling. Unser Heim.«

Das Licht ging an. Carter trat zuerst ein, weil Hazel darauf bestand. Zu Hause. Gladiolen in zwei großen Vasen. Ein hoher Gummibaum. Eine ganze Bücherwand. Einige Möbelstücke kannte er aus Fremont, die meisten waren ihm fremd. Dann entdeckte er vor einem Lehnsessel seine uralten, dunkelblauen Hausschuhe. Er lachte.

»Die alten Treter!«

Auch Hazel lachte.

Nur Timmie blieb stumm.

Hazel führte ihn durch die Wohnung. Timmies Zimmer, ihr Zimmer, das Schlafzimmer, Küche, Bad. Er brachte kein Wort heraus, nur: »Es ist wunderschön.« Er sah sein einfältig lächelndes Gesicht im Spiegel und wandte sich hastig ab. Er sah zerknittert aus, alt und schmutzig. »Kann ich vor dem Essen noch baden?«

»Du kannst alles tun, was du möchtest«, erklärte Hazel und gab ihm einen langen Kuß.

Der Kuß machte Carter schwindlig. Er wagte sie nicht anzusehen. Oder vielmehr, er konnte nicht. Er knöpfte die Jacke seines Zuchthausanzuges auf. Er konnte es auf einmal nicht erwarten, aus diesen Kleidern herauszukommen.

»Soll ich ihn aufhängen?« erkundigte sich Hazel.

Carter lächelte und reichte ihr das Jackett. »Bitte, nimm das Zeug und verbrenn es so schnell wie möglich!«

Fünf Minuten später, als Carter bequem in der Wanne lag, klopfte sie und brachte ihm einen Scotch mit Eis und Soda.

Im Schlafzimmer zog er das neue weiße Hemd an, das sie für ihn zurechtgelegt hatte. Auf dem Bett lag seine ehemalige Lieblingshose. Seine Schuhe waren alt, aber wenig getragen, und sie paßten noch, im Gegensatz zur Hose. Auf der Kommode stand ein Foto von ihm und Hazel bei einem Kostümfest. Vor wieviel Jahren? Mindestens sieben oder acht, dachte Carter. Auf dem Bild war er barfuß, kostümiert als Hawaiianer in Grasrock, Lei und Strohhut, und schwenkte Hazel im Tanz. Carter fand, er sah auf dem Foto aus wie zwanzig, und Hazel in ihrem Sari, mit langem, flatterndem Haar, wie höchstens sechzehn.

Hazel legte in der Küche letzte Hand ans Essen. Nein, er könne nichts helfen, beantwortete sie seine Frage. Timmie sei ja da. Sie briet eine Ente. Er roch die Orangensoße. Er mußte auf einmal an Max' Bemerkung denken: ›... die abendliche *pièce de résistance* ... Zweifellos *canardeau à l'orange* ...‹ Er wollte Hazel davon erzählen, ließ es aber dann doch lieber.

Timmie starrte ihn fortwährend an. Seine Augen waren wie Carters, aber die Nase hatte er von Hazel, schmal, gerade, nicht zu lang.

»Timmie, wie wär's, zeigst du mir, was du gebaut hast?«

Timmie wand sich vor Verlegenheit, aber er strahlte. »Na gut.«

»Jetzt?« Carter hatte in Timmies Zimmer unter Plastiktüchern mehrere geheimnisvolle Formen entdeckt.

»Nach dem Essen«, unterbrach Hazel. »Es ist gleich soweit. Machst du den Wein auf, Darling? Oder ... kannst du nicht?« erkundigte sie sich besorgt.

»Aber natürlich! So etwas immer!« Carter lächelte. Der Korken kam glatt heraus. Carter trug die Flasche ins Wohnzimmer. Während er badete, hatte Hazel am Kamin den Tisch gedeckt und auch Feuer gemacht. In schmiedeeisernen Leuchtern, die er noch nicht kannte, standen zwei rote Kerzen.

Er aß mehr Kartoffelbrei als Ente, aber Hazel nötigte ihn nicht.

»Furchtbar schwer, ich weiß. Aber ich wollte heute abend etwas Besonderes kochen«, erklärte sie.

»Hast du da, wo du warst, auch Baseball gespielt?« wollte Timmie wissen.

»Hm – ja. Manchmal«, erwiderte Carter, obwohl das nicht zutraf. Timmie betrachtete seine Hände.

Hazel erzählte, was sie alles unternehmen wollten in den kommenden Tagen. Ihr Büro hatte ihr eine Woche frei gegeben, unbezahlten Urlaub, obgleich sie bis über die Ohren in Arbeit steckten, Morgen oder Sonntag wollte sie mit ihm und Timmie ins Museum of Modern Art gehen. Nächste Woche wollten sie einkaufen und für Carter ›tausend Sachen‹ besorgen. Sie ging gern mit, wenn er sich Kleidung kaufte, und Carter war immer mit ihrer Wahl einverstanden gewesen; nicht einmal eine Krawatte kaufte er gern allein. Dann gab es Theater und ein Ballett, das sie unbedingt sehen wollte. Und Carter mußte auch Jeremy Sutter und dessen Frau kennenlernen; mit ihnen war ein Abendessen verabredet. Und die Elliotts in Locust Valley hatten sie für ein Wochenende im Dezember eingeladen.

»Irgendwann muß ich mir dann auch einen Job suchen«, gab Carter zu bedenken.

»Ach, Liebling, daran brauchst du vor Weihnachten gar nicht mehr zu denken! Um diese Jahreszeit sucht kein Mensch einen Job. Außerdem sind wir ja reich!« Sie nahm sich Salat und sah ihn lächelnd an.

Sie hatte recht – sie waren wohlhabend. Im Zuchthaus hatte Reichtum nichts bedeutet. Jetzt plötzlich bedeutete er ein Stereogerät im Wohnzimmer, Möbel und Bücher, die Möglichkeit einer Europareise, für Timmie, wenn er dreizehn, vierzehn war, eine gute Schule. Carter betrachtete seine hübsche Frau und war glücklich.

Hazel hatte ihm einen Pyjama gekauft, obgleich sie, wie sie sagte, die besten seiner alten behalten hatte. Er zog den neuen blauen an. Timmie war um zehn mit einem feierlichen »Gute Nacht, Daddy« zu Bett gegangen, ohne großes Gerede, er freue sich, daß Daddy wieder da sei, und so weiter. Das war Carter nur recht. Timmie verhielt sich durchaus normal, fand er, ein bißchen zu scheu und verlegen und sogar zornig und mißtrauisch. Carter wußte, daß Timmie sich seinetwegen oft hatte schämen müssen. Er hatte keine Zeit mehr gehabt, Timmies Bauwerke anzusehen, dann nach dem Essen hatten sie Platten gespielt, Prokofieff und Mozart, deren Kompositionen für ihn ebenso schwer verdaulich waren wie Hazels Ente *à l'orange*, und nach je einer Seite hatte er einfach nichts weiter verkraften können.

Auf der Kommode im Schlafzimmer lagen zwei dicke rote Wälzer, und Carter sah neugierig nach den Titeln. Es waren Gesetzbücher. Sullivans, natürlich. Was hatten die hier im Schlafzimmer zu suchen? Was hatten die hier in der Wohnung zu suchen? Carter schämte sich ein wenig seiner Eifersucht. Wenn es etwas zwischen den beiden gegeben hätte, dann hätte Hazel die Bücher doch wohl versteckt! Dann ertappte er sich dabei, daß er das Bett anstarrte. Wenn Sullivan etwas mit ihr gehabt hat, dachte er, bringe ich ihn um – mit Wonne. Seine Daumen schmerzten. Er hatte die Fäuste geballt. Carter ging zum Nachttisch und nahm die Pillenschachtel. Es war Pananod, von dem er etwa sechs Stück pro Tag schluckte. Dr. Cassini hatte ihm auf einen Zettel mit seiner Unterschrift weitere Tabletten verschrieben. Einen Rezeptblock mit aufgedrucktem Namen besaß Dr. Cassini natürlich nicht.

»Warum liegst du noch nicht im Bett?« fragte Hazel, als sie hereinkam. Sie trug ein blaßgelbes Nachthemd. Sie war barfuß, hatte das Haar gelöst.

»Ich habe mich ein wenig umgesehen«, sagte er.

»Bist du nicht müde?«

Sie gingen zu Bett. Sie machte das Licht aus. Die Umarmung war für ihn fast schmerzhaft. Tränen liefen ihm übers Gesicht wie schmelzendes Eis. Er war wieder zu Hause.

13

Die ersten beiden Firmen, bei denen sich Carter im Januar bewarb, erteilten ihm abschlägigen Bescheid, die zweite zugegebenermaßen wegen seiner Vorstrafe. Carter vermutete, daß die erste ihn aus demselben Grund nicht genommen hatte, obwohl es in dem Schreiben nicht zum Ausdruck kam. Carter hatte natürlich so etwas erwartet. Es konnten noch zehn Ablehnungen kommen, oder auch zwanzig. Hazel schlug vor, er solle sich eine Referenz von der Firma geben lassen, für die er in New York zuletzt gearbeitet hatte, doch Carter war dagegen; man würde ihn logischerweise fragen, warum er keine Referenz seiner letzten Firma vorlege und wo er die vergangenen sechs Jahre verbracht habe.

Timmie ging nach den Weihnachtsferien wieder zur Schule; Hazel verließ jeden Morgen um acht Uhr zwanzig das Haus, weil sie um neun im Büro sein mußte, und Carter saß in der Wohnung herum und schrieb auf die ellenlangen Stellenangebote für Ingenieure, die er in der *Sunday Times*, in der *Herald Tribune* und manchmal auch in den Wochentagsausgaben dieser Zeitungen fand. Zweimal pro Woche ging er zu Dr. Alexander MacKensie, dem Arzt, der Hazel seit ihrer Kindheit behandelte. Zweimal in der Woche bekam Carter von ihm Leberextrakt- und Vitamin-C-Spritzen. Er hatte festgestellt, daß er seit seiner Entlassung in steigendem Maß unter Müdigkeit litt, und außerdem laborierte er seit Mitte Dezember an einer Erkältung. Der Arzt meinte, das schlechte Essen im Zuchthaus sei schuld daran, und in vier Wochen werde er sich schon viel besser fühlen und zunehmen. Der Arzt erneuerte auch sein Rezept für das Pananod, das man ihm auf Dr. Cassinis Zettel nicht hatte geben wollen. Dr. MacKensie erkundigte sich nach den Schmerzen in seinen Daumen, und Carter sagte, sie hätten im Laufe der letzten vier Jahre nachgelassen, seien aber immer noch so stark, daß sie ihn störten und ihn sogar des Nachts ohne Tabletten nicht schlafen ließen.

»Weiß Ihre Frau, daß es so schlimm ist?« erkundigte sich Dr. MacKensie. »Sie hat mir nichts davon gesagt, daß Sie so starke Schmerzen haben.«

»Ich glaube, ich habe ihr gegenüber nichts davon erwähnt«, entgegnete Carter. »Sie weiß aber, daß ich Tabletten brauche.«

»Nehmen Sie dieses Pananod schon lange?«

»Ungefähr seit einem Jahr. Vorher hatte ich Morphium genommen. Etwa vier Jahre lang, im Zuchthaus.«

Dr. MacKensie runzelte die Stirn und schob die Unterlippe vor. »Ich habe die Symptome erkannt, als ich Sie das Papier auf den Händen halten ließ. Und in Ihren Augen.«

Warum hat er dann nichts gesagt, dachte Carter, damals

bei meinem ersten Besuch, als ich die beiden Papierbogen auf den Handrücken balancieren mußte? Oder als er mir in die Augen leuchtete? »Ich habe aufgehört mit dem Zeug.«

»Wieviel haben Sie denn pro Tag genommen?«

»Ungefähr 250 mg. Manchmal weniger.« Und manchmal mehr, dachte er. Er hatte genommen, was er brauchte. 700 mg galten, wie Carter wußte, als Tagesration eines durchschnittlichen Süchtigen.

»Nun, wenn Sie so lange daran gewöhnt waren, müssen Sie ja Suchtsymptome entwickelt haben!«

»Ja, aber keine schweren. Ich habe zwischendurch immer einmal aufgehört. Hin und wieder habe ich zwei Monate lang überhaupt kein Morphium genommen. Und während der letzten elf Monate im Zuchthaus überhaupt keine Spritze mehr.« Er sah dem Arzt in die Augen.

»Aber dieses Pananod enthält Opium. Das ist genau dasselbe«, sagte der Arzt.

»Es wirkt aber nicht so.«

Dr. MacKensie lächelte düster. »Nehmen Sie möglichst nicht mehr als vier am Tag.«

Während der Weihnachtsferien hatte Carter von Zeit zu Zeit das Verlangen gespürt, an Dr. Cassini, an Pete und vielleicht auch an Alex zu schreiben. Das war ganz plötzlich gekommen, etwa wenn er mit Hazel für sich Kleidung oder für Timmie Geschenke einkaufen ging, oder wenn er im Hause der Elliotts in Locust Valley satt und behaglich mit einem Drink vor dem lodernden Feuer saß. Doch wenn er dann wieder zu Hause war und Muße für einen Brief gehabt hätte, war ihm die Lust wieder vergangen.

Oft half Hazel ihm abends, seinen drei Seiten langen Lebenslauf zu schreiben, den er jeder Bewerbung beifügte. Sie tippte viel schneller als er. Carter hatte den erbetenen Brief von Drexel bekommen. Darin hieß es, Carter habe für die Firma erstklassige Arbeit geleistet und sei wegen nicht zweifelsfrei erwiesener Verfehlungen verurteilt worden. Es war ein vorsichtiger Brief, gedacht zur Vorlage bei zukünftigen Arbeitgebern, doch Carter konnte sich nicht dazu überwinden, ihn abzusenden. Hazel sagte, er solle mindestens fünfzig Fotokopien machen lassen und sie seinen Bewerbungen beilegen.

»Der Brief ist zu vage«, protestierte Carter. »Milde gesagt. Das liest sich, als mache jemand den Versuch, mich reinzuwaschen, ohne sich dabei jedoch zu sehr zu exponieren.«

»Aber so kommst du doch nicht weiter!« Hazel drehte sich von ihrer Schreibmaschine zu ihm um.

Es war nach Mitternacht, und sie waren beide müde. In den letzten Bewerbungen hatte Carter das Zuchthaus nicht erwähnt. Anfangs hatte er immer erklärt, daß er wegen Unterschlagung zu sechs Jahren verurteilt worden, jedoch unschuldig sei. Falls jemand daran interessiert war, ihn einzustellen, sollte er in Gottes Namen Recherchen anstellen und selber dahinterkommen, auch wenn das Ergebnis nicht unbedingt zu seinen Gunsten sprach. Oder aber, falls ein potentieller Arbeitgeber von der Heilsamkeit der Zuchthausstrafe überzeugt war, sollte er glauben, die sechs Jahre hätten Carters Sünden getilgt und seine kriminellen Neigungen ausgemerzt, und er sei nunmehr ebensogut wie sie oder noch besser. Hazel hatte überhaupt jegliche Erwähnung der Vorstrafe für unklug gehalten.

»Jede Firma will wissen, wo und als was der Bewerber zuletzt gearbeitet hat. Na schön, bei ›Triumph‹ ... Was für ein Name!« sagte er lächelnd. »Das war vor sechs Jahren. ›Was haben Sie während der vergangenen sechs Jahre gemacht?‹ Nun ja, im Zuchthaus gesessen ... Wenn ich es in der Bewerbung nicht erwähne, muß ich es sagen, wenn ich mich vorstelle. Ich wette, die gesamte Branche weiß inzwischen ohnehin Bescheid. Eine Firma sagt's der anderen: Hütet euch vor Philip Carter!«

»Na schön. Ich will ja nicht, daß du etwas vertuschst. Ich will nur, daß du Drexels Briefe beifügst. Schließlich war er dein letzter Arbeitgeber.«

»Von mir aus kann Drexel krepieren.«

Und genau das tat Drexel denn auch Ende Januar. So entzog er sich jeder eventuellen Bitte um günstigere Auskunft über Carter. Er hatte sich schon vor zwei Jahren vom Geschäftsleben zurückgezogen und starb an einem Schlaganfall in seinem Haus bei Nashville, Tennessee.

Von Mitte Februar an fügte Carter seinen Bewerbungen eine Fotokopie von Drexels Brief hinzu.

Hazel wollte ihren Job nicht aufgeben; nicht weil sie Geld brauchten – die Arbeit machte ihr Spaß. Sie ermahnte Carter, nicht die Geduld zu verlieren. »Sechs Wochen, das ist doch überhaupt nichts, wenn man eine wirklich gute Stellung sucht!«

Nachmittags versuchte Carter, mit Timmie in dessen Zimmer zu spielen, wenn Timmie nicht zuviel Hausaufgaben hatte. Mit einem von Timmies Baukästen baute er eine Ölpumpe, die Timmie anscheinend heiß liebte, weil er sie nicht, wie er es gewöhnlich mit seinen Bauwerken tat, nach einer Woche wieder zerlegte. Timmie benahm sich ihm gegenüber noch immer ein wenig fremd und zurückhaltend. Ein paarmal bemerkte Carter, daß Timmie seine Daumen betrachtete, statt auf die Bauteile zu schauen, mit denen Carter hantierte oder von denen er gerade sprach. Carter wußte, daß Hazel dem Jungen irgendeine Erklärung gegeben hatte; sie hatte ihm davon geschrieben, doch das war schon so lange her, daß er vergessen hatte, welche. Er fragte sie.

»Ich habe ihm erzählt, du hättest im Zuchthaus einen Unfall gehabt.«

»Er wird die Wahrheit bald genug erraten«, meinte Carter. »Er wird doch älter. Am besten sagst du es ihm gleich.«

»Aber warum, Liebling? Laß ihn doch. Und ich will auch nicht, daß du es ihm erzählst.«

»Er ist nicht dumm. Er wird sich sein Teil denken.«

Hazel seufzte und sagte nervös: »Liebling, bitte, laß ihn ... Bitte!« Sie saß vor dem Toilettentisch und bürstete sich das Haar.

Sie machten sich beide fertig zur Nacht. Carter merkte, daß seine Stimme bitter geklungen hatte, und es tat ihm leid. In fünf Minuten würden sie im Bett liegen, und heute war es sicher anders als sonst. Jede Nacht, wenn Hazel in seinen Armen lag, vermittelte sie ihm das Gefühl, er sei für sie der wichtigste Mensch auf der Welt. Das brauchte er ebenso zum Leben wie seinen eigenen Herzschlag. Heute würde es anders sein, denn die Bitterkeit in seiner Stimme hatte sie verärgert.

Er beugte sich zu ihr hinab und legte ihr den Arm um die Hüften. »Du hast recht. Verzeih, Liebling. Ich verspreche dir, ich lasse ihn in Ruhe.«

14

Ungefähr eine Woche später traf Carter Gregory Gawill. Gawill hatte offensichtlich auf dem Bürgersteig, nicht weit von Carters Haus, auf ihn gewartet, obgleich er das abstritt. »Nein, Phil! Was für eine Überraschung!« Er tat, als sei er zufällig vorbeigekommen. »Sie wohnen hier?«

»Ja.« Das hätte Gawill leicht durch einen Blick ins Telefonbuch feststellen können, dachte Carter, und bestimmt hat er das auch getan.

»Lange nicht gesehen! Seit wann sind Sie draußen?«

»Ach – seit drei, vier Monaten.« Auch Gawill hatte sich mit den Jahren verändert, fand Carter, und zwar zu seinem Nachteil. Er war schwerer geworden, und grober. Seine Kleidung jedoch war immer noch auffallend teuer.

»Na, wie wär's mit einem Drink? Oder Kaffee, falls es zu früh für Alkohol ist?« Er gab Carter einen Klaps auf den Arm.

»Ich muß zur Post.« Carter schwenkte ein paar Briefe, die er in der Hand hielt.

»Ich komme mit. Arbeiten Sie nicht?«

Carter knurrte Undefinierbares.

»Im Ernst, Phil, eine von den Firmen, die wir beliefern, die sucht einen Ingenieur. In Long Island. Ich könnte mal feststellen, was die zahlen. Dann ...«

»Ich möchte nicht in Long Island arbeiten.«

»Ach.«

Carter mußte gar nicht zur Post, seine Briefe waren frankiert. Doch da er es nun einmal gesagt hatte, kaufte er an einem Schalter für zwei Dollar Fünf-Cent-Marken und ein paar Luftpostmarken. Gawill schien sich noch immer nicht von ihm trennen zu können.

»Nun, Greg, ich muß weiter.«

»Ach, kommen Sie! Fünf Minuten für eine Tasse Kaffee! Ich muß Ihnen etwas erzählen. Es wird Sie bestimmt interessieren.«

Carter saß ungern mit Gawill in der Öffentlichkeit zusammen, war aber trotzdem neugierig. Vielleicht wäre es gut, einmal zu wissen, was jetzt in Gawills Kopf vorging. »Na schön.«

Sie suchten sich eine Bar an der Ecke Twenty-third Street und Third Avenue. Carter bestellte Bier, Gawill Scotch und Wasser.

»Sie sind wohl viel mit David Sullivan zusammen, wie?« fragte Gawill und rieb sich die große Nase.

»Nicht übermäßig.«

»Der Lump! Steckt seine Nase in alles, bis er eines Tages mächtig eins drauf kriegt. Bis jetzt hat er ja Glück gehabt, aber lange geht das bestimmt nicht mehr gut.« Gawills Abneigung war stark und echt. Es klang, als spreche er mit sich selbst. »Sich in meine Angelegenheiten zu mischen!« Gawill kicherte und sah Carter an. »Na ja, man sieht ja, wohin ihn das gebracht hat. Nirgends. Kein Stückchen weiter. Mir kann er nichts nachweisen, so sehr er auch versucht, mir was am Zeug zu flicken. Und er hat sich große Mühe gegeben!«

Carter trank sein Bier.

»Ich kann immer noch nicht begreifen, daß er vorgeben konnte, Ihnen zu helfen und dabei mit Ihrer Frau ein Verhältnis hatte. Und ich kann nicht verstehen, wie Sie das verkraften. Ich kann nicht begreifen, daß Sie den Kerl noch um sich haben können – privat.« Er sah Carter aufgebracht an.

»Ach, hören Sie auf, Greg, ja?«

»Aber Sie kommen doch noch mit ihm zusammen, nicht? Mein Gott, ein Mann, der Ihrer Frau bis nach New York nachgereist ist ... Na ja.« Gawill setzte sich zurecht. »Ihrer Frau nehme ich's ja nicht übel. Frauen fühlen sich oft einsam – na schön. Männer auch manchmal. Die übliche Tour – der beste Freund.«

Carter hätte ihn am liebsten geohrfeigt. »Hören Sie bitte auf, so von meiner Frau zu sprechen!«

»Von mir aus. Aber er hat vier ganze Jahre mit ihr ein Verhältnis gehabt. Ich glaube, das wissen Sie nicht; aber Sie sollten es wissen!«

»Das ist nicht wahr!«

Gawill beugte sich über den Tisch und richtete den Zeigefinger auf Carter.

»Es ist wahr. Wachen Sie auf, Phil! Ihre Frau erzählt Ihnen das natürlich nicht, und Sullivan auch nicht. Der spielt doch nach wie vor Ihren besten Freund. Schöner Freund, das – ha!«

Carters Herz klopfte schneller. »Ist das die interessante Geschichte, die Sie mir zu erzählen hatten?«

»Offen gestanden – ja. Ich mag nicht, wenn einem Mann Hörner aufgesetzt werden. Und genau das tut Sullivan. Er macht sich beliebt bei Ihnen, spielt den guten Freund, und dabei hätten Sie allen Grund, ihn achtkantig rauszuschmeißen. Oder ihn umzubringen.«

Die Bitterkeit verriet Gawill. Soviel Bitterkeit konnte nicht daher stammen, weil Sullivan mit Hazel ein Verhältnis gehabt hatte oder weil Sullivan ein treuloser Freund war, sondern höchstens, weil Sullivan Gawill irgendwie geschadet hatte. »Ich kann verstehen, daß Sie Sullivan nicht mögen, weil er Ihnen ein paarmal den Job verpatzt hat. Stimmt's?«

»Ach was! Versucht hat er's. Nur Mist gebaut hat der, weiter nichts. Hier und da bißchen Stunk gemacht. Aber der Gestank kam von Sullivan, nicht von Gregory Gawill!«

Carter lächelte; das erboste Gawill. »Nun, Greg, ich muß gehen. Danke für das Bier.«

Gawill zog ein erstauntes Gesicht. »Sehen wir uns mal wieder? Hören Sie, Phil!« Er runzelte die Stirn. Er stand auf und packte Carters rechten Arm. »Sie glauben, ich erzähle Ihnen hier eine Menge Unsinn über Sullivan und Ihre Frau, nicht wahr? Sie glauben vielleicht, ich übertreibe. Nun, die ganze Zeit, wo sie in Long Island zur Schule gegangen ist, hat sie ihn hinterher in seiner Wohnung besucht. Ich habe ein paar Freunde auf Sullivan angesetzt, genau wie er es mit mir getan hat. Ich weiß, was los war! Ihre Frau hat die Schlüssel zu seiner Wohnung gehabt und ist immer erst kurz vor sechs nach Hause gegangen, um dem Jungen das Essen zu machen.« Gawill schüttelte angewidert den Kopf; dann packte er Carters Arm fester. »Und noch etwas kann ich Ihnen erzählen.«

»Hören Sie auf, Greg! Lassen Sie los!« Carter machte sich los und ging davon.

»Es ist noch nicht aus mit den beiden!« rief Gawill hinter ihm her.

Carter ging rasch, und als er endlich aufschaute, um festzustellen, wo er war, fand er sich weit drüben, auf der East Side, an der Avenue A. Er machte kehrt und ging nach Hause. Nichts als Lügen und Übertreibungen, sagte er sich. Gawill war leicht zu durchschauen.

15

Der 14. Februar war Hazels Geburtstag. Sullivan hatte sie zu Cocktails in seine Wohnung gebeten, und dann wollten sie mit acht bis zehn Leuten in einem japanischen Restaurant essen. Carter verließ an diesem Tag das Haus schon kurz nach Hazel und Timmie, weil er sein Geschenk für Hazel, eine Silbergarnitur aus Bürste, Kamm und Spiegel, in einem Geschäft an der Fifth Avenue abholen mußte. Es waren antike Stücke. Er hatte sie erst nach langem Suchen in der vergangenen Woche entdeckt, und das Monogramm sollte am Vierzehnten fertig sein. Er war um halb zehn da und erwartete schon zu hören, die Sachen seien erst nachmittags fertig; aber alles lag bereit. HOC in schön geschwungenen Buchstaben. Für seinen Geschmack war das Monogramm etwas zu groß ausgefallen, aber das ließ sich nicht mehr ändern, sonst würde sein Geschenk zu spät kommen. Die Garnitur wurde vorsichtig in Seidenpapier gewickelt und in einen weißen Karton gepackt, der seinerseits in eine weiße Tragetasche mit goldenem Aufdruck gelegt und ihm überreicht wurde. Carter verließ den Laden und schlenderte die Fifth Avenue entlang. Er kaufte zwei Dutzend rote Rosen und trug alles nach Hause.

Inzwischen war die Post gekommen. Sie brachte Carter zwei weitere Absagen, die eine von ›Trippe Industrials‹ im Chrysler Building, auf die er sehr gezählt hatte. Man teilte ihm mit, die Stelle sei bereits vergeben. Carter biß sich schamerfüllt in die Innenseite der Wange. Er hatte der Bewerbung bei ›Trippe‹ Drexels Schreiben beigefügt.

Am Nachmittag rief Hazel an. Der Zug um vier Uhr zwanzig, von dem sie zwei Kinder abholen sollte, hatte eine Stunde Verspätung, und sie fand keine Zeit mehr, vor Sullivans Party nach Hause zu kommen und sich umzuziehen. Ob Carter ihr wohl das schwarze Kleid mitbringen könne – das mit dem Reißverschluß hinten? Dann würde sie sich bei Sullivan umziehen.

»So kann ich mich nicht sehen lassen; ich bin in Rock und Bluse.«

»Natürlich, Hazel. Ich bringe das Kleid mit.«

»Und mein goldenes Tuch. So ein langes, wie eine Stola. Ich weiß nicht, ob du es kennst. Leuchtend gelb. In der dritten Kommodenschublade von unten.«

»Okay.«

»Danke, Darling.« Ihre Stimme wurde tief und weich; Carter kannte die Klangfarbe gut. »Wie geht es dir?«

»Nun ja – ich wünschte, du könntest nach Hause kommen. Ansonsten gut.«

Er hängte das Kleid an den Wandschrank im Flur, damit er es nicht vergaß, und ging dann das Tuch suchen. Die Schublade war voller gefalteter, zarter Unterröcke, Stößen von Tüchern und Strümpfen. Als er nach dem gelben Tuch griff, stieß seine Hand an etwas Festes dahinter. Es waren seine Briefe aus dem Zuchthaus, alle auf dem gleichen Papier, ein dickes Blatt, in der Mitte gefaltet, dann dreimal quer, damit es in die Fensterkuverts des Zuchthauses paßte. Hazel hatte sie zu dreißig bis vierzig mit einem Gummiband gebündelt, dann gestapelt und alle zusammengebunden. Er legte die Hand flach auf die sechzig Zentimeter lange Reihe. Dabei berührten seine Finger eine zweite Reihe dahinter, halb verdeckt von der Wäsche. Sie war ebenso lang wie die erste.

»Großer Gott!« sagte er.

Das reichte, um sechs Bücher zu füllen. Mit dieser Menge hätte Cervantes seinen *Don Quijote* schreiben können, und was er zu Papier gebracht hatte, waren nichts als Klage- und Liebesbriefe. Aber es war der Gedanke an die lange Zeit, die sie verkörperten, die ihn überwältigte. War es ein Wunder, daß die Welt das nicht auch vergaß? Er starrte die Briefe an; dann schloß er die Augen und wandte sich ab, das Tuch in der Hand.

Als er sich auf den Weg zu Sullivans Wohnung machte, war er in keiner guten Stimmung. Hazel zuliebe hatte er sich sorgfältig rasiert und angekleidet: den neuen dunkelblauen Anzug, die dunkle, blaurot gemusterte Krawatte, die sie so liebte, weißes Hemd, schwarze Schuhe. Alles, was er am Körper trug, fast alles, was er jetzt besaß, war neu. Er packte Kleid und Tuch in die weiße Tragetasche der Silbergarnitur. Timmie war auch enttäuscht gewesen, als er um halb fünf zu Hause war und hörte, daß die Mutter nicht kam, und Carter hatte vergeblich versucht, ihn aufzumuntern. Er hatte ihm versprochen, sie würden ihn wecken, wenn sie nach Hause kämen, und dann wollten sie alle drei ein bißchen feiern. Timmie hatte für Hazel einen weißen Unterrock mit brauner Spitze gekauft, ein recht teures Geschenk für einen Jungen mit drei Dollar Taschengeld und einer Vorliebe für Süßigkeiten, fand Carter. Aber Timmie hatte die zehn Dollar ausgeschlagen, die Carter ihm vor wenigen Tagen angeboten hatte. Da war das Geschenk bereits gekauft. An diesem Nachmittag nun ging Timmie feierlich in sein Zimmer, holte sein Geschenk, hübsch verpackt, und legte es zu Carters Silbergarnitur und den Rosen auf das Hi-Fi-Gerät.

Sullivan begrüßte Carter an der Wohnungstür. Aus dem Wohnzimmer kam Stimmengewirr. »Donnerwetter, ein Bild aus dem Herrenjournal!« sagte Sullivan. »Komm herein. Wo ist Hazel?«

Carter sagte, daß Hazel später kommen würde. Sullivan nahm ihm die Tragetasche ab und brachte sie in sein Schlafzimmer. Carter hängte seinen Mantel auf, dann ging er ins Wohnzimmer und begrüßte die Leute, die er schon kannte – die Elliotts, Jeremy Sutter und seine Frau Susan und einen Freund Sullivans, einen netten Mann mittleren Alters namens John Dwight. Dann wurde er den übrigen Gästen vorgestellt, von deren Namen Carter nicht einen behielt. Er war sich zu deutlich der Tatsache bewußt, daß sie ihn alle anstarrten, weil er erst kürzlich aus dem Zuchthaus entlassen war. Obgleich Hazel und David ihm einmal gesagt hatten: »Die Leute, die du neu kennenlernst, müssen nicht unbedingt etwas davon wissen«, war es doch ein bißchen anders. Irgendwie sprach sich so etwas herum.

Dies war erst das dritte Mal in diesem Jahr, daß er Sullivan sah. Er wußte, Hazel lud ihn absichtlich nicht ein und lehnte auch Sullivans Einladungen ab, die er vermutlich aussprach, wenn er sie im Büro anrief. Sie wußte, daß Carter Sullivan sowenig wie möglich um sich haben wollte. Diese Einschränkung des Verkehrs hatte jedoch offenbar keinen Einfluß auf Sullivans Verhalten, wie Carter bei den wenigen Gelegenheiten feststellte, bei denen er ihn sah. Heute abend war er selbstsicher und freundlich, bewegte sich frei zwischen seinen Gästen, sorgte dafür, daß alle zu trinken hatten und Käse-Canapés bekamen, solange sie noch heiß waren. Sullivan liebte griechische und römische Skulpturen, und überall standen zwischen den Büchern auf den Regalen Marmorköpfe, ein Marmorfuß, eine Vase, ein Fragment mit griechischer Inschrift. Er hatte sie, wie er sagte, gelegentlich einer Griechenlandreise gekauft. Seine Teppiche stammten aus dem Orient.

»Wie steht's mit dem Job?« fragte Sullivan.

»Noch nichts. Ich versuch's halt weiter«, sagte Carter so gleichgültig er konnte.

»Dieser Butterworth ist immer noch nicht zurück. Ich habe mich gestern erkundigt.«

Butterworth arbeitete bei einer Ingenieurfirma, von der Carter schon gehört hatte – ›Jenkins and Field‹. Butterworth war geschäftlich in Kalifornien. Schon mehrmals hatte Sullivan gesagt, er glaube, Butterworth könne Carter in die Firma bringen, doch Butterworth war nicht da, und allmählich hatte Carter den Eindruck, es mit einem Phantom zu tun zu haben.

Als Hazel kam, atmete Carter auf. Sie begrüßte in ihrer gewandten Art die Gäste, widmete den Leuten, die ihr vorgestellt wurden, ein paar freundliche Worte, ohne darauf zu bestehen, sich zuerst einmal umzuziehen, wie manche Frauen es zweifellos getan hätten. Carter beobachtete mit Vergnügen die Mienen der Herren, sah, wie sie alle aufsprangen, auch wenn sie noch so tief und gemütlich in ihren Sesseln gehangen hatten, denn Hazel war eine hübsche Frau. Als sie zu Carter kam, lächelte er – das erste echte Lächeln an diesem Tag.

»Herzlichen Glückwunsch zum Geburtstag, Darling. Wie geht es dir?«

»Todmüde, aber das wird bestimmt besser, wenn ich mich umgezogen habe. Ist mit Timmie alles in Ordnung?«

Carter nickte, ebenso fasziniert wie die anderen Herren. Sie verschwand.

Sullivan folgte ihr.

Carter hatte sein zweites Glas in der Hand.

Als Sullivan nach ungefähr zwei Minuten wieder auftauchte, winkte er Carter beiseite und sagte leise: »Ich habe heute gehört, daß Gawill wieder hier oben im Norden sein soll. Angeblich arbeitet er bei einer Röhrenfirma in Long Island. Sein Boss ist ein Mann namens Grasso, dem ein paar heruntergekommene Apartmenthäuser in Long Island gehören – regelrechte Slums. Aber allein davon wird er bestimmt nicht leben.«

Bei Gawills Namen fühlte Carter lediglich leichte Wärme in sich aufsteigen, sonst nichts. Gleichgültig erwiderte er: »Na und?« Er zuckte die Achseln und trank einen Schluck.

»Er weiß, daß du draußen bist.«

»So? Er arbeitet für eine Röhrenfirma?«

»Ja. Gas, Abwässer und so.« Sullivan dehnte die Worte verächtlich. »Ich fand es interessant, daß er sich darum kümmert, ob du wieder draußen bist. Es würde mich nicht überraschen, wenn er sich mit dir in Verbindung setzt.« Sullivan sah Carter erwartungsvoll an.

»Warum sollte er?«

»Ich weiß es nicht. Aber ich hielt es für besser, dich zu warnen. Ich könnte mir vorstellen, daß du keinen gesteigerten Wert darauf legst, mit ihm zusammenzutreffen.«

»Nein, ganz gewiß nicht.« Jetzt kam Hazel, und beide wandten sich ihr zu.

Carter wäre gerne in Hazels Nähe geblieben, aber er zwang sich eisern, sich unter die Gäste zu mischen. Sullivan jedoch hielt sich ständig bei ihr – oder sie bei ihm, das war schwer zu entscheiden. Sie schienen sich gut zu unterhalten, als gehe ihnen nie der Gesprächsstoff aus. Kein Wunder – sie hatten ja soviel miteinander erlebt, waren ja soviel zusammengewesen. Fast so lange wie er, Carter, mit ihr, bevor er eingesperrt wurde. Das stellte er mit Entsetzen fest. Sieben Jahre mit ihm gegen sechs mit Sullivan. Sullivan stützte sich gerade auf die Lehne des Armsessels, in dem Hazel saß, hörte ihr zu, nickte aufmerksam. Hazel sah hin und wieder zu ihm auf, kurz, verstohlen, aber ihr Blick sprach von einer derartigen Vertrautheit, daß Carter auf einmal nicht mehr daran zweifelte, daß sie miteinander geschlafen hatten. Er nahm sich vor, sie abends danach zu fragen. Dann spürte er plötzlich, daß diese Idee eine Wirkung des Alkohols war. Nein, an ihrem Geburtstag durfte er ihr diese Fragen nicht stellen, an ihrem Geburtstag nicht und auch nicht an einem anderen Tag. Er zweifelte nicht, daß Hazel ihn liebte. Aber er zweifelte ebensowenig daran, daß Sullivan sie liebte.

In dem japanischen Restaurant tranken sie warmen Sake. Sie saßen auf Kissen um einen langen, niedrigen Tisch. Abermals wurde Carter von Hazel getrennt, und abermals saß sie neben Sullivan.

»Et pour vous, Monsieur?« fragte der Mann links von Carter und hielt die umwickelte Sakeflasche in die Höhe.

»Oui, avec plaisir«, erwiderte Carter und hielt ihm die kleine Tasse hin.

»Vous parlez français?«

»Oui.«

So unterhielten sie sich auf Französisch, und Carter sprach sonst mit niemandem. Er hieß Lafferty – Carter fragte nach seinem Namen und entschuldigte sich, weil er ihn bei der

Vorstellung nicht behalten hatte – und war zwei Jahre in Paris gewesen für eine Firma, die Flaschenmaschinen herstellte. Sie sprachen über französische Charaktereigenschaften, über die Freuden des Lebens in Frankreich und den Kummer unglücklicher Liebesgeschichten.

»Jede Trennung«, sagte Lafferty, »ist wie ein Schlag – sie reißt etwas weg, wie das Meer von einem Felsenriff. Eine Anzahl Trennungen erträgt ein Mensch, wie der Felsen; aber eines Tages ist er dünn und schmal geworden – und dann ist nichts mehr von ihm da. Aus.« Er sprach nicht von unglücklichen Liebesaffären, nur von Trennungen. Die halb-poetische Ausdrucksweise bei einem Geschäftsmann überraschte und freute Carter. Oder vielleicht klangen die Worte schöner und tiefgründiger, weil er französisch sprach. Oder das Gespräch mit Lafferty rief ihm die glücklichen Augenblicke mit Max ins Gedächtnis zurück. Zu der Dame, die links von ihm saß, sprach Lafferty englisch. Einmal blickte Carter auf und sah Sullivan herzlich lachen, wenn auch noch immer gedämpft, angepaßt an die Umgebung – typisch Sullivan. Und Sullivan legte Hazel die Hand auf die Schulter und drückte sie fest, ehe er sie wieder losließ. Carter fragte sich, ob Sullivan je im Leben einen Fehler gemacht, etwas getan habe, das er hinterher bereute. Und auf einmal mußte Carter an seinen Onkel und seine Tante denken, die ihm, als er vierzehn war, Vorwürfe gemacht hatten, weil er ständig Sachen verbummelte. Einmal einen Tennisschläger, den er einem Schulfreund geliehen hatte. Einen Trenchcoat. Im College einen Anzug. Nein, er war weder tüchtig noch praktisch und systematisch wie Sullivan. Und schließlich war seine Achtlosigkeit gekrönt worden durch die Unterzeichnung von Quittungen für Wallace Palmer, die ihm sechs Jahre Zuchthaus eingebracht hatten. Vertrauensvoll zu sein, hieß dumm sein. Sullivan hätte so etwas niemals getan. Er hatte die typische Einstellung eines Anwalts: Tu nie etwas, das deinen Interessen zuwiderläuft. Dann erkannte Carter – und es traf ihn wie ein Keulenschlag –, daß er auch Hazel und Sullivan vertraut hatte. Angenommen, er war auch hier ein kompletter Idiot gewesen, ein noch schlimmerer als im Fall Wallace Palmer?

Plötzlich sah Hazel ihn an. »Phil! Fühlst du dich nicht wohl?«

Er spürte, daß sein Gesicht rot und heiß war. Er legte nervös die Hand an die Stirn. »Doch, ich fühle mich wohl«, behauptete er.

Er haßte Sullivan, weil der ihn ebenfalls anblickte. Er wollte nach einem Glas Wasser greifen und stellte fest, daß keines da war. Jetzt sah Hazel nicht mehr her. Carter trank seinen Sake.

»Was hat David dir geschenkt?« fragte Carter, als sie nach Hause kamen. Hazel trug die weiße Tasche mit ihren Kleidern, aber jetzt war die Tasche schwerer. Das hatte Carter gemerkt, als er sie vom Wagen die Treppe heraufgetragen hatte.

»Ein Buch, das ich mir gewünscht hatte. Aubrey Menens Buch über Rom. Ich habe es noch nicht ausgepackt.«

Carter hatte gedacht, Sullivan würde ihr ein etwas persönlicheres Geschenk machen.

Timmie wachte auf und kam im Pyjama herein. Er warf Hazel die Arme um den Hals und sagte: »Herzlichen Glückwunsch zum Geburtstag, Mammi!«

»Danke, Darling! Mein Gott, das ist ja wie Weihnachten!« rief sie nach einer kurzen Inspektion der Geschenke. »Und die wunderschönen Rosen! Bei wem muß ich mich denn dafür bedanken?«

»Bei uns beiden.« Carter lächelte seinem Sohn zu.

Die Silbergarnitur gefiel Hazel sehr, und sie fand auch das Monogramm nicht zu groß. Außerdem hatte Carter ihr Pralinen, Seife und Taschentücher geschenkt. Während sie auspackte, tranken sie noch einen Schluck, und Timmie bekam ein Glas Schokoladenmilch.

In der Nacht konnte Carter nicht schlafen. Der Alkohol

wirkte wie ein Aufputschmittel. Und seine Daumen taten weh. Er sehnte sich nach Morphium. Etwa um drei stand er leise auf, ging ins Bad und nahm ein Pananod. Dann kam er zurück, ohne Licht zu machen.

»Darling, kannst du nicht schlafen?« fragte Hazel.

Auf einmal schien Carter alles unwirklich – Hazels Stimme in der Dunkelheit, das Zimmer, der ganze Abend, Sullivan, Max. Doch Max schien lebendiger und wirklicher als alles andere, ihn selbst eingeschlossen. »Nein«, sagte Carter behutsam, als beantworte er die Fragen in einem Traum, nur um den Traum nicht enden zu lassen.

»Mach bitte Licht.«

Er machte Licht und blinzelte. Das Licht beeinträchtigte das Gefühl der Unwirklichkeit nicht.

»Setz dich, Darling. Was quält dich denn?«

Er hockte sich auf ihre Bettkante. »Sullivan.«

»Mein Gott, Darling!« Mit gerunzelter Stirn schloß sie die Augen und drehte das Gesicht weg. »Phil, wenn es dir hilft – wir brauchen nicht mehr mit ihm zusammenzukommen.«

Ihre Stimme verriet, daß das ein unmenschliches Opfer für sie wäre, das sie aber dennoch bereit sei zu bringen. »Nein, das möchte ich dir nicht zumuten«, sagte er, doch nicht in dem lässigen Ton, den er beabsichtigt hatte. Er sah, wie ihr Blick mißtrauisch wurde.

»Dann ... dann finde ich, es wird langsam Zeit, daß du aufhörst, Szenen zu machen, meinst du nicht? So wie heute abend.«

»Ich wüßte nicht, daß ich eine Szene gemacht hätte.«

»Ich dachte, du würdest in die Luft gehen – im Restaurant. Nur weil David einmal meine Schulter berührt hat. Alle haben es bemerkt. Du sahst aus, als haßtest du ihn.«

Sie hielt also diese Schulterberührung ebenfalls für wichtig. »Ich glaube kaum, daß es alle bemerkt haben. Das ist einfach nicht wahr!«

»Und du hast ihm kaum gute Nacht gesagt. Das ist nicht

nett von dir. Schließlich war er der Gastgeber und hat uns alle zum Essen eingeladen – mir zu Ehren.«

»Aber ich habe ihm doch gute Nacht gesagt!« Carter erinnerte sich jedoch, daß er sich nicht bedankt hatte.

»Ich finde, du benimmst dich einfach kindisch.«

Carter stand auf; er war plötzlich wütend. »Und ich finde, du benimmst dich nicht wie eine Ehefrau.«

»Und was, bitte, soll das wieder heißen?« Hazel setzte sich auf.

»Eines möchte ich von dir wissen«, entgegnete Carter. »Hast du mit ihm etwas gehabt, als ich im Zuchthaus war?«

»Nein! Mach die Tür zu! Ich will nicht, daß Timmie diese reizende Unterhaltung hört.«

Carter schob die Tür ins Schloß. »Ich glaube aber doch. Darum frage ich.«

»Lächerlich!« sagte sie, aber er spürte, daß sie nicht mehr so überlegen war.

»Ich hab's doch gemerkt!«

Sie stieß einen langen Seufzer aus. Dann griff sie nach einer Zigarette. Ihre Hand zitterte, als sie das Feuerzeug hielt. »Vielleicht beruhigt es dich«, meinte sie, ohne ihn anzusehen, »wenn ich dir sage, daß ich tatsächlich etwas mit ihm gehabt habe. Drei Wochen lang. Oder vielmehr, um genau zu sein, zwei Wochen und vier Tage.«

Carter stockte der Atem. »Wann?«

»Vor vier Jahren. Kurz nach der Ablehnung des Wiederaufnahmeantrags durch den Obersten Gerichtshof.« Jetzt sah sie ihn an. »Ich war sehr unglücklich damals. Ich wußte nicht, was ich anfangen sollte – und was aus dir werden sollte. Ja, in gewisser Hinsicht habe ich David geliebt. Aber die Affäre mit ihm half mir nicht, und ich fühlte mich nur noch elender. Ich schämte mich, und ich machte Schluß. Ich wollte David nicht einmal mehr sehen – mindestens einen Monat lang.«

Er konnte noch immer kaum atmen und stand regungslos da. »Jetzt weiß ich es wenigstens.«

»Ja, jetzt weißt du es. Du weißt, daß es mir leid tut. Du weißt, daß es nicht noch einmal passieren kann.«

»Warum nicht? Wieso sagst du das?«

»Wenn du mir das nicht glaubst, dann verstehst du gar nichts. Du verstehst *mich* nicht.«

»Allmählich doch«, erwiderte er. »Warum kann es nicht noch einmal passieren?«

Sie antwortete nicht, sah ihn nur an.

»Du sagst, du hast ihn geliebt. Liebst du ihn noch?«

»Bin ich nicht hier, bei dir?«

»Ja, aber wenn ich nicht da wäre, gar nicht existierte?«

»Ach, Phil ...«

»Ich habe dich etwas gefragt. Wenn ich nicht da wäre?«

»Da du fragst – ja. Wenn du nicht da wärst, wenn du im Zuchthaus gestorben wärst, zum Beispiel, wie dein Freund Max, dann ja, dann hätte ich David zweifellos geheiratet. Timmie mag ihn auch. Er ist ein sehr umgänglicher Mensch – viel umgänglicher als du in letzter Zeit.«

Carter riß sich die Schlafanzugjacke herunter. Er ging zum Schrank, zuckte zusammen, als sein Blick auf das Kostümfestfoto fiel, das er am liebsten zerrissen hätte, und zerrte an der Schnur seiner Schlafanzughose.

»Wohin willst du?« Ihre Stimme klang beunruhigt.

»Spazierengehen.«

»Um vier Uhr nachts? Phil, du wirst doch keine Dummheiten machen – zu David gehen, oder so?«

»Ich gehe spazieren, Hazel. Ich muß.« Im Nu war er angezogen, die Hemdhälften übereinandergeschlagen, ohne sie zuzuknöpfen. Er ging hinaus, ließ die Tür offen und tastete im Dunkeln im Flurwandschrank nach seinem Mantel. Dann öffnete er die Wohnungstür, ging hinaus, wollte sie zuziehen, schob sie lautlos wieder auf und horchte. Er glaubte schlecht zu träumen, als er hörte, wie Hazel im Schlafzimmer eine Nummer wählte. Sullivan, natürlich. Warum? Um ihn zu warnen? Um sich von ihm trösten zu lassen? Carter hätte im

Dunkeln stehenbleiben und lauschen können, aber er wußte ohnehin, was sie sagen würde. Er schloß die Tür und stieg die Treppe hinab. In einer solchen Nacht konnte man nur eines: Spazierengehen.

Er ging, bis der Tag anbrach, und es tat ihm gut – der Spaziergang und der Anblick der heraufkommenden Morgendämmerung. Er nahm sich vor, zu Hazel zu sagen: ›Ich bin froh, daß du es mir anvertraut hast. Wir wollen nie wieder davon sprechen.‹ Oder etwas Ähnliches. Oder vielleicht am besten überhaupt nichts.

16

Ein paar Tage später fand Carter morgens im Briefkasten einen Brief von Gawill. Instinktiv wußte er, noch ehe er ihn geöffnet hatte, daß er von Gawill kam. Es war ein kleiner weißer Geschäftsumschlag ohne Absender, die Schrift lang, dünn und ein bißchen krakelig. Dann sah Carter, kaum leserlich, den Poststempel Long Island. Carter hatte einkaufen wollen, ein paar Dinge, die Hazel auf ihrer Besorgungsliste vergessen hatte, doch nun stieg er die Treppe wieder hinauf, um Gawills Brief in der Wohnung zu lesen. Er lautete:

Lieber Phil,
Sie haben mich neulich nicht ausreden lassen, und nun möchte ich Ihnen den Schluß der Geschichte erzählen. Meine Leute haben Sullivans Wohnung und die Wohnung, die er vorher in der Fifty-third Street hatte, beobachtet. Von der Fifty-third Street, wo Ihre Frau praktisch mit ihm zusammengelebt hat, wissen Sie vermutlich. Jetzt spreche ich von den vier Jahren danach. Sogar Ihr Sohn müßte davon wissen, denn Kinder sind ja nicht dumm. Neulich hatte ich das Gefühl, Sie glauben mir nicht, und in Anbetracht dessen, was Sullivan mir angetan hat, ist das sehr ärgerlich. Wissen Sie, daß Ihre

Frau im vergangenen Monat zweimal (vielleicht auch öfter, aber gesehen haben wir sie zweimal) zu Sullivan in die Wohnung gegangen ist? Glauben Sie, ich würde das alles schreiben, wenn es nicht wahr wäre? Hat Ihnen Ihre Frau erzählt, daß sie Sullivan während des letzten Monats zweimal gesehen hat? Wahrscheinlich nicht. Wie ich ihn kenne, wird er sie mit dem Versprechen ködern, Ihnen einen Job besorgen zu wollen, oder so. Es geht noch immer weiter mit den beiden, Phil! Wachen Sie auf! Wollen Sie Beweise? Sie sollen sie haben. Ich besitze ein Tonband mit Gesprächen, die Sullivan mit Ihrer Frau geführt hat – Sie können sie jederzeit hören. Ich kann auch einen von meinen Jungens bitten, ein Foto von ihr zu machen, wenn sie sein Haus betritt - jederzeit!

Ich möchte nicht als Lügner dastehen. Oben meine Adresse, falls Sie sich mit mir in Verbindung setzen wollen.

Alles Gute

Greg

Carter las die Adresse – eine komplizierte Anschrift in Jackson Heights – und die Telefonnummer, dann zerriß er den Brief und steckte ihn in den Mülleimer unter die Apfelsinenschalen vom Frühstück.

Nachmittags gegen drei rief David Sullivan an und sagte, sein Freund Butterworth sei zurück in New York, und Carter möge ihn anrufen.

»Da ist noch etwas, das ich mit dir besprechen möchte, Phil. Hast du heute um sechs Uhr Zeit?«

»Natürlich, David. Kommst du her?«

»Ich möchte lieber unter vier Augen mit dir sprechen. Würdest du zu mir kommen?«

Carter sagte zu. Als er aufgelegt hatte, war er nervös. Wurde das noch eine Beichte? Das Bekenntnis einer vier Jahre dauernden Affäre? Er zwang sich, das Telefonbuch zu holen, das Hazel unten im Flurwandschrank aufbewahrte, weil sie fand, es passe nicht ins Wohnzimmer, die Nummer von ›Jenkins and Field, Inc.‹, herauszusuchen und Mr. Butterworth anzurufen.

Mr. Butterworth war sehr freundlich. Er bestellte ihn für Freitag, zehn Uhr, zu sich ins Büro.

Hazel kam meist um kurz vor sechs nach Hause, und Carter bat Timmie, ihr auszurichten, er fahre zu David und sei kurz nach sieben zurück.

»Mom geht nicht mit?« fragte Timmie.

»Nein. David möchte mit mir etwas besprechen. Es hat mit einem Job zu tun. Sag das deiner Mutter.«

»Kann ich mitkommen?«

Carter war schon an der Tür; er wandte sich um. Der Eifer des Jungen verletzte ihn. Timmie hatte Sullivan sehr gern. »Warum, Timmie? Es wird nur langweilig für dich. Wir haben Geschäftliches zu besprechen.«

»Aber es ist doch nur für eine Stunde!« bettelte Timmie.

»Nein, Timmie. Tut mir leid. Dies ist geschäftlich. Ich muß jetzt gehen, sonst komme ich zu spät.«

Carter nahm ein Taxi. Er klingelte an Sullivans Haustür und trat ein, als er den Summer hörte. Sullivan wohnte im zweiten Stock und hatte die ganze Etage für sich allein. Wie in seinem und Hazels Haus gab es auch hier nur noch drei weitere Wohnungen.

Sullivan erwartete ihn an der Tür, nahm ihm den Mantel ab und erkundigte sich, ob er einen Drink möchte.

»Gern, danke. Aber nicht zu stark.«

Sullivan trat an den Barwagen in der Wohnzimmerecke.

Carter wartete und beobachtete ihn.

»Gawill hat mich angerufen«, sagte Sullivan, als er Carter das Glas reichte. Für sich hatte er auch einen Drink gemacht. »Ein sehr häßlicher Anruf. Er sagte, er habe mir dir gesprochen.« Sullivan sah ihn an. Der angespannte Ausdruck ließ sein schmales Gesicht noch schmaler erscheinen. Er war sehr blaß.

»Ja. Unser Gespräch war auch nicht sehr schön.«

»Er sprach davon. Hör zu, Phil ...« Dann hielt er inne und starrte in den kalten Kamin, als wolle er seine Gedanken und seinen Mut zusammennehmen. »Hazel hat mich angerufen – Montag nacht. An ihrem Geburtstag. Sie war sehr aufgebracht. Sie sagte, sie habe dir alles erzählt – über uns.«

»Ja, das hat sie.«

»Sie hat die Wahrheit gesagt. Entschuldige, Phil ...«

»Ach, geschenkt«, winkte Carter ungeduldig ab. »Hazel wird schon darüber hinwegkommen. Wir alle werden darüber hinwegkommen.«

»Ja, Phil. Ich bin überzeugt, daß du das kannst«, sagte Sullivan ernst. »Aber Gawill hat dir anscheinend noch mehr erzählt. Etwas, das nicht zutrifft. Daß es vier Jahre gedauert haben soll.«

»Ja.«

»Das ist nicht wahr.«

Carter sah ihn stumm an, doch Sullivan wartete, daß er etwas sagte, daß er sagte, er glaube ihm. »Nun, ich habe Hazel gegenüber nicht erwähnt, daß ich Gawill getroffen habe.«

»Ich weiß. Sie ...« Sullivan stockte.

Sie hätte es mir erzählt, hatte Sullivan fortfahren wollen. Carter trank einen großen Schluck. Er zwang sich zur Ruhe. Sullivan mochte nicht gerade ein Engel sein, aber Gawill war wesentlich übler. »Ich glaube nicht, was Gawill behauptet«, erklärte Carter.

»Gut.« Erleichtert ließ Sullivan die Schultern sinken. »Es ist eine verdammt gemeine Angelegenheit und eine Beleidigung für Hazel.« Er reckte sich ein wenig, als sei er Hazels Beschützer.

Sind vier Jahre soviel schlimmer als drei Wochen? sinnierte Carter. Möglich.

»Du nimmst das alles mit sehr viel Haltung hin, Phil«, sagte Sullivan.

Wirklich? Carter zuckte die Achseln. »Ich liebe Hazel. Und außerdem ... Wir leben ja wohl nicht mehr im viktorianischen Zeitalter, nicht wahr?« Kaum hatte er das gesagt, da hatte er das Gefühl, daß sie genau das taten.

»Gawill schreckt vor nichts zurück; der ist zu jeder Gemeinheit fähig. Und dies ist vermutlich noch nicht das Ende. Besonders, wenn er merkt, daß seine Quertreibereien verpuffen.«

»Wie meinst du das?«

»Gawill haßt mich von ganzem Herzen, das sagte ich dir ja schon. Er würde mich liebend gerne zusammenschlagen – oder noch schlimmer. Er würde mit Freuden einen Riesenskandal machen und meinen Namen durch den Dreck ziehen – bei meiner Firma. Vielleicht glaubst du, solche Geschichten können heute einem Mann beruflich nicht mehr schaden, aber da täuschst du dich.«

Carter erkannte, daß Sullivan hauptsächlich um sich selber bangte, um seine Karriere. Er fand das empörend. »Nun, ich werde das bestimmt nicht tun«, sagte Carter. »Aber Gawill schon, nehme ich an.«

»Ja, wahrscheinlich. Ich weiß nicht, auf was er noch wartet. Zunächst wollte er natürlich mit mir sprechen. Weißt du, was er behauptet hat?« fragte Sullivan mit kurzem Lachen. »Er hat behauptet, du wärst außer dir vor Wut gewesen, als er dir erzählte, daß ... daß es vier Jahre gedauert hätte. Er sagte, du hättest gedroht, mich umzubringen.«

Carter beobachtete ihn genau.

»Ich glaube, ich lege mir vorsichtshalber eine Leibwache zu.«

Das klang scherzhaft, war es aber nicht. Carter stellte fest, daß ihn das Thema – Sullivans Sicherheit – nicht sonderlich interessierte. Und er stellte noch eines fest: Er wünschte, Sullivan verschwände tatsächlich von der Bildfläche. Im Gefängnis, dachte Carter, im Dschungelgesetz des Zuchthauses, wenn da ein Mann erfährt, daß ein anderer Häftling mit seiner

Frau geschlafen hat, würde dieser andere eines Tages in einem finsteren Winkel gefunden werden – auf geheimnisvolle Weise ermordet.

»Warum siehst du mich so an? Glaubst du mir nicht?« fragte Sullivan.

»Hm – doch. Ich denke schon.«

»Siehst du, Phil, die Sache geht dich doch ebenso an. Gawill würde mich am liebsten durch einen seiner Gangster umbringen lassen – und dir dann den Mord in die Schuhe schieben. Ich sagte das schon. Du siehst ja, was er macht: Er versucht dich aufzuhetzen. Das ist dir doch klar, nicht wahr?«

»Ja, das ist mir klar.«

Nun herrschte Schweigen, während Sullivan mit gerunzelter Stirn im Zimmer umherging, als habe er noch etwas auf dem Herzen. Carter setzte sich. Irgendwie fühlte er sich sehr sicher. Es amüsierte ihn, wie Sullivan um sein Leben bangte. Das war eine neue Erfahrung für Sullivan. Für Carter nicht.

»Hast du zufällig heute etwas von Gawill gehört?«

»Nein. Warum? Du denn?«

»Nein«, sagte Carter gelassen und klopfte seine Zigarette im Aschenbecher ab.

Sullivan starrte ihn an, als fürchte er sich, weitere Fragen zu stellen. Ganz offensichtlich hatte er Angst, Gawill könne noch mehr gesagt haben. Und Carter hielt es für sehr wahrscheinlich, daß Gawill Sullivan heute oder gestern angerufen und ihm gesagt hatte, er habe Philip Carter einen sehr aufschlußreichen Brief geschrieben.

»Diesen ganzen Dreck aufzurühren«, sagte Sullivan, »nur weil ich versucht habe ...« Er schüttelte den Kopf. »Ich hab es doch nicht meinetwegen getan. Als ob es mir besonderen Spaß gemacht hätte, Gawill ein bißchen die Hölle heiß zu machen ... Und mehr war es schließlich doch nicht.«

Sullivan wollte Carter klarmachen, daß sein, Sullivans, Leben bedroht war, weil er versucht hatte, ihn, Carter, aus dem Zuchthaus zu holen. Aber warum wiederholte er das dauernd, wenn es auch zutraf? Und Sullivans Bemühungen hatten Carters Strafe um keinen Tag verkürzt.

»Ich glaube nicht, daß ich mich noch einmal mit Gawill unterhalten werde«, sagte Carter und stand auf.

Sullivan fragte nach Butterworth und bat ihn, nach der Unterredung am Freitag anzurufen und ihm mitzuteilen, wie alles stehe. Dann ging Carter.

Carter sagte Hazel, Sullivan habe ihm noch einige Hinweise für den Besuch bei Butterworth am Freitag geben wollen.

»Du siehst heute viel munterer aus«, meinte Hazel. »Hoffentlich klappt Freitag alles.«

»Freitag«, wiederholte Carter. Er stand in der Küche und sah zu, wie sie Meringen auf einen Auflauf legte. Sie trug einen Tweedrock mit kurzärmeliger weißer Bluse und eine Schürze, das Haar war mit einem schmalen Band zurückgebunden, und an der Seite schauten ein paar Haare darunter hervor. In ihrer Küche in New York, vor acht Jahren, hatte er ihr auch zugesehen, dann in Fremont und hier. Er runzelte die Stirn. Das Bild von ihr war nicht mehr ganz das gleiche, weil er nun wußte, sie war mit Sullivan zusammen gewesen. Es waren keine moralischen Bedenken – nur das Bild von Hazel als der strahlenden Göttin, unbesiegbar und unfehlbar. Er konnte es verkraften, das hatte er ja auch zu Sullivan gesagt. Keine Heulerei, kein Gejammer. Es war ein Flecken, aber das Zuchthaus war ja auch ein Flecken gewesen, und zwar ein beträchtlicher, auch ohne den Zwischenfall mit Whitey bei dem Aufstand. Er hatte Narben zurückbehalten, und bei Hazel war es eben diese Sache.

Ihre Augenbrauen hoben sich fragend, als sie ihn ansah, dann wandte sie sich ab, um etwas anderes zu tun. In den letzten Wochen hatte sie ihn ein paarmal gefragt: »Was hast du, Lieber?« oder »Woran denkst du jetzt?« und nicht immer hatte er es ihr sagen können oder wollen. Er dachte auch nicht immer an etwas Bestimmtes, wenn er diesen Ausdruck annahm, das wußte Carter. Sein Gesicht hatte sich einfach verändert in sechs Jahren, und Hazel war noch nicht daran gewöhnt. Einmal hatte er sie verstört, das wußte er, als er antwortete: »Ich finde, die ganze Welt ist ein großes Gefängnis, und richtige Gefängnisse sind darin nur eine Steigerung.« Es war ihm an dem Abend, obgleich er sich große Mühe gab, nicht gelungen, ihr klarzumachen, was er gemeint hatte. Regeln und Vorschriften gab es auch in der Nicht-Gefängniswelt, hatte er sagen wollen; sie schienen gar keinen Sinn zu haben, außer als Produkte der Furcht oder um die Furcht zu besänftigen, und sie hielten eine Welt zusammen, die noch viel irrsinniger war als die Gefängniswelt. Sie lag in jedem Menschen eben unter der Oberfläche seines Bewußtseins. Wenn nicht jeder einem diktierte, wann man essen, schlafen, arbeiten und aufhören sollte, wenn nicht jeder genau das gleiche tat, dann konnte man glatt verrückt werden. Das hatte er an diesem Abend geglaubt, weil er es wirklich fühlte, und er glaubte es eigentlich immer noch, aber Hazel glaubte es nicht, und je mehr er sich bemühte, es klarzustellen, desto verworrener hörte es sich an.

Sie blickte ihn an. »Darling, vergiß nicht die Elliotts am Wochenende.«

»Nein.« Vage erinnerte er sich. Freitag abend, wenn Hazel mit der Arbeit fertig war, sollten sie nach Long Island kommen. Roger Elliott war Investment-Berater, und Hazel hatte ihm fast das gesamte Vermögen anvertraut; er hatte es höchst lukrativ in absolut sicheren Papieren angelegt. Priscilla Elliott, etwa dreißig, arbeitete nicht, sondern versorgte die beiden Kinder, beide jünger als Timmie, und malte als Hobby Porträts auf Landschaften, gekonnt, aber langweilig. Das Haus war riesig und wirkte außerordentlich solide, wie es da auf dem weiten grünen Rasen stand. Sullivan konnte dieses Wochende nicht zu den Elliotts kommen, erinnerte sich Carter. Wenigstens etwas!

Der nächste Tag war ein Donnerstag, und Carter hatte nichts Besonderes zu tun.

Um kurz vor drei läutete das Telefon. Es war Gawill. »Hallo, Phil! Nun, haben Sie meinen Brief nicht bekommen?«

»Doch.«

»Ich dachte, ich hätte wohl eine Antwort verdient, finden Sie nicht? Wenigstens einen Anruf.«

»So, meinen Sie?«

»Aber Phil! Haben Sie Angst, sich die Tonbänder anzuhören?«

Carter wurde plötzlich wütend. »Ich habe keine Angst, Ihre Tonbänder anzuhören ...« Er ließ den Satz in der Luft hängen. Eigentlich hatte er fortfahren wollen, ›auch wenn sie von Hazel handeln‹, wollte aber vor Gawill ihren Namen nicht aussprechen.

»Also gut. Wann kommen Sie? Heute abend?«

»Heute abend kann ich nicht. Wann kommen Sie von der Arbeit nach Hause?«

»Gegen sechs.«

»Gut, ich komme. Augenblick – die Adresse!« Carter schrieb sie sich auf.

Hör dir die Bänder an, oder was Gawill sonst hat, dann hast du's hinter dir, dachte er. Vermutlich hat Gawill ja überhaupt nichts.

17

Um zwanzig vor sechs ließ er sich von einem Taxi zu Gawill nach Jackson Heights hinausfahren und fand sich in einer Straße voll düsterer roter Backsteinhäuser, Reihenhäusern, alle gleich, alle in stumpfem Winkel zur Straße und alle ungefähr siebenstöckig. Gawills Hausflur stand voller Kinderwagen, und es roch nach Küche. Mit dem Lift fuhr er in den fünften Stock.

»Hallo, Phil!« begrüßte ihn Gawill munter. Er war in Hemdsärmeln, die Zigarette im Mund. »Kommen Sie herein!«

Carter betrat das Wohnzimmer. Billige, nicht mehr ganz neue Möbel, die wie die Reproduktionen an der Wand keine Spur von Persönlichem hatten. Gawill bot ihm einen Drink an. Carter warf seinen Mantel auf das häßliche grüne Sofa. Ein Flur führte in einen weiteren Raum. »Sind wir allein, oder ist noch jemand hier?«

»Oh, wir sind allein. Das hielt ich für besser.« Gawill kam mit zwei Drinks aus der Küche. »Das, was Sie interessiert, habe ich schon herausgesucht.« Er trat an den runden Teetisch vor dem Sofa. Darauf lag, zwischen zwei überquellenden Aschenbechern, ein dicker, abgegriffener, brauner Papierumschlag. Gawill setzte sich auf das Sofa. »Alles Notizen«, sagte er und zog eine unordentliche Handvoll Zettel heraus. »Wie ich schon sagte, betreffen sie hauptsächlich Sullivan. Meine Leute haben natürlich seine Besucher registriert ... Wann sie kamen, wie lange sie bleiben und so weiter. Hier, zum Beispiel, der 27. Juni, vor *drei* Jahren! ›Mrs. Carter. Ankunft sechzehn Uhr fünfunddreißig, geht achtzehn Uhr.‹ Das war zu der Zeit, als sie noch in Long Island studierte und Ihrem Sohn vermutlich erzählt hat, sie sei erst um fünf oder so fertig, denn sie hat ihn ziemlich regelmäßig besucht. Hier, noch etwas: ›Mrs. C. kommt sechzehn Uhr fünfunddreißig, geht achtzehn Uhr zwanzig.‹« Er kramte in den Notizen. »›S. betritt Haus einundzwanzigfünfzig mit Mrs. C. Sie geht um Mitternacht. S. ruft ihr ein Taxi.‹ Vor *einem* Jahr!« Gawill beugte sich vor und reichte Carter den Zettel.

Gawill präsentierte noch sechs weitere. Einmal hatte Hazel Sullivans Wohnung erst um zwei Uhr früh verlassen, aber da war sie mit zwei anderen Leuten zusammen gewesen, und Sullivan hatte eine Party gegeben.

»Aber Sie wissen ja, auf die Uhrzeit kommt es nicht an«, meinte Gawill grinsend.

Carter verzog das Gesicht. »Ich sehe nichts Aufregendes an diesem Material.« Carter war gelangweilt und verärgert ... Es war töricht von ihm gewesen, überhaupt hierherzukommen.

Gawill war erstaunt und enttäuscht. »Nein? Nun, vielleicht möchten Sie noch die Bänder hören.«

Er stand auf und ging an den Schrank bei der Wohnungstür. Er zerrte eine offenbar schwere Schachtel heraus, und dann eine zweite. Die zweite enthielt Tonbänder, zwei lange Reihen. Er stand über die Schachtel gebeugt und suchte darin herum.

»Zweimal bin ich hingegangen zu Sullivan – einmal um das Dings hinzubringen, einmal um es rauszuholen. Moment. Marchand –« Er legte das Band zurück und nahm ein anderes. »Noch mal Marchand. Auch 'n Freund von mir«, sagte er sarkastisch.

Carter zog an seiner Zigarette. Gawill war bestimmt nicht ganz richtig, dachte er, und Sullivans Untersuchungen hatten die Sache sicher noch verschlimmert. Er warf einen Blick auf die Zettel, die auf dem Sofakissen lagen. Wie viele solcher dreckiger brauner Umschläge mochte Gawill noch haben, die alle Material über seine Verfolger enthielten? Und wieviel hatte er bezahlt, um dieses Zeug in seinen Besitz zu bringen? Offenbar war er nahezu pleite daran gegangen. Diese billige Bleibe hier –

»Ah, da sind sie ja!« sagte Gawill endlich. »Sullivan ...«

Er brauchte mehrere Minuten, um das Band auf den Apparat zu legen. Carter hörte sich gleichgültig die ersten, bruchstückhaften Gespräche Sullivans mit dem Laufjungen der Reinigung an, der einen Anzug gebracht, aber das weiße Dinnerjackett, das Sullivan brauchte, vergessen hatte. Eine Tür fiel zu, dann war es wieder still.

»Los, Greg, ein bißchen schneller!« verlangte Carter.

»Geht nicht, sonst verpassen Sie was«, entgegnete Gawill, eifrig über den Apparat am Boden gebeugt.

Sullivan, wie er telefonisch in einem Restaurant einen Tisch bestellte. Für zwei, um neun Uhr.

Wieder eine lange Pause.

»Augenblick!« sagte Gawill. Er beschleunigte das Band, bis Stimmen aufklangen, und spulte es dann zurück. Hazel kam.

»Wie geht's dir, Darling?« fragte Sullivan.

»Gut. Und dir?« erwiderte Hazel. »Was für ein Tag!«

»Ich mußte den Tisch für neun Uhr bestellen. Um acht war nichts mehr frei. Ist dir das recht?«

»Natürlich. Dann haben wir ein bißchen mehr Zeit. Oh, mir tun die Füße weh. Ich würde gern die Schuhe ausziehen.«

Sullivan lachte. »Tu das. Einen Drink?«

»Nein, danke. Noch nicht.«

»Darling!«

Vielleicht küßten sie sich jetzt, vielleicht auch nicht. Möglich war es. Die Stille ließ darauf schließen.

»Sehen Sie?« sagte Gawill.

»Na und? Warum haben Sie den Apparat nicht ins Schlafzimmer gestellt, wenn Sie etwas beweisen wollen?« fragte Carter lachend.

»Geht's Timmie gut?« erkundigte sich Sullivan.

»Er schläft heute bei einem Schulfreund.«

»Aha. Wunderbar!«

Die Stimmen wurden leiser und verklangen.

»Sehen Sie jetzt?« sagte Gawill. »Das Band stammt vom Oktober!«

Carter kannte Hazels Stimme, ihre Verfassung. So hatte sie auch mit ihm gesprochen – sehr oft.

Gawill schaltete den Apparat aus. »Timmie schläft bei einem Schulfreund.« Er nickte vielsagend.

Carter breitete die zitternden Hände aus. »Das tut er manchmal, wenn wir ausgehen und spät nach Hause kommen.«

»Ach, gehen Sie doch! Sie sind doch nicht von gestern!« sagte Gawill.

Carter lächelte schief. Nein, war er nicht. Und das Band stammte vom letzten Oktober. Er sah deutlich das Datum auf der Spule. Falls Gawill es nicht gefälscht hatte.

Gawill nahm sein Glas und machte ihm noch einen Drink. »Am besten sollte ich Sie einmal spätnachmittags anrufen, wenn sie bei Sullivan ist. Dann könnten Sie hingehen und ...« Gawill setzte das Glas energisch auf den Tisch.

»Und?«

»Eh ... ihm gleich im Bett die Kehle zudrücken.«

Auf Carters Stirn stand kalter Schweiß. »Ich glaube, Sie hassen ihn viel mehr als ich. Sie werden mir zuvorkommen.«

»Ich finde, das ist Ihre Sache. Sie haben beinahe das moralische Recht darauf.«

Carter lachte. »Unsinn. Die Ehre überlasse ich gerne Ihnen.«

Gawill musterte sein Gesicht.

Endlich sah Carter hinab auf sein Glas. Er wischte sich die nasse Stirn. Der Schweiß erinnerte ihn an die Entziehungssymptome in der Zuchthaus-Krankenstation.

»Wie wär's mit einem Schuß?« erkundigte sich Gawill. »Ich habe was im Bad. Heroin.«

Carter lehnte sich zurück. Er überlegte lange, ehe er antwortete, aber er wußte, wie die Antwort ausfallen würde. »Warum nicht?«

»Es ist nicht im Bad, aber ich hole es schnell«, erklärte Gawill und lief, eilfertig wie ein vorbildlicher Gastgeber, ins Schlafzimmer hinüber.

Carter erhob sich. Gawill war jetzt im Bad. Er trat ein.

Vor Gawill auf dem Boden stand ein Karton, etwa 60 cm im Quadrat, in dem in kleinen, mit Watte ausgekleideten Fächern etwa vierzig Ampullen lagen – und das war nur die oberste Lage. Wenn der Karton voll ist, dachte Carter, enthält er mindestens zweihundertvierzig Ampullen.

»Jede à 600 mg«, sagte Gawill. Er legte eine Injektionsspritze auf den Waschbeckenrand. »Ich weiß nicht, ob Sie eine ganze wollen.« Er lächelte plump-vertraulich und ging hinaus.

Carters Bewegungen waren automatisch, und nach Sekunden kreiste das Gift in seinen Adern, obgleich die Ampulle und die neue Nadel für ihn ungewohnt waren. Er verbrauchte etwas über die Hälfte der Plastikampulle. Woher hat Gawill das viele Zeug? wunderte sich Carter, aber es war wohl undiplomatisch, danach zu fragen. Trotzdem, es war ein lukratives Geschäft und erklärte, wieso Gawill Privatdetektive anheuern konnte. Carter sah nach und stellte fest, daß der Karton mindestens sechs Lagen Ampullen enthielt. Schon bei einem bescheidenen Preis auf dem Schwarzen Markt war der Karton sechstausend Dollar wert. Carter ging wieder ins Wohnzimmer zurück.

»Wenn Sie wollen, können Sie gerne ein paar davon mitnehmen«, bot Gawill ihm an. »Bedienen Sie sich.« Er nickte in Richtung des Badezimmers.

Carter lächelte. »Nein, danke, Greg.« Kräftigend und vertraut rann das Zeug durch seine Adern. Carter machte es sich in seinem Sessel bequem.

Gawill stand auf und reichte ihm einen Drink. Carter wollte und brauchte ihn eigentlich nicht mehr, nahm ihn aber doch.

»Im Ernst, Phil, Sie sind der einzige, der Mr. Sullivan aus dem Wege räumen und damit durchkommen könnte – rechtlich gesehen«, sagte Gawill ruhig.

Carter runzelte die Stirn und lachte. »Mit meiner Vorstrafe?«

»Ein Ehemann hat das Recht ...«

»Gilt dieses Gesetz nicht nur in Texas?«

Das stimmte. Gawill wischte sich mit der Hand über den Mund. »Wir könnten es so machen, daß es aussieht, als hätte es einer von meinen Freunden getan. Verstehen Sie? Also, was könnte die Polizei tun? Sie würden vielleicht verdächtigt, aber ...« Gawill hielt inne.

Gawill redet Unsinn, dachte Carter, trotzdem hatte er aber plötzlich das Bild vor Augen, wie er Sullivan mit tödlichen Handkantenschlägen bearbeitete. »Ich glaube doch, daß ich in Verdacht geriete, wenn ich so etwas täte«, sagte Carter mit einem Blick auf die Uhr. Viertel vor sieben. Hazel würde sich schon Gedanken machen, wo er war. Er hatte keine Nachricht hinterlassen. »Und ebenfalls, wenn ich es nicht gewesen wäre«, fügte er hinzu.

»Überlegen Sie es sich, Phil. Wir könnten da bestimmt was ausknobeln. Sie haben allen Grund. Vorher hört die Geschichte ja doch nicht auf, das wissen Sie doch!«

Carter blieb ruhig. Aber er hatte Angst, und sein Herz schlug schneller. »Ich glaube, ich überlasse das lieber Ihnen«, sagte Carter und stand auf.

»O nein, ich – Ihnen.«

Carter lachte.

Gawill ebenfalls. Gawill stand auf und griff in die Hüfttasche. Er zog eine Brieftasche heraus und entnahm ihr ein Foto. »Ein kleines Präsent für Sie. Das Datum steht hinten drauf.«

Carter griff zu. Es war ein Bild von Hazel, von hinten, ohne Hut und im Mantel, wie sie die Treppe zu einem Haus hinaufstieg, offenbar Sullivans Haus in der Thirty-eighth Street. Carter drehte es um und las: 4. Jan. 16.30. Carter sagte: »Sie arbeitet aber immer bis halb sechs.« Und dann, Gawill zuvorkommend: »Ich habe sie schon oft um kurz nach fünf im Büro angerufen.«

»Sullivan arbeitet auch so lange. Aber man kann alles arrangieren. Wo ein Wille ist, ist auch ein Weg, besonders in der Liebe. Eine Fotografie können Sie doch nicht ableugnen, wie?«

Carter zuckte die Achseln und warf das Foto auf den Teetisch. Hazel trug den dunkelbraunen Mantel mit schwarzem Pelzbesatz, den sie in diesem Winter oft ins Büro angezogen hatte. Carter fühlte sich elend.

»Na schön«, sagte Gawill und schlug ihm auf die Schulter. »Sie wissen, daß es stimmt. Na schön, machen wir ein Wettrennen um die Ehre, Mr. Sullivan in die ewigen Jagdgründe zu befördern. Aber ich glaube, Sie werden gewinnen.«

»Gute Nacht, Greg.« Carter ging zur Tür.

Gawill war vor ihm da und hielt sie ihm auf. »Bis bald, Phil.«

Als Carter nach Hause kam, war Hazel in der Küche.

»Hallo!« rief sie. »Wo bist du denn gewesen?«

Er ging quer durchs Wohnzimmer zur Küchentür. »Aus«, sagte er. »Spazieren.«

Sie warf ihm einen Blick zu und sah dann wieder auf ihre Arbeit. Sie öffnete ein Paket tiefgekühlte Erbsen.

Er hätte wieder hinausgehen können, da sie nicht weiterfragte, aber er konnte die Augen nicht von ihr wenden. Sie sah ihn noch einmal über die Schultern hin an, dann ging er hinaus. Er hängte seinen Mantel in den Schrank. Auf dem Weg ins Bad sah er zu Timmie hinein. Timmie lag bäuchlings auf der Erde, seine bevorzugte Stellung, und machte Schularbeiten. Seine rechte Hand war verbunden.

»He, Timmie! Was ist denn mit deiner Hand passiert?«

»Ach, ich bin beim Handballspielen gefallen, heute nachmittag.«

»So? Eine Schramme? Ist es schlimm?«

»Nein, ein Schnitt. Ich bin auf ein Stück Glas gefallen, aber es ist nicht schlimm.« Timmie sah nicht auf.

Carter zögerte einen Moment, dann ging er ins Bad. Er wusch sich Hände und Gesicht. Er fühlte sich wohl. Möglich, daß Hazel auch jetzt noch etwas mit Sullivan hatte – sie war sehr beschäftigt zur Zeit –, aber das Heroin bewirkte, daß er sich wohl fühlte, als hinge die Welt noch immer fest in den Angeln. Es tröstete Carter seltsamerweise, daß Gawill von dem Verhältnis wußte, immer gewußt hatte und daß die Welt deshalb trotzdem nicht kopfstand. Gawill hatte sogar Humor bewiesen: *Wo ein Wille ist, ist auch ein Weg, beson-*

ders in der Liebe. Ja, seine Rückkehr aus dem Zuchthaus genügte nicht, wahre Liebe zu zerstören.

Er ging wieder in die Küche und sagte: »Einen Drink vor dem Essen?«

»Nein, danke. Nimm du dir einen.«

»Nein, danke.«

Sie kochte etwas mit Salm und Erbsen. Sie schaute in den Backofen und schloß ihn wieder. »Wo warst du wirklich, eben?« wollte sie wissen.

Carter zuckte bei ihren Worten zusammen, bewahrte aber Ruhe. Sie benimmt sich ebenso schuldbewußt wie Sullivan, dachte er, und selbstverständlich aus demselben Grund. »Spazieren«, erklärte er trotzig, noch ehe er recht wußte, was er antworten sollte. Aber er ließ es dabei. Er machte kehrt und ging ins Wohnzimmer.

»David hat mir schon viel von Ihnen erzählt«, sagte Butterworth. Er sah nicht hoch von dem Lebenslauf, den Carter ihm vorgelegt hatte.

Butterworth saß hinter einem großen, mit Blaupausen bedeckten Schreibtisch, auf dem das Modell einer Werkzeugmaschine stand. Butterworth mußte etwa fünfundvierzig sein, war aber schon kahl, mit schwarzem Haarkranz. Sein Mund war weich, aber nicht kraftlos, sondern eher sanft, und erinnerte Carter seltsamerweise an Hazels Mund. ›Jenkins and Field‹ war eine beratende Ingenieurfirma, und Carter nahm an, daß er die Arbeit tun sollte, für die Butterworth keine Zeit fand. Butterworth wurde oft nach auswärts geschickt, und wenn Carter den Job bekam, würde ihm einiges von dessen Arbeit zufallen. Er sollte fünfzehntausend pro Jahr bekommen, und im Sommer einen Monat Urlaub.

»Nun, Mr. Carter, die Position gehört Ihnen. Wenn Sie interessiert daran sind«, sagte Butterworth.

»Doch, das bin ich. Vielen Dank also.«

Über Carters Schulter hinweg sah Butterworth zur Tür.

»David hat mir von Ihnen erzählt – von dem Zuchthaus unten im Süden. Wie ich hörte, waren Sie nicht der Schuldige, sondern der Mann, der dann unglücklicherweise gestorben ist.«

Carter nickte. »Jawohl.«

»Schrecklich!« murmelte Butterworth. »Aber ich wollte Ihnen sagen, daß ich es weiß, daß wir alle hier davon wissen und ... Wir alle kennen David, ich vielleicht etwas besser als die anderen, und wenn David sagt, Sie sind in Ordnung, dann sind Sie für mich in Ordnung.« Er lächelte verlegen, als sei er nicht ans Lächeln gewöhnt. »Ich finde, selbst richtigen ... Knastbrüdern sollte man eine zweite Chance geben, nur wollen das die meisten Menschen nicht. Und dazu gehören Sie ja ganz offensichtlich nicht. Ich hielt es für besser, Ihnen mitzuteilen, daß wir von der Sache unterrichtet sind. Sonst leben Sie dauernd unter Druck, es könnte rauskommen, und das wäre nicht gut für Ihre Arbeit.«

Carter verließ das Büro ruhig, aber gehobener Stimmung. Er ging in die nächste Telefonzelle und rief Sullivan an. »Hallo, David! Ich wollte mich bei dir bedanken. Ich hab den Job!«

»Oh, großartig!« sagte Sullivans weiche Tenorstimme. »Wann fängst du an?«

»Montag früh.«

»Ich muß jetzt fort, es wartet jemand auf mich. Gratuliere, Phil! Bis bald.«

Hazel war selig, daß es geklappt hatte, und abends feierten sie die Gelegenheit bei den Elliotts mit Champagner. Timmie bekam auch ein Glas, und Carter hatte das Gefühl, als betrachte ihn sein Sohn mit neuem Respekt, weil er nun einen Job hatte wie andere Väter. Aber er hatte den Job durch Sullivan, und Timmie wußte das auch. Einen Pluspunkt, einen weiteren Pluspunkt für Mr. Sullivan.

An diesem Abend konnte Carter nicht einschlafen. Hazel war todmüde gewesen und schlief jetzt fest neben ihm in dem

Doppelbett im Gastzimmer der Elliotts, wo sie auch früher schon übernachtet hatten. Draußen ging ein klagender Wind. Leise erhob sich Carter, zog seinen Anzug über den Pyjama an und ging nach unten. Er trat hinaus auf den Rasen. Der Wind machte ihn weniger unruhig, wenn er ihn vor sich hatte.

Die Gipfel der hohen Platanen und der Sycamoren winkten und schwankten wie die Köpfe erschöpfter Leute, die hin- und hergestoßen werden. Er starrte das Haus an und fand es auf einmal merkwürdig, daß er dort eingeladen worden war. Der ganze Abend war seltsam – wie etwas, das gar nicht geschehen war oder das Jahre zurück lag.

»Phil?«

Er fuhr zusammen beim Klang von Hazels Stimme – sie hörte sich an, als stände sie hier neben ihm. Dann sah er die blasse Gestalt im Nachthemd – ganz klein in dem hohen Fenster – oben in der rechten Ecke des Hauses stehen. Kannte er sie –? Er kannte sie gar nicht. Der Gedanke erschreckte und ängstigte ihn; er war wie der Wind, der sein Ich einfach wegblies. Aber er ging automatisch auf das Haus zu und blickte zu ihr auf.

»Was ist los, Lieber?« fragte sie leise, als fürchte sie, die andern im Hause zu wecken.

Ungeschickt winkte er ihr zu, um sie zu beruhigen. Sie gehörte ja zu Sullivan, dachte er plötzlich. Er kannte sie gar nicht. Erschlafft, willenlos blieb er stehen.

»Fehlt dir etwas, Phil?«

Er blickte sie an. »Ich komme schon.«

18

Am Donnerstag der ersten Woche, die Carter bei ›Jenkins and Field‹ arbeitete, luden sie Sullivan zum Essen ein. Hazel gab sich viel Mühe mit dem Essen – kalte Gurkensuppe, ein komplizierter Gang mit Kalbfleisch, Schinken und Käse, Spargel mit Sauce hollandaise, und zum Nachtisch ein Zitronensoufflé. Sie war bester Laune.

»Ah, mein Leibgericht! Du bist zauberhaft!« lobte Sullivan. Er war mit dem ersten Drink in der Hand in die Küche geschlendert.

Carter hatte geahnt, daß er das sagen würde, obgleich Hazel nicht erwähnt hatte, daß dies sein Leibgericht war. Hazel schien mit Begeisterung am Werk zu sein heute abend. Sie kochte immer gern, aber heute ganz besonders. Und Timmie strahlte auch, jetzt, wo Sullivan da war.

»Mach dir doch nicht solche Umstände«, sagte Sullivan.

»Das ist eins, zwei, drei geschehen.« Hazel schnitt gerade Radieschen.

»Für mich brauchst du keine Tulpen aus Radieschen zu machen. Willst du dich nicht zu uns setzen?«

»Er ist so undankbar!« beschwerte sich Hazel lachend und sah Carter dabei an.

»Ach, diese Hausfrauen«, sagte Sullivan und winkte Carter, mit ins Wohnzimmer zu kommen.

Timmie trottete hinterdrein, und Carter sah, wie Sullivan ihn anblickte. Timmie, der sich ganz auf Sullivan konzentriert hatte, zog ein verlegenes Gesicht und verschwand auf ein Kopfnicken Sullivans, die Hände in den Taschen der neuen langen Hose vergraben, in der Küche. Sullivan hat ihn gut dressiert, dachte Carter. Ihm hätte sein Sohn nicht so prompt gehorcht.

»Hast du noch etwas von Gawill gehört?« erkundigte sich Sullivan leise.

»Nein.«

»Gut.« Sullivan sah mit gerunzelter Stirn zur Küchentür. »Ich wollte Timmie nicht verjagen, aber ich wollte nicht, daß er uns zuhört. Na ja, hoffen wir, daß Gawill Ruhe gibt. Und wenigstens dich zufrieden läßt.«

»Und wie ist es mit dir?« fragte Carter.

Sullivan lächelte. »Ich lebe noch. Nein, ich habe auch seit einiger Zeit keinen neuen Piepser mehr gehört – außer dem Anruf, von dem ich dir erzählte.«

»Und . . . was für Piepser waren das? Früher?«

»Nun, einmal habe ich den Verdacht, daß man mich des öfteren beschattet hat.« Sullivan sah auf den Aschenbecher, in dem er seine Zigarette ausdrückte. »Ich bin überzeugt, Gawill wollte, daß ich es merkte. Vermutlich wollte er mir ein bißchen Angst einjagen.«

»Ich verstehe nicht recht, was er damit erreichen will«, sagte Carter.

»Ich sollte Angst kriegen, damit ich meine Ermittlungen einstelle. Das war damals, als ich mich in den New Yorker Hotels nach ihm erkundigte. Vor vier, fünf Jahren. Jetzt habe ich seit . . . na, mindestens einem Jahr keinen Beschatter mehr bemerkt.«

Carter glaubte das ›seit mindestens einem Jahr‹ nicht ganz. »Er ließ dich beschatten«, sagte Carter, »während er selbst noch bei ›Triumph‹ in Fremont war? Und dann, als er in New Orleans wohnte?«

»Ja. Ich bin überzeugt, daß er für ein paar Dollar oder einen anderen Liebesdienst einen Burschen in New York angeheuert hat, der sich dann vor meinem Haus herumtrieb und mir, wenn ich das Haus verließ, ein paar Blocks weiter gefolgt ist.« Er zuckte die Achseln. »Nicht sehr angenehm, aber es hat mich nie so weit beunruhigt, daß ich zur Polizei gelaufen wäre.«

Warum nicht? dachte Carter. Weil er nicht bekannt werden lassen wollte, daß Hazel ihn häufig besuchte? Carter setzte das Glas ab und verschränkte die Arme. »Weiß Hazel, daß du beschattet wurdest?«

»Nein«, sagte Sullivan. »Ich wollte sie nicht ängstigen.«

Oder verhindern, daß sie dich nicht mehr besucht, dachte Carter. »Und jetzt, glaubst du, wirst du nicht mehr beschattet?«

Sullivan lächelte. »Jetzt, wo Gawill selber hier ist, glaubt er vielleicht, er kann sich die Kosten für einen Aufpasser sparen.«

Carter lächelte ebenfalls. »Du meinst, Gawill übernimmt das persönlich?«

»Wenn, dann ist er sehr vorsichtig. Ich habe ihn nie gesehen. Du gibst mir Bescheid, wenn du wieder von ihm hörst, nicht wahr?«

»Ja. Unangenehm, daß du noch immer belästigt wirst!«

»Er ist mein Feind. Es ist immer gut, wenn man weiß, was der Feind tut oder denkt.«

Beide schwiegen ein paar Minuten. Sullivan hatte bereits gefragt, wie es mit der neuen Arbeit gehe, und Carter hatte erwidert, danke, recht gut. Die nächsten zwei Wochen würde er nur Schreibtischkram zu erledigen haben, aber dann winke ein zwei- bis dreiwöchiger Trip nach Detroit. Sullivan hatte bei dieser Nachricht weder Überraschung noch Interesse gezeigt; zumindestens hatte er sich nichts anmerken lassen.

Dann kamen Hazel und Timmie herein, und man sprach von anderen Dingen: Priscilla Elliott hatte ein neues Aquarell gemalt und es Hazel geschenkt, weil es ihr gefiel. Es hing nun gerahmt zwischen den beiden Fenstern, die auf die Straße gingen. Sie sprachen auch über Europa im Juli, aber selbst daran nahm Carter nicht teil, obgleich doch er reisen wollte und nicht Sullivan. Timmie freute sich auf die Reise und fragte Sullivan, ob es im Juli in Rapallo Fußball gäbe; in Rapallo wollte Hazel einige Zeit bleiben.

»Rapallo ist eigentlich zu klein für ein Stadion«, meinte Sullivan. »Für ein gutes Spiel mußt du eher mit Genf rechnen.«

Timmie setzte sich auf den Hocker und blickte Sullivan ein wenig nachdenklich an, als sei ihm plötzlich klar geworden, daß ja nicht Sullivan, sondern sein Vater mitkam und daß sein Vater nicht allzuviel von Fußball verstand.

Sullivan nannte das Essen ein Meisterwerk, und Hazel

strahlte. Timmie ebenfalls. Und Carter schmerzten die Daumen, weil er immer wieder ein Messer, eine Tasse zu fest packte, bis der Schmerz ihn nervös machte. Carter beschloß, einen Spezialisten aufzusuchen und sich operieren zu lassen. Das war um Viertel nach zehn. Eine Stunde später, als Sullivan sich verabschiedete, hatte er seinen Entschluß bereits wieder geändert. Schließlich hatte ihm der Spezialist, zu dem Hazel ihn geschickt hatte, gesagt, selbst wenn man den Knochen und Knorpel beschneide und die Gelenke wieder ineinanderpaßten, bliebe die Beweglichkeit weiterhin beeinträchtigt, und der Schmerz werde nie völlig aufhören.

»Glücklich, Darling?« fragte Hazel ihn lächelnd.

»Ja«, sagte er. Er legte die Arme um sie und küßte sie auf den Hals. Er hielt sie ganz fest. Sie schmiegte sich in seine Arme, und doch fehlte etwas, das früher dagewesen war. Fehlte es bei Hazel, oder bei ihm? Oder bei beiden?

19

In der folgenden Woche mußte Hazel an einem Firmenessen teilnehmen. Es sollte in einem Hotel der Fifty-seventh Street stattfinden, und da hinterher eine Menge Reden gehalten wurden, deren Themen für Carter langweilig waren, schlug Hazel vor, lieber allein zu gehen. Carter war einverstanden. Er hatte sich von ›Jenkins and Field‹ Arbeit mit nach Hause gebracht.

»Ich werde mit Timmie früh essen gehen, und dann kann er sich in der Twenty-third Street den Film ansehen, auf den er so brennt«, sagte Carter. »Ein Western oder so.«

»Holst du ihn ab?« fragte Hazel. »Ich möchte nicht, daß er abends allein in einen Drugstore läuft und drei Sodas trinkt.«

Timmies Sodakonsum war in der letzten Zeit beträchtlich gestiegen. Drei bei einer Sitzung waren nicht ungewöhnlich.

»Ich werde mich erkundigen, wann das Kino aus ist, und ihn abholen«, versprach Carter.

Dieses Gespräch hatte beim Frühstück stattgefunden. Carter erkundigte sich nach den Anfangszeiten der Vorstellungen und entschied, daß Timmie nach dem Essen, um acht Uhr, ins Kino gehen sollte. Er telefonierte um fünf und sagte Timmie, er werde gegen halb sieben zu Hause sein. Anschließend würden sie dann essen gehen.

Nach Arbeitsschluß nahm Carter einen Bus in die Stadt und stieg an der Thirty-eighth Street aus. Den ganzen Tag hatte er über Sullivan nachgedacht und war zu dem Entschluß gekommen, einmal offen mit ihm zu reden. Er wollte ihn ganz ruhig fragen, was vorging, und wenn Sullivan mit der Wahrheit herausrückte, um so besser. Und wenn er log oder auswich? Das würde er merken, glaubte er jedenfalls. Er hatte sich nicht bei Sullivan angesagt; wenn er ihn nicht zu Hause antreffen würde, hatte er eben Pech gehabt.

Dreißig Meter vor Sullivans Haus entdeckte Carter plötzlich Hazel. Sie sah ihn auch, stutzte und kam dann lächelnd auf ihn zu.

»Ja, hallo!« sagten beide fast gleichzeitig.

»Willst du etwa auch zu David?« fragte Carter mit gekünsteltem Lachen.

»Allerdings. Ich will ihm ein Buch bringen.« Hazel machte eine angedeutete Geste mit dem Stoß Bücher und Papiere, die sie, gekrönt von ihrer Handtasche, in einem Arm trug. »Komm. Ich habe nur eine Minute Zeit.« Sie wollte die Stufen zur Haustür hinaufsteigen.

»Nein. Nein, danke. Ich gehe lieber.«

Sie sah ihn an.

»Ich wollte sowieso nur mal vorbeischauen. Nichts Wichtiges«, sagte Carter.

»Sei doch nicht albern! Wo du schon mal hier bist . . .«

Doch Carter war bereits weitergegangen. »Bis später!« sagte er lächelnd und winkte. Mit hölzernen Schritten ging er bis zur Ecke. Mechanisch; ein Mann auf Stelzen. Es stimmt also nicht mit dem Firmenessen heute abend. Hazel hatte den Abend mit Sullivan verbringen wollen. Wider Willen mußte er ihre Haltung bewundern. Wäre er mit hinaufgegangen, hätte sie zu Sullivan gesagt: ›Sieh doch, wen ich unten getroffen habe! Hier ist das Buch, David.‹ Und hätte ihm, *faute de mieux,* einen Band über die Pflege Neugeborener hingelegt. ›Ich muß weiter, zu diesem Essen in der Fifty-seventh Street. Die Cocktails gibt's schon sehr früh, hoffentlich bekomme ich noch einen ab. Wiedersehn.‹ Ja, Hazel hätte es bestimmt geschickt gemacht. Und Carter warf den Kopf in den Nacken und lachte bei dem Gedanken, daß Hazel heute bestimmt früh wieder gehen würde, weil sie fürchtete, er stehe irgendwo an der Straßenecke und passe auf, wann sie herauskomme.

Er ging mit Timmie in eine Cafeteria in der Twenty-third Street, wo Timmie sich fünf Portionen bestellte, drei Desserts und zwei Glas Schokoladenmilch. Und trotzdem war Timmie mager und wog viel zu wenig für seine Größe. Er war knapp über einsfünfzig. In zwei Jahren, dachte Carter, schießt er bestimmt mächtig in die Höhe, und all diese Futterei ist nötig, um seinen Körper darauf vorzubereiten. Dann ging er mit Timmie ins Kino. Der Film war ein lärmender, aber trotzdem entspannender Hintergrund für die eigenen Gedanken; nur hatte Carter, als er zu Ende war, keine blasse Ahnung von der Handlung.

Als sie nach Hause kamen, war Hazel noch nicht da. Carter brachte Timmie zu Bett, das heißt, er brachte ihn dazu, sich mit einem Buch hinzulegen und zu versprechen, nicht länger als fünfzehn Minuten zu lesen.

»Ich gehe noch ein bißchen aus«, erklärte Carter. »Mammi muß jeden Augenblick kommen, aber warte bitte nicht auf sie, denn eigentlich sollst du jetzt schon schlafen.«

»Wohin gehst du?« fragte Timmie.

»Spazieren«, erklärte Carter. »Bin bald wieder da.«

Das Gespräch erinnerte ihn an ein ähnliches, das er mit Hazel geführt hatte.

Carter nahm ein Taxi und fuhr zu Gawill. Wenn Gawill nicht da war, so schadete das nicht viel. War er da – gut. Carter ließ das Taxi nicht warten. Er stieg aus und klingelte.

Kurz darauf ertönte eine kratzende Stimme aus dem Lautsprecher, den er vorher nicht bemerkt hatte. Er schrie hinein:

»Hallo, Gawill! Hier Carter. Darf ich raufkommen?«

»Oh, Phil! Klar, kommen Sie nur!«

Carter fuhr hinauf.

Gawill erwartete ihn in der offenen Tür. Aus der Wohnung kamen Stimmen und Tanzmusik.

»Haben Sie eine Party?« fragte Carter. »Dann möchte ich lieber nicht ...«

»Aber nein, keine Party!« erwiderte Gawill. »Immer rein in die gute Stube!«

Carter trat ein, merkwürdigerweise erfreut über Gawills herzlichen Empfang. Trotzdem begrüßte er den Mann, den Gawill ihm vorstellte, und die rundliche Blondine, die dieser bei sich hatte, kühl und zurückhaltend. Carter hoffte, daß es nicht allzu sehr auffiel.

»Phil ist ein alter Kumpel von mir aus dem Süden«, informierte Gawill seine beiden desinteressierten Freunde.

Der Mann war etwa fünfunddreißig, ein kräftiger, muskulöser Bursche mit breiten Schultern, die sich deutlich unter dem gutgeschnittenen Anzug abzeichneten. Die Blondine war einfach eine Blondine, etwas zu aufgemacht, und Carter hegte den Verdacht, daß sie nicht selber für ihren Lebensunterhalt aufkam. Gawill schien keine Freundin da zu haben; es sei denn, sie wäre im Schlafzimmer.

»Kommen Sie auch aus dem Süden?« fragte die Blondine.

»Nein«, gab Carter lächelnd zurück. Im V-Ausschnitt ihres braunen Seidenkleides zeigte sich ein tiefes Grübchen. Sie trug sehr hohe Absätze und hatte in ihrem rechten Strumpf eine Laufmasche. »Sie denn?«

»Ha! Ich bin aus Connecticut. Das heißt, da bin ich geboren«, fügte sie hinzu. »Möchten Sie tanzen?«

»Danke, jetzt nicht.« Carter fand, das Mädchen ähnelte den Blondinen aus den Filmvorführungen im Zuchthaus. Impulsiv packte er ihr Handgelenk. »Aber setzen Sie sich doch.«

Er hatte sie auf die breite Armlehne seines Sessels ziehen wollen, aber das Mädchen pflanzte sich ihm auf den Schoß. Zuerst war Carter verdutzt, dann lächelte er. Sie war furchtbar schwer.

Gawill sah zu ihnen herüber und sagte: »He, was ist denn das?« Er grinste vergnügt.

»Ich denke, wir gehen jetzt«, sagte der Freund der Blondine und griff nach ihrem Arm.

»Wiedersehn!« Das Mädchen lächelte Carter kokett zu. »Bald, hoffentlich.« Ihr Atem roch nach Scotch und Lippenstift.

Carter erwies ihr nicht die Ehre, aufzustehen, aber er winkte ihr nach. »Ja, hoffentlich. Wiedersehn.«

An der Tür unterhielten sie sich noch kurz mit Gawill. Carter hörte nicht zu. Dann schloß Gawill hinter ihnen die Tür.

»Ist die nicht 'ne Wucht?« fragte Gawill händereibend, als er zurückkam. »Anthony weiß gar nicht, was er an ihr hat.«

Carter schwieg.

»Na, was haben Sie heute auf dem Herzen? Wie wär's mit 'ner kleinen Spritze?«

»Gute Idee«, meinte Carter. Er stand auf.

Gawill ging das Zeug holen, und Carter blieb zurück. Höflichkeitshalber, schließlich ging es ihn nichts an, wo Gawill den Kasten in seinem Schlafzimmer aufbewahrte. Als Gawill wiederkam, bedankte sich Carter, ging ins Bad und machte sich eine Injektion. Er nahm den Rest der Ampulle, die er letztes Mal angebrochen hatte. Sie war mit einer Gummikappe verschlossen. Dann nahm er die leere Ampulle mit ins Wohnzimmer und legte sie in einen von Gawills überquellenden Aschenbechern. »Vielen Dank.«

»Bißchen spät für Sie, nicht wahr?« bemerkte Gawill.

»Ja. Hazel hat zu tun heute abend. Ein Essen bei ihrer Firma.«

»Ach?«

»Ja. Sagt sie wenigstens. Sie ist bei Sullivan.«

»Aha«, kam es von Gawill, ungerührt, ohne Triumph, ohne Überraschung.

»Jawohl, Sie hatten recht«, bestätigte Carter. Er holte tief Luft. »Ich wollte heute abend zu Sullivan, ihn offen fragen, was er mit meiner Frau zu schaffen hat, und wem laufe ich vor seiner Tür in die Arme? Hazel!«

»Sehen Sie!« sagte Gawill. Er griff nach seinem Glas und seufzte. Er sah müde aus, vielleicht ein bißchen betrunken. »Nun ... Was werden Sie unternehmen?«

Darauf wußte Carter nichts zu sagen. Er hatte noch gar nicht darüber nachgedacht.

Gawill lehnte sich ins Sofa zurück und sah Carter an. »Oh, ich nehme an, Sie werden Ihre Frau auffordern, endlich mit ihm Schluß zu machen. Aber das tut sie ja doch nicht. Was diese beiden bindet ist stärker als die Ehe.«

Carter sah Gawill stirnrunzelnd an. Dann bin ich der eine *de trop*, dachte er.

»Warum sagen Sie's mir dann nicht?« brach er auf einmal los. »Was soll dieses ewige Um-den-heißen-Brei-Herumschleichen?«

»Nun, bedenken Sie doch die Vorteile für die beiden. Ihre Frau bewahrt ihre Ehrbarkeit – zumindest in den Augen der Leute; sie hat Mann und Kind, und alle halten sie für eine musterhafte Ehefrau –, sechs Jahre hat sie auf ihren Mann, den Zuchthäusler, gewartet! Und Sullivan schlägt zwei Fliegen mit einer Klappe: Er kann Junggeselle bleiben und hat trotzdem ein nettes Betthäschen.«

Diese Ausdrücke empörten Carter jetzt überhaupt nicht

mehr. Es stimmte ja. Und es war praktisch eine Erleichterung, es einmal ausgesprochen zu hören.

»Was hat Hazel denn gesagt, als Sie sie vor Sullivans Tür trafen?« erkundigte sich Gawill mit erwartungsvollem Lächeln.

Carter lächelte ebenfalls. »Sie sagte, sie wolle Sullivan ein Buch bringen, und sie müsse gleich weiter, zu dem Essen.«

Gawill lachte laut auf.

Carter lachte ebenfalls.

»Und was haben Sie getan?«

»Ich? Ich bin weitergegangen. Ich bin nicht mit hinaufgegangen.«

»Soll das etwa heißen, daß sie Sie gebeten hat, mit hinaufzugehen?«

»Ja.«

Mehr Gelächter. Gawill mixte ihm noch einen Drink und auch einen für sich selber.

»Da haben Sie heute abend aber eine Gelegenheit verpaßt – oder nicht?« Gawill sah ihn von der Seite an.

»Wieso?«

»Na, Sie hätten eine halbe Stunde später plötzlich auftauchen und die beiden *in flagranti* ertappen sollen. Warum haben Sie das nicht getan?«

»Ach ...« Carter sah angestrengt in sein Glas. »Ach, zum Teufel!«

Sie wechselten das Thema. Sie sprachen über das Fischen und Fröschefangen, über Gawills Methode, die Frösche abzustechen, nachdem er sie mit der Taschenlampe geblendet hatte. So hatte er es als Junge in New Orleans gemacht.

Es wurde allmählich spät. Es mußte schon nach eins sein. Carter raffte sich auf und sagte, er müsse nach Hause.

»Wieso *müssen* Sie? Glauben Sie denn, daß Hazel schon da ist?«

Carter lachte.

Er nahm ein Taxi. Möglichst leise hängte er seinen Mantel

auf und zog sich im Badezimmer aus. Dann schlich er auf Zehenspitzen ins Schlafzimmer. Hazel machte Licht.

»Wo bist du denn gewesen, Phil?« erkundigte sie sich verschlafen.

»Bei Gawill«, erwiderte Carter.

»Gawill?« Sie hob den Kopf. »Warum? Nach dem Kino noch?«

Timmie war also wach gewesen, oder aufgewacht, und hatte ihr erzählt, daß sie im Kino waren. »Ja.« Ihm fiel ein, daß er sich nicht gewaschen hatte, und er ging noch einmal ins Bad. Nach zwei Minuten kam er zurück; er hatte seinen Anzug in der Hand und hängte ihn in den Schrank. »Und was hast du gemacht? Wie war das Essen?«

Sie sah ihn an, als halte sie ihn für betrunken. Oder vielleicht war es auch ein mißtrauischer Blick: Fürchtete sie, die Wahrheit könne an den Tag kommen?

Sie steckte sich eine Zigarette an, tat einen Zug und sagte: »Gut«, und blies dabei den Rauch wieder aus.

»Du willst also immer noch bei dieser Version bleiben? Komm, Hazel, hör doch auf!«

»Na schön. Ich höre auf. Ich war bei David. In besserer Gesellschaft als du dich befunden hast, würde ich sagen.«

»Ich bin bei Gawill gewesen, aber nicht im Bett.«

»Ich war auch nicht mit David im Bett. Ich kann mir vorstellen, was für Lügengeschichten du heute aufgetischt bekommen hast – von Gawill. Kein Wunder, daß du aggressiv bist.«

»Ich – aggressiv?« Carter trat ans Fußende des Bettes. »Warum hast du gelogen, über das Firmenessen heute abend? Warum hast du dir die Mühe gemacht, mich anzulügen?«

»Warum bist du zu Gawill gegangen?«

»Vielleicht, um ein bißchen mehr von der Wahrheit zu erfahren.«

Sie strich ihre Zigarette am Aschenbecher ab und drückte sie dann aus. Ihre Schultern zuckten. Sie weinte.

Carter wechselte betreten die Stellung. »Aber hör mal, Hazel! Tränen?«

Sie warf den Kopf zurück und setzte sich gerade. Sie sah ihn an, als habe es den kleinen Ausbruch gar nicht gegeben. Ihre Augen waren nicht einmal naß. »Ich sehne mich nach David, und ich brauche ihn. Ich habe mich in den sechs Jahren so sehr daran gewöhnt, alles mit ihm zu besprechen.«

»Kann ich mir vorstellen«, sagte Carter.

»Er ist so umgänglich – ganz anders als du in letzter Zeit.«

»Was soll das heißen?«

»Du hast dir doch eine Spritze gemacht heute abend, stimmt's? Morphium? Natürlich, Gawill hat alles. Alles, was widerlich ist.«

»Jawohl, ich habe mir eine Spritze gemacht.«

»Du siehst genauso aus wie manchmal im Zuchthaus – unnatürlich ruhig. Wie einer, der still wird, wenn er säuft.«

»Du meinst wohl«, entgegnete Carter, »Angriff ist die beste Verteidigung. Du machst mir Vorwürfe, um deine eigenen Fehler zu kaschieren. Du kannst Gawill beschimpfen, soviel du willst – er weiß offenbar mehr über dich als ich. Und was Sullivan angeht, von dem habe ich die Nase voll. Dieser Heuchler kann sich sein freundliches Getue und seine Liebesdienste sparen ...«

»Wie zum Beispiel, dir einen Job zu verschaffen? Mach die Tür zu, Phil.«

Der Ton, in dem sie die letzten Worte sprach, verletzte Carter mehr als alles andere. Sie war vollkommen beherrscht, besorgt um Timmies Schlaf, fürchtete, Timmie könne etwas hören. Langsam, mit beiden Händen, drückte Carter die Tür ins Schloß und dachte darüber nach, wie erschreckend tüchtig die Frauen doch waren: Hazel, die vorbildliche Mutter für Timmie, Hazel, die Studentin und Examenskandidatin, Hazel, die Sullivan glücklich machte und ihn am Bändel hielt, Hazel, die – bis jetzt – auch ihn glücklich machte.

»Danke.« Sie musterte ihn argwöhnisch.

In diesem Augenblick spürte Carter, daß sie ihn verabscheute, daß sie den Menschen verabscheute, der im Zuchthaus aus ihm geworden war. Vorher hatte sie ihn nicht verabscheut, davon war er überzeugt. Das Gefühl dauerte nur wenige Sekunden. Er fuhr sich mit der Hand über die Stirn und sah sie an. »Ich kann nicht leugnen, daß das Zuchthaus mich verändert hat. Aber ich glaube kaum, daß ich ein Ungeheuer geworden bin. Möglich, daß du mich nicht magst; das steht auf einem anderen Blatt. Ich habe dir vertraut. Von der vierzehntägigen Affäre abgesehen, von der du mir erzählt hast, dachte ich, wärst du mir treu geblieben. Hätte ich ...«

»So viele schöne Worte, und du bis obenhin voll Morphium?« Sie nahm eine frische Zigarette und steckte sie an. »Also gut, Phil, ich weiß, daß du im Zuchthaus viel durchgemacht hast. Darum habe ich ja auch nie ein Wort gesagt, dir nie Vorwürfe gemacht. Ich kann mir vorstellen, daß du diesen furchtbaren Zustand nur in einer Art Trance überstehen konntest. Ich hätte dir nicht einmal Vorwürfe gemacht, wenn du richtig süchtig geworden wärst. Ich meine, schwer süchtig.«

Carter breitete die Hände aus. »Du tust, als wäre ich tatsächlich süchtig. Mein Gott, Hazel, das heute war die erste ... nein, die zweite Spritze seit meiner Entlassung!«

»Aha, die zweite. Ja, ich glaube, ich weiß, wann du die erste hattest. Am letzten Donnerstag, als du sagtest, du wolltest spazierengehen.« Sie blickte zum Nachttisch und zeigte ihm für einen Augenblick ihr hübsches Profil.

»Du hast die übliche Abneigung der braven Bürger gegen das Rauschgift, gegen die fürchterlichen Menschen, die es nehmen. Was ist denn am Alkohol soviel besser? Nur, daß er in diesem Land legal ist, weiter nichts!«

»Und warum ist denn das Rauschgift nicht auch legal?«

»Vielleicht, weil eine Menge Leute schweres Geld damit machen – und weiter machen möchten!«

»Du willst also das Rauschgift zum allgemeinen Gebrauch freigeben – wie einen Drink vor dem Essen?«

»Mein Gott – nein!«

»Die Pillen, die du nimmst, bestehen fast nur aus Morphium. Ich habe Dr. MacKensie gefragt. Timmie hat's auch schon gemerkt. Du kannst nicht einmal mehr mit ihm spielen wie früher, und es ist doch wahrhaftig leichter, mit einem Zwölfjährigen zu spielen als mit einem Sechsjährigen.«

»Nicht unbedingt. Und Timmie ist auch ein bißchen schwierig gewesen, seit ich wieder da bin, das weißt du. Ich mache ihm keine Vorwürfe. So etwas braucht Zeit. Ich kann mir vorstellen, was er meinetwegen in der Schule ausgestanden hat.«

»Und kannst du dir auch vorstellen, was ich ausgestanden habe? Glaubst du, eine Frau ist stolz darauf, daß ihr Mann im Zuchthaus sitzt? Glaubst du, es ist leicht, einen Vater in den Augen eines Kindes immer wieder rechtfertigen zu müssen, wenn das Kind weiß, der Vater ist im Zuchthaus?«

»Darling, das weiß ich doch alles! Ich kann doch nicht mehr tun, als immer wieder sagen, wie leid es mir tut, daß es so kommen mußte! Du weichst mir aus.«

Sie schwieg. Sie wußte, worauf er hinauswollte.

»Wen willst du – Sullivan oder mich?« fragte Carter.

»Ich habe Sehnsucht nach David. Ich glaube, ich kann ohne ihn nicht leben – ohne die Gespräche mit ihm.«

»Und ohne mit ihm zu schlafen?«

Sie antwortete nicht.

»Das gehört doch dazu, nicht wahr?«

»Das war einmal. Ich hab's versucht ... Ich meine, mit ihm zu schlafen, das ist nicht das Wichtigste.«

»Für dich vielleicht nicht«, warf Carter ein.

»Du kannst wahrscheinlich nicht verstehen, daß es für mich ... soviel bedeutet hat wie die Luft zum Leben, hin und wieder mit ihm zu sprechen, auch wenn es nur eine Stunde war. Ihn zu sehen und mit ihm zu sprechen – mehr nicht!«

»Gawill glaubt nicht daran. Er hat Fotos von dir, wie du Sullivans Haus betrittst. Fotos neueren Datums.«

»Na schön, jetzt weißt du's. Ich hoffe, es nimmt Gawill den Wind aus den Segeln – falls er überhaupt welche hat.«

»Wenn Sullivan die Luft zum Leben für dich bedeutet, dann hast du wohl nicht die Absicht, ihn aufzugeben – oder?« fragte Carter. »Oder sprachst du vielleicht in der Vergangenheit?«

»Du verstehst die Frauen nicht. Mich nicht. Du hast mich nie verstanden.«

Carter drückte seine Zigarette aus. »Hör auf, Phrasen zu dreschen. Ich verstehe ja, daß du dich gern mit Sullivan unterhältst. Ich verstehe Freundschaft. Leider kann ich aber nicht verstehen, warum ihr Frauen die Suppe unbedingt würzen müßt, indem ihr mit dem guten Freund ins Bett geht, wenn der Lust dazu hat. Allerdings kann ich gut verstehen, daß Sullivan Lust dazu hat. Welcher Mann würde das nicht verstehen? Aber du, kannst du verstehen, daß du mit mir verheiratet bist? Ist das so schwer zu verstehen?«

»Das war doch, als du im Zuchthaus warst. Und warst du vielleicht so tugendhaft im Zuchthaus? Ich weiß nicht. Ich habe dir nie Fragen in dieser Hinsicht gestellt.«

Carter lächelte. »Im Zuchthaus gibt's keine Frauen. Es sei denn, du läßt dich mit einem anderen Mann ein. Von denen gibt's genug.«

»Du und Max?«

»Was ist mit Max?«

»Ja, was ist mit Max?«

Carter spürte, wie ihm das Blut in die Wangen stieg. »Ich mochte ihn, ja. Aber nicht so, wie du meinst.«

»Und du hast nie daran gedacht?«

Carters Augen wurden schmal; in diesem Augenblick haßte er sie. Jetzt hackte sie auf ihm herum, niedrig, gemein, häßlich. »Darauf gebe ich keine Antwort.«

»Keine Antwort ist auch eine Antwort. Vielleicht ist Max nur zu früh gestorben.«

»Ach, hör auf, Hazel. Du machst alles nur schlimmer.«

»Ach so, ich mache es schlimmer!«

»Willst du mich quälen, meine Gedanken analysieren? Natürlich habe ich manchmal daran gedacht; Max vermutlich auch. Willst du, daß ich jetzt sage, so etwas kommt immer wieder vor im Gefängnis, weil die Männer nichts anderes haben? Nein, ich sage es nicht. Wie kannst du es wagen, Max mit Sullivan zu vergleichen? Max war das beste, was ich in dem stinkenden Kasten hatte, netter und besser als der Gedanke an dich im Bett mit Sullivan. Ich habe dir damals Zweifel zugestanden. Um die Wahrheit zu sagen, ich habe Rauschgift genommen, damit ich nicht über dich und Sullivan nachdenken mußte. Ich habe mir nicht eingestehen wollen, daß du mit ihm die ganzen Jahre geschlafen hast – weil mich das fertiggemacht hätte.«

»Ja, Rauschgift genommen hast du allerdings.«

Hazels Erregung erinnerte ihn an ihre Eifersucht auf Max, damals, als er ihr zum erstenmal von ihm erzählte. Intuitiv hatte sie erfaßt, was Max ihm bedeutete. Aber Max war nicht mehr, und Carter konnte sich an keine einzige Berührung erinnern, außer der einen, als Max ihn an der Schulter auf die Pritsche zurückgedrückt hatte. Nie hatte Carter gedacht, *ich liebe Max,* und doch war er zeitweilig gefühlsmäßig ebenso abhängig von ihm gewesen wie von Hazel, einfach weil Max da war. Es war zugleich einfach und kompliziert. Carter blinzelte und starrte sie an.

»Woran denkst du?« Jetzt war ihr schönes Gesicht nur schön und leer, wie ein dürstendes Feld, das auf den Regen wartet.

»Ich denke, daß all die Worte, die du heute nacht gesagt hast – so bitter gesagt hast –, nur Waffen sind im Kampf um David. Du willst ihn nicht aufgeben. Habe ich recht?«

Sie legte sich tiefer in die Kissen zurück, unbehaglich hin und her rutschend. »Ich weiß nicht.«

Er trat einen Schritt näher. »Ich wäre dir dankbar für ein bißchen Aufrichtigkeit. Ja oder nein?«

»Ich kann nicht.« Ihre Augen waren geschlossen.

»Ich möchte dich zurückhaben, Hazel!«

»Ich kann jetzt nicht mehr darüber diskutieren.«

Carter fühlte sich genarrt. »Sullivan ... er hat mich zu sich bestellt, um mir ebenfalls zu sagen, es habe nur zwei Wochen und vier Tage gedauert. Gut einstudiert. Er hatte nicht einmal den Mut zur Wahrheit. Magst du Männer, die feige sind?«

»Na schön, er ist weich. Ich weiß es.«

»Er ist ein Feigling«, berichtigte Carter. »Eure Affäre geht immer noch weiter, nicht wahr?«

»Nein! Nein, nicht richtig. Bestimmt nicht! Laß mich doch schlafen!« sagte Hazel, die Augen noch immer geschlossen, die Brauen zusammengezogen.

Carter gab es vorerst auf. Ich bin nicht morphiumsüchtig, ich bin hazelsüchtig, dachte er unbeteiligt, belustigt. Er hatte ihr kein Ultimatum gestellt, kein ›Gib ihn auf, oder ...‹ Er glaubte nicht, daß ein Ultimatum nötig war. Carter wandte sich zurück von dem Schrank, in den er seinen Hausmantel gehängt hatte, und sah sie an. Sie lag, das Gesicht dem Bettrand zugekehrt, die Augen geschlossen.

20

»Hallo, Phil? Hier Greg«, sagte Gawills Stimme. »Wie steht's?«

Carter sah sich automatisch im leeren Wohnzimmer um, obwohl er Timmie in seinem eigenen Zimmer wußte, vermutlich bei geschlossener Tür. »Es steht gut«, sagte Carter.

»Ich dachte, Sie hätten vielleicht eine kleine Unterredung mit Ihrer Frau gehabt – heute nacht.«

»Nein.« Carter zog an seiner halb gerauchten Zigarette.

»Aber Phil! Mit mir können Sie doch offen sein. Oder ist jemand bei Ihnen? Das Kind?«

»Nein«, wiederholte Carter.

»Daß Hazel nicht da ist, weiß ich«, tönte Gawills schleppende Baritonstimme. Gawill, der Allwissende.

Hazel verspätete sich heute abend ein wenig, aber sie konnte jeden Augenblick kommen. Offensichtlich ließ Gawill das Haus beobachten. Carter war selber eben erst gekommen.

»Was wollen Sie, Greg?« fragte Carter.

»Kommt Ihre Frau immer noch mit diesem Heuchler zusammen? Hat sie Ihnen keine Versprechungen gemacht?«

Carter hätte am liebsten den Hörer auf die Gabel geknallt. So umklammerte er ihn nur fester, sprachlos, wütend.

»Warum sagen Sie nichts, Phil?«

»Weil ich nichts zu sagen habe. Tut mir leid.« Er legte auf.

Dann ging er in die Küche und schenkte sich einen Scotch ein; er kippte ihn pur. Die Lage hatte sich nicht ein Jota verbessert, seit dem Gespräch mit Hazel Dienstag nacht. Heute war Donnerstag. Zwischen ihnen herrschte eine Atmosphäre stummer Feindseligkeit, die auch Timmie vermutlich spürte. Carter wartete auf ein Wort von Hazel, und Hazel schwieg. Noch eine Woche, vielleicht auch mehr, und dann kam wieder so eine vorgetäuschte Verabredung, ein Abend mit Phyllis Millen, eine Arbeitsbesprechung mit einem Kollegen, und wieder würde sie einen Abend mit Sullivan verbringen. Vielleicht war sie jetzt, in diesem Augenblick bei ihm, bei einer ihrer *heures bleues*, die kurz vor fünf heute nachmittag begonnen hatte. Nun, Hazel hatte ihm ihren Entschluß mitgeteilt: Sie würde fortfahren, Sullivan zu sehen und mit ihm zu schlafen. Hätte sie sich anders besonnen, so hätte sie ihm das inzwischen gesagt. Hazel verließ sich darauf, daß er sie so sehr liebte, daß er alles in Kauf nahm. Darauf lief es hinaus.

Wieder erwog Carter den Gedanken, der ihm seit Dienstag nacht im Kopf herumging: mit Sullivan zu sprechen. Ihn zu bitten, Schluß zu machen mit ihr, sonst ... Was sonst? Die

Polizei würde sich wohl kaum herbeilassen, seine Rechte als Ehemann zu schützen. Carter lächelte. Er hatte weiter nichts als einen guten Scheidungsgrund. Hazel hatte er nicht. Die Welt war doch komisch!

Hazel kam, warf einen Blick auf den Drink in seiner Hand und sagte: »Guten Abend.«

»'n Abend. Möchtest du auch ein Glas?«

»Danke, ich habe gerade einen Schluck getrunken. Unser nimmermüder Soziologe, Mr. Piers, wollte unbedingt, daß ich ihm bei einem Scotch Gesellschaft leistete. Er hat mir ein sechzig Seiten langes Manuskript in die Hand gedrückt, das ich heute abend noch durcharbeiten muß.« Sie klatschte ein geheftetes, vervielfältigtes Manuskript auf den Tisch, reckte sich und lächelte. »Entschuldige! Ich bin total steif. Können wir heute abend im chinesischen Restaurant essen? Timmie wird selig sein. Ich habe keine Lust zu kochen, wenn ich das alles heute abend noch bewältigen soll.«

»Okay. Selbstverständlich.« Carter ging, Timmie die freudige Botschaft zu überbringen. Ein chinesisches Abendessen! Alles in allem fühlte er sich heute abend ein wenig wohler als an den beiden vorangegangenen Abenden, denn er war zu einem Entschluß gekommen. Mochte es auch vergeblich und lächerlich sein, er wollte Sullivan bitten, nicht mehr mit seiner Frau zu schlafen. Irgendeine Antwort mußte Sullivan ihm dann ja geben, entweder ein Versprechen, es zu unterlassen, ein halbes Versprechen, oder einfach ein ›Geh doch zum Teufel!‹ Er überlegte, ob er sich mit Sullivan telefonisch verabreden sollte, entschied sich aber dagegen. Sullivan hatte dann die Möglichkeit, sich zu drücken oder die Unterredung zu verschieben. Zweifellos hatte Hazel ihm von der Aussprache Dienstag nacht erzählt.

Am Freitag fuhr Carter vom Büro mit dem Second Avenue-Bus direkt zu Sullivan. Es regnete leicht, und ein Hauch von Frühling lag in der Luft. Carter drückte auf Sullivans Klingel und sah auf die Uhr: siebzehn Minuten vor sechs.

Vielleicht kam er zu früh. Oder Hazel ist noch bei ihm, dachte er mit verzerrtem Lächeln. Da ertönte der Summer. Carter entschied sich, zu Fuß hinaufzugehen, anstatt den kleinen, bummeligen Lift zu benutzen, und wurde auf der Treppe zu Sullivans Etage fast von einem Mann umgerannt, der eilig die Stufen heruntergelaufen kam. Der heftige Zusammenprall steigerte noch Carters Wut. Und nicht ein Wort der Entschuldigung von diesem Rüpel! Er jagte mit fliegendem Mantel weiter.

Dann flog die Haustür ins Schloß.

»Phil! Gut, daß du da bist«, keuchte Sullivan. Er stand in der offenen Tür und klammerte sich an den Pfosten.

Carter runzelte die Stirn. »Was ist?« fragte er, während er die letzten Stufen hinaufstieg.

»Komm herein.« Sullivan lockerte die Krawatte und öffnete den Kragen. »Mein Gott! Komm. Du hast mir das Leben gerettet ... Uff! Ich muß unbedingt etwas trinken!« Er ging auf den Barwagen in der Wohnzimmerecke zu.

Carter schloß die Tür hinter sich. »Ich habe dir das Leben gerettet?«

»Entschuldige, aber den hab ich jetzt nötig.« Sullivan nahm einen großen Schluck Whisky. »Dieser Bursche ... Hast du den Kerl gesehen, der eben die Treppe runtergerannt ist?«

»Ja.«

»Einer von Gawills Freunden. Er klingelte. Ich wußte nicht, wer es war. Ich ließ ihn ein. Er sagte, er käme wegen meiner Versicherung, oder so etwas.« Sullivan befeuchtete sich die Lippen. Er war totenblaß und zitterte. »Er ging mit dem Messer auf mich los. Packte mich vorn am Hemd, und ...«

Carter sah, daß ein Knopf von Sullivans Jackett lose herunterhing; sein Hemd war vorn zerknittert.

»... und wenn du nicht rechtzeitig geklingelt hättest«, fuhr Sullivan fort, »wäre es aus mit mir gewesen.«

Sullivan sah abstoßend aus. Und mit diesem wehleidigen Jammerlappen ging Hazel ins Bett! Carter machte einen Schritt auf Sullivan zu. Sullivan ahnte nicht, was er vorhatte, bis Carter über ihm war. Carter schlug ihm die Handkante gegen den Hals. Sullivan schwankte. Und dann wütete Carter, wahnsinnig, besinnungslos, wie ein Berserker, wie im Zuchthaus, als er Max erschlagen vorgefunden hatte. Erst als Sullivan am Boden lag, merkwürdig verrenkt, die Hände in den Magen gekrallt, reglos, kam Carter zur Besinnung. Er hielt inne. Sekundenlang blieb er still stehen, bis er wieder zu Atem kam; dann spie er auf Sullivan und versetzte ihm einen Tritt, der aber sein Ziel verfehlte.

Carter ging zur Tür und wandte sich um. Sullivan war zweifellos tot. Dabei bemerkte Carter auf dem Sessel, neben dem Sullivan lag, einen der griechischen Marmorfüße. Er fiel ihm nur auf, weil er nicht dorthin gehörte. Dann schloß er die Tür und stieg die Treppen hinab. Er ging in normalem Tempo – bewußt. Wer war Gawills Mann gewesen? fragte er sich. Der Muskelprotz mit dieser Blondine, den er bei Gawill kennengelernt hatte?

Auf der Straße fühlte er sich einen Augenblick benommen und blieb stehen. Er holte tief Luft. Nicht nachdenken, um Himmels willen nicht nachdenken! befahl er sich. Mach dich hart! Er dachte genau diese Worte: Mach dich hart, aber ohne ihre Bedeutung zu erkennen oder einen Plan zu fassen. Er hob den Kopf, ging zur Ecke vor und wandte sich nach Norden. Bis nach Hause waren es nur zehn Blocks, und das Gehen tat ihm gut. In einer Bar machte er halt und trank schnell einen Scotch mit Wasser.

»Hallo, Phil!« begrüßte ihn Hazel vergnügt, als er die Wohnung betrat. »Weißt du, was heute passiert ist? Du glaubst es nicht!«

»Was denn?« Er warf *World-Telegram*, eben erst gekauft, aufs Sofa.

»Ich habe Gehaltserhöhung bekommen!«

»Oh, gratuliere!«

Sie sah ihn lächelnd an. »Und zur Feier des Tages habe ich Täubchen gekauft. Ich sah sie im Fenster und konnte nicht widerstehen. Schaffst du ein ganzes Täubchen?«

»Aber leicht!«

Und alles verlief glatt, wunderbar, bis kurz vor neun. Da klingelte das Telefon.

»Ist Mrs. Carter zu sprechen?« fragte eine Männerstimme.

»Ja, Augenblick«, erwiderte Carter. »Für dich, Hazel.«

Hazel kam aus der Küche, wo sie das Geschirr weggeräumt hatte, und nahm den Hörer.

Carter zündete sich eine Zigarette an. Er wußte, was das für ein Anruf war.

»Mein Gott!« sagte Hazel. »Nein ... Nein! Bestimmt nicht ... Nein, habe ich nicht.« Sie sah Carter an, der fragend den Kopf hob. »Vor drei, vier Tagen, glaube ich. Aber ich habe heute morgen noch mit ihm gesprochen ... Oh ...« Sie hockte sich auf die Sesselkante. »Ja, gut ... Gut, natürlich. Danke.« Sie legte den Hörer auf, er rutschte klappernd von der Gabel, sie nahm ihn und legte ihn richtig hin.

»Was ist?« fragte Carter.

»Mom, was ist los?« Timmie erhob sich vom Boden, ließ seine Bücher im Stich und kam zu ihr.

»David ist tot.«

»Tot?« fragte Timmie. »Autounfall?«

»Er ist ermordet worden«, erklärte Hazel mit zitternder Stimme. »Gawill. Das muß Gawill gewesen sein. Er oder einer von seinen Freunden. Dieser Verbrecher!« Mit der Faust schlug sie auf die Sessellehne.

Carter brachte ihr einen puren Scotch. Mechanisch nahm sie das Glas, trank aber nicht. »Vor zwei Stunden etwa, sagten sie. Er war zum Essen mit den Laffertys verabredet, und sie wollten ihn abholen. Sie gingen ins Haus, und eine Nachbarin sagte ihnen, sie habe gegen sechs ein merkwürdiges Geräusch gehört, etwas wie einen Fall. Mr. Lafferty bat den

Hausmeister, die Tür aufzumachen, und da haben sie ihn gefunden.« Ihre Stimme klang erstickt.

»Ermordet, sagst du ... Hat ihn jemand erschossen?«

»Erschlagen. Vermutlich mit einem von diesen Marmordingern.«

Carter räusperte sich. Er stand zwischen Hazel und der Küche. »Sollst du hinkommen?«

»Nein. Sie wollen morgen mit mir sprechen. Sie haben meine Nummer von den Laffertys. Sie rufen wahrscheinlich alle seine Freunde an, aber was nützt das? Gawill sollten sie anrufen!« Sie griff nach dem Hörer und wählte.

»Ist die Polizei in Sullivans Wohnung?« erkundigte sich Carter. Zum erstenmal kam ihm der Gedanke an Fingerabdrücke. Auf dem Marmording. Bestimmt aber am Türknauf.

Hazel antwortete nicht. »Hallo? Hier ist Mrs. Carter. Ich wollte nur sagen ... Ich weiß, daß David einen Feind hatte. Gregory Gawill. Er wohnt in Long Island. Nein, die Adresse habe ich nicht. Augenblick. Phil – wie ist Gawills Adresse?«

Carter mußte nachdenken, aber er wußte sie. »Siebzehnachtundachtzig, 147th Street, Jackson Heights.«

»Siebzehn-achtundachtzig, 147th Street, Jackson Heights«, wiederholte Hazel ins Telefon.

Die Polizei auf Gawill zu hetzen, hieß, sie auf ihn, Carter, selber zu hetzen, das war ihm klar. Der Mann auf der Treppe mußte ihn gesehen haben. Aber er, Carter, konnte ihn nicht identifizieren. Dazu hatte er ihn nicht deutlich genug gesehen. Er war später als sonst nach Hause gekommen. Wie sollte er das erklären? Nun ja, er würde sagen, er sei überhaupt nicht bei Sullivan gewesen, falls die Fingerabdrücke das nicht von vornherein widerlegten.

»Das ist alles sehr kompliziert«, hörte er Hazel am Telefon sagen. »David wußte, daß Gawill ein Verbrecher ist, und Gawill haßte ihn deswegen.« Sie brach ab und lauschte. »Ja, gut ... Bitte sehr. Kann ich später noch einmal anrufen? Ist dann jemand da? ... Ach so ... Ja, gut. Bitte sehr. Auf

Wiedersehen.« Sie legte auf. »Sie fahren sofort zu Gawill. Ohne vorher anzurufen.«

»Wann ist es passiert?«

»Sie nehmen an zwischen fünf und sieben. Ich sagte, David sei gewöhnlich um kurz nach halb sechs zu Hause gewesen. Es sieht aus, als sei ihm jemand ins Haus gefolgt. Gawill selber bestimmt nicht ... Oder was meinst du?« Sie sah Carter an, als sei sie überzeugt, er wisse die Antwort.

Und sie sieht gramgebeugt aus wie eine Witwe, dachte Carter, trotz ihrer nüchternen Worte. So sähe sie bestimmt nicht aus, wenn mir etwas zugestoßen wäre. Carter schüttelte hastig den Kopf. »Ich weiß es nicht. Ich glaube schon, daß er es gewesen sein kann.« Das läßt sich durch Fingerabdrücke beweisen, wollte er noch sagen.

Timmie stand benommen da und starrte Hazel offenen Mundes an. Wie ein Kind, das seinen Vater verloren hat, dachte Carter.

»Dich scheint das gar nicht zu berühren; du bist gar nicht entsetzt«, klagte Hazel.

»Entsetzt?« Carter breitete die Arme aus. »Was soll ich tun? Natürlich bin ich entsetzt. Wollen sie noch einmal anrufen heute abend?«

»Ich weiß nicht. Ich glaube nicht.« Sie sah auf ihre Armbanduhr. »Ich rufe nachher die Laffertys an. Ich ...« Langsam, die Hand an der Kehle, stand sie auf.

»Hazel? Ist dir nicht gut?« Carter ging auf sie zu.

»Mir ist übel. Ich glaube, ich lege mich hin. Wenn jemand anruft ...«

Carter nickte. »Wie wär's mit einem Drink? Würde dir guttun!«

»Nein, danke.« Sie ging ins Bad.

Es ruft bestimmt noch jemand an heute abend, dachte Carter. Er wollte Timmie die Hand auf die Schulter legen. Timmie kniete neben dem Sessel und starrte auf Hazels leeren Platz. »Timmie, du solltest lieber auch schlafen gehen.«

Timmie antwortete nicht. Er schluchzte plötzlich tief auf und brach in Tränen aus. Er legte den Kopf auf den Sesselsitz. Dann stand er unvermittelt auf. »Mach das Radio an! Vielleicht sagen die, wer es war. Den Fernseher!«

Carter stellte den Fernseher an, obgleich er wußte, daß die Zehn-Uhr-Nachrichten nichts darüber bringen würden.

21

Als um halb elf das Telefon klingelte, nahm Carter den Anruf entgegen.

»Detective Ostreicher, Mr. Carter?«

»Ja.«

»Wir hätten Sie und Ihre Frau gern ein paar Minuten gesprochen. Heute noch, wenn es möglich ist«, sagte die angenehme, frische Stimme.

»Ja, selbstverständlich.«

»Wir sind in etwa zehn Minuten bei Ihnen.«

Hazel stand im Nachthemd an der Tür.

»Die Polizei. Sie kommen her«, sagte Carter.

»Haben sie sonst nichts gesagt?«

»Nein.«

Sie brauchten nicht einmal zehn Minuten. Detective Ostreicher war ein stämmiger, blauäugiger junger Mann, noch in den Zwanzigern. Ihn begleitete ein dunkelhaariger Polizeibeamter, ebenfalls sehr jung. Hazel kam in ihrem dunkelblauen Morgenrock ins Wohnzimmer und nahm auf dem Sofa Platz. Die beiden Kriminalbeamten setzten sich, nachdem sie ihre Mäntel ausgezogen hatten, und jeder zog Block und Kugelschreiber heraus.

Zuerst baten sie Carter um Angabe von Namen, Alter, Beruf und Firma, dann Hazel.

»Mr. Carter, wo waren Sie heute zwischen fünf und sieben?« fragte Ostreicher ruhig. »Diese Routinefragen stellen wir allen Freunden Mr. Sullivans.«

»Ich war im Büro und bin dann nach Hause gegangen«, sagte Carter. »Um sechs etwa war ich zu Hause.«

»Bitte sagen Sie uns genau, was Sie getan haben. Ihr Büro liegt an der Ecke Second Avenue, Forty-seventh Street, sagten Sie?«

»Ja. Ich nahm den Second Avenue-Bus.«

»Um wieviel Uhr war das?«

»Etwa ... halb sechs, glaube ich.« Es war ein paar Minuten früher gewesen. »Der Bus war sehr voll. Ich mußte ein paar Minuten warten. Dann bin ich schon vor meiner Haltestelle ausgestiegen – an der Thirty-fourth Street – und zu Fuß weitergegangen. Ich kaufte mir eine Zeitung ...«

»Warum sind Sie dort ausgestiegen?«

»Weil der Bus so voll war. Ich dachte, ich gehe die sechs Blocks lieber zu Fuß.«

»Waren Sie zu Hause, als Ihr Mann kam, Mrs. Carter?«

»Ja.«

»Stimmt das, was er sagt? Ist er um etwa sechs Uhr gekommen?«

Hazel nickte langsam. »Ja, das stimmt.«

Sie hätte auch sagen können, um zehn nach sechs, dachte Carter. Falls sie es bemerkt hatte. Vielleicht hatte sie es nicht bemerkt.

»Wann haben Sie Mr. Sullivan zuletzt gesehen, Mr. Carter?«

Carter wandte sich automatisch an Hazel. »War das nicht, als er neulich zum Essen da war?«

»Ja. Vor ungefähr zehn Tagen«, bestätigte Hazel.

Hazel hat ihn seither noch einmal gesehen, und das haben die sofort heraus, dachte Carter. Nervös rieb er sich die Hände, die er, mit den rötlichen Daumen nach oben, zwischen den Knien hängen ließ. Er saß auf einem Stuhl.

»Und Sie, Mrs. Carter?«

»Ich habe ihn am ... Dienstag gesehen.«

»Dienstag abend?« erkundigte sich Ostreicher.

»Ja.«

»Hm ... Trafen Sie Mr. Sullivan oft, wenn Ihr Mann nicht dabei war, Mrs. Carter?«

Hazel legte den Kopf auf die Lehne ihres Sessels und rollte ihn hin und her. »Ich weiß, was Gawill Ihnen erzählt hat, also reden wir nicht länger darum herum.«

»Stimmt es denn, Mrs. Carter?«

»Einiges.«

»Sie hatten ein Verhältnis mit ihm?«

»Ja, ich hatte ein Verhältnis mit ihm.«

»Mit Einverständnis Ihres Mannes?« Ostreicher sah Carter fragend an.

Carters Miene blieb unverändert; er glaubte es wenigstens. Er starrte auf eine Stelle in der Mitte des Teetisches.

»Nicht direkt – nein.«

»Und Sie hatten deswegen eine Auseinandersetzung am Dienstagabend?«

»Ja. Am späten Abend, als ich nach Hause kam.«

Wieder wanderte Ostreichers Blick zu Carter. »Hat Ihr Mann Drohungen gegen Mr. Sullivan geäußert – am Dienstag, oder zu einem anderen Zeitpunkt?«

»Nein«, sagte Hazel.

Ostreicher sah Carter an. »Mr. Carter, wie standen Sie zu Mr. Sullivan? Welche Gefühle hegten Sie für ihn?«

Carter breitete die Hände aus. »Ich ...« Auf einmal fehlten ihm die Worte. Aber Ostreicher wartete. »Ich wußte von einer kurzen Affäre vor Jahren. Erst in dieser Woche hörte ich, daß sie noch immer bestand.« Das klang fatal, aber Carter war überzeugt, daß Gawill sich bereits ausführlich darüber ausgelassen hatte, mit allen Daten und Uhrzeiten, an denen Carter ihn besucht und er ihm von den Tonbändern erzählt hatte. »Ich meine ... Ich hatte bis jetzt noch keine Zeit, meine Gefühle zu analysieren.«

»Sie haben also keinen Versuch gemacht, ihn nach diesem Dienstag noch einmal zu sehen, mit ihm zu sprechen? Gawill hat mich über den Dienstag informiert«, fügte Ostreicher hinzu.

»Nein.«

»Hatten Sie es denn vor?«

Carter sah ihn an. »Ich hatte mich noch nicht einmal mit meiner Frau ganz ausgesprochen. Über ihre Pläne«, sagte er.

»Tut mir leid, daß ich diese intimen Fragen stellen muß, aber wie verlief Ihre Unterhaltung Dienstag nacht?« Ostreicher sah von einem zum anderen.

Carter entdeckte auf einmal, daß Timmie im Pyjama an der Tür zum Flur stand, und er erhob sich.

»Timmie, du gehst jetzt wieder ins Bett!«

Carter ging hinüber zu ihm. »Komm. Morgen früh erzählen wir dir alles.«

»Wissen die, wer David umgebracht hat?« erkundigte sich Timmie.

»Wir wissen noch gar nichts. Bis nachher, Junge.« Er gab Timmie einen freundschaftlichen Klaps, dirigierte ihn in sein Zimmer und schloß die Tür.

»Wie war das Ergebnis Ihrer Unterhaltung, Mr. Carter?« fragte Ostreicher, als Carter zurückkam.

»Das ... Meine Frau gab zu, daß die Affäre noch bestand«, sagte Carter. »Mehr oder weniger.« Er sah zu Hazel hinüber.

»Und Sie haben sie gebeten, Schluß zu machen?«

»Nicht direkt.«

»Er fragte, wie es nun weitergehen solle«, fiel Hazel ein. »Aber ich konnte mich noch nicht entscheiden. Und das war auch der Fall!«

»Mrs. Carter, liebten Sie Mr. Sullivan?«

»Ich glaube. Ja«, sagte sie leise und weich.

»Und das sagten Sie Ihrem Mann?«

»In etwa.«

»Beabsichtigten Sie, sich scheiden zu lassen?«

Hazel schüttelte den Kopf. »Sie wissen doch, wir haben ein Kind.«

»Ja, ich weiß. Die Lage war also in dieser Woche noch vollkommen ungeklärt.«

»So kann man es nennen.«

Ostreicher sah Carter an.

»Ja«, bestätigte der.

Ostreicher blätterte seinen Block zurück und las durch, was er geschrieben hatte. Dann sagte er munter: »Mr. Carter, wir müssen Ihre Fingerabdrücke nehmen.«

Der uniformierte Beamte holte die entsprechenden Utensilien aus seiner Aktentasche.

Offenbar hieß das, daß man in Sullivans Wohnung Fingerabdrücke gefunden hatte, die klar genug waren, um einen Anhaltspunkt zu bieten.

»Sie haben im Zuchthaus eine Verletzung an Ihrem Daumen erlitten, sagte uns Mr. Gawill«, bemerkte Ostreicher, während er mit Carters Fingern hantierte.

»Ja.« Seine Daumen taten seit sechs Uhr sehr weh, und er hatte vor dem Essen zwei Pananods genommen. Er fürchtete sich vor dem Aufdrücken.

»Die Daumen können Sie selber machen – falls Sie sie ganz fest rollen«, sagte Ostreicher.

Das tat Carter, sehr fest sogar, damit er es auf keinen Fall wiederholen mußte.

»Wir haben einen Abdruck aus Mr. Sullivans Wohnung, aber leider ist er nicht gut. Er stammt von dem Marmorfuß, mit dem er nach unserer Ansicht niedergeschlagen wurde, und die Oberfläche des Marmors ist rauh – jedenfalls dort, wo der Abdruck sitzt. Die Türknäufe waren zu verschmiert, um von Nutzen zu sein. Der Abdruck, den wir haben, stammt von einem Mittelfinger – von dem hier.« Er wies auf den Abdruck neben dem Zeigefinger auf Carters Blatt.

Carter sagte nichts. Er wußte, daß er Sullivan zuerst einen

Schlag an die Halsseite versetzt hatte. Offenbar war an der Stelle nichts zu erkennen. Oder man hatte es übersehen.

Ostreicher kam auf Gawill zurück. Seit wann kannte Carter ihn? Was hielt er von ihm? Glaubte er, daß er in die Veruntreuung verwickelt war, für die Carter verurteilt wurde? Warum war Carter aus eigenem Antrieb am Dienstagabend zu Gawill gegangen?

Carter erklärte, daß Gawill seine Frau eines Verhältnisses mit Sullivan beschuldigt hatte und daß Carter sich vergewissern wollte, ob Gawill Beweise dafür hatte.

»Und hatte er die?«

»Ach, nur ein paar«, erwiderte Carter. »Nicht so viele, wie er behauptete. Was diese Dinge angeht, ist Gawill nicht ganz zurechnungsfähig.«

»Was meinen Sie damit?«

»Er hat einen regelrechten Verfolgungswahn. Er haßte Sullivan, hat alles aufgebauscht, was Sullivan gegen ihn unternommen hat – genau wie er das Verhältnis zwischen Sullivan und meiner Frau aufgebauscht hat.« Carter war in einer merkwürdigen Hochstimmung, als er die Worte aussprach und mahnte sich, auf der Hut zu sein. Wie konnte ein Verhältnis aufgebauscht werden? Es bestand, oder es bestand nicht.

»Ich meine, Gawill versuchte, mich gegen Sullivan aufzuhetzen. Er wollte, daß ich ihn umbringe. Er war so leicht zu durchschauen, daß es schon komisch war. Ich sagte ihm Dienstag nacht: ›Die Mühe werde ich mir nicht machen. Außerdem kommen Sie mir bestimmt zuvor, denn Sie hassen ihn ja viel mehr als ich!‹«

Ostreicher hörte aufmerksam zu, so aufmerksam, daß er vergaß, mitzuschreiben. Aber der andere Beamte schrieb. »Sie sagten, die Mühe wollten Sie sich nicht machen?«

»Ja, so ähnlich. Gawill hat Ihnen das bestimmt nicht erzählt, wie? Der will doch mir den Schwarzen Peter zuschieben.«

»Das kann man wohl sagen. Na ja, und Sie wollen ihn Gawill zuschieben.« Ostreicher lächelte.

Carter sah Hazel an. Ihr Gesicht war gespannt, aber ihr Kopf lag noch immer auf der Sessellehne.

»Haben Sie zu Gawill gesagt, Sie ...« Ostreicher begann noch einmal von vorn. »Gawill behauptet, Sie hätten Drohungen gegen Mr. Sullivan ausgestoßen. Sie hätten Dienstag abend gesagt, Sie würden ihn umbringen.«

»Nein, das stimmt nicht.« Carter atmete tief. »Ich wußte, daß Gawill Ihnen so etwas weismachen würde. Er möchte, daß Sie das glauben.« Carter sah Hazel an. »Fragen Sie meine Frau, ob sie der Ansicht ist, daß ich Dienstag nacht wütend war, oder ob ich Drohungen gegen ihn ausgestoßen habe.«

Carter stand auf und ging zur Küche. »Entschuldigen Sie, ich brauche ein Glas Wasser. Möchte noch jemand eins?«

Niemand meldete sich.

»Mein Mann hat bestimmt keine Drohungen ausgesprochen«, bestätigte Hazel.

Carter hörte deutlich ihre klare Stimme. Als er ins Zimmer zurückkam, sagte Ostreicher:

»Waren Sie vor dieser Strafe schon einmal im Zuchthaus?«

»Nein«, erwiderte Carter.

»Und wie Gawill sagt, haben Sie sechs Jahre abgesessen?«

»Sehr richtig«, bestätigte Carter. »Sechs Jahre.«

Ostreicher warf dem Beamten, der aufsah, einen Blick zu. »Nun, wir werden sehen, was die Fingerabdrücke ergeben.«

Der junge Beamte nickte und sagte: »Jawohl, Sir.«

Beide erhoben sich. Ostreicher lächelte. »Auf Wiedersehen, Mr. Carter.« Dann zu Hazel: »Gute Nacht, Mrs. Carter.«

Hazel stand auf. »Rufen Sie morgen an? Oder sollen wir Sie anrufen?«

Ostreicher nickte. »Wir rufen morgen an. Sie können sich darauf verlassen.«

»Werden Sie Gawills Freunde überprüfen?« fragte Hazel.

»Keine Angst, jeden einzelnen. Gawill selber hat für die Tatzeit ein wasserdichtes Alibi.«

»Ja, das habe ich mir gedacht«, sagte Hazel. »Darum habe ich gar nicht erst danach gefragt.«

»Er war mit zwei Freunden von sechs bis zehn beim Essen. Ich habe beide schon angerufen, und ebenfalls den Inhaber des Restaurants. Aber wir werden uns natürlich mit allen noch persönlich unterhalten.«

»Ich glaube nicht, daß Gawill es war«, sagte Hazel mit bitterem Lächeln, »aber er hat eine Menge sehr zwielichtiger Freunde.«

»Ja, ich verstehe«, erwiderte Ostreicher. Er hob die Hand, und dann gingen er und der junge Polizist zur Tür.

Carter brachte sie hinaus.

Hazel blieb auf dem Weg ins Schlafzimmer stehen und sah Carter an. »Der Fingerabdruck, darüber können wir doch morgen schon Bescheid wissen, nicht wahr?«

Carter nickte. »Wenn er deutlich genug ist.«

Carter leerte den Aschenbecher, spülte sein Wasserglas und stellte es fort. Alles hängt davon ab, ob Gawills gedungener Mörder heute abend mit Gawill gesprochen hat, dachte Carter. Aber Gawill hatte ihm vermutlich verboten, ihn anzurufen. Alles hing wieder einmal vom Geld ab: falls Gawills Mörder noch nicht kassiert hatte, machte er, wenn er es morgen in der Zeitung las, Gawill vielleicht weis, er habe Sullivan umgebracht. War er jedoch im voraus bezahlt worden, sagte er möglicherweise: ›Ich war's nicht, aber ich habe Carter die Treppe heraufkommen sehen.‹ Am wahrscheinlichsten war, was dazwischen lag: Gawills Mörder würde das Geld für den Mord kassieren (fünftausend Dollar? Zehntausend?) und dann, wenn die Polizei ihm auf die Spur kam und ihn faßte, mit der wahren Geschichte herausrücken. Er habe den Mord nicht verübt, aber er habe Carter in Sullivans Haus gesehen. Carter lebte also entweder auf geborgter Zeit oder er hatte eine winzige Chance, davonzukommen.

22

»Wie dumm, daß wir die Polizei nicht gefragt haben, welche Nummer wir anrufen können«, sagte Hazel nervös, als sie am Frühstückstisch saßen.

Es war keine Marmelade auf dem Tisch, und Carter holte auch keine. Beide ließen einen Teil ihrer Rühreier liegen. Nur Timmie kämpfte sich langsam und konzentriert durch sein übliches Frühstück aus Cornflakes, Eiern, Toast und Milchkaffee. Er hatte sie, als er aufwachte, gründlich ausgefragt, aber die Antworten hatten ihn nicht befriedigt.

Heute waren die üblichen Samstagseinkäufe zu besorgen. Carter meldete sich freiwillig dazu, da er merkte, daß Hazel in der Nähe des Telefons bleiben wollte. Sie wird nicht ruhen, dachte Carter, bis sie weiß, wer Sullivan umgebracht hat, und bis der Mörder hinter Gittern sitzt oder hingerichtet wird. Was hatte er denn geglaubt, durch den Mord an Sullivan erreichen zu können? Er hatte natürlich überhaupt nicht nachgedacht. Carter begann, eine Einkaufsliste aufzustellen. Hazel zu fragen hatte keinen Zweck. Hazel ging ins Wohnzimmer; sie wollte die Laffertys anrufen. Die Nummer stand in ihrem Adreßbuch. Während sie sprach, spülte Carter das Geschirr. Sie sprach lange und machte erst Schluß, als Carter mit dem Einkaufskarren zur Tür hinaus wollte. Carter kam noch einmal zurück. »Wußten die Laffertys etwas Neues?«

Hazel hatte keinen Lippenstift aufgelegt, und sie war blaß. »Sie sagen, er hätte vielleicht außer Gawill noch andere Feinde gehabt.«

»Möglich. Er war ja Rechtsanwalt.«

Hazel stand auf. Langsam ging sie in die Küche, ziellos und benommen.

»Ich bin in einer Dreiviertelstunde zurück«, sagte er und ging.

Als er zurückkam, hatte die Polizei angerufen. Er sollte zurückrufen.

»Was haben sie gesagt?« fragte Carter. Er stand am Küchentisch und setzte zwei große Tüten voll Lebensmittel ab.

»Fingerabdrücke ohne Ergebnis«, sagte Hazel.

Carter runzelte die Stirn. »Wieso ohne Ergebnis?«

»Sie haben nur einen halbverwischten Abdruck. Könnte von vielen Leuten stammen.«

Jetzt würden sie vermutlich genauer überprüfen, was er am Freitag getan hatte, im Büro und zu Hause. Carter räumte alle Einkäufe weg: geeisten Orangensaft, Toilettenpapier, Eier, Schinken, ein großes Steak für morgen (unten in den Kühlschrank, Hazel mochte es nicht gern gefroren), Lammkoteletts, Cornflakes, Zahnpasta, Kleenex, Rosenkohl und Salat.

»Willst du nicht anrufen?« fragte Hazel. Sie war noch nicht angezogen. Sie saß auf dem Sofa und blätterte in der *Times*, die Carter mitgebracht hatte. Über David Sullivan stand nichts in der *Times*.

»Doch, ich wollte nur die Sachen wegräumen.« Carter ging ans Telefon. Hazel hatte die Nummer auf dem Telefonblock notiert und sie dreimal kräftig unterstrichen.

»Ausgerechnet die *Times*, Phil! Konntest du nicht eine Boulevardzeitung mitbringen?«

»Die Boulevardzeitungen bringen auch nichts darüber«, sagte Carter, und das stimmte. In Long Island hatte es einen Flugzeugabsturz gegeben, und der nahm heute die Schlagzeilen ein. Er wählte. »Hier Philip Carter«, sagte er zu dem Beamten, der sich meldete. »Ich möchte Detective Ostreicher sprechen.« Er wurde sofort verbunden.

»Morgen, Mr. Carter«, sagte Ostreicher. »Vielen Dank für Ihren Anruf. Ich nehme an, Ihre Frau hat Ihnen schon gesagt, daß der Fingerabdruck nicht viel taugt. Hm ... Wir haben heute früh mit der Sekretärin in Ihrem Büro gesprochen und ... sie sagte, Sie hätten das Büro um zwanzig nach fünf verlassen.«

»Nun, das ist möglich. Was hatte ich gesagt – halb sechs?«

»Ja«, sagte Ostreicher und wartete.

Carter wartete ebenfalls.

»Das Mädchen sagt, sie weiß es genau, weil sie erst um halb sechs gehen wollte und dann bis fünf nach halb noch auf ein paar Briefe warten mußte. Ich erwähne das nur, weil wir alle Zeitangaben genau überprüfen, denn die sind so ziemlich alles, was wir bis jetzt haben. Und Ihre Frau sagte heute morgen, es sei möglich, daß Sie erst um zehn nach sechs gekommen sind. Genau kann sie sich nicht erinnern.«

Wieder eine Pause von mehreren Sekunden.

Hatte Ostreicher Hazel gefragt, ob er später gekommen sei, als er angegeben hatte, oder war sie von selber damit herausgekommen? Hazel beobachtete ihn stumm. »Da kann sie recht haben«, sagte Carter. »Ich habe nicht auf die Uhr gesehen.« Er hätte erwähnen können, daß er auf einen Drink in die Bar gegangen war, aber Ostreicher könnte den Barmann fragen wollen, und die Bar lag gleich südlich der Thirty-eighth Street. »Soll ich zu Ihnen aufs Revier kommen?«

»Ach nein, danke. Wir müssen uns wahrscheinlich am Wochenende noch einmal mit Ihnen unterhalten. Sind Sie dann da? In der Stadt?«

Carter bejahte.

Er legte den Hörer hin und sah Hazel an. »Er wollte Näheres über die Uhrzeit wissen«, erklärte er. »War es sechs, als ich nach Hause kam? Oder zehn nach? Ich weiß es nicht mehr. Du?«

»Ich glaube, es war kurz nach sechs. Genau kann ich mich nicht erinnern«, sagte sie ruhig. Sonst hatte Hazel am Samstagvormittag immer etwas zu tun, Briefe zu schreiben, einen Weg zur Bibliothek an der Twenty-third. Jetzt saß sie tatenlos da mit verschränkten Armen.

»Ich denke, ich nehme mir mal diesen Bürokram vor«, sagte Carter und trat an das Telefontischchen, auf dem die Prospekte von ›Jenkins and Field‹ lagen. Es war Material über eine Fabrik in Detroit, für die er Umbaupläne entwerfen sollte.

Hazel ging ins Schlafzimmer.

Weiter ereignete sich nichts an diesem Samstag.

Am Sonntag waren sie zu Phyllis Millen zu einer Cocktailparty eingeladen, doch Hazel rief am Sonntag um zwei Uhr bei ihr an und sagte ab. Hazel unterhielt sich lange mit Phyllis, denn die Geschichte stand in allen Zeitungen. Die *Times*, die *Herald Tribune* und die *Sunday News* – sie alle meldeten, daß Mrs. Hazel Carter mit David Sullivan intime Beziehungen unterhalten haben sollte; betonten jedoch, daß diese Information von Gregory Gawill stammte und Gawill zugegebenermaßen ein Feind Sullivans sei. Nett von der Polizei, dachte Carter, nett von Detective Ostreicher, der Presse zu verschweigen, daß Hazel das Verhältnis selber zugegeben hatte. Aber eines Tages mußte es doch herauskommen, und dann fiel der Verdacht unweigerlich auf ihn, während jetzt noch niemand verdächtigt wurde, nicht einmal Gawill. Carter lauschte nicht auf Hazels Unterhaltung mit Phyllis. Er ging ins Schlafzimmer und setzte sich mit seiner Büroarbeit an den Schreibtisch. Verbissen machte er Notizen und zeichnete Entwürfe für den Architekten in Detroit, mit dem er zusammen arbeiten sollte, obgleich er bezweifelte, daß er je nach Detroit kam. Er dachte an das Telegramm, das Hazel gestern nachmittag an Sullivans Eltern in Massachusetts geschickt hatte. Sie waren natürlich schon von der Polizei benachrichtigt worden, aber Hazel hatte ihnen trotzdem ein Kondolenztelegramm schicken wollen. »Kennst du sie denn?« hatte Carter gefragt. »O ja, ich habe sie zweimal gesehen. Einmal sind sie für ein Wochenende nach New York gekommen, als ich im Sommer dort war, und einmal bin ich mit David nach Stockbridge gefahren, da haben wir sie besucht.« Ihre Worte klangen flach und gleichgültig, und Carter fühlte sich wieder so verloren und ausgeschlossen wie häufig während der Haftzeit, wenn Hazel ihm – etwas spät

– irgendwas erzählte, was sie getan hatte oder tun wollte. Er glaubte sich zu erinnern, daß sie Sullivans Eltern kennengelernt hatte, aber wenn sie es ihm je erzählt hatte, so hatte er es vergessen. Jetzt kam sie ihm vor wie eine Schwiegertochter, die den Eltern des Mannes ihren Kummer mitteilt.

Als um Viertel nach zehn an diesem Abend das Telefon ging, achtete Carter zunächst kaum darauf; es hatte so oft geläutet. Doch diesmal war es die Polizei, das entnahm Carter jedenfalls Hazels kurzem »Ja ... ja«, das er bis ins Schlafzimmer hörte. Langsam ging er hinüber in den Wohnraum.

»Natürlich. Ja, gut ... Ja.« Sie legte auf. »Die Polizei«, sagte sie zu Carter. »Sie kommen gleich.«

»Wissen sie etwas?«

»Sie haben nichts gesagt.« Sie stand auf.

Timmie war aus seinem Zimmer gekommen. »Darf ich aufbleiben, Mom?«

Hazel fuhr ihm mit der Hand durchs Haar. »Ja. Von mir aus. Aber bleib in deinem Zimmer, solange sie da sind, Darling.«

»Warum?«

Hazel schüttelte den Kopf; sie sah aus, als wolle sie vor lauter Nervosität gleich anfangen zu weinen. »Ich verspreche dir, wir werden dir alles erzählen. Bestimmt!«

Auch von dem Verhältnis? dachte Carter. Oder weiß Timmie das schon und ist daran gewöhnt? Was heißt ›intim‹? hatte Timmie ihn neulich gefragt, als er die Zeitungen studierte, und Carter hatte ihm erklärt, das bedeute, daß Hazel und David sehr enge Freunde gewesen seien. Aber Timmie wußte wohl intuitiv, was es wirklich bedeutete. Carter schob Timmie in sein Zimmer zurück.

»Wenn sie fort sind, trinken wir Schokoladenmilch, und ich erzähle dir alles – Wort für Wort«, versprach Carter. Er klopfte Timmie auf die Schulter. »Bis nachher, Jungchen.« Carter ging ins Wohnzimmer. Hazel stand am Sessel. Er legte ihr den Arm um die Taille und zog sie an sich; er hatte plötzlich den Wunsch, sie zu trösten. Doch Hazel wehrte ab.

»Entschuldige, aber ich bin nervös«, sagte sie.

Sie ging ins Schlafzimmer.

Dann klingelte es.

Es war Ostreicher mit demselben jungen Beamten.

»Junge, ein ganzer Tag mit Gawill und seinen Freunden«, sagte Ostreicher. »Und wir haben natürlich auch ihre Fingerabdrücke geprüft.«

Carter saß und hörte gespannt zu. Bestimmt war Ostreicher nicht gekommen, um ihm von Gawill zu berichten.

»Was ist mit den Fingerabdrücken?« erkundigte sich Hazel.

»Es gibt nur einen«, berichtigte Ostreicher lächelnd. »Es kann der von Mr. Anthony O'Brien sein, es kann der Ihres Mannes sein, es kann ... Wie heißt er noch – Ewart?« Ostreicher sah fragend zu seinem Begleiter hinüber. Der nickte. Ostreicher hatte Ringe unter den Augen.

»Christopher Ewart«, sagte der Polizist. Er hatte die Arme verschränkt und machte keine Notizen. Der Block lag jedoch schreibbereit auf seinem Schoß.

Anthony hieß der Mann, der mit der Blondine bei Gawill gewesen war, erinnerte sich Carter. Ein Muskelmann, mit einem Körperbau wie ein Preisringer. Der konnte es auch gewesen sein, der die Treppe hinunterrannte, obgleich Carter nicht wußte, ob der Mann, den er gesehen hatte, muskulös gewesen war; dazu war der Mantel zu weit gewesen. Unwillkürlich zuckte Carter ein wenig zusammen; ihm war klargeworden, daß er an jenem Abend, als Sullivan ihm von dem Mordversuch erzählte, bereits gewußt hatte, daß der Mann, der die Treppe hinunterrannte, die Schuld an Sullivans Tod in die Schuhe geschoben bekommen oder zumindest in Verdacht geraten würde.

»Gawills Freunde, mit denen er am Freitagabend gegessen hat«, sagte Ostreicher, »sind zwei Männer aus New Jersey.

Einer ist Grieche. Sie haben in Manhattan in einem griechischen Restaurant gegessen. Wir haben mit beiden gesprochen. Es sind offenbar Bekannte, mit denen Gawill nicht sehr häufig zusammenkommt. Beide sind Familienväter mit ehrbarem Beruf, und außerdem passen auch ihre Fingerabdrücke nicht.« Er zog eine etwa fünfzehn mal fünfzehn Zentimeter große Fotografie aus der Brieftasche. »Wir haben also nichts – nichts Konkretes – als diese Linie hier und den Wirbel darüber.«

Carter nahm das Bild, das Ostreicher ihm reichte, und Hazel stand auf, um Carter über die Schulter zu blicken. Das Foto zeigte etwa ein Drittel eines Fingerabdrucks – eines Mittelfingers – mit einer kurzen, vertikalen Linie, die nahe dem äußeren Rand quer durch die Wirbel verlief. Es war wirklich nicht mehr als ein Fragment.

»Dieser Fingerabdruck kann von allen möglichen Leuten stammen«, sagte Ostreicher. »Er dient uns lediglich als Anhaltspunkt. Mit einem Mann, der nicht einen ähnlichen Fingerabdruck aufweist, befassen wir uns erst gar nicht.« Er lächelte kurz.

»Was ist mit O'Brien?« fragte Hazel. »Wer ist das?«

»Ein Barmann aus Jackson Heights. Ein Freund von Gawill. O'Brien selber und sein Zimmergenosse behaupten, er sei am Freitag um fünf Uhr nachmittags in seine Wohnung in Jackson Heights gekommen. Dann, um Viertel nach fünf, ist der Zimmergenosse ausgegangen, und O'Brien ist, wie er sagt, bis sieben zu Hause geblieben, hat geduscht und geschlafen, hat in der Nachbarschaft einen ›Hamburger‹ gegessen und ist dann ins Kino gegangen. Er hat den Film auch gesehen, aber niemand kann bestätigen, daß er am Freitag in dem Hamburger-Restaurant oder im Kino war. Er hätte auch Donnerstag dort sein können. Der Film lief schon am Donnerstag, und O'Brien hatte am Donnerstagnachmittag frei. Donnerstag abend hat er gearbeitet, Freitag nachmittag hat er gearbeitet und Freitag abend hatte er wieder frei.

Übrigens, Vorstrafen hat er keine.« Ostreicher zog an seiner Zigarette.

»Und verdächtigen Sie ihn?« erkundigte sich Hazel.

Ostreicher räusperte sich und sah Hazel an. »Wir sind verpflichtet, alle in die Sache verwickelten Personen zu vernehmen, Mrs. Carter. Es gibt da ein, zwei Leute, die Sullivan kannte – bei einem von ihnen paßt sogar der Fingerabdruck – und die, wie wir festgestellt haben, zwielichtig, fragwürdig sind und ... nicht in Frage kommen.« Er lächelte müde. »Jemand muß Sullivan tödlich gehaßt haben, der ihn entweder selber umgebracht oder sich einen Mörder gedungen hat. Ein Anwalt zieht leicht den Haß eines Menschen auf sich, den er an den Rand des Ruins gebracht hat; Mr. Sullivan war mit einem solchen Fall beschäftigt. Aber man bringt gewöhnlich nicht den Anwalt um – höchstens denjenigen, der sich den Anwalt nimmt. Meinen Sie nicht?« Ostreicher knöpfte sich das Jackett auf. »Und so bleiben nur Gawill – und Sie, Mr. Carter.«

»Und ... was werden Sie im Hinblick auf O'Briens Story tun? Ich meine, was sein Alibi angeht?« fragte Hazel.

»Es prüfen«, sagte Ostreicher. »Ihn beobachten. Ihn und einige andere. Die Bankkonten einiger Leute beobachten, die Leute selber beobachten, wen sie treffen, mit wem sie sprechen. In ein paar Tagen wissen wir mehr«, schloß er etwas zuversichtlicher.

»Und was ist mit diesem Ewart?« fragte sie weiter.

»Ewart hat sich Gawill und den anderen beiden am Freitagabend im Restaurant angeschlossen. Auch einer aus New Jersey – ein Vertreter. Ich erwähne das nur, weil es auch sein Abdruck sein könnte. Er hat von fünf bis kurz vor sechs in New Jersey seinen Wagen versorgen lassen. Wir haben uns bei der Werkstatt erkundigt. Dann ist er nach Manhattan in das Restaurant zum Essen gefahren.« Ostreicher seufzte und starrte ins Leere. »Gawill kann natürlich jemand gedungen haben. Morgen sehen wir uns sein Bankkonto an.«

»Ich glaube kaum, daß er so dumm ist, dort etwas Feststellbares zu hinterlassen«, meinte Carter.

»Wir werden trotzdem nachsehen.« Ostreicher lächelte. »Mr. Carter, sind Sie Rechtshänder?«

»Ja«, sagte Carter. Er wußte, es handelte sich um den Abdruck eines rechten Mittelfingers.

»Und eine Hand ist bei Ihnen nicht kräftiger als die andere – wegen Ihrer Daumenverletzung?«

»Nein.« Der linke Daumen tat weniger weh, aber deswegen hatte er nicht mehr Kraft in der linken Hand.

»Ich muß Sie beide noch einmal fragen.« Ostreicher beugte sich in seinem Sessel vor. »Sind Sie auf Grund der Unterredungen, die Sie in der letzten Woche hatten, zu einem Plan, einer Entscheidung oder einer Übereinkunft – auch einer friedlichen – für die Zukunft gekommen? Ich meine Sie –« mit einem Nicken zu Hazel – »und Sie –« mit einem Nicken zu Carter – »und Mr. Sullivan.«

Hazel antwortete zuerst. »Nein, wir sind zu keinem Entschluß gekommen. Vielleicht ist das schlimmer, als wenn wir zu einem gekommen wären.«

»Nicht unbedingt. Ich sagte schon, Gawill behauptet, Mr. Carter sei wütend gewesen. Aber ich glaube nicht alles, was Gawill sagt.« Er wandte sich an Carter. »Sie erwogen nicht, mit Mr. Sullivan über die Lage zu sprechen?«

»Nun ja – doch«, erwiderte Carter bedächtig. »Ich wollte ihn am Dienstagabend aufsuchen, wie Gawill Ihnen zweifellos berichtet hat. Das war der Abend, als ich meiner Frau vor seiner Haustür begegnete.« Er setzte sich gerade und fuhr, mit Mühe Ruhe bewahrend, fort: »Ich wollte Sullivan fragen, ob es wahr sei, daß das Verhältnis noch bestehe und was er zu unternehmen gedenke, nun, da ich davon wisse. Aber dann habe ich doch nicht mit ihm gesprochen.«

»Nein. Gawill sagte es mir bereits.« Ostreicher mußte in Erinnerung an das Gespräch leise lächeln. »Danach haben Sie nicht mehr versucht, Mr. Sullivan zu erreichen?«

»Nein.«

»Warum nicht?«

»Weil er – weil ich gesehen hatte, daß meine Frau zu ihm wollte, und damit war meine Frage schon halb beantwortet. Alles andere wollte ich lieber mit meiner Frau besprechen.«

»Ja –? Warum?« Ostreichers Frage klang automatisch, als sei er an der Antwort nicht interessiert. Oder als schenke er Carters letzter Antwort keinen Glauben.

»Weil das, was Sullivan tat oder tun wollte – ein Verhältnis mit einer verheirateten Frau haben –, das war seine Sache; aber ich hatte das Recht, meine Frau zu fragen, was sie zu tun beabsichtigte. Weil sie meine Frau ist.«

Ostreicher nickte. Wieder erschien das leise ungläubige Lächeln auf seinem Gesicht. »Und was haben Sie beabsichtigt, Mrs. Carter?«

Carter sah den gequälten Ausdruck in Hazels Augen. Behalten ohne Verzicht – wie machte man das?

»Ganz ehrlich, ich weiß es nicht«, erwiderte Hazel. »Ich war verwirrt, Dienstag abend. Ja, ich glaube doch, ich hätte David aufgegeben.«

»Aber Ihrem Mann haben Sie das nicht gesagt?«

»Nein, so wörtlich nicht.«

Ostreicher seufzte. »Haben Sie es am Dienstag abend mit Mr. Sullivan besprochen?«

»Nein.«

»Haben Sie ihm gesagt, daß Sie Ihren Mann vor dem Haus getroffen hatten?«

Hazel schüttelte hastig den Kopf. »Nein!« Sie sah Carter an. »Meinst du nicht, daß du Mr. Ostreicher von Gawills Rauschgift erzählen solltest? Daß er überhaupt so etwas besitzt?«

»Rauschgift?« erkundigte sich Ostreicher interessiert.

»Ja«, sagte Carter. »Er bot mir Rauschgift an – Heroin –, und ich habe zweimal etwas genommen. Damals im Zuchthaus bekam ich es – in der Krankenabteilung – wegen der

Daumen. Gawill hatte ein ganz hübsches Quantum im Haus.«

»Wieviel?«

»Nach meiner Schätzung über zweihundert Ampullen. Flüssig. Jede zu 600 mg. Sagte Gawill.«

Ostreicher runzelte die Stirn. »Jetzt hat er es jedenfalls nicht mehr. Wir haben die Wohnung durchsucht. Warum haben Sie es von ihm angenommen, Mr. Carter?«

Carter atmete tief. »Weil es die Schmerzen in meinen Daumen dämpft. Und weil ich es angenehm finde.«

»Sie haben es zweimal genommen, sagen Sie. Sind Sie daran gewöhnt? Sind Sie süchtig?«

»Nein. Die Pillen, die ich habe, sind völlig ausreichend. Sie enthalten Morphium.« Er warf einen Blick auf Hazel. »Ich nehme etwa vier pro Tag, manchmal sechs; das dürfte etwa einer Menge von 100 bis 150 mg Morphium entsprechen.«

»Fanden Sie es nicht ungewöhnlich, daß Gawill soviel Rauschgift in seiner Wohnung hatte?« fragte Ostreicher. »Woher, glauben Sie, kann er es haben?«

»Ich hielt es tatsächlich für ungewöhnlich. Aber in Anbetracht der Menschen, mit denen er verkehrt ...« Carter zuckte die Achseln. »Ich habe Gawill keine Fragen gestellt; deswegen war ich ja nicht zu ihm gegangen.«

»Sie haben nicht zu erraten versucht, woher er das Zeug hatte?«

»Nein. Das interessierte mich nicht.« Carter spürte Hazels Mißbilligung – und Ostreichers –, als er das sagte: Der Besitz von Rauschgift war illegal, und er hatte es nicht nur nicht gemeldet, sondern selber etwas genommen. »Ich wollte etwas von Gawill erfahren. Darum wollte ich ihn nicht verärgern – offen gestanden.«

»Das hätten Sie mir eher sagen müssen«, beschwerte sich Ostreicher; er sah seinen Kollegen an, der eifrig schrieb. »Jetzt haben wir es also auch noch mit Rauschgifthandel zu tun. Schmutziges Geschäft, schmutzige Leute.« Er schüttelte den Kopf, verärgert über diesen neuen Aspekt, aber er ging nicht zum Telefon.

Carter spürte, daß Ostreichers Verdacht gegen ihn wuchs, daß er ihn von Anfang an verdächtigt hatte; der Kriminalbeamte war seiner Sache offenbar so sicher, daß er es nicht einmal eilig hatte. Carter schluckte und sah zu Hazel hinüber.

Hazel saß vorgebeugt, die Arme auf den Knien, und starrte zu Boden. Auf einmal blickte sie auf. »Wie lange wird es wohl dauern, bis Sie wissen, wer der Mörder ist?« fragte sie Ostreicher.

Der Kriminalbeamte ließ sich Zeit mit der Antwort, und dann kam die alte, bekannte Leier: »Zwei, drei Tage. Vielleicht weniger. Warten wir ab, was morgen die Prüfung von Gawills Bankkonto ergibt. Ihres müssen wir uns auch ansehen, Mr. Carter.«

Carter nickte. Als Ostreicher aufstand, erhob er sich ebenfalls.

»Und dann werden wir uns Gawill natürlich wegen des Rauschgiftes vornehmen«, setzte Ostreicher hinzu. »Grasso ist Gawills Chef; der könnte vielleicht etwas wissen. Grasso hatte offensichtlich keine Ahnung, daß Gawill plante, Sullivan umzubringen, oder mit dem Mord etwas zu tun hat, aber vielleicht war Gawill einfach besonders vorsichtig. Gawill und Grasso sind dicke Freunde – privat, meine ich. Ganz dick.« Ostreicher rieb sich das Kinn und starrte einen Augenblick die Wand an. Dann sah er zu Carter hinüber und lächelte. »Na ja, dann wollen wir mal wieder. Wir müssen uns noch Grassos Wohnung ansehen. Und O'Briens. Wegen dem Rauschgift. Wie sah der Behälter aus, in dem das Zeug war?«

»Ein Karton, etwa einen halben Meter im Quadrat«, sagte Carter. »Die Ampullen waren in Watte gepackt und in Lagen geschichtet.«

»Jetzt stecken sie vermutlich in Mayonnaise-Gläsern«,

murmelte Ostreicher. »Oder in Silberputzflaschen.« Er kicherte. »Na schön, dann auf in den Kampf!«

Kaum hatte sich die Wohnungstür hinter ihnen geschlossen, da erschien Timmie. Carter ging, ihm die versprochene Schokoladenmilch zu holen, während Hazel versuchte, seine Fragen zu beantworten. Die Antwort auf die Hauptfrage stand noch aus. Aber für O'Brien interessierte sich Timmie sehr. Er saß mit seiner Schokoladenmilch auf dem Sofa. »Vielleicht wissen sie schon, daß der es getan hat, und sie warten bloß noch auf was ganz Bestimmtes.«

Hazel sah Carter erschöpft an. »Ich weiß nicht, wie wir da heute abend noch weiterkommen.« Carter wußte es auch nicht. Timmie kannte aus dem Fernsehen Filme, in denen die Detektive alles, was sie wußten, zurückhielten, bis sie am Schluß alles auf einmal über den Schuldigen ausgossen. Auf eine solche Situation wartete der Junge jetzt. »Man kann noch nichts sagen, es ist noch zu früh, Timmie«, sagte Carter.

Später im Bett versuchte Carter, den Arm um Hazel zu legen, sie zu halten, bis sie einschlief. Aber sie wand sich heraus und sagte hellwach: »Entschuldige, aber ich kann nicht. Ich kann es jetzt einfach nicht ertragen, daß mich jemand anfaßt.«

»Hazel, ich liebe dich.« Carters Hand packte ihre Schulter fester. »Können wir nicht einfach so liegenbleiben?«

Aber sie wollte nicht, und beide konnten lange nicht einschlafen.

23

»Bitte, ein paar Worte, Mrs. Carter!«

Eine Kamera blitzte.

»Mrs. Carter«, sagte der nervös dreinblickende Reporter lächelnd, »nur eine Frage. Wegen Sullivan . . .«

»Machen Sie, daß Sie fort kommen!« schimpfte Carter.

Es waren drei; zwei hatten Kameras.

»Rühren Sie mich nicht an!« sagte Hazel. Eilig gingen sie zu Hazels Wagen, der etwa sechs Meter entfernt geparkt war.

Carter stieg ein. Fast hätte die zuschlagende Tür einem Reporter die Hand eingeklemmt.

Hazel fuhr an.

»Ein Wunder, daß die nicht schon eher gekommen sind«, meinte Carter.

»Sie haben gestern angerufen – drei-, viermal. Ich hielt es nicht für so wichtig, darum habe ich es nicht erwähnt.«

Carter schwieg. Er wußte, Hazel war wütend, sie schämte sich. Und wenn er versuchte, mit ihr zu sprechen, würde sich ihre Wut gegen ihn kehren. Nach einigen Augenblicken sagte er ruhig: »Du brauchst mich nicht bis zum Büro zu bringen. Wir sind sie jetzt los.«

Sobald es ging, fuhr Hazel an den Bordstein und hielt.

»Danke«, sagte er, als er ausstieg. »Bis nachher, Darling.«

Ihr Mut zuzusprechen, wie er das gerne getan hätte, war sinnlos. Sie schämte sich, weil ihr Verhältnis mit Sullivan nun im ganzen Büro bekannt war, schämte sich, weil Zeitungen und Rundfunk heute morgen in alle Welt hinausposaunt hatten, daß ihr Mann ein Zuchthäusler war.

Carter ging ins Büro. Angesichts der Empfangssekretärin, dem Rotschopf, der der Polizei gesagt hatte, er sei am Freitag schon um zwanzig nach fünf gegangen, nicht erst um halb sechs, wurde er nervös. »Guten Morgen, Elizabeth«, grüßte er.

»Guten Morgen, Mr. Carter. Eh ...« Sie kam hinter ihrem Schreibtisch hervor, groß und schlank, auf ihren hohen Absätzen fast ebenso groß wie Carter. Ihr junges Gesicht blickte ernst und gespannt. »Hoffentlich sind Sie mir nicht böse wegen meiner Aussage bei der Polizei. Sie haben mich richtiggehend ausgequetscht, wollten alles bis auf die Minute genau wissen. Ich habe gesagt, was ich wußte und was ich für die Wahrheit hielt.«

»Nein, nein, das ist durchaus in Ordnung!« Carter lächelte beruhigend. »Keine Sorge.« Er ging in sein Büro.

Mr. Jenkins, ein großer, grauhaariger Mann, kam den mit grünem Teppich belegten Korridor entlang. »Guten Morgen, Mr. Carter.«

»Guten Morgen, Sir«, erwiderte Carter.

Mr. Jenkins blieb stehen. »Würden Sie einen Moment hereinkommen?«

Carter folgte ihm in sein Büro, und Mr. Jenkins schloß hinter ihm die Tür.

»Es tut mir leid, daß Sie soviel Ärger haben«, sagte Mr. Jenkins. »Wie geht es nun weiter?«

»Ich weiß es nicht.« Carter drehte sich um und sah Mr. Jenkins in die Augen. »Aber ... Mr. Jenkins, ich verstehe vollkommen, daß Sie Schwierigkeiten hatten, weil Sie mich überhaupt eingestellt haben. Wenn Sie es also für richtig halten, daß ich kündige, werde ich das selbstverständlich tun.«

»Nun, daran hatte ich eigentlich noch nicht gedacht«, erwiderte Mr. Jenkins ein wenig verlegen. »Aber Sie sollten doch am Donnerstag nach Detroit fahren, und nun wird das vermutlich nicht gehen, solange der Fall nicht geklärt ist, nicht wahr? Ich nehme an, die Polizei wird Sie noch brauchen.« Er blickte Carter an, als könne er so feststellen, ob Carter der Mörder war oder nicht.

»Sehr richtig. Aber ... Ich dachte, ich könnte meine Ideen vielleicht aufschreiben, und Mr. Butterworth könnte an meiner Stelle fahren.«

Mr. Jenkins seufzte und breitete ungeduldig die Hände aus. »Nun ja, wir werden sehen. Haben Sie eine Ahnung, wer es war?«

Carter zögerte. »Ich nehme an, einer aus Gawills Umgebung. Er und Sullivan sind alte Feinde. Aber genau weiß ich es nicht, Mr. Jenkins.«

Mr. Jenkins sah ihn einen Augenblick schweigend an, und Carter wußte, er dachte daran, daß Carters Frau ›intime

Beziehungen‹ gehabt hatte zu dem Mann, der jetzt umgebracht worden war; und daß es doch merkwürdig sei, daß der Ermordete Carter für diese Stellung empfohlen hatte und die beiden offenbar die besten Freunde gewesen waren.

Als Carter in sein Büro zurückkam und die Tür hinter sich geschlossen hatte, fiel ihm ein, daß Mr. Jenkins die nächstliegende Frage nicht gestellt hatte. ›Sie sind doch völlig schuldlos, nicht wahr? Sie hatten nichts damit zu tun?‹ Das konnte nur einen Grund haben: Jenkins war nicht sicher, daß Carter es nicht doch getan hatte.

Carter war auf eine unangenehme Aussprache mit Butterworth gefaßt gewesen, aber aus irgendeinem Grunde war Butterworth an diesem Morgen nicht da. Carter machte sich daran, seine Notizen über die Fabrik in Detroit in die Maschine zu tippen. Doch immer wieder wanderten seine Gedanken zu Timmie, Timmie, der jetzt in der Schule war, dem die Schulkameraden Fragen stellten, den sie anstarrten, den sie verspotteten, weil sein Vater ein Zuchthäusler gewesen war. Und natürlich würden die Kinder auch nicht an der Geschichte vorübergehen, daß Timmies Mutter mit einem anderen Mann geschlafen hatte. Hazel hatte einmal gesagt: »Timmie geht es so viel besser, seit wir in New York sind. Hier wissen die Kinder wenigstens nichts von deiner Zuchthausgeschichte.« Und jetzt fing das alles wieder von vorne an.

Um kurz nach elf klingelte Carters Telefon.

»Mr. Carter? Hier Ostreicher. Könnten Sie auf einen Augenblick zu mir aufs Revier kommen? Es ist wichtig . . .«

Carter teilte Elizabeth mit, daß er einen Weg zu machen habe und daß er vermutlich vor dem Mittagessen zurück sein werde. Er fragte sich, ob sie das Gespräch abgehört hatte und wußte, daß er zur Polizei fuhr. Wahrscheinlich.

Ostreichers Revier lag in den östlichen Fünfzigern. Carter ging die fünf Blocks zu Fuß. Ein Beamter mittleren Alters führte ihn in ein Zimmer am Ende des Ganges.

»Kommen Sie herein, Mr. Carter!« sagte Ostreicher, während er sich von seinem Schreibtisch erhob.

In dem langen, von Aktenschränken gesäumten Büro saßen Gawill, O'Brien und zwei Männer und eine Frau, die Carter nicht kannte. Carter nickte Gawill zu, doch der erwiderte den Gruß nicht. Er hockte finster, mit gefalteten Händen, in seinem Sessel.

»Mr. Carter, ich glaube, Sie kennen Mr. Gawill. Das ist Mr. O'Brien, und das sind Mr. und Mrs. Ferres und Mr. Devlin. Die Herrschaften wohnen im Haus von Mr. Sullivan.«

Carter nickte und murmelte: »Guten Tag.« Den Hut hatte er abgenommen. Die drei Leute aus Sullivans Haus musterten ihn argwöhnisch.

»Hat einer von Ihnen Mr. Carter in Mr. Sullivans Haus gesehen? Zu irgendeinem Zeitpunkt?« fragte Ostreicher.

Die Frau antwortete als erste; sie schüttelte den Kopf. »Nein.« Die Männer verneinten ebenfalls.

»Die Herrschaften waren zufällig zur Zeit des Mordes zu Hause«, erklärte Ostreicher. »Und sie waren so freundlich, heute hierher zu kommen, weil die Möglichkeit bestand, daß sie einen von Ihnen am Fenster gesehen haben.« Ostreichers Blick umfaßte Gawill, O'Brien und Carter. Seine Stimme klang, wie immer, frisch und angenehm. »Mrs. Ferres war diejenige, die den Fall gehört hat. Wie sie glaubt, war es sechs Uhr, oder kurz vor sechs. Anschließend hat sie nichts mehr gehört, auch keine laufenden Schritte.«

Carter mied O'Briens Blick, und er hatte das Gefühl, daß O'Brien dem seinen ebenfalls auswich. O'Brien trug einen viel zu auffallenden blauen Anzug mit Nadelstreifen; sein Haar glänzte vor Brillantine.

»Mr. Carter, haben Sie Mr. O'Brien schon einmal gesehen?« erkundigte sich Ostreicher. Er stand immer noch hinter dem Schreibtisch.

Carter warf einen flüchtigen Blick auf O'Brien. O'Brien

starrte auf seine Schuhspitzen. »Ich glaube, ich habe ihn einmal abends bei Gawill getroffen.«

»Wann war das?«

»Vor etwa zehn Tagen, glaube ich.« Ob Gawill und O'Brien das abgestritten hatten? Ihre Mienen verrieten nichts.

»Haben Sie ihn seitdem wiedergesehen?«

»Nein«, sagte Carter.

»Haben Sie Mr. Carter seitdem gesehen, Mr. O'Brien?«

»Nein«, antwortete O'Brien, kurz aufblickend.

»Haben Sie an dem Abend, als Sie sich kennenlernten, viel miteinander gesprochen?«

O'Brien antwortete nicht.

»Ich glaube, außer ›Guten Abend‹ kein Wort«, sagte Carter.

»Anthony ist an dem Abend nicht mehr lange geblieben, nachdem Phil gekommen war«, meldete sich Gawill zu Wort.

Ostreicher nickte. Er drehte sich um, öffnete einen Schrank hinter dem Schreibtisch und nahm etwas heraus. Es war der griechische Marmorfuß, ein linker Fuß. Er stellte ihn mit beiden Händen mitten auf den Schreibtisch und beobachtete Gawill, O'Brien und Carter dabei. »Das ist die Mordwaffe«, erklärte er. »Sie wurde so gehalten: mit der Hand um die schmale Stelle am Spann – hier. Mr. Sullivan wurde vermutlich mit den Zehen getroffen.«

Gawill starrte mit gleichgültiger, gelangweilter Miene den Fuß an. O'Brien machte große Augen. Sein dümmliches Gesicht war ausdruckslos.

»Mr. Carter, würden Sie ihn einmal in die Hand nehmen?« bat Ostreicher.

Carter trat an den Schreibtisch, streckte die linke Hand aus, zog sie zurück und nahm den Fuß mit der rechten, den Daumen unter dem Spann, die Finger um die Außenkante des Fußes gelegt. Als er ihn anhob, schmerzte sein Daumen. Sein Zugriff war nicht sehr fest.

»Drehen Sie ihn bitte um. Drehen Sie einfach das Handgelenk«, sagte Ostreicher. Er machte es ihm vor.

Carter drehte sein Handgelenk. Unter dem Fuß, auf dem von Zeit und Abnutzung gekörnten Marmor, sah er, drei Zentimeter von seinem Finger entfernt, einen Kreis, zweifellos die Markierung des gefundenen Fingerabdruckes.

»Hm«, machte Ostreicher und rückte Carters Finger weiter, bis der Mittelfinger genau auf dem Kreis lag. Dann schüttelte er den Marmorfuß, um Carters Zugriff zu prüfen.

Carter setzte den Fuß auf den Schreibtisch. Ostreicher sah ihn an, dann O'Brien. »Mr. O'Brien, darf ich bitten?«

Gehorsam stand O'Brien auf und nahm den Fuß aus derselben Stellung – die Sohle auf der Tischplatte –, aus der Carter ihn genommen hatte. Der Griff mit dem Daumen unter dem Spann war der wahrscheinlichste, denn was vom Knöchel noch übrig war, war uneben und gegen die Innenseite des Fußes abgeschrägt. Ostreicher drehte O'Briens Hand um. O'Briens Mittelfinger lag genau über dem Kreis. O'Brien hatte größere Hände als Carter, aber Carter war sich klar darüber, daß er in jener Nacht kräftig zugepackt hatte. Ostreicher machte keine Bemerkung über O'Briens Griff, sondern wandte sich an die drei Bewohner von Sullivans Haus.

»Ich glaube, Sie brauchen wir jetzt nicht mehr«, sagte er. »Vielen Dank, daß Sie gekommen sind. Es war eine große Hilfe.«

Es war überhaupt keine Hilfe, dachte Carter. Die Leute erhoben sich nur zögernd. Ostreicher begleitete sie auf den Flur, kam aber sofort wieder zurück und schloß die Tür.

»So. Und nun ...« Er setzte sich seitlich hinter den Schreibtisch und legte die Hände flach aneinander. »Einer von Ihnen hier ist der Mörder, und wir werden herausfinden, wer.«

»Wenn Sie mich darin einschließen, verstehen Sie nichts von Ihrem Handwerk«, empörte sich Gawill.

Ostreicher ignorierte ihn und lächelte Carter zu. »Mr. Carter, Ihr Alibi ist nicht gerade wasserdicht. Sie hatten Zeit genug – besonders wenn Sie ein Taxi nahmen und nicht den Bus –, am Freitagnachmittag zu Sullivan zu fahren, fünf oder sogar zehn Minuten zu bleiben und dann mit einem anderen Taxi nach Hause zu fahren. Man braucht keine zehn Minuten, um einen Mann mit so einem Ding umzubringen, nicht wahr?«

Derartig höflich vorgebrachte Beschuldigungen waren neu für Carter nach dem, was er im Zuchthaus erlebt hatte. »Nein, natürlich nicht«, sagte er.

Ostreicher sah auf die Armbanduhr, dann wandte er sich an Gawill. »Mr. Gawill, haben Sie eine Ahnung, warum Ihr Chef uns heute nicht die Ehre erweist?«

»Nicht die geringste«, erwiderte Gawill. »Vielleicht hat er in einem von seinen Häusern zu tun. Wer weiß?«

»Zum Beispiel feststellen, ob das Rauschgift noch da ist?« sagte Ostreicher stirnrunzelnd und straffte das kräftige Kinn. Das war das erste Anzeichen von Ärger, das er sehen ließ. »Für die Röhrenfabrik hat er wohl im Augenblick nicht viel Zeit, wie?«

»Wie er seine Zeit verbringt, geht mich nichts an«, erklärte Gawill.

Ostreicher wandte sich wieder an Carter. »Ich nehme an, Sie wollen Ihre Aussagen bezüglich Freitag abend nicht ändern, oder?«

»Nein«, sagte Carter.

»Würden Sie bitte Ihre Jacke ausziehen, Mr. Carter?« Wieder trat Ostreicher an den Schrank. »Ich möchte einen Lügendetektor-Test mit Ihnen machen.« Er holte den Apparat heraus.

Zu Carters Überraschung wurden weder Gawill und O'Brien hinausgeschickt, noch wurde er in ein anderes Zimmer gebracht. Auf seiner bloßen Brust wurde eine Gummiplatte mit einer Schnur daran befestigt. Gummimanschetten um den Arm sollten seinen Blutdruck messen. Und dann begann Ostreicher mit der Befragung. Zuerst den genauen Zeitablauf seiner Unternehmungen: Verlassen des Büros, Busfahrt, Fußweg, Zeitungskauf, Ankunft zu Hause. Dann wurden die Fragen anders formuliert: »Und Sie sind am Freitag nicht mit dem Bus zur Thirty-eighth Street gefahren und haben Sullivan aufgesucht?« Carter glaubte nicht, daß sein Herz schneller schlug. Höchstens ein bißchen. Er stellte fest, daß er die Fragen mechanisch beantwortete, als kümmerten sie ihn nicht, als halte er sie für unwichtig. Und so ist es auch, dachte er, es kümmert mich wirklich nicht, was mit mir geschieht. »Und Sie haben nicht zu Sullivan gesagt: ›Ich habe genug von deinem doppelten Spiel, deiner Heuchelei‹, oder so ähnlich, und dann den Marmorfuß vom Regal genommen und . . .«

»Nein«, sagte Carter.

»Mr. Carter, Sie sind eiskalt heute. Eiskalt.«

Carter seufzte und sah Ostreicher an. Er spürte Gawills und O'Briens Blick. Er hatte die beiden nicht ein einziges Mal angeblickt, obgleich er ihnen gegenüber saß.

»Waren Sie bei der Unterredung mit Ihrer Frau Dienstag nacht ebenso eiskalt?«

»Nein«, sagte Carter.

»Baten Sie sie, mit Sullivan Schluß zu machen?«

Carter fühlte sich plötzlich durch die Gegenwart Gawills und O'Briens erheblich gestört. Er rutschte auf seinem Stuhl hin und her. »Ich habe sie gefragt, ob sie das könne. Und wolle.«

»Sie stellten sie also vor die Wahl. ›Ich oder . . .‹ Wie war der genaue Wortlaut, Mr. Carter?«

»So nicht«, berichtigte Carter und sah Ostreicher an. »Es gab kein Entweder-Oder.«

»Welche Antwort hat Ihre Frau Ihnen wirklich gegeben?«

»Sie . . . Ich erwähnte es ja schon«, erwiderte Carter vorsichtig. »Sie sagte, sie wisse nicht, ob sie es könne.«

Ostreicher lächelte ungeduldig. »Das war für Sie doch keine sehr zufriedenstellende Antwort, nicht wahr?«

Allmählich wurde Carter dieses Bohren zuviel. Es war wie Dr. Cassinis Stahlsonde, die ungeschickt in einer Wunde nach einem Stück Messerklinge suchte. »Nicht so sehr, wie Sie glauben.«

»Mr. Carter, ich gebe zu, daß Sie Veranlassung hatten, Mr. Sullivan zu hassen und ihn aus dem Weg zu wünschen. Sie hatten in der vergangenen Woche reichlich Grund, wütend zu sein. So wütend, daß Ihnen der Gedanke an Mord nicht sehr ferngelegen haben dürfte.«

Carter saß reglos.

»Was würden Sie sagen, wenn ich jetzt behaupte, daß ich Ihnen den Mord lückenlos beweisen kann?« Ostreicher kam, den Zeigefinger erhoben, ganz dicht an Carter heran.

Aber selbst das war nicht ganz echt, dachte Carter; es war wie eine Bühnenrolle, die Ostreicher spielte. Das Stück war gleich zu Ende, dann würden sich alle wieder natürlich benehmen, wie Leute, die nichts miteinander zu tun haben. »Ich würde sagen, versuchen Sie's doch«, gab er zur Antwort.

»Der reinste Eisklotz, kühl bis in die Knochen«, sagte Gawill. »Großartig, Carter!« Er kicherte.

Ostreicher warf nur einen kurzen Blick zu Gawill hinüber. Dann löste er die Gurtschnalle auf Carters Brust. Der Apparat hatte eine feine Zackenlinie auf die Trommel gezeichnet. Carter mühte sich, nicht zu auffällig hinzusehen und redete sich ein, das Testergebnis sei ihm gleichgültig. Ostreicher beugte sich prüfend über die Trommel. Dann wechselte er das Papier aus.

Es klopfte.

»Herein!« sagte Ostreicher.

Ein gedrungener, dunkelhaariger Mann trat ein – Grasso, wie Carter annahm. Er lächelte und nickte Gawill zu.

»Hallo!« sagte Gawill.

»Guten Morgen, Mr. Grasso«, sagte Ostreicher.

»Morgen«, sagte Grasso. Er war ein vierschrötiger Italiener mit runden, dunklen Augen, erstaunt gehobenen Brauen und leicht herabgezogenen Mundwinkeln. Und trotz allem war es ein ausdrucksloses Gesicht. Eine gute Maske, fand Carter. Dieses Gesicht war Grasso vermutlich schon häufig sehr zustatten gekommen.

»Nehmen Sie Platz, Mr. Grasso. Mr. O'Brien?«

O'Brien stand auf, zog die Jacke aus und setzte sich auf den Stuhl, von dem Carter sich erhoben hatte. Seine Schultermuskeln füllten das Hemd, spannten es straff über dem mächtigen Brustkasten. Selbst sein Magen war muskulös. Schon ein Schlag mit der Hälfte seiner Kraft hätte Sullivan das Genick gebrochen, dachte Carter.

»Und nun zum Freitag«, begann Ostreicher.

Ob Gawill auch ran muß? fragte sich Carter. Gawill wirkte noch immer vollkommen ruhig und ein wenig gelangweilt.

»Ich bin von der Rainbow Bar direkt nach Hause gegangen«, sagte O'Brien mit leicht belegter Stimme. »Ich habe geduscht und geschlafen. Um ungefähr sieben bin ich etwas essen gegangen. Danach war ich im Kino.« Seine Stimme klang farblos, monoton, als rezitiere er einen auswendig gelernten Text.

»Ihr Zimmergenosse ist um ungefähr Viertel nach fünf ausgegangen«, sagte Ostreicher. »Da hätten Sie gut in ein Taxi springen und in kaum fünfzehn Minuten in Manhattan sein können.«

O'Brien zuckte kaum merklich die Achseln. »Was sollte ich in Manhattan?«

»Sullivan umbringen, weil Sie dafür bezahlt wurden.«

O'Brien sah zu Boden und rieb sich mit gespielter Gleichgültigkeit die Nase.

»Sie sagten doch, freitags sind Sie gewöhnlich in der Sporthalle, und der Besitzer sagt das ebenfalls. Warum nicht an diesem Freitag?«

»Ich hatte das Gefühl, daß ich eine Erkältung bekam. Darum hatte ich mich ja vorher auch hingelegt.«

Gawill hat ihn gut instruiert, dachte Carter.

»Ist dies Ihr erster Mord, O'Brien?«

O'Brien antwortete nicht.

Gawill lachte fast tonlos.

»In dem Hamburger-Restaurant erinnert man sich nicht, Sie gesehen zu haben.«

»Wie sollten sie auch? Es war voll.«

O'Brien tut alles, um nur ja das Geld zu behalten, das er von Gawill bekommen hat, dachte Carter. Die Ruhe des Mannes war tröstlich für ihn.

»Wo wohnte Sullivan, O'Brien?« fragte Ostreicher und beobachtete die sich langsam drehende Trommel.

»Manhattan.«

»Wo in Manhattan? Sie kennen doch die Adresse. Raus damit!«

»Ich kenne sie nicht«, widersprach O'Brien. »Warum sollte ich?«

»Weil Gawill Ihnen gesagt hat, Sie sollen sie nicht vergessen. Und das haben Sie auch nicht!« sagte Ostreicher.

O'Brien verschanzte sich hinter einem höhnischen Lachen. »Gegen wen geht es hier eigentlich – gegen mich oder gegen Carter?«

»O'Brien, was immer Gawill Ihnen gezahlt hat – Sie werden kaum Zeit haben, sich daran zu freuen.« Ostreicher schnallte ihn los.

Das war ein schwacher Abgang für Ostreicher, und O'Brien grinste ein wenig. Gawill ebenfalls.

»Mr. Carter, Sie können gern gehen, wenn Sie wollen«, sagte Ostreicher.

Carter stand auf. Er ging zur Tür. Dort wandte er sich noch einmal um und sagte: »Auf Wiedersehen.«

Ostreicher nickte und sah Carter geistesabwesend an. »Wiedersehen. Ach ja – Sie dürfen bis auf weiteres die Stadt nicht verlassen, Mr. Carter. Ihre Firma sagte, Sie wollten am Wochenende nach Detroit fahren.«

»Ja«, sagte Carter. »Gut. Ich verstehe.« Er zog die Tür ins Schloß.

Zweifellos hatte Ostreicher am Wochenende mit ›Jenkins and Field‹ und Butterworth gesprochen – vermutlich sogar persönlich.

Butterworth kam am Nachmittag ins Büro und bat Carter telefonisch zu sich. Carter ging. Butterworth sah müde aus; er hatte Ringe unter den Augen. Er war freundlich wie immer. Er bat Carter, Platz zu nehmen und gab seinem Entsetzen über den Tod seines Freundes David Sullivan Ausdruck.

»Wie ich hörte, haben Sie heute morgen mit der Polizei gesprochen«, begann Butterworth. »Heute morgen rief mich Ostreicher noch einmal an. Eh ... haben Sie etwas Neues gehört?«

»Nein. Gawill und seinen Freund O'Brien haben sie auch vernommen«, sagte Carter.

Er rutschte in seinem Sessel nach hinten, faltete die Hände wie Gawill und beugte sich vor. »Als ich ging, waren die beiden noch da. Ich weiß also nicht, was sich weiter ergeben hat.«

»Haben Sie einen Verdacht?«

»Nur den, daß Gawill damit zu tun haben muß. Falls es da eine Verbindung gibt, wird die Polizei das sicherlich feststellen. Ich weiß nicht, ob Sullivan Ihnen gegenüber einmal von Gawill gesprochen hat.«

»O doch, das hat er. Ich habe David wiederholt vorgeschlagen, er solle sich eine Leibwache zulegen – oder wenigstens der Polizei mitteilen, daß er beschattet wird. Aber, mein Gott, wer hätte denn gedacht, daß es zu einem kaltblütigen Mord kommen würde! Und dann natürlich diese andere Sache.« Butterworth stützte den Kopf auf die Finger und rieb sich die Stirn. »Ich muß sagen, darüber war ich mehr als erstaunt. Sie vermutlich ebenfalls.« Er sah Carter an. »Ich meine ... David und Ihre Frau. Oder stimmt die Geschichte nicht?«

»Doch, sie stimmt. Ich hatte nicht ... Na ja«, stammelte Carter mit rotem Kopf, »ich hatte zwar einen Verdacht, das muß ich zugeben, aber ich dachte nicht ... ich meine ... daß es noch immer nicht aus war. Ich finde, es wird alles viel zu sehr aufgebauscht. Ich habe mit meiner Frau noch gar nicht darüber gesprochen, weil sie so außer sich ist über Davids Tod.« Carters Gesicht war immer noch warm. Und er merkte, daß er nicht sich selber verteidigte, sondern Hazel. »Übrigens, die Polizei hat mir heute gesagt, daß ich die Stadt vorläufig nicht verlassen darf. Ich fürchte also, Detroit fällt flach. Ich habe schon zu Mr. Jenkins gesagt ...«

»Ja, ja, ich habe mir auch schon Gedanken darüber gemacht. Ich werde selber fahren. Ich habe heute morgen schon alles in die Wege geleitet.«

Carter erhob sich.

Als sie nachmittags gegen vier Carters Notizen durchgingen, wurde der Fall Sullivan nicht erwähnt.

Abends um halb sechs stand Carter an der Bushaltestelle Ecke Fiftieth und Second Avenue und besah sich interessiert die Abendzeitungen. Sullivan war heute im Familiengrab in seiner Heimatstadt in Massachusetts beigesetzt worden; auf einem Foto sah man seine Eltern und Verwandten, wie sie am Morgen mit gesenkten Köpfen am Grab standen. Sein Vater sah sehr ähnlich aus wie Sullivan. Carter starrte die Gesichter an und versuchte sich vorzustellen, daß Hazel diese Leute kannte und mit ihnen sprach. Es war leicht, sich das auszumalen – leicht und beunruhigend. Er war froh, daß er nicht zur Beisetzung gefahren war. Er hatte gehofft, etwas über Ostreichers Gespräch mit Gawill und Gawills Chef Grasso in der Zeitung zu finden, aber es war nur erwähnt, daß Salvatore Grasso von der Polizei verhört worden war. Kein Wort von Rauschgift, oder daß man mit ihm oder O'Brien einen Lügendetektortest gemacht habe. Auch wenn sie mit Gummiknüppeln zusammengeschlagen worden wären, würde das nicht in der Zeitung stehen, dachte Carter. Wenigstens hatte O'Brien noch nicht geredet, denn das wäre bestimmt erwähnt worden. Beinahe verpaßte Carter seinen Bus, er sprang gerade noch hinein, als die Türen sich schlossen.

Zu Hause fand er Hazel im Wohnzimmer mit Tränen in den Augen und Timmie in seinem Zimmer schluchzend bäuchlings auf dem Bett.

Carter ging zu Hazel. »Du brauchst mir nichts zu sagen. Ich weiß Bescheid.«

Sie wich ein wenig zurück, obgleich er sie nicht berührt hatte. »Er sagt, er ist schon mittags nach Hause gekommen. Den ganzen Nachmittag ist er allein hier gewesen.«

»Mein Gott!« sagte Carter. Er hängte seinen Mantel auf und ging zu seinem Sohn. »Timmie?«

Schweigen.

»Was?«

Carter hockte sich auf das Fußende des Bettes, weil Timmie so nahe an der Kante lag, daß dort kein Platz mehr war. »Was ist los, Timmie? Komm, erzähl mir mal, was passiert ist.«

»Sie haben gesagt, du bist ein Zuchthäusler. Mein Dad ist ein Zuchthäusler, haben die gesagt!«

»Na, Timmie, das ist doch nichts Neues für dich, und bis jetzt bist du doch immer damit fertig geworden, nicht wahr?«

Timmie zog das rechte Bein unter Carters Hand fort. »Es ist ja auch wegen dem, was sie über David gesagt haben!« Er schluchzte auf und preßte den Kopf wieder ins Kissen. »Sie haben ihn meinen Onkel David genannt. Damit haben sie was Besonderes gemeint.«

»Komm, Timmie, hör auf zu weinen. Erzähl weiter.«

»Phil, muß das denn sein?« kam Hazels Stimme von der Tür. Ihre Miene war wütend.

»Es ist besser, er spricht sich aus«, gab Carter zurück.

»Er hat mir schon alles erzählt. Er möchte es bestimmt nicht noch einmal alles wiederholen.«

»Nun, und wenn ich es hören will?« Carter stand auf.

»Kannst du denn immer nur an dich selber denken?«

»Ich denke an Timmie, sonst wäre ich nicht hier.«

»An Timmie hättest du eher denken sollen – damals!«

Carter ging auf sie zu. Hazel wich zurück, machte kehrt und lief ins Schlafzimmer. Carter folgte ihr und schloß Timmies Tür hinter sich. »Du hättest an ihn denken sollen, als du das Verhältnis mit Sullivan anfingst«, sagte er. »Ausgerechnet du mußt mir so etwas vorhalten!«

Hazel schwieg.

»Jetzt steht's in der Zeitung, und das kannst du wohl nicht ertragen. Und Timmie auch nicht. Wegen deiner Affäre ist er verzweifelt, nicht wegen meiner Zuchthausgeschichten. Daran hat er sich gewöhnt.« Es war ihm jetzt klar, warum sie nicht zu Sullivans Beisetzung gefahren war. Und plötzlich schien es Carter, daß Timmie buchstäblich eine Verlängerung von Hazels Fleisch und Blut und Gedanken war, daß beide aus dem gleichen Grunde weinten: weil nun jedermann das Geheimnis kannte, das sie beide seit Beginn der Affäre gehütet hatten.

Carter kniff die Augen zusammen. »Nun, Hazel, es ist nun einmal geschehen. Können wir denn nicht versuchen, die Scherben aufzulesen, statt uns zu streiten?«

»Ich will keine Scherben!« gab Hazel wütend zurück.

»Ich spreche über die Scherben von Timmie – zum Beispiel. Was hast du ihm gesagt? Daß es stimmt?«

»Timmie versteht nicht, was die Zeitungen schreiben.«

Carter wurde plötzlich wieder böse. »Das braucht er auch nicht. Die Kinder werden es ihm in einfachsten Worten erklären. Versteht nicht! Hältst du ihn für zurückgeblieben? Übrigens, liebt er David immer noch?«

»Warum weint er denn sonst?«

»Das ist keine Antwort. Liebt er dich noch?«

»Ach, sei still! Hör endlich auf!«

Carter schwieg. Er öffnete die Schlafzimmertür und ging wieder zu Timmie. Er stand und sah lange auf Timmies Hinterkopf hinab, dann schließlich richtete Timmie sich auf. Sein Gesicht war nicht so verweint, wie Carter befürchtet hatte. »Timmie, du brauchst nicht davon zu sprechen, wenn du nicht willst.«

Timmie runzelte die Stirn, während ihm neue Tränen in die Augen stiegen. »Ich möchte nur wissen, ob es wahr ist.«

»Was?«

»Daß du ... daß du David umgebracht hast, weil du eifersüchtig warst ... Und weil du ihn gehaßt hast.«

»Ich war nicht eifersüchtig auf ihn. Und ich habe ihn auch nicht gehaßt.«

»Hast du ihn umgebracht?«

»Nein, Timmie«, erwiderte Carter automatisch. Es kam ihm kaum zu Bewußtsein, daß es eine Lüge war. Wenn er Sullivan nicht umgebracht hätte, dann hätte O'Brien es getan. Und was war aus seinem Gewissen geworden? Carter schüttelte den Kopf und kniff die Augen zusammen.

»Stimmt es«, fuhr Timmie fort, »daß Mutter und David ...« Er ließ den Satz in der Luft hängen; er konnte nicht weitersprechen.

Carter fühlte sich plötzlich elend. Er schwankte. Er ging zur Tür und lehnte sich an. »Sie haben sich sehr geliebt«, sagte er.

»Heißt das ...«

Davor streckte Carter die Waffen. Er wollte ins Bad und sich das Gesicht waschen, aber er kam noch einmal zurück und sagte: »Das solltest du deine Mutter fragen.« Er wartete noch einen Moment, und als keine Antwort kam, ging er hinaus, durch den Korridor ins Bad.

Hazel lag auf dem Bett. Carter nahm an, daß sie gehört hatte, was er zu Timmie sagte, obgleich sie aussah, als sei sie nicht in der Stimmung zum Lachen.

»Hazel ...« Carter hätte sich gern neben sie gesetzt, ihre Hand genommen, doch ein Blick in ihre Augen zeigte ihm, daß es sinnlos war.

»Was?« fragte sie.

Er atmete tief. »Ich fahre nicht nach Detroit.«

24

Auch wenn die Polizei, so überlegte Carter, ihm den Mord an Sullivan nicht anhängen konnte, so folgte daraus nicht, daß sie O'Brien für den Schuldigen hielten. Ostreicher verdächtigte sie vielleicht beide, aber was konnte er schon tun ohne weitere Beweise? Gar nichts. Vielleicht geschah auch gar nichts. Die Polizei hatte haufenweise Akten mit ungelösten Fällen. Vielleicht würde man ihn und O'Brien und auch noch andere eine Zeitlang, etwa drei Monate, scharf beobachten (vielleicht hörte die Beobachtung auch niemals auf), aber dann wäre die Lage abgekühlt. Vielleicht bis zum Sommer. Carter hatte die Hoffnung auf seine und Hazels vier Ferienwochen in Europa noch nicht aufgegeben. Sie hatte Sullivan geliebt, aber mit seinem Tod war eine wahre Lawine von Schuld über sie hereingebrochen. Vielleicht brachte das Schuldgefühl sie eines Tages zurück zu ihm, wenn er geduldig wartete. Es tat ihm leid, daß er Montag abend den Kopf verloren und so scharfe Worte zu ihr gesagt hatte, und nahm sich vor, es nicht wieder zu tun. Oft genug hatte er sich früher geschworen, er werde Hazel nicht wegen Sullivan zur Rede stellen, und dann hatte er es doch getan. Gewiß war er auf der richtigen Spur gewesen, das schon, und nun war die Wahrheit zu Tage gekommen; aber wenn er jetzt noch einmal mit bösen Worten darauf zu sprechen kam, so war das schon Querulantentum und wäre völlig sinnlos.

Am Dienstagabend gingen Carter und Hazel mit den Elliotts und Phyllis Millen ins Theater. Es war ein Stück von

Beckett im Village, und vorher aßen sie bei Luigi. Phyllis hatte ihren Freund Hugh Stevens mitgebracht, einen kraftvollen Mann Anfang Vierzig, den Carter flüchtig kannte. Phyllis und auch Elliotts erwähnten den Mord nicht und stellten keinerlei Fragen. Es war, als seien sie entschlossen, den Abend jedenfalls nach außen hin recht nett werden zu lassen, dem Anschein nach wie jeden andern Abend oder wie den Abend, den sie vor vier Wochen geplant hatten, als sie Phyllis baten, sich um die Billetts zu kümmern. Aber Phyllis' Augen – und auch die ihres Freundes – kehrten den ganzen Abend immer wieder zu Carters und Hazels Gesichtern zurück. Die beiden Elliotts kamen Carter ganz besonders warm und liebevoll vor, als ob sie sich großherzigerweise und gerade wegen seiner Zuchthausvergangenheit in diesem Falle, da noch alles offen war, auf seine Seite stellten. Hazel gab sich freundlich und heiter, aber Carter war überzeugt, daß Phyllis und Priscilla sich nicht täuschen ließen. Der Abend war schon seit langem geplant, und die Ablenkung konnte ihnen nur guttun.

Als sie wieder zu Hause waren, sagte Hazel: »Phil, ich möchte gern eine Woche verreisen. Irgendwohin. Ich habe es dringend nötig.«

»Gut«, sagte er. Er hielt es für selbstverständlich, daß sie allein fahren wollte. »Wohin denn?«

»Ach, irgendwohin. Nicht weit. Eine Woche ist nicht viel.« Sie zuckte müde die Achseln, faltete ihren Goldschal zusammen und legte ihn in die Schublade, aus der Carter ihn damals für sie herausgesucht hatte.

»Vielleicht nach New England.« Er mußte daran denken, daß in New England Sullivans Eltern lebten. Ob Hazel zu ihnen wollte? »An was hattest du denn gedacht?«

»An ein einfaches Hotel, wo ich über nichts nachzudenken brauche. Wir haben doch damals, im Sommer, in New Hampshire ein paar gesehen. Weißt du noch?«

Carter wußte noch. Er erinnerte sich gern daran. »Das ist

eine gute Idee«, sagte er. Er ging ins Bad und duschte sich ab. Als er wieder herauskam, fragte er: »Ich nehme an, du fährst lieber allein?« Er wollte wissen, woran er war, und zwar jetzt gleich.

»Nein.« Ihr Ton stieg in die Höhe, als sie das sagte. Dann sah sie ihn an. Sie trug ihren Morgenrock. »Ich fahre nicht lieber allein! Ich dachte, wir könnten Timmie auch mitnehmen. Er ist nicht schlecht in der Schule – bis jetzt. Ich habe mit den Leuten im Büro gesprochen. Ich kann die nächste Woche frei nehmen. Wir könnten Freitag abend oder Samstag früh fahren.«

Aber ich kann vielleicht nicht, dachte Carter. »Es ist sicherlich besser, wenn ich genau angeben kann, wohin ich fahre.«

»Ja«, sagte Hazel kurz und wandte sich ihrem Spiegel zu.

Carter verbrachte am nächsten Tag seine Mittagspause damit, Auskünfte über ländliche Hotels in New Hampshire einzuholen. In das, wo sie damals gewesen waren, wollte er nicht. Nachmittags rief er dann Hazel an, um mit ihr alle Angebote durchzusprechen, und sie entschieden sich für ein Hotel bei Concord. Dann rief Carter Ostreicher an und fragte, ob er am Samstagmorgen für neun Tage dorthin fahren dürfe.

Ostreicher erlaubte es, vorausgesetzt, Carter rief ihn an, sowie sie eingetroffen waren und entfernte sich nicht von dort.

Sie fuhren am Freitagabend und übernachteten in einem hübschen Motel an einem See. Für Timmie wurde eine Liege ins Zimmer gestellt. Im Hotel Continental bei Concord hatte Carter für Timmie ein Separatzimmer bestellt.

Das Continental war ein großes, weißes Gebäude auf einem sanft ansteigenden Grashügel. Es war alt, besaß also riesige Räume, und Timmie war selig, ein so großes Zimmer ganz für sich allein zu haben. Sofort baute er seine Schulbücher, die er auf Hazels und Carters Wunsch mitgenommen hatte, auf dem geräumigen Schreibtisch zwischen den Fenstern auf. Unten auf dem Rasen standen Croquet-Tore, und hinter dem Haus lag ein Tennisplatz. Alles wirkte sehr vielversprechend. Am nächsten Morgen frühstückten sie im Bett, in Gesellschaft von Timmie, für den das Zimmermädchen einen kleinen Tisch hingestellt hatte. Dann machte Carter mit Timmie einen Spaziergang, während Hazel sich die Haare wusch. Er kaufte für Timmie einen Tennisschläger und für Hazel einen handgestrickten, eierschalenfarbenen Pullover aus Irland.

In dieser Nacht wies sie seine Annäherungsversuche im Bett zurück, obgleich sie guter Laune gewesen war und beim Abendessen sogar mit ihm gelacht hatte. Carter zögerte und erkundigte sich dann vorsichtig, mit ruhiger Stimme: »Sag mal, Hazel, wie lange soll dies noch so weitergehen?«

»Was?«

»Du weißt genau, was ich meine.«

Es folgte eine lange, peinliche Pause. Schließlich griff sie nach den Zigaretten auf dem Nachttisch. »Es ist doch noch gar nichts geklärt, oder?«

Er wußte, was sie meinte, aber er sagte: »Du meinst die Sullivan-Geschichte?«

»Natürlich. Was sonst?«

Und wir zählen wohl gar nicht mehr ... Wir sind auch noch da, wir zwei. Aber sie wollte abwarten, wer Sullivan umgebracht hatte. Weil er vielleicht der Mörder war.

»Hast du je Halluzinationen gehabt, Phil? Vom Morphium?«

»Nein«, sagte Carter. »Nicht einmal im Zuchthaus, als ich das Zeug regelmäßig genommen habe.« Und dann fielen ihm seine Träume von Timmie und Hazel ein. Waren das Halluzinationen gewesen? Wenn ja, waren sie die einzigen, die er je gehabt hatte.

»Keine Träume, bei denen du nicht wußtest, was du tatest?« erkundigte sie sich. »Schlafwandeln und ... alles mögliche?«

Er wußte, was sie meinte. »Nein«, beharrte er.

Sie verfielen in unentschlossenes Schweigen. Hazel hätte ihn rundheraus fragen können: Dann hast du es also bei vollem Bewußtsein getan? Würde sie sich anders verhalten, wenn sie wüßte, daß er der Mörder war? Carter war davon überzeugt. Wie die Dinge jetzt lagen, wollte Hazel nicht noch mehr Aufmerksamkeit erregen, indem sie ihren Verdacht aussprach und ihn verließ. Hazel drückte ihre Zigarette aus. Sie sagten sich nicht einmal gute Nacht, und schließlich schlief Hazel ein; er merkte es an ihrem Atmen. Sie würde sich nicht wieder von ihm lieben lassen, bis sie es wußte, dachte er. Wenn er Hazel haben wollte, mußte er es O'Brien anhängen. Oder es mußte sonstwie O'Brien angehängt werden. Das war gar nicht unmöglich. Und Skrupel – wozu? O'Brien hatte es ja vorgehabt. Warum sollte er jetzt Bedenken haben? O'Brien konnte zum Teufel gehen. Carter runzelte im Dunkeln die Stirn und suchte sein Gewissen zu ergründen – oder die leere Stelle, wo keins mehr war. Es glitt ihm weg; vielleicht hatte er gar keins mehr. Jedenfalls quälte es ihn nicht wegen dieser Tat. Er hatte Sullivan totgeschlagen und spürte nichts als einen leichten Ekel bei dem Gedanken an Blut, an das er sich nicht mal erinnerte, und vielleicht noch einen kleinen Stoß, weil *er* das gewesen war. Im Zuchthaus hatte er einen Mann um viel weniger getötet, und das hatte ihm niemals zu schaffen gemacht. Er dachte an Mickey Castle und wie er am Morgen von Mickeys Tod überlegt hatte, daß – wenn er nun zwischen Mickey und den Türpfosten getreten wäre –, Mickey vielleicht nicht verblutet wäre, aber war er seines Bruders Hüter? Nach ein paar Tagen hatte er gar nicht mehr daran gedacht. War das der übliche Weg eines Gewissens im Zuchthaus?

Carter wäre gern aufgestanden und im Mondschein spazierengegangen, aber er fürchtete, Hazel zu wecken. Er lag da, und seine Gedanken kreisten. Er wußte, auch nach dieser Nacht würde er nicht weiterkommen bei Hazel, obwohl sie noch sieben Nächte hier vor sich hatten. Er konnte nichts tun, als möglichst nett zu sein, sich Hazel nicht wieder zu nähern und ihr die Urlaubstage so schön wie möglich zu machen.

Und das tat Carter. Seine einzige Belohnung war, daß ihr Verhalten ihm gegenüber nicht kühler wurde; sie war weiterhin freundlich, beinahe heiter, und die Ruhe tat ihr sichtlich gut.

Am Montag ging Carter wieder ins Büro. Er hatte Mr. Jenkins erklärt, daß zwar die Polizei ihm den Urlaub in einem bestimmten Hotel in New Hampshire gestattet, die Fahrt nach Detroit jedoch verweigert habe. Carter war sich anmaßend vorgekommen, als er um eine Woche Urlaub bat, doch seine Bitte wurde ihm ohne weiteres gewährt, und was die Entlassung betraf, so war Carter überzeugt, daß die Firma schon längst eine Entscheidung gefällt hatte und daß dieser Urlaub daran nichts ändern konnte. Vermutlich wollten sie abwarten – genau wie Hazel.

Am Montagnachmittag rief er Ostreicher an, und nach drei Versuchen erreichte er ihn endlich.

»Nein, eigentlich nichts Neues«, erklärte Ostreicher. »Jedenfalls nicht, was Sie angeht. Das Rauschgift haben wir in der Wohnung eines Freundes von Grasso gefunden, aber Gawill geben wir jetzt ein wenig Leine. Er ist ein freier Mann.« Aber Ostreichers Ton besagte viel eher, daß er das nicht war. Vermutlich wurde Gawill beobachtet, und vermutlich wußte Gawill das auch. »Grasso ist schlimmer dran«, fuhr Ostreicher fort. »Grasso muß fünftausend Dollar Strafe zahlen.«

»Und O'Brien?« erkundigte sich Carter.

»Der hat viel Ausgaben und kein Geld. Eine interessante Situation.«

Carter verstand. Gawill konnte es nicht wagen, ihn jetzt zu bezahlen, konnte es nicht riskieren, dabei erwischt zu werden. Aber O'Brien hatte mit dem Geld gerechnet. »Ist O'Brien auch ein freier Mann?«

»Aber ja!« sagte Ostreicher; man hörte, daß er dabei lächelte. »Und Sie sind wieder im Büro, Mr. Carter?«

Carter hatte ein unbehagliches Gefühl nach diesem Gespräch. Ostreicher ließ sie alle frei herumlaufen, hatte sie aber am Bändel. Er wollte abwarten, was sie unternahmen. Er hätte ihn, Carter, rösten können, richtig zusammenschlagen, wie es die Polizei manchmal mit ausgekochten Verbrechern tat, und das war er ja jetzt angeblich – nach den Zeitungen zu urteilen –, schon weil er im Zuchthaus gesessen hatte. Die Öffentlichkeit erfuhr nie, oder wollte es nicht wissen, was mit ausgekochten Verbrechern geschah, wenn man sie einer neuen Tat verdächtigte. Und ihn hatten sie vermutlich nur geschont, weil er jetzt Geld und eine angesehene Stellung hatte, und eine Frau, die im Sozialwesen tätig war. So was wurde bekannt, wenn einer zusammengeschlagen wurde. Und natürlich stand er auch weiterhin unter Beobachtung, genau wie Gawill und O'Brien.

Nichtsdestoweniger rief Carter am Montagabend bei Gawill an. Er telefonierte, als er gegen zehn Uhr Zigaretten holen ging, von einem Münzapparat aus, doch als er wieder zu Hause war, sagte er zu Hazel: »Ich habe eben Gawill angerufen. Ich glaube, ich fahre hin und besuche ihn. Wenn also die Polizei anrufen sollte – du weißt, wo ich bin.«

Hazel sah ihn erstaunt an. Sie saß auf dem Sofa und stopfte Timmies neue in New Hampshire gekaufte und zerrissene Kordhose. »Warum?«

»Vielleicht erfahre ich etwas Neues von ihm. Manchmal macht Gawill mir gegenüber den Mund auf.«

Hazel sah auf die Uhr. »Wann kommst du wieder?«

Carter war ein wenig erleichtert und lächelte. Es war ihr also nicht gleichgültig, ob er zurückkam. »Auf jeden Fall vor zwölf. Sollte es später werden, rufe ich an.« Carter warf die beiden Päckchen Zigaretten, die er gekauft hatte, aufs Sofa, sagte: »Auf Wiedersehen, Darling«, und ging.

Er nahm ein Taxi. Gawill hatte am Telefon gesagt: »Phil?

Welche Überraschung . . . Na ja, von mir aus. Warum nicht?« Nicht allzu freundlich, aber nicht ablehnend, und mehr wollte Carter nicht.

Gawill war offenbar allein. Das Radio lief, das Sofa war wieder mit Zeitungen bedeckt.

»Was haben Sie auf dem Herzen? Nehmen Sie Platz«, sagte Gawill.

Carter legte den Mantel über die Sessellehne und setzte sich. Gawill wartete. »Ich möchte feststellen, ob Sie etwas wissen, was ich nicht weiß«, erklärte Carter.

Gawill schnaufte verächtlich. »Glauben Sie, daß ich Ihnen was sage? Aus reiner Nächstenliebe?«

»Vielleicht doch.«

»Wo Sie so freundlich waren und der Polizei erzählt haben, daß ich hier Rauschgift hätte? Ich soll Ihnen einen Gefallen tun?«

Hazel hatte das Thema Rauschgift angeschnitten, erinnerte sich Carter, nicht er. Er hätte es niemals getan.

»Das hätte die Polizei auf jeden Fall gefunden. Grassos Wohnung haben sie doch aus eigener Initiative durchsucht, oder nicht?«

»Sie haben gesagt, daß Sie es in meiner Wohnung gesehen hätten.«

»Tut mir leid«, sagte Carter.

»Kann es auch. Sullivan aus dem Weg und Sie frei von Verdacht . . .«

»Ich bin genauso verdächtig wie Sie.«

Gawill brummelte vor sich hin.

Carter wartete darauf, daß er sagte: *Sie waren es, und meinem Freund O'Brien wird die Schuld zugeschoben.* Aber Gawill sagte es nicht. Carter wartete. »Gibt es in diesem Haus denn nichts zu trinken?«

Gawill stand auf. »Doch, natürlich.« Er ging in die Küche.

»Das nächste Mal bringe ich etwas mit.«

»Immer diese leeren Versprechungen!«

Carter lächelte. Gawill kam mit einem Scotch und Soda zurück und einem halbleeren Glas, das wohl ihm gehörte.

»Danke.« Carter trank.

Jeder wartete darauf, daß der andere den Anfang machte. Gawill sprach zuerst. »Wie kommen Sie mit Hazel aus?«

»Das ist meine Sache.«

»Na, zu prahlen haben Sie ja anscheinend nichts.«

»Ich würde sowieso nicht damit prahlen«, gab Carter zurück.

»Wenn alles in Butter wäre, würden Sie es mir sagen. Man würde es Ihnen anmerken.«

Carter ließ es gut sein. Das Radio störte ihn, am liebsten hätte er Gawill gebeten, es abzustellen, aber er wollte ihn nicht verärgern, also unterließ er es. »Wann werden Sie O'Brien auszahlen?« stellte Carter die große Frage und trank gelassen einen Schluck Whisky.

»Überhaupt nicht. O'Brien hat Sullivans Wohnung nie betreten. Aber Sie!« Gawill sah ihn herausfordernd an.

An seinem Ton jedoch merkte Carter, daß er log. Er war plötzlich froh, sehr froh, daß er Gawill so gut kannte, daß er ihn seit jenen schönen, furchtbaren Tagen bei Triumph kannte, seit seinen Besuchen im Zuchthaus, daß er gelernt hatte zu erkennen, wann Gawill log, übertrieb oder frei erfand. Dies war eine Mischung von Lüge und Erfindung. »Hören Sie auf mit dem Unsinn«, sagte Carter. »Ich durchschaue Sie. Ich weiß, daß Sie O'Brien bezahlen müssen. O'Brien ist pleite, wie Ostreicher mir gestern sagte. Er steckt bis über die Ohren in Schulden. Er hat große Ausgaben. Wartet er nicht dringend auf Ihr Geld?«

»Ach, glauben Sie etwa, ich könnte ihm das Geld nicht zukommen lassen, wenn es erforderlich wäre, wenn ich ihm tatsächlich etwas schuldete? Ich brauchte es nur jemand zu geben, der es weitergibt.« Gawill zuckte die Achseln und hob die große Hand, die Innenfläche nach außen.

»N-nein. Wem können Sie denn zum Beispiel trauen? Sie

müßten doch erklären, warum Sie O'Brien Geld schulden, nicht wahr?«

Gawill sah zu Boden und rutschte tiefer ins Sofa hinein.

Carter überlegte, was wohl in Gawills Kopf vorgehen mochte. Das war schwer zu sagen, denn Gawill war ein bißchen verdreht. Aber er wußte, wenn Gawill ihn erledigen wollte, brauchte er nur zu sagen: *Ich weiß, daß Sie Sullivan umgebracht haben; O'Brien hat Sie auf der Treppe gesehen, als Sie hinaufgingen und er herunterkam – und da war Sullivan noch am Leben!* Aber Gawill sagte es nicht. Gawill sagte:

»Wenn ich O'Brien beauftragt hätte, glauben Sie nicht, daß ich ihn inzwischen bezahlt hätte? Und glauben Sie, dann würde je ein Mensch dahinterkommen? Glauben Sie, man hätte jetzt etwas festgestellt? Nein. Nur das verdammte Rauschgift hat man gefunden, und das gehörte nicht mir.«

Die Rauschgiftangelegenheit ärgerte Gawill viel mehr als die Sache mit O'Brien.

»Mich zu beschatten, als gehörte ich zu einem Rauschgiftring! Wo ich doch gar nichts mit dem verdammten Zeug zu tun habe!« sagte Gawill und stand auf.

»Warum hatten Sie es denn in der Wohnung?«

»Ach, ich sollte es nur ein paar Tage für Grasso aufbewahren. Ich hatte keinen Vorteil davon.«

Carter hatte plötzlich genug von Gawills Klagen. »Wie bei der ›Triumph‹-Affäre, nicht wahr? Davon hatten Sie auch keinen Vorteil.«

Gawill wandte sich um, mit wutverzerrtem Gesicht. »Nein!« Seine Stimme überschlug sich beinahe.

Der redet sich selber noch um Kopf und Kragen mit seinen plumpen Lügen, dachte Carter. Oder mit seinen ebenso plumpen Wahrheiten, die er manchmal zum besten gab. Er setzte sein leeres Glas auf den Boden neben dem Sessel und stand auf. »Nein, Sie haben nie einen Vorteil davon gehabt, auch nicht bei Ihren Wochenenden mit Palmer hier in New York.«

»*Nein!*« schrie Gawill noch einmal gequält.

»Ich muß gehen«, sagte Carter.

Er ging. Er hatte erfahren, was er wissen wollte: O'Brien war der einzige, der die Wahrheit kannte.

Als Carter aus dem Haus trat, bemerkte er auf der anderen Straßenseite im Dunkeln einen geparkten Wagen. Er sah aus wie ein Polizeifahrzeug. War er vorhin auch schon dagewesen? Carter konnte sich nicht erinnern, und es war ihm auch gleich. Im Wagen saß ein Mann und sah zu ihm herüber. Und dann ging innen das Licht an, und der Mann beugte sich vor, vermutlich um aufzuschreiben, wann er das Haus verließ. Unter der Laterne an der Ecke sah Carter auf seine Armbanduhr. Fünf nach halb zwölf.

Hazel war noch auf und angezogen, als er nach Hause kam. Sie hockte zusammengerollt in der Sofaecke, hatte die Schuhe ausgezogen und las in ihren vervielfältigten Büropapieren.

Er lächelte ihr zu, als er den Mantel in den Schrank hängte. »Na ...?«

»Na?«

Carter ging langsam ins Wohnzimmer. Er knöpfte sich das Jackett auf, froh, wieder vertraute Luft zu atmen. »Gawill hat O'Brien noch nicht bezahlt; er weiß nicht, wie er's anstellen soll. Behauptet natürlich, er schuldet O'Brien keinen Cent.«

»Hast du etwas erfahren, das du noch nicht wußtest?«

»Gawill ist ärgerlich, daß die Polizei hinter ihm her ist, weil er das Rauschgift im Haus gehabt hat.«

»Wieso hinter ihm her! Die tun doch gar nichts!«

»Nein, sie lassen ihm die Zügel lang. Vermutlich bekommt er aber eine Geldstrafe aufgebrummt. Vielleicht beschlagnahmen sie sogar sein Konto. Das macht es ihm dann noch schwerer, O'Brien auszuzahlen.« Carter lachte ein wenig. »Und sie beschatten ihn auf Schritt und Tritt, und das macht Gawill verrückt. Er hat das zwar nicht gesagt, aber man merkt es ihm an. Gegenüber seiner Haustür stand vorhin ein Streifenwagen.«

Hazel sah ihn erschrocken an. »Dann haben sie dich doch auch gesehen!«

»Ja. Und das stört mich nicht im geringsten. Von mir aus hätte heute abend ein Abhörgerät im Zimmer sein können. Ich wollte nur herausfinden, was Gawill weiß. Die Polizei will dasselbe.«

Carter hatte sich aufs Sofa gesetzt, nicht sehr dicht neben Hazel, aber sie streckte auf einmal die Hand aus und legte sie auf Carters Rechte. Seine Finger schlossen sich um die ihren. Dies war die erste liebevolle Geste seit Wochen.

Sie sah starr vor sich hin. Es war, als sage die Berührung ihrer Hand mehr als die Worte der Liebe und Treue, die sie nicht aussprechen konnte.

Er preßte die Zähne zusammen. Er hatte zu Hazel gesagt, seiner Meinung nach habe der Lügendetektor bei O'Brien etwas ausgeschlagen, jedenfalls mehr als bei ihm selber. Es stimmte, aber durch diese Bemerkung wurde die große Lüge noch verstärkt. Hazel hatte offenbar keine Schlüsse daraus gezogen. Später in New Hampshire hatte sie ihm die Fragen wegen der Halluzinationen gestellt. Er log heute abend weiter, weil er sie liebte. Sie war ihm notwendig für sein Leben. War das Liebe oder Egoismus?

Carter zog sie an sich und nahm sie in die Arme.

Sie antwortete nicht, aber sie blieb mehrere Minuten, mehrere wunderbare Minuten in seinen Armen. Schließlich machte sie sich sanft von ihm los und sagte: »Es ist spät geworden.«

Er forderte sein Glück nicht heraus an diesem Abend; er berührte sie auch nicht mehr. Aber er war, was Hazel betraf, von einem herrlichen Optimismus erfüllt.

25

Was tut die Polizei? fragte sich Carter. Wartet sie und dreht Däumchen? Um Gawills Bankkonto, seine Geldquellen und sein – Carters – Bankkonto zu überprüfen, brauchte man doch nicht lange! Warteten sie darauf, daß O'Brien ungeduldig wurde und Gawill um sein Geld anging? Die Ruhe zerrte an Carters Nerven. Und an Hazels. Die einzigen, die beruhigt schienen, waren ›Jenkins and Field‹ und Mr. Butterworth. Carters pünktliches Auftauchen an jedem Morgen war für sie offenbar der Beweis seiner Unschuld.

»Dies«, sagte Butterworth zu Carter, »scheint eine Angelegenheit zu sein zwischen Gawill, David und ...«

»Meiner Frau«, ergänzte Carter an seiner Stelle.

»Ich würde sagen, zwischen Gawill und David Sullivan.« Butterworth sprach zögernd; es war deutlich, daß er Carter nicht kränken wollte.

Die Polizei konzentrierte sich auf Gawills Motiv für den Mord, und O'Brien wurde tagtäglich in der Zeitung erwähnt: Die Polizei nahm ihn sich immer wieder vor. »O'Brien wurde heute von Polizeibeamten in seiner Wohnung in Jackson Heights verhört ...« Ob O'Brien seinen Posten als Barmann noch hatte, wurde nicht erwähnt; eingesperrt war er jedenfalls nicht.

Dann, an einem Mittwochabend um sechs, kurz nachdem Carter nach Hause gekommen war, rief O'Brien an. Er gab sich sofort zu erkennen.

»Wenn Ihre Frau kommt, können Sie auflegen«, sagte er. »Ich kann zwar von hier aus Ihr Haus nicht sehen, aber ich weiß, daß sie nicht da ist. Mr. Carter, ich brauche Geld. Fünftausend Dollar.«

Das hatte Carter geahnt, als er O'Briens Stimme vernahm. »Wissen Sie, daß mein Telefon angezapft sein kann?«

O'Brien zögerte sekundenlang. »Na und? Was soll das heißen, ›kann‹? Ist es angezapft, oder nicht?«

»Ich weiß es nicht. Jedenfalls dürfen Sie kein Geld in die Hand bekommen. Die Polizei wird es sofort erfahren.«

»O nein, das wird sie nicht. Nicht, wenn ich es in bar bekomme. Ich brauche es unbedingt – spätestens bis Freitag. Und Sie, Mr. Carter, kennen die Alternative.« O'Briens Stimme klang entschlossen; er wirkte sicher und sogar intelligent. »Sie haben es, das weiß ich. Nehmen Sie es von einem Ihrer Konten.«

Carter schwieg.

»Wir werden uns auf der Straße treffen.« O'Brien sprach jetzt langsam und deutlich. »Twelfth Street und Eighth Avenue, Nordwestecke. Freitag abend, elf Uhr. Verstanden? Sie bringen das Geld – in Fünfzigern oder Hundertern –, und zwar pünktlich. Sonst gehe ich um halb zwölf zur Polizei. Das wär's, Mr. Carter.« O'Brien hängte auf.

Carter legte den Hörer hin. Automatisch sah er zu Timmies Zimmer hinüber: dunkel, die Tür halb offen. Wo war Timmie? Dann ging er zum Schrank und hängte seinen Mantel auf. Fünftausend, das war bestimmt nur der Anfang, und wenn sie O'Brien mit den zweiten Fünftausend oder sogar mit den ersten schnappten, würden sie fragen, woher er das Geld hatte. Von Carter, würde er sagen. Und wofür? Auch das würde O'Brien ausplaudern. O'Brien würde sich hüten, zu sagen, er habe es von Gawill für geleistete Dienste bekommen, weil Gawill das dreist und vermutlich auch überzeugend abstreiten würde. Außerdem würde Gawill sofort die Wahrheit erraten, daß nämlich Carter O'Brien bezahlt hatte, damit er den Mund hielt. Das mochte zwar an den Tag bringen, daß O'Brien in Sullivans Wohnung gewesen war, aber solange O'Brien nicht tatsächlich der Mörder war, blieb Gawills Mordabsicht an Sullivan eben nur eine Absicht oder ein Versuch.

Eine knifflige Situation, Mr. Carter, sagte er sich. Er war ruhig. Sehr ruhig. Und er hatte nur eine Idee, eine ganz naive Idee: Er könnte sich mit O'Brien treffen, ihm die fünftausend Dollar aushändigen und ruhig, freundlich sagen, als sei es ernst gemeint: ›Okay, Anthony, da haben Sie das Geld. Aber damit lassen Sie es auch gut sein. Wenn Sie weiterhin Ruhe bewahren und alles leugnen, kommen wir beide mit heiler Haut davon. Abgemacht?‹ Doch Männer wie O'Brien hielten sich bestimmt nicht an ein solches Versprechen. Hätte O'Brien sich nicht durch das Geld verlocken lassen, hätte er sich niemals als Mörder verdungen. Carter lächelte grimmig, wie ein Mann, der mit beiden Füßen bis über die Knöchel im Dreck steckt.

Es war zehn nach sechs. Hazel hatte gesagt, sie komme wahrscheinlich erst um sieben, da es im Büro viel Arbeit gebe. Da konnte es auch acht werden, das wußte er. Sie waren nett zu ihr im Büro. »Sie sind schon in Ordnung – mehr oder weniger«, hatte Hazel ausweichend gesagt, als er sie fragte, wie Ginnie Joplin, die mütterliche Chefin, und Mr. Piers, und Fannie, die Sekretärin, sich verhielten. Natürlich stellte sich keiner hin und hielt ihr Moralpredigten wegen ihrer Affäre, so was kam heutzutage nicht mehr vor, aber sie trugen vielleicht eine gewisse Selbstzufriedenheit zur Schau (noch schlimmer) oder gaben sich betont weitherzig (und beneideten sie insgeheim) und – das schlimmste war und blieb eben, ihr Mann hatte im Zuchthaus gesessen und das wußten sie. Sie kannten ihn alle, er hatte sogar Fannie mal gesehen, als er Hazel abholte, und er war ja auch anscheinend ein sehr netter Mann, eigentlich ganz unauffällig – und doch hielten sie ihn jetzt sicher alle für einen gar nicht ungefährlichen Kerl, der unter diesen Umständen bestimmt ohne weiteres einen andern umbringen konnte. Und das war der Grund, warum Hazel jetzt noch spät arbeitete, weil ihre Stellung unsicher geworden war.

»Verdammt«, fluchte Carter und ging in die Küche, um sich einen Drink zu holen.

Während er einschenkte, wurde die Tür geöffnet. Er schlenderte mit seinem Glas ins Wohnzimmer, weil er dachte, es sei Hazel, aber es war Timmie.

Der Junge sah scheu zu ihm auf und nahm die Mütze ab. »Hallo!« sagte er.

»Hallo, Timmie. Wo hast du denn gesteckt?«

»Ach, ich mußte Tinte kaufen, und da hab ich Stephen getroffen, und wir sind spazierengegangen.« Timmie lächelte ihn an, die Mundwinkel von Schokoladensirup verschmiert. Hastig leckte er die verräterischen braunen Flecken weg.

Carter lächelte: »Seit wann geht man im Drugstore spazieren?«

Timmie trollte sich mit hängendem Kopf in sein Zimmer, aber er lächelte. Er blieb stehen und drehte sich um. »Mom nicht da?«

»Noch nicht. Sie kommt heute später.«

Timmie ging weiter. Er machte Licht, aber die Tür ließ er offen. Carter blieb stehen und betrachtete dankbar die offene Tür. Vor zehn Tagen hätte Timmie die Tür geschlossen, wie auch sein Herz, seine Ohren.

Das ist die Macht der Presse, dachte Carter, der öffentlichen Meinung. Timmies Schulkameraden ließen ihn jetzt in Ruhe, weil sie O'Brien für den Mörder hielten. Oder den Kindern wurde die Geschichte langweilig. Auf jeden Fall quälten sie Timmie nicht mehr soviel, und Timmie fühlte sich wohler. Wunderbar, wie schnell Kinder mit allem fertig werden, dachte Carter. Sogar mit Hazels und Sullivans Verhältnis würde Timmie fertig werden, wie er mit Sullivans Tod fertig geworden war, der nicht den kleinsten Schatten über ihre Ferien in New Hampshire geworfen hatte. Nach Jahren, wenn Timmie wußte, was ein Verhältnis war, würde er alles verstehen, und dann mußte er sich damit auseinandersetzen; aber jetzt, mit zwölf Jahren, war zunächst einmal alles vorbei und störte nicht mehr.

Carters Gedanken wanderten wieder zur unmittelbaren Zukunft zurück. Freitag abend. In achtundvierzig Stunden. Auf einem Bankkonto hatten sie fünftausend Dollar, auf dem anderen zweitausend. Vor einem Monat etwa hatte

Hazel gemeint, es wäre wohl besser, Tom Elliott weitere dreitausend Dollar zum Investieren zu geben; es sei unklug, soviel auf einem Konto liegen zu haben, wenn das Geld arbeiten könne. Wenn er es abhob, konnte er sagen, er habe es Elliott gegeben. Aber für welche Investitionen? Er konnte dann keine Quittung von Elliott vorzeigen. Und das war bestimmt nicht die letzte Forderung von O'Brien. Wahrscheinlich konnte O'Brien, wenn nicht die Polizei ihn oder Carter unter Anklage stellte, nach und nach fünfzigtausend aus ihm herauspressen. Carter ging im Zimmer umher, lauschte auf das kleinste Geräusch im Treppenhaus, das Hazels Heimkehr ankündigte und versuchte gleichzeitig zu denken. Er holte sich noch einen Scotch mit Wasser.

Wenn er O'Brien umbringen könnte, das würde alles vereinfachen. Wenn er O'Brien umbringen könnte und damit durchkam ...

Man konnte es so machen, daß es aussah wie das Werk eines anderen Kumpanen von Gawill. Natürlich! O'Briens Tod kam Gawill nur gelegen, denn dann brauchte er ihn nicht zu bezahlen; der würde also den Mund halten.

Twelfth Street und Eighth Avenue. Das war ziemlich weit im Westen, wahrscheinlich eine düstere Gegend, und sie konnte noch weiter nach Westen gehen. Auf einmal hatte Carter eine Vision: Er sah einen Polizisten, der O'Brien folgte – ganz bestimmt wurde O'Brien beschattet, wenn es ihm nicht gelang, den Beschatter abzuschütteln –, sah, daß dieser Polizist direkt darauf zukam, als das Geld den Besitzer wechselte. *So, Carter, genau das wollten wir wissen!* Carter wanderte im Zimmer auf und ab.

Nein, dachte er, kein Geld aus der Hand geben – auf keinen Fall! Dieser Erpressungsversuch konnte sogar von der Polizei selber inszeniert worden sein, um festzustellen, wie er reagierte. Vielleicht hatte ein Kriminalbeamter daneben gestanden, als O'Brien anrief. Carter war froh, daß er nicht versprochen hatte, O'Brien das Geld zu geben. Aber er hatte auch nichts erwidert, als O'Brien sagte: ›Und Sie kennen die Alternative, Mr. Carter . . .‹ Carter wischte sich den Schweiß von der Stirn.

Er sah keinen anderen Ausweg, als O'Brien zu töten. Er mußte ihn dazu bringen, ein Stück weiter nach Westen mit ihm zu gehen, dorthin, wo die Straßen zum Hudson hin noch dunkler wurden. Dann mußte er etwas aus der Tasche ziehen, so tun, als nehme er das Geld heraus, damit O'Brien ganz dicht herankam, und dann mußte er den tödlichen Schlag führen, wie Alex es ausgedrückt hatte. Auf einmal sah er O'Briens mächtige Gestalt vor sich, und sein rechter Daumen begann zu schmerzen. Er preßte den Daumen fest gegen den Zeigefinger, bereit zum Handkantenschlag. Seine Handkanten waren nicht mehr verhornt, und selbst wenn es klappte, würde die Polizei von Dr. Cassini, von Hazel erfahren, daß Carter Judo beherrschte. Der Schlag würde O'Briens Kehlkopf zerschmettern. Nein, er mußte eine andere Methode finden. Ein Ziegelstein? Carter erhob sich aus seinem Sessel.

Und dann kam Hazel so unerwartet herein, daß er zusammenfuhr.

Hazel lächelte und schloß die Tür. »Ich bin's nur. Ich wollte dich nicht erschrecken!«

Er ging langsam auf sie zu, streckte die rechte Hand aus, und sie kam in seine Arme.

»Puh, ein gräßlicher Tag! Hennie-Pennie und Mrs. Piers.« Hennie-Pennie nannte sie ihre Chefin.

»Einen Drink?«

»Ja, bitte«, sagte Hazel.

Sie war müde, daher spülte Carter nach dem Essen das Geschirr und Timmie trocknete ab.

Als sie sich im Schlafzimmer auszogen, sagte Carter: »Ich muß Freitag abend mit Jenkins und Butterworth essen. Ich soll einen neuen Kunden kennenlernen. Ich dachte, falls du etwas vorhast . . .«

»Ich glaube kaum, daß ich etwas anderes vorhabe, als früh ins Bett zu gehen«, sagte Hazel, das Gesicht tief in den Kissen vergraben.

So begann er mit den Vorbereitungen für Freitag.

Er dachte auch daran, O'Brien einfach zu versetzen. Der würde bestimmt nicht gleich zur Polizei laufen; damit brauchte man erst zu rechnen, wenn O'Brien verzweifelt und nervös wurde, und das war er noch nicht. Der würde warten und das Geld ein zweites Mal fordern. Aber wie lange sollte das gehen? O'Brien hatte weit weniger zu verlieren, wenn er ihn verriet, als wenn er sich auf einen Mordprozeß einließ. Natürlich würde er, ehe es zum Prozeß kam, mit der Wahrheit herausrücken. Die simple Tatsache war, daß O'Brien ihn in der Hand hatte. Weiter als bis hierher war Carter auch am Donnerstag noch nicht gekommen.

Er stand am Fenster und sah auf die vom Nebel verschleierten Schiffe auf dem East River hinab. Mehrere Schlepper pflügten sich durch das Wasser, dann kam ein ansehnlicher schwarz-weiß-roter Frachter, der auf hohen Wellen den Weg zum Atlantik nahm. Auf der anderen Seite von Manhattan sah man schönere Schiffe, die von und nach Europa, Südamerika, den Bahamas fuhren. In drei Monaten fuhr er vielleicht mit Hazel auch auf so einem Schiff. Dann war alles zur Ruhe gekommen – alles. Wenn er diese Hürde genommen hatte. Lohnte es sich nicht, dafür O'Brien umzubringen? Der würde es nie selber auf sich nehmen. Wenn O'Brien seine Aussage machte und man sie ihm nicht glaubte, ja selbst wenn er verurteilt wurde, so würde seine Geschichte bei Hazel – und bei vielen anderen – doch einen schrecklichen Zweifel, eine böse Wunde hinterlassen. Auch wenn Carter von der Polizei gegrillt wurde und alles überstand: der Zweifel würde bleiben, wenn O'Brien seine Geschichte gut erzählte. Und das würde er, weil sie ja stimmte.

Am Donnerstag abend kam Phyllis Millen zum Essen, und wieder fiel kein Wort über Sullivans unentdeckten Killer und über die Pläne der Polizei. Als sie beim Kaffee saßen, klingelte das Telefon; es waren die Laffertys. Hazel sprach erst zu Mrs. Lafferty und dann zu ihrem Mann, der dann darum bat, Carter sprechen zu dürfen.

»Hallo!« sagte Carter, und die Erinnerung an die auf französisch geführte Unterhaltung im Japanischen Restaurant kam wieder. *Jede Trennung reißt etwas weg von einem Menschen* ... Und jeder Mord auch, dachte er.

»Tag, Philip. Wie geht's?« fragte Lafferty in seiner freundlichen Art und so, daß keine Antwort nötig war. »Gibt's was Neues an der Westfront? Ihre Frau sagte, Sie hätten Besuch – vielleicht können Sie nicht reden. Ich wollte auch nur guten Tag sagen und alles Gute wünschen.«

»Vielen Dank, das ist sehr nett. Ich habe auch eigentlich nichts zu sagen.« Carter stand mit dem Rücken zu Hazel und Phyllis, die in der andern Ecke des großen Wohnzimmers saßen und sich unterhielten. »Die Lage ist seit Tagen unverändert, mehr weiß ich auch nicht.«

»Steht alles in der Zeitung? Ich meine, alles was man weiß?«

»Ja.« Nur Gawills Wut nicht, dachte Carter, und auch nicht O'Briens Drängen auf Zahlung. »Ja, das ist im Augenblick alles. Wenn's was Neues gibt, hören Sie es sicher von Hazel.«

Nach ein paar belanglosen Worten legten sie auf, und Carter ging an den Tisch zurück, um den Brandy einzuschenken. Seine Hand war ganz ruhig – oder vielmehr seine Hände, denn er nahm beim Einschenken beide Hände.

»Nett, daß sie angerufen haben«, sagte Hazel.

»Ja, ich mag ihn gern.« Carter setzte sich.

»Wir müssen sie mal hier haben. Du kennst doch die Laffertys, Phyllis?«

Ja, Phyllis kannte sie.

Die Unterhaltung tropfte weiter, aber Carter hörte kaum zu. Er betrachtete seinen Sohn beim Eiskremessen. Timmie hatte seinen besten dunkelblauen Anzug an, dazu ein weißes Hemd mit blauer Krawatte. Das Kerzenlicht schimmerte in seinem glattgekämmten blonden Haar. Jetzt wechselte der Plattenspieler über zu einer neuen Platte, und die Goldberg-Variationen setzten ein. Carter blinzelte ein paar Tränen weg, die er sich selber nicht erklären konnte. Vor dem Schlafengehen nahm er eine von Hazels Seconal-Tabletten, damit er sicher war, schlafen zu können.

26

Um sieben Uhr am nächsten Abend hatte Carter schon so langsam wie möglich in zwei Bars der östlichen Vierziger zwei Scotch mit Soda getrunken, trotzdem dehnten sich die Stunden fast unerträglich.

Er rief bei Gawill an, doch es meldete sich niemand. Was war da los? Hatte die Polizei Gawill in Gewahrsam genommen, damit er Carter nicht verraten konnte, daß O'Brien heute abend beschattet wurde? Aber warum sollte Gawill ihn warnen? Das war unlogisch. Carter begann, Gawill alle Viertelstunde anzurufen. Um neun war er direkt besessen von dem Gedanken, Gawill sprechen zu müssen; er wäre am liebsten hingegangen, um festzustellen, ob er zu Hause war und einfach nicht an den Apparat ging.

Allmählich war Carter überzeugt, daß er in eine Polizeifalle ging. Er sah sich so oft um, daß ihn die Passanten anzustarren begannen. Dann zwang er sich, nicht mehr nach hinten zu sehen. Kurz entschlossen betrat er ein Kino in der Twentythird-Street.

Hin und wieder sah er auf die Uhr und steckte sich eine Zigarette an. Um Viertel nach zehn hielt er es nicht mehr aus, verließ das Kino und ging zu Fuß nach Süden. Vom nächsten Telefon aus rief er Gawill an, und diesmal meldete sich Gawill. Carter seufzte erleichtert.

»Na, was ist denn nun schon wieder?« fragte Gawill ärgerlich, und auch das fand Carter beruhigend.

Er wußte nicht, was er sagen sollte. »Haben Sie O'Brien schon bezahlt?« fragte er.

»Nein. Sie?« gab Gawill zurück.

Die Antwort war so schlagfertig, paßte so haargenau, daß Carter laut auflachte und sich augenblicklich wohler fühlte. Doch Gawill war todernst, oder vielmehr tödlich bitter. Aber das paßte genau in Gawills Charakterbild und war tröstlich für Carter.

Auf einmal wurde Carter wieder ernst und fragte: »Sind Sie nachher zu Hause? Vielleicht komme ich noch vorbei. Ich muß Ihnen etwas erzählen.« Er legte auf, ehe Gawill etwas erwidern konnte, und stieß die Tür der Zelle auf.

Eilig schritt er nach Süden. *Warum?* Nun, er wußte, warum. Es war eine Art Alibi für die Zeit gegen elf, und außerdem ... Gawill war gemein, gemeiner als O'Brien, war so gemein, wie das, was er heute abend vorhatte. Carter zwang sich zu langsamen Schritten, um Kraft zu sparen, aber etwas in ihm schien weiterzurasen, schien all seine Energie zu verbrauchen.

Er war fünf Minuten zu früh an der Ecke Twelfth Street und Eighth Avenue.

O'Brien kam von der Stadtmitte her, unbekümmert ausschreitend, in der Linken eine gefaltete Zeitung. Er trug einen Hut und einen offenen Trenchcoat. Er sah Carter, winkte mit der Zeitung, und sie trafen wenige Meter weiter westlich auf dem nördlichen Gehsteig der Twelfth Street zusammen. Es war ein ziemlich düsterer Block mit zwei geschlossenen Garagen und den Fassaden stiller, niedriger Mietskasernen. O'Brien sah sich um. »Ist Ihnen jemand gefolgt?« fragte er.

»Nein«, sagte Carter.

»Haben Sie sich vergewissert?«

»Ja.«

O'Brien wirkte mindestens zehn Zentimeter größer als Carter, riesig in dem offenen Trenchcoat; doch Carter wußte, daß O'Brien in Wirklichkeit nur wenig größer war als er. Lediglich weitaus kräftiger und stärker.

»Sind Sie beschattet worden?«

»Na klar!« sagte O'Brien. Er nickte ergeben. »Bin schon dran gewöhnt. Aber ich habe mehrmals das Taxi gewechselt. Jetzt ist keiner mehr hinter mir her. Im allgemeinen stört es mich nicht.« Er lächelte ein wenig, als er Carter ansah; die Rechte, die nunmehr die Zeitung hielt, machte nervöse Gesten. »Haben Sie's?«

»Ja«, sagte Carter. Eins, zwei, drei, vier, zählte er seine Schritte. Sie gingen langsam, wie Leute, die beim Gehen plaudern und es nicht eilig haben. »Noch eines, O'Brien.«

»Ja?«

»Ist dies die letzte Zahlung?«

O'Brien lachte kurz und nervös. »Das brauche ich Ihnen doch nicht zu sagen, wie? Na schön, es ist die letzte. Falls die Bullen mich nicht doch noch in die Zange nehmen. In dem Fall glaube ich kaum, daß ich verpflichtet bin, mir Ihretwegen Zähne und Nase einschlagen zu lassen, wie?«

Der feindselige Ton drang kaum in Carters Bewußtsein. Es war einfach etwas *da,* so wie immer etwas da gewesen war im Zuchthaus, unter den Häftlingen, neben denen er herging, die vielleicht über ihn herfallen würden, die wegen seiner Freundschaft mit Max über ihn hätten herfallen können und die rein zufällig nie über ihn hergefallen waren.

O'Brien wurde langsamer. Vor ihnen, links an der Ecke, auf der anderen Seite der Greenwich Street – Carter war jedenfalls der Ansicht, daß es sich um die Greenwich Street handelte –, ragte ein dunkles, fensterloses Lagerhaus empor. Darunter ein Drahtzaun, drei Meter hoch, an der Ecke eine Laterne. Ein Mann überquerte die Greenwich Street und kam näher, aber auf der anderen Straßenseite.

»Na?« drängte O'Brien und blieb stehen.

Carter beobachtete den Mann gegenüber; er war jetzt auf gleicher Höhe mit ihnen, beachtete sie aber nicht. Carter griff in die Innentasche seines Mantels und zog die Hand leer wieder hervor. »Gehen wir da hinüber«, schlug er vor. Er nickte zu der Laterne hin.

»Warum?« erkundigte sich O'Brien mißtrauisch.

Weil wir vor einem Wohnhaus stehen, von dessen Bewohnern jemand bei einem Geräusch oder Schrei aus dem Fenster sehen könnte, dachte Carter, während das Lagerhaus drüben ganz leer ist. »Sicherheitshalber«, sagte er laut und überquerte die Straße, ehe O'Brien protestieren konnte.

O'Brien folgte ihm, langsam, die Hände in den Taschen des Trenchcoats. Als Carter auf dem Gehsteig vor dem Lagerhaus angekommen war, trat O'Brien eben erst vom anderen Gehsteig herunter. Er sah nach links und nach rechts. Die Scheinwerfer eines Taxis strichen über die Greenwich Street, verhielten an der Kreuzung, glitten weiter.

Carter beugte den Kopf über seine Hände, die er dicht vor der Brust hielt, als zähle er Scheine, die er eben aus der Tasche geholt hatte. Er stand etwa fünf Meter von der Laterne entfernt, dem Licht zugewandt. O'Brien kam heran und sagte: »Mein Gott, müssen Sie es denn unbedingt noch einmal zählen?«

Carter drehte sich so, daß er dem Licht den Rücken kehrte; O'Brien sollte nicht sehen, daß seine Hände leer waren.

O'Brien stand vor ihm und beugte sich ein wenig herab, um zuzuschauen.

Carter riß beide Hände hoch und traf O'Brien unter dem Kinn, der Effekt war lediglich, daß O'Briens Kopf in den Nacken geworfen wurde, aber mehr wollte Carter nicht. Mit einer schnellen Rechten verteidigte sich O'Brien, doch Carter wich seitlich aus und schlug mit der linken Handkante zu, zwischen O'Briens Kehle und der Halsseite, damit keine Knorpel oder Knochen brachen. O'Brien machte keinen angeschlagenen Eindruck, aber er mußte Schmerzen haben. Er krümmte sich ein wenig, und Carter versetzte ihm noch einen Rückhandschlag mit der Linken, dann mit der Rechten einen Schlag an den Hals, direkt unter dem Schädel. O'Brien lag auf dem Gehsteig, und nun nahm Carter seinen Fuß zu Hilfe und trat ihm gegen den Hals. Er sah sich suchend um und entdeckte einen Zementbrocken, aber der war ein fester Bestandteil der Zaunfundamente. Carter trat noch einmal gegen O'Briens Hals. O'Brien regte sich nicht. Carter hätte ihm ins Gesicht treten können, aber das brachte er doch nicht fertig.

»He! *He!*«

Carter lief vor der Stimme davon. Er bog in die erste Seitenstraße links, nach Osten. Dann trabte er, nicht zu eilig, hinüber in den Gebäudeschatten auf der Nordseite der Straße, denn zwei Männer kamen ihm entgegen. Carter mäßigte sein Tempo und ging jetzt normal. Der Mann, der geschrien hatte, würde sich zuerst mit O'Brien beschäftigen und dann erst hinter ihm herkommen. Carter überquerte eine Avenue. Er ging jetzt ganz normal, ohne Eile, aber ihm kam es vor, als bewege er sich im Zeitlupentempo. Er ging nach Süden, an jeder Querstraße weiter nach Osten biegend. An seinem rechten kleinen Finger lief ein Tropfen herab. Er hob die Hand und sah Blut. Er leckte die schmerzende Handkante. Der Schnitt war nicht groß. In der Manteltasche fand er ein Kleenex und drückte es beim Gehen auf die Wunde; mit dem frischen Blut wischte er das getrocknete ab. Als das Kleenex durchweicht war, warf er es in einen Papierkorb und nahm das Taschentuch aus seiner Brusttasche.

Er war südlich des Washington Square angekommen. Vor einem Nachtclub fand er ein Taxi und bat den Chauffeur, zum Times Square zu fahren. Im Wagen versuchte er sich zu entspannen; er streckte die Beine aus und drückte das zusammengeballte Taschentuch auf den Schnitt.

»Wohin am Times Square?« fragte der Fahrer.

»Times Square und Seventh Avenue«, sagte Carter, nur um etwas zu sagen.

Der Schnitt hörte allmählich auf zu bluten. Mit den Zähnen schaffte Carter es, das Taschentuch so um die Hand zu knoten, daß kein Blut zu sehen war. Dann gab er dem Fahrer zwei Dollarscheine, die er bereitgehalten hatte. »Der Rest für Sie.«

Zu Fuß ging er zur Fifth Avenue und winkte ein anderes Taxi heran. »Jackson Heights?« fragte er, denn oft hatten die Fahrer keine Lust, von Manhattan so weit hinauszukutschieren.

»Okay«, sagte der Chauffeur. »Und wohin da?«

»Ich zeige es Ihnen, wenn wir da sind.«

Carter beugte sich vor, und als sie Jackson Heights erreicht hatten, wies er den Fahrer an, rechts abzubiegen, dann links, dann zu halten. Sie befanden sich an einer Straßenkreuzung mit Restaurants und einer Bar, und von hier aus waren es, wie Carter sich erinnerte, knapp fünf Minuten zu Fuß bis zu Gawill. Er zahlte und machte sich auf den Weg. Es war jetzt Viertel nach zwölf.

In einer dunklen Straße machte er halt; er sagte sich, daß er Gawill ja nicht unbedingt besuchen müsse, daß er auch ein anderes Taxi nehmen und nach Hause fahren könne, aber nach Hause konnte er jetzt einfach noch nicht. Er war zu erregt. Er konnte nicht einmal Hazel anrufen und ihr sagen, er komme bald. Also ging er weiter und kaufte unterwegs in einem Spirituosengeschäft, das eben schließen wollte, noch eine Flasche Johnnie Walker.

Ich bleibe nur eine halbe Stunde, dachte Carter. Möglicherweise war Gawill auch ärgerlich und ließ ihn um diese Zeit nicht mehr herein; dann würde er ihm die Flasche Scotch geben und gehen. Andererseits war es möglich, daß er länger blieb als eine halbe Stunde. Es war schwer zu sagen. Er wickelte das Taschentuch los und betrachtete seine Hand im Licht der Straßenlaterne. Der Schnitt war ein winziges V in der Mitte der Handkante. Er stammte wohl von einem Zahn O'Briens oder etwas Ähnlichem; die Hautränder sahen doch ziemlich verhornt aus. Die Wunde war tief, aber nur sehr klein. Sie blutete jetzt nicht mehr.

Gawill antwortete nicht auf sein Klingeln, doch Carter fuhr trotzdem mit dem Lift hinauf. Er läutete an der Wohnungstür. Nach einer Weile hörte er Gawills schweren Schritt, und dann öffnete Gawill die Tür. Er war in Morgenrock und Pyjama.

»Sie kommen spät«, sagte Gawill.

»Zu spät? Hier ist eine Flasche Scotch.«

Gawill lächelte ein wenig. »Aha, Sie haben Ihr Versprechen gehalten! Na schön, kommen Sie rein. Auf einen Gutenachtschluck.« Er ging voraus ins Wohnzimmer. »Weshalb kommen Sie so spät? Sind Sie aufgehalten worden?«

»Essen mit Leuten vom Büro«, erklärte Carter. »Man sitzt und redet. Sie kennen das ja.«

Gawill machte in der Küche die Drinks fertig. Die volle Flasche gluckerte erfreulich. Dann erschien Gawill mit den Drinks.

»Na, was wollten Sie mir erzählen?« fragte er.

Carter hob ihm das Glas entgegen, ehe er trank. Er trank es zur Hälfte leer. Er hatte den Mantel ausgezogen. Nun ließ er sich in den großen Lehnsessel sinken. »Sie fragten mich doch nach Hazel«, sagte er und schlug die Beine übereinander. »Ich wollte Ihnen nur sagen, daß wir jetzt prächtig miteinander auskommen.«

Gawill schwieg, doch Carter merkte, daß er ihm glaubte. »Na ja – dann auf die Freuden der Ehe!« sagte Gawill säuerlich und trank.

Carter trank auch; diesmal wurde sein Glas leer.

»Muß ja 'ne trockene Angelegenheit gewesen sein, heute abend«, bemerkte Gawill.

Carter lächelte. »Chinesisches Essen. Viel Tee, aber ...« Er stand auf und ging in die Küche. »Darf ich?«

»'türlich«, sagte Gawill. »Bedienen Sie sich.«

Carter bediente sich. Während er ein Glas mit Wasser volllaufen ließ, wusch er sich das Blut vom Nagel des kleinen Fingers. Der Schnitt war jetzt trocken; er sah aus wie ein einfältiger Mund oder ein V für Victory. Carter zog das blutgetränkte Taschentuch heraus, unschlüssig, ob er es in eine leere Konservendose in Gawills Mülleimer oder in den Müllschlucker stecken sollte. Er entschied sich für den Müllschlucker. Er öffnete und schloß ihn geräuschlos. »Ostreicher hat mir heute etwas gesagt, das für Sie vielleicht interessant ist«, sagte Carter, als er ins Wohnzimmer zurückkam. »Sie haben das Material über Sie gefunden, das Sullivan gesammelt hat. Sie sind ziemlich beeindruckt davon. Ein großartiges Motiv, Sullivan aus dem Weg zu wünschen.«

»Mein Gott, schon wieder dieser Blödsinn!« schrie Gawill. Er sprang auf.

»Das hat man mir jedenfalls gesagt. Für mich eine Erlösung, und für Sie und O'Brien ein Anlaß zu Kopfschmerzen, würde ich sagen. Was wollen Sie mit O'Brien machen? Meinen Sie nicht, daß er Ihnen gefährlich werden kann?«

»Hören Sie . . . Mein Gott!« sprudelte Gawill los. Er gestikulierte heftig und verschüttete etwas von seinem Drink. »Ein für allemal, ich bin . . . Verdammt, *Drexel* hat doch das meiste von dem Geld gekriegt! Die Hälfte mindestens. Er die Hälfte und Wally Palmer die Hälfte!«

Carter kniff ungläubig die Augen zusammen. Dieser altersschwache Betbruder, der aussah wie ein zweiter Jefferson Davis – Drexel, dessen Charakter so über jeden Zweifel erhaben war, daß man ihn kaum verhört hatte, keine einzige Frage nach seiner möglichen Mittäterschaft gestellt hatte, nur nach dem Charakter seiner Angestellten! Drexel, der sein Gewissen beruhigt hatte, indem er Carter einen Bruchteil seines Gehalts weiterzahlte, und der nach dem Schulbau-Fiasko im selben Staat lustig weiter Gebäude errichtet hatte! Selbst auf dem Sterbebett – falls der Schlaganfall ihm dafür Zeit gelassen hatte – war er nicht zu einem Geständnis bereit gewesen. »Na ja«, sagte Carter, dessen Kopf schwirrte, »kein

Wunder, daß niemand wußte, wo das Geld geblieben war! Die Hälfte von 250 000 Dollar ...«

»Drexel hat eine ganze Menge davon beiseite geschafft.«

»Das hat Sullivan bestimmt nicht gewußt. Oder?«

»Nein, Sullivan wußte das nicht«, bestätigte Gawill.

»Warum haben Sie es ihm nicht erzählt? Vor allem, nachdem Drexel tot war. Er ist doch schon seit Monaten tot.«

Gawill sank wieder aufs Sofa und beugte sich vor. »Ich werde Ihnen sagen, warum nicht. Ich wollte sehen, wie Sullivan scheiterte. Ich wollte ... Jawohl, ich wollte ihn umbringen. Das wissen Sie doch.«

Ja, das wußte Carter. Gawill in seinem Wahnsinn hatte seinem Haß Nahrung geben wollen, indem er Sullivan immer weiter nach Beweisen gegen ihn fahnden ließ. »Aber Sie müssen doch einen Profit aus der ›Triumph‹-Affäre gezogen haben, Greg! Ahnte Drexel denn nicht, daß Sie von seinen Veruntreuungen wußten?«

»Ach, nur Brosamen. *Brosamen!* Wally hat mich eingeladen und meine Rechnungen in New York bezahlt. Manchmal, am Wochenende. Nennen Sie das Profit?« Es war eine rein theoretische Frage. Gawills Stimme klang empört.

Carter mußte lächeln. »Warum haben Sie denn nicht mehr aus ihnen herausgepreßt? Aus Palmer, und aus Drexel auch?«

Gawill machte eine Bewegung, die andeuten sollte, daß sein Erinnerungsvermögen nicht funktionierte.

Drexel und Palmer hatten Gawill natürlich irgendwie in der Hand gehabt. Wahrscheinlich. Was sonst? »Lassen Sie, ich verstehe«, sagte Carter. Sein Blick fiel auf das Telefon, und im selben Moment schrillte es los. Carter fragte hastig: »Wo waren Sie heute abend, Greg?«

Gawills Hand hielt auf halbem Wege zum Hörer inne. »Ich? In einer Bar. Ich hab mir im Fernsehen den Ringkampf angeschaut.«

»Sie waren mit mir zusammen. Den ganzen Abend!«

»Ha!« lachte Gawill nervös.

Das Telefon klingelte zum drittenmal.

»Ich habe Sie in der Bar getroffen. Sie sind als erster nach Hause gegangen, ich bin ein bißchen später mit einer Flasche Scotch nachgekommen.«

»Ein *bißchen* später? Was soll das?« fragte Gawill stirnrunzelnd.

»Nehmen Sie den Hörer ab!«

Gawill zog die Hand zurück, griff dann aber doch zu und nahm den Hörer auf. »Hallo?«

Carter hörte eine verzerrte männliche Stimme. Er beobachtete Gawills Miene.

»Ja? Ja. Nein, wirklich?« Überrascht, verkniffen sah Gawill Carter an. »Nein. Ja, ich bin hier. Okay.« Er legte auf. »O'Brien ist tot.« Seine dunklen Augen wurden schmal; ihm war ein Gedanke gekommen. »Und Sie haben ihn umgebracht!«

»Es können ganz offensichtlich nur zwei gewesen sein, Greg: Sie oder ich. Am besten aber war es keiner von uns, und wir waren den ganzen Abend zusammen. Ich werde Hazel sagen, daß ich mit diesem Büroessen gelogen und Sie statt dessen aufgesucht habe. Ich habe Sie in der Bar getroffen. War es voll?«

»Ja.«

»Wo liegt die Bar?«

»Jackson Heights Boulevard. Nicht die von O'Brien. Den Namen weiß ich nicht. Halt – doch! Roger's Tavern.«

»Okay. Was ist los mit Ihrem Wachhund heute abend? Steht unten kein Polizist?« Carter erhob sich plötzlich und sah zur Tür. Dann blickte er Gawill an. »Ich habe kein Polizeiauto gesehen, als ich kam. Aber ich habe auch nicht aufgepaßt.«

Gawill wischte sich die Stirn und fuhr sich unter dem Kragen seines Pyjamas mit der Hand über den Hals. »Warum haben Sie O'Brien umgebracht? Hat er Sie erpreßt? Warum?«

»Sullivan ist tot, oder nicht? Was geht es Sie an, warum? Jawohl, ich habe O'Brien umgebracht. Soll ich etwa der Polizei verraten, daß ich den von Ihnen angeheuerten Mörder die Treppe runterlaufen sah, als ich zu Sullivan hinaufging? Sie wollen doch nicht, daß ich Ihren Mordplan an Sullivan aufdecke!«

»Mein Gott!« schrie Gawill auf und schlug die Hände vors Gesicht.

Carter sah lächelnd auf ihn hinab. Er steckte sich eine Zigarette an. »Sie haben keine Wahl, Greg. Ich auch nicht. Aber wir können uns einigen. Jemand anders hat O'Brien umgebracht – jemand, dem er vielleicht Geld schuldete. Aber nicht wir.«

»O Gott!« stöhnte Gawill noch einmal durch die Finger.

»Abgemacht?«

Es klingelte.

Gawill stand auf, trottete in die Küche, drückte auf den Türöffner und kam wieder herein.

»Wann sind Sie heute abend in die Bar gegangen?« fragte Carter. Er hatte keine Ahnung, wie Gawills Antwort ausfallen würde – feindselig, negativ, und ob er überhaupt mitspielen würde.

»Halb neun«, sagte Gawill und sah zu ihm auf. Sein Blick war hilflos.

Carter sah die Waagschale seines Schicksals steigen. Viel ruhiger sagte er: »Ich bin dort so um halb neun zu Ihnen gestoßen. Um halb sieben habe ich Sie heute abend angerufen, um mich mit Ihnen zu verabreden.« Bei den letzten Worten klingelte es an der Wohnungstür. »Waren Sie hier, um halb sieben?«

»Ja«, sagte Gawill. Er ging zur Tür.

Ostreicher und ein Beamter, den Carter nicht kannte, kamen herein.

»Ah, Mr. Carter!« sagte Ostreicher. »Guten Abend.«

»Guten Abend«, sagte Carter.

»Und Mr. Gawill, fertig fürs Bett!«

»Selbstverständlich! Um diese Zeit«, sagte Gawill.

Ostreicher und sein Kollege setzten sich nicht. Ostreicher beobachtete gleichzeitig die Mienen von Carter und Gawill, als er sagte: »Mr. Carter, Sie haben es vermutlich schon gehört. O'Brien ist heute abend tot aufgefunden worden. Auf der West Side. Erschlagen.«

Carter schwieg und sah Ostreicher an. Er hielt das fast leere Glas in der Rechten, den kleinen Finger unter dem Boden.

»Wo waren Sie beide heute abend gegen elf? Mr. Carter?«

»Ich bin auf dem Jackson Heights Boulevard herumgelaufen, glaube ich. Einen Teil des Abends habe ich mit Gawill verbracht.«

»Welchen Teil?«

»Von etwa halb neun bis ... na, etwa halb elf. Genau weiß ich es nicht.«

»Bis halb elf, und dann haben Sie sich getrennt?« fragte Ostreicher. »Notieren Sie das bitte!«

Und der Beamte kramte eilig Block und Kugelschreiber hervor.

»Wir haben eine Weile in der Bar gesessen und uns unterhalten«, sagte Carter. »Dann ist Gawill gegangen. Aber ich wollte noch weiterreden. Darum habe ich eine Flasche Scotch gekauft und bin hergekommen.«

Ostreicher machte den Mund auf, verschluckte aber, was er sagen wollte. Er sah von Carter zu Gawill und wieder zurück, als ärgere er sich, die beiden nicht einzeln vorgenommen zu haben. »Und Sie, Mr. Gawill – wo waren Sie?«

»Ich verließ die Bar so um ...«

»Welche Bar?«

»Roger's Tavern«, erklärte Gawill und steckte sich eine Zigarette zwischen die Lippen. Er stand ebenfalls. »Ich glaube, ich bin so um halb elf zu Hause gewesen. Genau weiß ich's nicht. Fragen Sie den Bullen unten. Der muß es wissen. Oder sind Sie das?« wandte er sich an den schreibenden Polizisten. Doch der sah ihn nur schweigend an.

Ostreicher sagte zu dem Beamten: »Um wieviel Uhr ist er gekommen?«

Der Beamte konsultierte ein anderes Blatt seines Blocks. »Viertel nach zehn«, sagte er.

»Und Carter?«

Der Beamte sah noch einmal nach und zuckte dann entschuldigend die Achseln. »Tut mir leid, Sir. Wann dieser Herr gekommen ist, weiß ich nicht.«

Ostreicher machte ein verärgertes Gesicht. »Um wieviel Uhr sind Sie in Jackson Heights angekommen, Mr. Carter?«

»Etwa um halb neun.«

»Worüber haben Sie sich mit Gawill unterhalten?«

»Was glauben Sie wohl, worüber ich mich mit Gawill unterhalte«, gab Carter zurück.

Ostreichers blaue Augen blitzten, als er sich an Gawill wandte. »Wen haben Sie bezahlt, um O'Brien aus dem Weg zu räumen, Gawill? Und wieviel haben Sie *ihm* bezahlt? Oder haben Sie ihn nicht bezahlt?«

»Ach, lassen Sie mich doch in Ruhe!« schrie Gawill.

»Ich denke nicht daran! Diesmal nicht. Diesmal werden Sie ein paar Tage im Knast verbringen. Und Nächte!«

»Ich weiß nicht, wer O'Brien umgebracht hat, und ich pfeif auch drauf. Und von mir werden Sie kein Wort erfahren!« erwiderte Gawill.

In diesem Augenblick bewunderte Carter ihn direkt.

Ostreicher machte ein enttäuschtes Gesicht. Er wandte sich um und sagte leise etwas zu dem Beamten, der immer noch schrieb. Der Beamte nickte. Dann trat Ostreicher an Gawills Telefon und nahm den Hörer. Er wählte und befahl mit knappen Worten, einem gewissen Holingsworth auszurichten, er möge weitermachen. Dann legte Ostreicher auf und wandte sich wieder an Carter und Gawill. »Ziehen Sie sich an, Gawill. Wir fahren zu der Bar, in der Sie waren.«

Gawill wollte schon ins Schlafzimmer gehen, da sah er auf die Uhr. »Die schließen aber zeitig. Um halb eins.«

»Wir werden schon jemand finden«, gab Ostreicher zurück.

Als sie im Polizeiwagen vorfuhren, war die Bar geschlossen. Ostreicher ging ein Stück die Straße hinunter bis zu einer größeren Bar, die noch offen hatte. Wahrscheinlich wollte er bei der geschlossenen Bar anrufen, ob noch jemand da war, oder sich nach dem Namen des Besitzers erkundigen, den Gawill nicht gewußt oder nicht preisgegeben hatte, als Ostreicher ihn danach fragte. Nach etwa fünf Minuten kam er wieder. »Wir fahren zum Revier«, erklärte Ostreicher dem Beamten, der am Steuer saß.

Sobald sie angelangt waren, fragte Carter, ob er seine Frau anrufen könne. Ostreicher erlaubte es, blieb aber stur einen Meter von Carter entfernt stehen, damit er das Gespräch mitanhören konnte.

»Wo bist du?« fragte Hazel.

»Mir geht's gut«, erwiderte Carter ohne zu lächeln, aber mit unüberhörbarem Vergnügen. »Ich kann jetzt nicht sprechen, ich bin nicht allein, aber es ist alles in Ordnung. Mach dir keine Gedanken.« Nein, nicht einmal, wenn sie mich heute nacht zusammenschlagen. Er konnte es durchstehen, es ging ihm gut, und er würde endlich – endgültig – daheim sein. Ostreicher beschäftigte sich bis fast vier Uhr früh mit ihnen; er vernahm sie abwechselnd und getrennt. Nach dem Eintreffen auf dem Revier bekam Carter Gawill nicht mehr zu sehen. Gegen drei gab Ostreicher die ersten Anzeichen seiner Niederlage zu erkennen; immer von neuem wiederholte er seine Fragen. Dann kam er mit der Behauptung, Gawill sei zusammengebrochen und habe alles gestanden.

»Gawill hat ausgesagt, Sie hätten sich geweigert, O'Brien für ihn zu bezahlen, obgleich er Ihnen versprach, das Geld später zurückzuzahlen. Aber in dem jetzigen Fall seien Sie bereit gewesen zu zahlen, Gawill auszuhelfen. Wen wollten Sie bezahlen, Carter? Wir werden es feststellen und die Verbindung mit Ihnen beweisen, genau wie wir die Verbindung zwischen Gawill und O'Brien bewiesen haben. Warum also die Sache unnötig in die Länge ziehen?«

»Warum in aller Welt sollte ich Gawill aushelfen?« Carter saß ruhig auf seinem Stuhl, die Arme verschränkt, die Beine übereinandergeschlagen. Es war ein gemütliches Verhör im Vergleich zu seinen Zuchthauserfahrungen, im Vergleich zu dem Aufhängen an den Daumen. »Sie verschwenden Ihre Zeit«, sagte Carter gelassen. Er war darauf vorbereitet – geistig jedenfalls –, die ganze Nacht aufzubleiben, den ganzen nächsten Tag, während Ostreicher schlief, und die ganze Nacht darauf wieder mit Ostreicher. Und er war überzeugt, daß Gawill nicht zusammengebrochen war, sonst hätte Ostreicher seine Feststellungen in anderem Ton gemacht, unterstrichen vielleicht durch einen Boxhieb in die Rippen. Carter fühlte sich unter diesen Umständen mit Gawill als Partner durchaus in Sicherheit. Gawill war darauf aus, seine Haut zu retten.

»Sie verschwenden Ihre Zeit, nicht meine«, widersprach Ostreicher, und Carter mußte plötzlich an die Gottesdienste im Zuchthaus am Sonntag morgen denken: *deine Zeit hier ist nicht verschwendete Zeit, denn sie kann dir von Nutzen sein, wenn du darüber nachdenkst . . .*

Carter sah ihm offen in die Augen.

Ein wenig später gab Ostreicher fürs erste auf. Carter wurde von dem Beamten, der Ostreichers Part übernommen hatte, während Ostreicher sich Gawill vornahm, über den Flur in eine Zelle geführt, wo auf der an der Wand befestigten Pritsche ein grauer Schlafanzug ausgebreitet war wie in einem Hotel. Es gab nur kaltes Wasser in dem kleinen Waschbecken, aber die Toilette war tadellos sauber, und das Ganze ein Luxuszimmer verglichen mit den Zellen, die Carter aus dem Zuchthaus kannte. Carter hatte Gawill noch immer nicht gesehen, aber er war überzeugt, daß Gawill ebenfalls die Nacht hier verbrachte.

Bis zehn Uhr früh ereignete sich nichts. Dann kam Ostreicher mit zwei Männern, die Carter nicht kannte. Es waren der Inhaber und der Barmann von Roger's Tavern. Beide sagten, sie hätten Carter zwar nicht an der Bar bemerkt, aber es sei möglich, daß sie ihn einfach übersehen hätten. Gawills Namen wußten sie nicht, erkannten ihn aber wieder, denn er war verschiedentlich in ihrer Bar gewesen.

Als Ostreicher Gawill den beiden Männern gegenüberstellte, war Carter auch anwesend, denn die Männer waren gefragt worden, ob sie Carter und Gawill zusammen gesehen hätten.

»Ich nicht«, sagte der Barmann kopfschüttelnd. »Aber wissen Sie, gestern abend war ein fürchterliches Gedränge, weil alle den Ringkampf sehen wollten. Die Leute kamen an die Bar und holten sich ihre Drinks selber, und meist nahmen sie auch die Gläser für ihre Freunde mit an den Tisch.«

»Erinnern Sie sich, ob er« – Ostreicher nickte zu Gawill hinüber – »gestern abend einmal zwei Drinks geholt hat?«

Der Barmann befeuchtete sich die Lippen und antwortete vorsichtig: »Erinnern kann ich mich nicht, aber möglich ist es. Ich meine, die Leute standen drei Reihen tief an der Bar. Ich möchte nichts Falsches sagen und niemand in Schwierigkeiten bringen, verstehen Sie? Ich kann mich einfach nicht erinnern.«

Gut gemacht, dachte Carter. Ein feiner Anhänger des Herrn Ohnemichel: Nur nicht hineinziehen lassen!

Auch der Inhaber konnte nicht sagen, ob Gawill zwei Drinks geholt hatte. Offenbar hatte der Mann fast den ganzen Abend im Hintergrund der Bar bei ein paar alten Kumpanen gesessen.

»Okay«, sagte Ostreicher zu den beiden. »Möglicherweise müssen wir Sie noch einmal herbitten!«

Sie waren entlassen.

Dann unterhielt Ostreicher sich allein mit Carter in dessen Zelle. »Ich habe heute morgen Ihre Frau aufgesucht. Sie sagte, Sie hätten ihr erzählt, Sie müßten mit Leuten vom Büro essen gehen. Warum haben Sie gelogen?«

»Weil sie sich Sorgen gemacht hätte, wenn sie gewußt hätte, daß ich zu Gawill ging.«

»Warum sollte sie sich Sorgen machen? Sie waren doch vorher schon zweimal bei ihm gewesen.«

»Gawill ist kein spezieller Freund von mir. Er hat ziemlich unangenehme Bekannte. Meine Frau war sehr beunruhigt, als sie hörte, daß ich bei ihm gewesen war.«

»Und welchen Grund gaben Sie ihr damals für Ihren Besuch bei ihm an?«

»Ich sagte, ich hätte sehen wollen, ob er zugibt, O'Brien den Mordauftrag erteilt zu haben. Ich dachte, auch wenn er der Polizei gegenüber log, würde ich sofort merken, ob er die Wahrheit sagt oder nicht.«

Ostreichers Augen wurden schmal. »Aber was hätte Ihnen das genützt?«

Carter sah Ostreicher ebenso verschlagen und böse an. »Ist es nicht interessant, die Wahrheit zu erfahren – gleichgültig, ob sie einem nützt oder nicht?«

»Ihre Frau sagte, Sie hätten – auf eigene Initiative – schon vor Tagen festgestellt, daß Gawill O'Brien beauftragt hat. Warum haben Sie ihn gestern abend aufgesucht?« Ostreicher wirkte riesig auf dem kleinen Stuhl.

Carter saß auf der Kante seiner harten Pritsche. »Ich wollte Einzelheiten. Wieviel Gawill O'Brien gezahlt oder versprochen hatte, zum Beispiel. Gawill hat mir gegenüber nie zugegeben, daß er O'Brien beauftragt hat. Er leugnete hartnäckig. Aber ich war der Ansicht, daß er es doch getan hat, und das sagte ich auch meiner Frau. Ich dachte, wenn ich ein bißchen mehr aus ihm herausholen könnte, etwa die Summe, die er zahlen wollte, wäre ich aus der Patsche heraus.«

»Oho, Sie geben also zu, daß Sie in der Patsche saßen!« warf Ostreicher ein.

»Natürlich.«

»Jetzt sitzen Sie aber noch tiefer drin. Gesetzt den Fall, Gawill beauftragte zwar O'Brien, tatsächlich aber brachten Sie Sullivan um. Falls das so war, mußte O'Brien es wissen und hatte damit eine herrliche Gelegenheit, Sie zu erpressen. War es nicht so, Mr. Carter, daß er versucht hat, Sie zu erpressen, und Sie beschlossen daraufhin, ihn umzubringen? Und setzten diesen Entschluß auch in die Tat um? Hatte O'Brien sich nicht mit Ihnen verabredet?«

»Nein«, sagte Carter.

»Gestern abend?«

»Sie werden feststellen, daß ich kein Geld von meinem Konto abgehoben habe. Sehen Sie doch nach!«

»Gawill hat von seinem auch nichts abgehoben. Wenn Sie vorhatten, ihn umzubringen, brauchten Sie ja auch nichts abzuheben.«

»Ich hatte nicht vor, ihn umzubringen. Er war Gawills Sorgenkind, nicht meines!« Carter löste seine Hände und ließ sie locker zwischen den Knien baumeln. Langsam nahm er eine Zigarette, seine letzte. Er spürte, daß er sehr entspannt, sehr ruhig wirkte, aber er war froh, daß Ostreicher ihn heute nicht mit dem Lügendetektor traktierte. Diesmal war es anders als bei der Unterredung vor drei Wochen. Er sah Ostreicher offen an.

»Was haben Sie gestern abend in der Bar bestellt?« fragte Ostreicher.

»Scotch mit Wasser.«

»Wie viele?«

»Zwei, glaube ich. Vielleicht auch drei.«

»Wer hat bezahlt?«

»Ich glaube, jeder eine Runde«, sagte Carter.

»Wer hat die Drinks geholt?«

Was hat Gawill gesagt? »Ich glaube, ich habe eine Runde an der Bar bestellt.«

»Glauben Sie?«

»Gawill bestellte auch eine, und die hat, glaube ich, der Kellner gebracht. Ich weiß nicht. Es war so voll und laut, und man konnte sich kaum unterhalten. Darum bin ich später zu Gawill in die Wohnung gegangen.«

»Nachdem Sie schnell nach New York hineingefahren waren, um sich gegen elf mit O'Brien zu treffen und ihn umzubringen, sind Sie also nochmals zurückgefahren?«

Carter klopfte gelassen die Asche von seiner Zigarette. »Nein.«

»War es nicht so, daß Gawill Bescheid wußte und darum O'Brien nicht bezahlt hat, und haben Sie beide sich nicht gemeinsam ein Alibi für gestern abend zurechtgebastelt?«

Carter runzelte die Stirn. »Gawill war ebenso überrascht wie ich, als wir von O'Briens Tod hörten. Warum fragen Sie nicht die Taxifahrer, wenn Sie glauben, daß ich so emsig hin und her gefahren bin?«

»Haben wir. Einer wird schon mit der richtigen Auskunft herauskommen. Die Fahrer von gestern nacht sind meist noch recht müde heute früh.«

Das beunruhigte Carter nicht im geringsten.

»Bis später, dann.« Ostreicher ging und schloß hinter sich die Gittertür. Er winkte, ein Wärter kam und drehte den Schlüssel im Schloß.

»Kann ich meine Frau anrufen?« erkundigte sich Carter bei dem Wärter.

Carter durfte nicht. Er durfte nach dem ersten Anruf keine weiteren persönlichen Telefongespräche mehr führen. Aber er konnte einen Rechtsanwalt anrufen, falls er das wollte.

»Das werde ich tun«, sagte Carter. »Würden Sie mir inzwischen ein Päckchen Pall Mall besorgen?« Er reichte ein Fünfzigcentstück durch das Gitter.

Der Wärter nahm es und ging. Nach fünf Minuten kam er mit den Zigaretten und fünfzehn Cent Wechselgeld zurück. Carter rief einen der drei vom Sergeanten vorgeschlagenen Anwälte an und verabredete sich mit ihm für den Nachmittag. Carter wußte, daß eine eventuelle Kaution so hoch angesetzt werden würde, daß er sie nicht aufbringen konnte. Er war auch nicht sehr interessiert am Beistand eines Anwalts, aber er wollte einen Anwalt nehmen, weil das so üblich war. Um zwei kam ein Friseur, der ihn rasierte, und kurz darauf der Anwalt. Er hieß Matthew Ellis, ein großer, plumper Dreißiger mit kleinem schwarzen Bärtchen. Er sprach etwa zwanzig Minuten mit Carter in dessen Zelle und versicherte ihm, wenn kein weiteres Beweismaterial gegen ihn auftauche, könne er höchstens noch achtundvierzig Stunden festgehalten werden. Der Anwalt versprach, Hazel anzurufen und ihr alles zu erklären, aber bezüglich einer Besuchserlaubnis für sie konnte er nichts unternehmen. Carter hatte morgens zuerst den Wärter, dann den Sergeanten gefragt, ob seine Frau ihn besuchen könne, und der Sergeant hatte es verneint, vermutlich auf Veranlassung von Ostreicher.

Es wurde drei Uhr. Carter überlegte, ob Gawill wohl die ganze Zeit verhört wurde. Hoffentlich war Gawill so klug und sagte, worüber sie sich gestern unterhalten hatten – nein, worüber sie sich angeblich unterhalten hatten und was Carter in Gawills Gegenwart vor der Polizei behauptet hatte: Sie hätten darüber gesprochen, ob Gawill O'Brien beauftragt hatte, oder nicht, und darüber, daß Carter sich Gedanken mache wegen seiner eigenen, mißlichen Lage. Ja, Gawill war vermutlich so klug. Gawill würde versuchen, den Status quo aufrechtzuerhalten, so lange es irgend ging. Wenn Gawill plauderte, brachte er sich selbst in die Patsche, zwar nicht so tief wie Carter, aber immerhin tief genug, und Gawill wollte sich auf gar keinen Fall exponieren. So sehr Gawill Sullivan haßte, er hätte nie gewagt, selber Hand an ihn zu legen; er brauchte jemand, der für ihn die Tat beging.

Carter lag auf dem Rücken, rauchte und blickte zur Decke. Als Aschenbecher benutzte er die Seifenschale aus Porzellan. Er dachte an die Worte, die ihm vorhin bei seinem Gespräch mit Ostreicher durch den Kopf geschossen waren. *Die Gerech-*

tigkeit, die mir widerfahren ist ... und so weiter. Nun, Gerechtigkeit war zweifellos das falsche Wort für dies alles. Auge um Auge paßte wohl eher auf seine Gefühle, und doch wieder nicht, weil er im Grunde nichts davon hielt. Im Grunde war sein Mord an Sullivan eine böse Tat gewesen, verübt in sinnloser Wut. Und die Tatsache, daß er keine Reue verspürte, machte es noch schlimmer, prinzipiell und de facto. Sein Mord an O'Brien war ein kaltblütig berechnetes Verbrechen, verübt, um sich vom Verdacht einer ebenso bösen Tat zu befreien. Carter war sich vollkommen darüber klar, daß beide Morde böse Taten waren, und doch verspürte er keine Gewissensbisse – oder fast keine. Es tat ihm leid, daß es so hatte kommen müssen – in beiden Fällen –, aber es tat ihm auch leid, daß Hazel mit Sullivan ein Verhältnis gehabt und daß dieses Verhältnis angedauert hatte.

Carter schwang die Beine vom Bett und stand auf.

Und würde es ein nächstes Opfer geben und wieder ein nächstes? Würde er jedesmal, wenn jemand sich ihm in den Weg stellte oder er Grund hatte, ihn von der Bildfläche zu wünschen, diesen Menschen einfach umbringen? Carter starrte in den Spiegel über dem Waschbecken, und der Spiegel reflektierte die Gitterstäbe seiner Zellentür. Nein, er würde nicht wieder töten. Er konnte keinen logischen Grund nennen für diese Gewißheit, aber er wußte es einfach. Denn wenn Hazel ihn irgendwie noch einmal betrog, mit einem anderen, dann würde er lieber sich selber töten.

Der Wärter kam. »Post für Sie«, sagte er und steckte den Brief durch die Gitterstäbe.

Carter nahm ihn und öffnete ihn. Er kam von seinem Anwalt. Er hatte Hazel angerufen. »Sie läßt Sie grüßen und bitten, sich keine Sorgen um sie zu machen. Sie kommt, sobald sie Erlaubnis erhält.« Eine Welt an Bedeutung lag in den Worten ›sich keine Sorgen um sie zu machen‹. Carter lächelte. Neue Kraft durchströmte ihn.

Und die brauchte er auch für den Abend. Ostreicher kam

gleich nach fünf, kurz nachdem Carter auf einem Tablett sein Abendessen in Empfang genommen hatte.

»Strecken Sie die Waffen, Carter. Gawill hat ein volles Geständnis abgelegt«, sagte Ostreicher. »Er hat Sie erst kurz vor Mitternacht getroffen, vorher nicht. Sie waren überhaupt nicht mit ihm in der Bar. Und Sie haben Sullivan umgebracht, nicht O'Brien. Sie sind ihm zuvorgekommen, falls O'Brien überhaupt dort war. Sie ...«

Carter verschloß seine Ohren. Er glaubte es nicht! Er glaubte nicht, daß Gawill das gesagt hatte! Und falls doch, was hatte er selber zu verlieren, wenn er alles abstritt? Carter atmete tief; er löste seine Krawatte und knöpfte sich den Hemdkragen auf: So ähnelte das Hemd eher einem Gefängnishemd. Er sah Ostreicher gelassen an, ausdruckslos, mit der Neutralität, die im Gefängnis der beste Schutz war, weil man dahinter seine Gefühle verbergen und die Leute am wenigsten ärgern konnte. Außerdem sparte man Energie.

Nach einer halben Stunde vertagten sie sich in einen Kellerraum, der nur einen kleinen, altersbraunen Schreibtisch enthielt und zwei Stühle. Carter saß auf dem einen, Ostreicher auf dem anderen. Die Lampe hing nicht tief, war aber hell, direkt unter der Decke befestigt, mit einem großen grünen Schirm, der auf der Unterseite weiß war. Zuerst wurde Carters Charakter recht schön schwarz gemalt; Ostreicher ließ sich lang und breit über Carters Zuchthauszeit aus, er sprach über die Folgen von sechs Jahren engen Zusammenlebens mit verbrecherischen Elementen, die demoralisierende Wirkung des Morphiums, zu dem Carter Zuflucht genommen hatte, wie alle schwachen Menschen, und das zuerst die Gehirnstruktur angreift, und dann die Moral, oder vielmehr, was davon übrig ist. Dann hatte Carter, typisch für einen rückhaltlosen Menschen, der keinen Stolz mehr besaß, eine ungesunde, falsche Freundschaft begonnen mit dem Mann, der mit seiner Frau schlief, und überdies ›einen Job von ihm angenommen‹. Und schließlich hatte er, wie bei Verbrechern so üblich, seinen Gefühlen durch Mord ein Ventil verschafft. Er hatte sich Gawill angeschlossen, einem ›Mitverschwörer‹ bei der Triumph-Affäre, obgleich Carter jetzt jede Freundschaft mit ihm abstritt, hatte zweimal in Gawills Wohnung von diesem Rauschgift angenommen und das Gift nicht der Polizei gemeldet, und hatte schließlich mit eiskalter Überlegung den einzigen Menschen ermordet, dem er nicht über den Weg trauen konnte – Anthony O'Brien. Carter habe wohl geglaubt, Gawill trauen zu können, fuhr Ostreicher fort, aber so etwas wie Gaunerehre existiere nun einmal nicht.

Und du sollst mein Fels sein, dachte Carter; auch seine Gedanken formten sich zu Platitüden und Klischees, genau wie die Ostreichers. Sein Fels war Hazel, geborsten und beschädigt wie er selber, aber immer noch da, immer noch stark genug, um ihm Halt geben zu können ... Carter sah, den Kopf leicht gesenkt, Ostreicher an.

»Sie sprechen wohl nicht mehr mit mir, Carter, wie?« sagte Ostreicher.

»Sie haben ja keine Fragen gestellt. Was soll ich darauf antworten?« entgegnete Carter langsam.

»Jeder normale Mensch würde protestieren. Es ableugnen. Oder zugeben. Sie sitzen da wie der abgebrühteste Verbrecher, und das sind Sie ja auch.«

Carter hätte lächeln mögen bei diesen Worten, tat es aber nicht, und dazu bedurfte es keinerlei Anstrengung. Die Aufseher im Zuchthaus hatten ihn auch oft so genannt, bevor sie ihn aufhängten. »Ich gebe gar nichts zu, und ich habe nichts mehr zu sagen.«

»Was wollen Sie eigentlich damit erreichen, nachdem Gawill doch schon mit der Wahrheit herausgerückt ist?« Ostreichers Gesicht wurde rot; er reckte drohend den Finger in die Luft.

»Ich glaube nicht, daß er das alles gesagt hat, einfach, weil es nicht wahr ist!« erklärte Carter.

Carter und Ostreicher blieben bis nach elf Uhr in dem Kellerraum; nur einmal, so gegen neun, ging Ostreicher für etwa zwanzig Minuten hinaus, vermutlich, um etwas zu essen. Carter verspürte gegen zehn Uhr ebenfalls Hunger, sagte aber nichts. Außerdem war er müde von der stereotypen Wiederholung der Fragen und Gawills angeblichem Geständnis. Carter wurde nicht einmal schwankend, obgleich er zwei- oder dreimal fast daran glaubte, daß Gawill umgefallen sei und gestanden habe. Doch dann fiel ihm wieder ein, daß er ja nichts zu verlieren hatte durch Leugnen, und er hielt weiter durch. Er wurde nicht geschlagen, und von Gummiknüppeln war weit und breit nichts zu sehen.

»Wissen Sie, was wir mit Leuten wie Ihnen machen, Carter?« fragte Ostreicher, als sie endlich Schluß machten, Ostreicher ein bißchen derangiert, die Augen stumpf, die Krawatte verrutscht. »Wir lassen Sie nicht zur Ruhe kommen. Wir werden Ihnen Ihre Karriere verderben – was davon noch übrig ist –, wir ...«

»Ich möchte doch mal sehen, ob Sie die Geschichte, die Sie angeblich von Gawill haben, der Presse zum Veröffentlichen geben«, sagte Carter. Er stand jetzt ebenfalls, wie Ostreicher, die Hände in den Taschen, mit der Rechten die zusammengerollte Krawatte umklammernd. »Wenn ich hier wieder rauskomme, werde ich in der Zeitung nachsehen.«

Ostreicher verriet seinen Ärger, ohne es zu wollen. Aber er erwiderte nichts.

Carter schlief wie ein Stein, obgleich seine Daumen schmerzten und er seit über vierundzwanzig Stunden keine Medikamente mehr genommen hatte.

Am nächsten Morgen, einem Sonntag, kam Matthew Ellis lächelnd gegen elf an Carters Tür und sagte: »Ihre Frau ist hier. Sie werden gleich entlassen.«

Carter stand an die Gitterstäbe gepreßt und starrte nach links, auf die Tür, die zum Revier führte. Ein Wärter kam, gefolgt von Hazel. Sie trug keinen Hut. Im Arm hielt sie ein braunes Paket. Als sie ihn sah, lächelte sie. Ihre Augen lächelten auch. Ihre Augen sprachen. Carter löste die Hände von den Stäben und blieb wartend stehen, während der Wärter aufschloß.

»Ich habe dir ein frisches Hemd mitgebracht, Darling«, sagte Hazel.

»Danke, Liebes.« Er umarmte sie, und hinter seinen geschlossenen Augen stiegen Tränen auf. Er mußte an die Tränen denken, die er in der Nacht nach seiner Rückkehr aus dem Zuchthaus geweint hatte.

»Es wird alles gut«, sagte sie ruhig.

Ein besonderer Ton in ihrer Stimme veranlaßte Carter, sich von ihr zu lösen und sie anzusehen. Und dann auf einmal wurde ihm klar, daß Hazel die Wahrheit kannte, die ganze Wahrheit! Carter sah Matthew Ellis an, der sich im Hintergrund hielt, und Ellis nickte und lächelte – Ellis, der ganz bestimmt nichts wußte, weil Hazel ihm niemals etwas erzählt haben würde.

»Möchten Sie erst das Hemd anziehen?« fragte Ellis. Mit einer Handbewegung deutete er an, daß er vorne im Revier warten werde.

Hazel reichte Carter das weiße Hemd und dann, eingedreht in Wachspapier, aus ihrer Tasche zwei Pillen. Er zerriß den blauen Papierstreifen der Wäscherei, der das frische Hemd zusammenhielt, zerriß ihn mit leicht schmerzenden Daumen. Er überlegte, ob Gawill auch entlassen wurde. Oder ob sie ihn noch ein paar Tage ausquetschen würden. Gawill würde nicht reden, nicht der Polizei gegenüber, wo seine Rederei Folgen haben mußte. Und Carter war ebenfalls überzeugt, daß er und Gawill sich nie wiedersehen, nie wieder ein Wort wechseln würden.

Am Waschbecken der Zelle nahm Carter ein Pananod; er trank aus der hohlen Hand, wie früher im Zuchthaus. Dann richtete er sich auf und knöpfte das glatte, saubere Hemd zu, das Symbol eines neuen Lebens. Er wandte sich zu Hazel, die ihn beobachtete. Vielleicht empfand sie das gleiche wie er, daß sie beide Furchtbares angerichtet hatten, daß es aber noch etwas zu retten gab und daß dies zu retten der Mühe wert war. Sie hatten nicht alles zerstört. Es war viel geblieben, sogar ein Überfluß, und alles würde wieder gut werden. Carter erwiderte ihr Lächeln.

Als Carter die Zelle verließ, ging Ostreicher vorbei. Er warf einen kurzen Blick auf Hazel und sah dann Carter scharf an: »Wir werden Sie im Auge behalten, Carter!«

»Ich weiß«, sagte Carter. »O ja, ich weiß.«

Patricia Highsmith im Diogenes Verlag

Nixen auf dem Golfplatz
Erzählungen. Aus dem Amerikanischen von Anne Uhde. Leinen

Suspense
Wie man einen Thriller schreibt. Deutsch von Anne Uhde. Broschur

Die besten Geschichten von Patricia Highsmith
Herausgegeben von Franz Sutter
Diogenes Evergreens

Der Stümper
Roman. Deutsch von Barbara Bortfeldt
detebe 20136

Zwei Fremde im Zug
Roman. Deutsch von Anne Uhde
detebe 20173

Der Geschichtenerzähler
Roman. Deutsch von Anne Uhde
detebe 20174

Der süße Wahn
Roman. Deutsch von Christian Spiel
detebe 20175

Die zwei Gesichter des Januars
Roman. Deutsch von Anne Uhde
detebe 20176

Der Schrei der Eule
Roman. Deutsch von Gisela Stege
detebe 20341

Tiefe Wasser
Roman. Deutsch von Eva Gärtner und Anne Uhde. detebe 20342

Die gläserne Zelle
Roman. Deutsch von Gisela Stege und Anne Uhde. detebe 20343

Das Zittern des Fälschers
Roman. Deutsch von Anne Uhde
detebe 20344

Lösegeld für einen Hund
Roman. Deutsch von Anne Uhde
detebe 20345

Der talentierte Mr. Ripley
Roman. Deutsch von Barbara Bortfeldt
detebe 20481

Ripley Under Ground
Roman. Deutsch von Anne Uhde
detebe 20482

Ripley's Game
Roman. Deutsch von Anne Uhde
detebe 20346

Der Schneckenforscher
Gesammelte Geschichten. Vorwort von Graham Greene. Deutsch von Anne Uhde
detebe 20347

Ein Spiel für die Lebenden
Roman. Deutsch von Anne Uhde
detebe 20348

Kleine Geschichten für Weiberfeinde
Deutsch von W. E. Richartz. Mit siebzehn Zeichnungen von Roland Topor
detebe 20349

Kleine Mordgeschichten für Tierfreunde
Deutsch von Anne Uhde. detebe 20483

Venedig kann sehr kalt sein
Roman. Deutsch von Anne Uhde
detebe 20484

Ediths Tagebuch
Roman. Deutsch von Anne Uhde
detebe 20485

Der Junge, der Ripley folgte
Roman. Deutsch von Anne Uhde
detebe 20649

Leise, leise im Wind
Erzählungen. Deutsch von Anne Uhde
detebe 21012

Keiner von uns
Erzählungen. Deutsch von Anne Uhde
detebe 21179

Leute, die an die Tür klopfen
Roman. Deutsch von Anne Uhde
detebe 21349

Als Ergänzungsband liegt vor:

Über Patricia Highsmith
Essays und Zeugnisse von Graham Greene bis Peter Handke. Mit Bibliographie, Filmographie und zahlreichen Fotos. Herausgegeben von Franz Cavigelli und Fritz Senn
detebe 20818

Ross Macdonald im Diogenes Verlag

Dornröschen war ein schönes Kind
Roman. Aus dem Amerikanischen von Wulf Teichmann. detebe 20227

Unter Wasser stirbt man nicht
Roman. Deutsch von Hubert Deymann
detebe 20322

Ein Grinsen aus Elfenbein
Roman. Deutsch von Charlotte Hamberger
detebe 20323

Die Küste der Barbaren
Roman. Deutsch von Marianne Lipcowitz
detebe 20324

Der Fall Galton
Roman. Deutsch von Egon Lothar Wensk
detebe 20325

Gänsehaut
Roman. Deutsch von Gretel Friedmann
detebe 20326

Der blaue Hammer
Roman. Deutsch von Peter Naujack
detebe 20541

Durchgebrannt
Roman. Deutsch von Helmut Degner
detebe 20868

Geld kostet zuviel
Roman. Deutsch von Günter Eichel
detebe 20869

Die Kehrseite des Dollars
Roman. Deutsch von Günter Eichel
detebe 20877

Der Untergrundmann
Roman. Deutsch von Hubert Deymann
detebe 20878

Der Drahtzieher
Sämtliche Detektivstories um Lew Archer I. Mit einem Vorwort des Autors. Deutsch von Hubert Deymann und Peter Naujack
detebe 21018

Einer lügt immer
Sämtliche Detektivstories um Lew Archer II. Deutsch von Hubert Deymann und Peter Naujack. detebe 21019

Sanftes Unheil
Roman. detebe 21178

Blue City
Roman. Deutsch von Christina Sieg-Welti und Christa Hotz. detebe 21317

Der Mörder im Spiegel
Roman. Deutsch von Dietlind Bindheim
detebe 21303

Margaret Millar im Diogenes Verlag

Nymphen gehören ins Meer
Roman. Aus dem Amerikanischen von Otto Bayer
Leinen

Liebe Mutter, es geht mir gut . . .
Roman. Deutsch von Elizabeth Gilbert
detebe 20226

Die Feindin
Roman. Deutsch von Elizabeth Gilbert
detebe 20276

Fragt morgen nach mir
Roman. Deutsch von Anne Uhde
detebe 20542

Ein Fremder liegt in meinem Grab
Roman. Deutsch von Elizabeth Gilbert
detebe 20646

Die Süßholzraspler
Roman. Deutsch von Georg Kahn-Ackermann
und Susanne Feigl
detebe 20926

Von hier an wird's gefährlich
Roman. Deutsch von Fritz Güttinger
detebe 20927

Der Mord von Miranda
Roman. Deutsch von Hans Hermann
detebe 21028

Das eiserne Tor
Roman. Deutsch von Karin Reese und Michel Bodmer
detebe 21063

Fast wie ein Engel
Roman. Deutsch von Luise Däbritz
detebe 21190

Literarische Thriller im Diogenes Verlag

● Margery Allingham

Die Handschuhe des Franzosen. Kriminalgeschichten. Deutsch von Peter Naujack. Zeichnungen von Georges Eckert
detebe 20929

● Eric Ambler

Die Maske des Dimitrios. Roman. Aus dem Englischen von Mary Brand und Walter Hertenstein. detebe 20137
Der Fall Deltschev. Roman. Deutsch von Mary Brand und Walter Hertenstein
detebe 20178
Eine Art von Zorn. Roman. Deutsch von Susanne Feigl und Walter Hertenstein
detebe 20179
Schirmers Erbschaft. Roman. Deutsch von Harry Reuß-Löwenstein, Th. A. Knust und Rudolf Barmettler. detebe 20180
Die Angst reist mit. Roman. Deutsch von Walter Hertenstein. detebe 20181
Der Levantiner. Roman. Deutsch von Tom Knoth. detebe 20223
Waffenschmuggel. Roman. Deutsch von Tom Knoth. detebe 20364
Topkapi. Roman. Deutsch von Elsbeth Herlin. detebe 20536
Schmutzige Geschichte. Roman. Deutsch von Günter Eichel. detebe 20537
Das Intercom-Komplott. Roman. Deutsch von Dietrich Stössel. detebe 20538
Besuch bei Nacht. Roman. Deutsch von Wulf Teichmann. detebe 20539
Der dunkle Grenzbezirk. Roman. Deutsch von Walter Hertenstein und Ute Haffmans. detebe 20602
Ungewöhnliche Gefahr. Roman. Deutsch von Walter Hertenstein und Werner Morlang
detebe 20603
Anlaß zur Unruhe. Roman. Deutsch von Franz Cavigelli. detebe 20604
Nachruf auf einen Spion. Roman. Deutsch von Peter Fischer. detebe 20605
Doktor Frigo. Roman. Deutsch von Tom Knoth. detebe 20606
Bitte keine Rosen mehr. Roman. Deutsch von Tom Knoth. detebe 20887
Mit der Zeit. Roman. Deutsch von Hans Hermann. detebe 21054

● Peter Bradatsch

Waschen, Schneiden, Umlegen. Ein Dutzend Kriminalgeschichten. detebe 21272

● John Buchan

Die neununddreißig Stufen. Roman. Aus dem Englischen von Marta Hackel. Mit Zeichnungen von Edward Gorey
detebe 20210
Grünmantel. Roman. Deutsch von Marta Hackel. Mit Zeichnungen von Topor
detebe 20771
Mr. Standfast oder Im Westen was Neues
Roman. Deutsch von Marta Hackel. Mit Zeichnungen von Topor. detebe 20772
Die drei Geiseln. Roman. Deutsch von Marta Hackel. Mit Zeichnungen von Tatjana Hauptmann. detebe 20773
Basilissa. Roman. Deutsch von Otto Bayer
detebe 21249

● W. R. Burnett

Little Caesar. Roman. Aus dem Amerikanischen von Georg Kahn-Ackermann
detebe 21061
High Sierra. Roman. Deutsch von Armgard Seegers und Hellmuth Karasek. detebe 21208

● Raymond Chandler

Die besten Detektivstories. Neu aus dem Amerikanischen übersetzt von Hans Wollschläger. Diogenes Evergreens
Der große Schlaf. Roman. Neu übersetzt von Gunar Ortlepp. detebe 20132
Die kleine Schwester. Roman. Neu übersetzt von W. E. Richartz. detebe 20206
Das hohe Fenster. Roman. Neu übersetzt von Urs Widmer. detebe 20208
Der lange Abschied. Roman. Neu übersetzt von Hans Wollschläger. detebe 20207
Die simple Kunst des Mordes. Briefe, Essays, Fragmente. Herausgegeben von Dorothy Gardiner und Kathrine Sorley Walker. Neu übersetzt von Hans Wollschläger
detebe 20209
Die Tote im See. Roman. Neu übersetzt von Hellmuth Karasek. detebe 20311
Lebwohl, mein Liebling. Roman. Neu übersetzt von Wulf Teichmann. detebe 20312
Playback. Roman. Neu übersetzt von Wulf Teichmann. detebe 20313
Mord im Regen. Frühe Stories. Vorwort von Prof. Philip Durham. Neu übersetzt von Hans Wollschläger. detebe 20314
Erpresser schießen nicht. Detektivstories I. Neu übersetzt von Hans Wollschläger
detebe 20751

Der König in Gelb. Detektivstories II. Neu übersetzt von Hans Wollschläger
detebe 20752
Gefahr ist mein Geschäft. Detektivstories III. Neu übersetzt von Hans Wollschläger
detebe 20753
Englischer Sommer. Geschichten, Parodien, Aufsätze. Mit einer Erinnerung von John Houseman, einem Vorwort von Patricia Highsmith und Zeichnungen von Edward Gorey. Diverse Übersetzer. detebe 20754

● Agatha Christie

Die besten Geschichten von Agatha Christie
Aus dem Englischen von Maria Meinert, Marfa Berger und Ingrid Jacob
Diogenes Evergreens
Villa Nachtigall. Geschichten. Deutsch von Peter Naujack und Günter Eichel
detebe 20825
Der Fall der enttäuschten Hausfrau
Geschichten. Deutsch von Günter Eichel
detebe 20826

● Celia Fremlin

Klimax. Roman. Aus dem Englischen von Dietrich Stössel. detebe 20916
Wer hat Angst vorm schwarzen Mann?
Roman. Deutsch von Otto Bayer
detebe 21302

● Robert van Gulik

Mord im Labyrinth. Roman. Deutsch von Roland Schacht. detebe 21381
Tod im Roten Pavillon. Roman. Deutsch von Gretel und Kurt Kuhn. detebe 21383
Wunder in Pu-yang? Roman. Deutsch von Roland Schacht. detebe 21382

● Henry Rider Haggard

Sie. Roman. Aus dem Englischen von Helmut Degner. detebe 20236
König Salomons Schatzkammern. Roman. Deutsch von V. H. Schmied. detebe 20920

● Dashiell Hammett

Der Malteser Falke. Roman. Neu aus dem Amerikanischen übersetzt von Peter Naujack
detebe 20131
Rote Ernte. Roman. Neu übersetzt von Gunar Ortlepp. detebe 20292
Der Fluch des Hauses Dain. Roman. Neu übersetzt von Wulf Teichmann
detebe 20293
Der gläserne Schlüssel. Roman. Neu übersetzt von Hans Wollschläger. detebe 20294
Der dünne Mann. Roman. Neu übersetzt von Tom Knoth. detebe 20295
Fliegenpapier. 5 Stories. Deutsch von Harry Rowohlt, Helmut Kossodo, Helmut Degner, Peter Naujack und Elizabeth Gilbert. Vorwort von Lillian Hellman. detebe 20911
Fracht für China. 3 Stories. Deutsch von Elizabeth Gilbert, Antje Friedrichs und Walter E. Richartz. detebe 20912
Das große Umlegen. 3 Stories. Deutsch von Walter E. Richartz, Hellmuth Karasek und Wulf Teichmann. detebe 20913
Das Haus in der Turk Street. 3 Stories. Deutsch von Wulf Teichmann
detebe 20914
Das Dingsbums Küken. 3 Stories. Deutsch von Wulf Teichmann. Nachwort von Steven Marcus. detebe 20915

● E.W. Heine

Wer ermordete Mozart? Wer enthauptete Haydn? Mordgeschichten für Musikfreunde
Leinen
Wie starb Wagner? Was geschah mit Glenn Miller? Neue Geschichten für Musikfreunde
Leinen
Kille Kille. Makabre Geschichten
detebe 21053
Hackepeter. Neue Kille Kille Geschichten
detebe 21219

● Patricia Highsmith

Leute, die an die Tür klopfen. Roman. Aus dem Amerikanischen von Anne Uhde. Leinen
Auch als detebe 21349
Nixen auf dem Golfplatz. Erzählungen
Deutsch von Anne Uhde. Leinen
Der Stümper. Roman. Deutsch von Barbara Bortfeldt. detebe 20136
Zwei Fremde im Zug. Roman. Deutsch von Anne Uhde. detebe 20173
Der Geschichtenerzähler. Roman. Deutsch von Anne Uhde. detebe 20174
Der süße Wahn. Roman. Deutsch von Christian Spiel. detebe 20175
Die zwei Gesichter des Januars. Roman
Deutsch von Anne Uhde. detebe 20176
Der Schrei der Eule. Roman. Deutsch von Gisela Stege. detebe 20341
Tiefe Wasser. Roman. Deutsch von Eva Gärtner und Anne Uhde. detebe 20342
Die gläserne Zelle. Roman. Deutsch von Gisela Stege und Anne Uhde. detebe 20343
Das Zittern des Fälschers. Roman. Deutsch von Anne Uhde. detebe 20344
Lösegeld für einen Hund. Roman. Deutsch von Anne Uhde. detebe 20345
Der talentierte Mr. Ripley. Roman. Deutsch von Barbara Bortfeldt. detebe 20481

Ripley Under Ground. Roman. Deutsch von Anne Uhde. detebe 20482
Ripley's Game. Roman. Deutsch von Anne Uhde. detebe 20346
Der Schneckenforscher. Vorwort von Graham Greene. Deutsch von Anne Uhde detebe 20347
Ein Spiel für die Lebenden. Roman. Deutsch von Anne Uhde. detebe 20348
Kleine Geschichten für Weiberfeinde Deutsch von W. E. Richartz. Mit Zeichnungen von Roland Topor. detebe 20349
Kleine Mordgeschichten für Tierfreunde. Deutsch von Anne Uhde. detebe 20483
Venedig kann sehr kalt sein. Roman Deutsch von Anne Uhde. detebe 20484
Ediths Tagebuch. Roman. Deutsch von Anne Uhde. detebe 20485
Der Junge, der Ripley folgte. Roman Deutsch von Anne Uhde. detebe 20649
Leise, leise im Wind. Erzählungen. Deutsch von Anne Uhde. detebe 21012
Keiner von uns. Erzählungen. Deutsch von Anne Uhde. detebe 21179

● Hans Werner Kettenbach

Minnie oder Ein Fall von Geringfügigkeit Roman. detebe 21218

● Maurice Leblanc

Arsène Lupin – Der Gentleman-Gauner Roman. Deutsch von Erika Gebühr detebe 20127
Die hohle Nadel oder Die Konkurrenten des Arsène Lupin. Deutsch von Erika Gebühr detebe 20239
813 – Das Doppelleben des Arsène Lupin Roman. Deutsch von Erika Gebühr detebe 20931
Der Kristallstöpsel oder Die Mißgeschicke des Arsène Lupin. Roman. Deutsch von Erika Gebühr. detebe 20932
Die Gräfin von Cagliostro oder Die Jugend des Arsène Lupin. Roman. Deutsch von Erika Gebühr. detebe 20933
Arsène Lupin kontra Herlock Sholmes Roman. Deutsch von Erika Gebühr detebe 21026
Die Insel der 30 Särge. Roman. Deutsch von Lothar Schmidt und Ulrike Simon detebe 21198
Die Uhr schlägt achtmal. Roman. Deutsch von Erika Gebühr. detebe 21254

● Gaston Leroux

Das Geheimnis des gelben Zimmers. Roman. Aus dem Französischen von Klaus Walther detebe 20924

● Marie Belloc Lowndes

Jack the Ripper oder der Untermieter Roman. Aus dem Englischen von Wulf Teichmann. detebe 20130

● Ross Macdonald

Dornröschen war ein schönes Kind. Roman. Aus dem Amerikanischen von Wulf Teichmann. detebe 20227
Unter Wasser stirbt man nicht. Roman Deutsch von Hubert Deymann.detebe 20322
Ein Grinsen aus Elfenbein. Roman. Deutsch von Charlotte Hamberger. detebe 20323
Die Küste der Barbaren. Roman. Deutsch von Marianne Lipcowitz. detebe 20324
Der Fall Galton. Roman. Deutsch von Egon Lothar Wensk. detebe 20325
Gänsehaut. Roman. Deutsch von Gretel Friedmann. detebe 20326
Der blaue Hammer. Roman. Deutsch von Peter Naujack. detebe 20541
Durchgebrannt. Roman. Deutsch von Helmut Degner. detebe 20868
Geld kostet zuviel. Roman. Deutsch von Günter Eichel. detebe 20869
Die Kehrseite des Dollars. Roman. Deutsch von Günter Eichel. detebe 20877
Der Untergrundmann. Roman. Deutsch von Hubert Deymann. detebe 20878
Der Drahtzieher. Sämtliche Detektivstories um Lew Archer I. Mit einem Vorwort des Autors. Deutsch von Hubert Deymann und Peter Naujack. detebe 21018
Einer lügt immer. Sämtliche Detektivstories um Lew Archer II. Deutsch von Hubert Deymann und Peter Naujack. detebe 21019
Sanftes Unheil. Roman. Deutsch von Monika Schoenenberger. detebe 21178
Blue City. Roman. Deutsch von Christina Sieg-Welti und Christa Hotz. detebe 21317
Der Mörder im Spiegel. Roman. Deutsch von Dietlind Bindheim. detebe 21303

● Ian McEwan

Der Trost von Fremden. Roman. Aus dem Englischen von Michael Walter. detebe 21266

● Margaret Millar

Nymphen gehören ins Meer. Roman. Aus dem Amerikanischen von Otto Bayer Leinen
Liebe Mutter, es geht mir gut . . . Roman. Deutsch von Elizabeth Gilbert. detebe 20226
Die Feindin. Roman. Deutsch von Elizabeth Gilbert. detebe 20276
Fragt morgen nach mir. Roman. Deutsch von Anne Uhde. detebe 20542

Ein Fremder liegt in meinem Grab. Roman. deutsch von Elizabeth Gilbert. detebe 20646
Die Süßholzraspler. Roman. Deutsch von Georg Kahn-Ackermann und Susanne Feigl detebe 20926
Von hier an wird's gefährlich. Roman Deutsch von Fritz Güttinger. detebe 20927
Der Mord von Miranda. Roman. Deutsch von Hans Hermann. detebe 21028
Das eiserne Tor. Roman. Deutsch von Karin Reese und Michel Bodmer. detebe 21063
Fast wie ein Engel. Roman. Deutsch von Luise Däbritz. detebe 21190

● Patrick Quentin

Bächleins Rauschen tönt so bang. Kriminalgeschichten. Deutsch von Günter Eichel detebe 20195
Familienschande. Roman. Deutsch von Helmut Degner. detebe 20917

● Jack Ritchie

Der Mitternachtswürger. Geschichten. Aus dem Amerikanischen von Alfred Probst detebe 21293

● Georges Simenon

Brief an meinen Richter. Roman. Aus dem Französischen von Hansjürgen Wille und Barbara Klau. detebe 20371
Der Schnee war schmutzig. Roman. Deutsch von Willi A. Koch. detebe 20372
Die grünen Fensterläden. Roman. Deutsch von Alfred Günther. detebe 20373
Im Falle eines Unfalls. Roman. Deutsch von Hansjürgen Wille und Barbara Klau detebe 20374
Sonntag. Roman. Deutsch von Hansjürgen Wille und Barbara Klau. detebe 20375
Bellas Tod. Roman. Deutsch von Elisabeth Serelmann-Küchler. detebe 20376
Der Mann mit dem kleinen Hund. Roman. Deutsch von Stefanie Weiss. detebe 20377
Drei Zimmer in Manhattan. Roman. Deutsch von Linde Birk. detebe 20378
Die Großmutter. Roman. Deutsch von Linde Birk. detebe 20379
Der kleine Mann von Archangelsk. Roman. Deutsch von Alfred Kuoni. detebe 20584
Der große Bob. Roman. Deutsch von Linde Birk. detebe 20585
Die Wahrheit über Bébé Donge. Roman Deutsch von Renate Nickel. detebe 20586
Tropenkoller. Roman. Deutsch von Annerose Melter. detebe 20673
Ankunft Allerheiligen. Roman. Deutsch von Eugen Helmlé. detebe 20674
Der Präsident. Roman. Deutsch von Renate Nickel. detebe 20675
Der kleine Heilige. Roman. Deutsch von Trude Fein. detebe 20676
Der Outlaw. Roman. Deutsch von Liselotte Julius. detebe 20677
Der Verdächtige. Roman. Deutsch von Eugen Helmlé. detebe 20679
Die Verlobung des Monsieur Hire. Roman Deutsch von Linde Birk. detebe 20681
Der Mörder. Roman. Deutsch von Lothar Baier. detebe 20682
Die Zeugen. Roman. Deutsch von Anneliese Botond. detebe 20683
Die Komplizen. Roman. Deutsch von Stefanie Weiss. detebe 20684
Die Unbekannten im eigenen Haus. Roman. Deutsch von Gerda Scheffel. detebe 20685
Der Ausbrecher. Roman. Deutsch von Erika Tophoven. detebe 20686
Wellenschlag. Roman. Deutsch von Eugen Helmlé. detebe 20687
Der Mann aus London. Roman. Deutsch von Stefanie Weiss. detebe 20813
Die Überlebenden der Télémaque. Roman. Deutsch von Hainer Kober. detebe 20814
Der Mann, der den Zügen nachsah. Roman. Deutsch von Walter Schürenberg detebe 20815
Zum Weißen Roß. Roman. Deutsch von Trude Fein. detebe 20986
Der Tod des Auguste Mature. Roman Deutsch von Anneliese Boton. detebe 20987
Die Fantome des Hutmachers. Roman Deutsch von Eugen Helmlé. detebe 21001
Die Witwe Couderc. Roman. Deutsch von Hanns Grössel. detebe 21002
Schlußlichter. Roman. Deutsch von Stefanie Weiss. detebe 21010
Die schwarze Kugel. Roman. Deutsch von Renate Nickel. detebe 21011
Die Brüder Rico. Roman. Deutsch von Angela von Hagen. detebe 21020
Antoine und Julie. Roman. Deutsch von Eugen Helmlé. detebe 21047
Betty. Roman. Deutsch von Raymond Regh detebe 21057
Der Neger. Roman. Deutsch von Linde Birk detebe 21118
Die Tür. Roman. Deutsch von Linde Birk detebe 21114
Das blaue Zimmer. Roman. Deutsch von Angela von Hagen. detebe 21121
Der Bürgermeister von Furnes. Roman Deutsch von Hans Grössel. detebe 21209
Es gibt noch Haselnußsträucher. Roman Deutsch von Angela von Hagen detebe 21192

Die Glocken von Bicêtre. Roman. Neu übersetzt von Angela von Hagen. detebe 20678
Das Testament Donadieu. Roman. Deutsch von Eugen Helmlé. detebe 21256
Der Untermieter. Roman. Deutsch von Ralph Eue. detebe 21255
Emil und sein Schiff. Erzählungen. Deutsch von Angela von Hagen und Linde Birk detebe 21318
Exotische Novellen. Deutsch von Annerose Melter. detebe 21285
Die schwanzlosen Schweinchen. Erzählungen Deutsch von Linde Birk. detebe 21284
Die Leute gegenüber. Roman. Deutsch von Hans-Joachim Hartstein. detebe 21273
Weder ein noch aus. Roman. Deutsch von Elfriede Riegler. detebe 21304
Die Katze. Roman. Deutsch von Angela von Hagen. detebe 21378
Der Passagier der Polarlys. Roman. Deutsch von Stephanie Weiss. detebe 21377
Maigrets erste Untersuchung. Roman Deutsch von Roswitha Plancherel detebe 20501
Maigret und Pietr der Lette. Roman. Deutsch von Wolfram Schäfer. detebe 20502
Maigret und die alte Dame. Roman. Deutsch von Renate Nickel. detebe 20503
Maigret und der Mann auf der Bank Roman. Deutsch von Annerose Melter detebe 20504
Maigret und der Minister. Roman. Deutsch von Annerose Melter. detebe 20505
Mein Freund Maigret. Roman. Deutsch von Annerose Melter. detebe 20506
Maigrets Memoiren. Roman. Deutsch von Roswitha Plancherel. detebe 20507
Maigret und die junge Tote. Roman. Deutsch von Raymond Regh. detebe 20508
Maigret amüsiert sich. Roman. Deutsch von Renate Nickel. detebe 20509
Hier irrt Maigret. Roman. Deutsch von Renate Nickel. detebe 20690
Maigret und der gelbe Hund. Roman Deutsch von Raymond Regh. detebe 20691
Maigret vor dem Schwurgericht. Roman Deutsch von Wolfram Schäfer. detebe 20692
Maigret als möblierter Herr. Roman Deutsch von Wolfram Schäfer. detebe 20693
Madame Maigrets Freundin. Roman Deutsch von Roswitha Plancherel detebe 20713
Maigret kämpft um den Kopf eines Mannes Roman. Deutsch von Roswitha Plancherel detebe 20714
Maigret und die kopflose Leiche. Roman Deutsch von Wolfram Schäfer. detebe 20715
Maigret und die widerspenstigen Zeugen Roman. Deutsch von Wolfram Schäfer detebe 20716
Maigret am Treffen der Neufundlandfahrer Roman. Deutsch von Annerose Melter detebe 20717
Maigret bei den Flamen. Roman. Deutsch von Claus Sprick. detebe 20718
Maigret und die Bohnenstange. Roman Deutsch von Guy Montag. detebe 20808
Maigret und das Verbrechen in Holland Roman. Deutsch von Renate Nickel detebe 20809
Maigret und sein Toter. Roman. Deutsch von Elfriede Riegler. detebe 20810
Maigret beim Coroner. Roman. Deutsch von Wolfram Schäfer. detebe 20811
Maigret, Lognon und die Gangster. Roman Deutsch von Wolfram Schäfer. detebe 20812
Maigret und der Gehängte von Saint-Pholien Roman. Deutsch von Sibylle Powell detebe 20816
Maigret und der verstorbene Monsieur Gallet Roman. Deutsch von Roswitha Plancherel detebe 20817
Maigret regt sich auf. Roman. Deutsch von Wolfram Schäfer. detebe 20820
Maigret und das Schattenspiel. Roman Deutsch von Claus Sprick. detebe 20734
Maigret und die Keller des Majestic. Roman. Deutsch von Linde Birk. detebe 20735
Maigret contra Picpus. Roman. Deutsch von Hainer Kober. detebe 20736
Maigret läßt sich Zeit. Roman. Deutsch von Sibylle Powell. detebe 20755
Maigrets Geständnis. Roman. Deutsch von Roswitha Plancherel. detebe 20756
Maigret zögert. Roman. Deutsch von Annerose Melter. detebe 20757
Maigret und der Treidler der »Providence« Roman. Deutsch von Claus Sprick detebe 21029
Maigrets Nacht an der Kreuzung. Roman. Deutsch von Annerose Melter. detebe 21050
Maigret hat Angst. Roman. Deutsch von Elfriede Riegler. detebe 21062
Maigret erlebt eine Niederlage. Roman Deutsch von Elfriede Riegler. detebe 21120
Maigret gerät in Wut. Roman. Deutsch von Wolfram Schäfer. detebe 21113
Maigret verteidigt sich. Roman. Deutsch von Wolfram Schäfer. detebe 21117
Maigret und der geheimnisvolle Kapitän Roman. Deutsch von Annerose Melter detebe 21180
Maigret und die alten Leute. Roman Deutsch von Annerose Melter. detebe 21200

Maigret und das Dienstmädchen. Roman
Deutsch von Hainer Kober. detebe 21220
Maigret und der Fall Nahour. Roman
Deutsch von Sibylle Powell. detebe 21250
Maigret im Haus des Richters. Roman
Deutsch von Liselotte Julius. detebe 21238
Maigret und der Samstagsklient. Roman
Deutsch von Angelika Hildebrandt-Essig
detebe 21295
Maigret in New York. Roman. Deutsch von
Bernhard Jolles. detebe 21308
Maigret und die Affäre Saint-Fiacre. Roman
Deutsch von Werner De Haas. detebe 21373
Sechs neue Fälle für Maigret. Erzählungen
Deutsch von Elfriede Riegler. detebe 21375
Maigret stellt eine Falle. Roman. Deutsch
von Angela von Hagen. detebe 21374
Maigret in der Liberty Bar. Roman. Deutsch
von Angela von Hagen. detebe 21376

● Henry Slesar

Die besten Geschichten von Henry Slesar
Herausgegeben von Anne Schmucke
Diogenes Evergreens
Fiese Geschichten für fixe Leser. Aus dem
Amerikanischen von Thomas Schlück
Diogenes Evergreens. Auch als detebe 21125
Das graue distinguierte Leichentuch. Roman.
Deutsch von Paul Baudisch und Thomas
Bodmer. Ausgezeichnet mit dem Edgar-Allan-Poe-Preis. detebe 20139
Vorhang auf, wir spielen Mord! Roman
Deutsch von Thomas Schlück. detebe 20216
Erlesene Verbrechen und makellose Morde
Geschichten. Deutsch von Günter Eichel
und Peter Naujack. Vorwort von Alfred
Hitchcock. Zeichnungen von Tomi Ungerer
detebe 20225
Ein Bündel Geschichten für lüsterne Leser
Deutsch von Günter Eichel. Einleitung von
Alfred Hitchcock. Zeichnungen von Tomi
Ungerer. detebe 20275
Hinter der Tür. Roman. Deutsch von
Thomas Schlück. detebe 20540
Aktion Löwenbrücke. Roman. Deutsch von
Günter Eichel. detebe 20656
Ruby Martinson. Geschichten vom größten
erfolglosen Verbrecher der Welt. Deutsch
von Helmut Degner. detebe 20657
Schlimme Geschichten für schlaue Leser
Deutsch von Thomas Schlück. detebe 21036
Coole Geschichten für clevere Leser. Deutsch
von Thomas Schlück. detebe 21046
Böse Geschichten für brave Leser. Deutsch
von Christa Hotz und Thomas Schlück
detebe 21248

● Julian Symons

Auf den Zahn gefühlt. Detektivgeschichten.
Aus dem Englischen von Thomas Schlück
detebe 20601
Ein Pekinese aus Gips. Kriminalgeschichten.
Deutsch von Günter Eichel. Zeichnungen
von Josef Weihard. detebe 20740

● Susanne Thommes & Roland Kramp

Der falsche Freund. Roman
detebe 21380

Phantastische und Science-Fiction-Literatur im Diogenes Verlag

● John Bellairs
Das Haus, das tickte. Roman. Aus dem Amerikanischen von Alexander Schmitz
detebe 20368

● Ambrose Bierce
Die Spottdrossel. Ausgewählte Erzählungen und Fabeln. Auswahl und Vorwort von Mary Hottinger. Aus dem Amerikanischen von Joachim Uhlmann, Günter Eichel und Maria von Schweinitz. detebe 20234

● Ray Bradbury
Die Mars-Chroniken. Roman in Erzählungen. Deutsch von Thomas Schlück
detebe 20863
Der illustrierte Mann. Erzählungen. Deutsch von Peter Naujack. detebe 20365
Fahrenheit 451. Roman. Deutsch von Fritz Güttinger. detebe 20862
Die goldenen Äpfel der Sonne. Erzählungen
Deutsch von Margarete Bormann
detebe 20864
Medizin für Melancholie. Erzählungen
Deutsch von Margarete Bormann
detebe 20865
Das Böse kommt auf leisen Sohlen. Roman
Deutsch von Norbert Wölfl. detebe 20866
Das Kind von morgen. Erzählungen
Deutsch von Hans-Joachim Hartstein
detebe 21205
Die Mechanismen der Freude. Erzählungen
Deutsch von Peter Naujack. detebe 21242

● Fredric Brown
Flitterwochen in der Hölle. SF- & Schauergeschichten. Aus dem Amerikanischen von B. A. Egger. detebe 20600

● Karel Čapek
Der Krieg mit den Molchen. Roman. Deutsch von Eliška Glaserová. detebe 20805

● Wilkie Collins
Ein schauerliches fremdes Bett. Gruselgeschichten. Aus dem Englischen von Elizabeth Gilbert und Peter Naujack
detebe 20589

● Guy Cullingford
Post mortem. Roman. Aus dem Englischen von Helmut Degner und Peter Naujack
detebe 20369

● Walter de la Mare
Sankt Valentinstag. Erzählungen. Deutsch von Elizabeth Gilbert. detebe 21197
Die Orgie – eine Idylle. Erzählungen
Deutsch von Elizabeth Gilbert. detebe 21236

● Alexandre Dumas Père
Horror in Fontenay. Roman. Aus dem Nachlaß herausgegeben von Alan Hull Walton
Deutsch von Alexander Schmitz
detebe 20367

● Lord Dunsany
Smetters erzählt Mordgeschichten. Fünf Kriminalgeschichten. Aus dem Englischen von Elisabeth Schnack. detebe 20597
Jorkens borgt sich einen Whisky. Zehn Clubgeschichten. Deutsch von Elisabeth Schnack
detebe 20598

● Egon Friedell
Die Rückkehr der Zeitmaschine. Phantastische Novelle. detebe 20177

● Gespenster
Englische Gespenstergeschichten von Daniel Defoe bis Elizabeth Bowen. Herausgegeben von Mary Hottinger. Diogenes Evergreens
Auch als detebe 20497

● Mehr Gespenster
Die besten Gespenstergeschichten aus England, Schottland und Irland. Herausgegeben von Mary Hottinger. Diogenes Evergreens.
Auch als detebe 21027

● Noch mehr Gespenster
Die besten Gespenstergeschichten aus aller Welt, von Balzac bis Čechov. Herausgegeben von Dolly Dolittle. Diogenes Evergreens
Auch als detebe 21310

● Rider Haggard
Sie. Roman. Aus dem Englischen von Helmut Degner. detebe 20236
König Salomons Schatzkammern. Roman
Deutsch von V.H. Schmied. detebe 20920

● W.F. Harvey
Die Bestie mit den fünf Fingern. Gruselgeschichten. Aus dem Englischen von Günter Eichel und Peter Naujack. detebe 20599

● **Patricia Highsmith**

Der Schneckenforscher. Gesammelte Geschichten. Vorwort von Graham Greene Aus dem Amerikanischen von Anne Uhde detebe 20347

Leise, leise im Wind. Erzählungen. Deutsch von Anne Uhde. detebe 21012

Keiner von uns. Erzählungen. Deutsch von Anne Uhde. detebe 21179

● **Horror**

Klassische und moderne Gruselgeschichten von Edgar Allan Poe bis Ernest Hemingway. Herausgegeben von Mary Hottinger Diogenes Evergreens

● **Joris-Karl Huysmans**

Gegen den Strich. Roman. Aus dem Französischen von Hans Jacob. Einführung von Robert Baldick. Essay von Paul Valéry detebe 20921

● **Gerald Kersh**

Mann ohne Gesicht. Phantastische Geschichten. Aus dem Englischen von Peter Naujack detebe 20366

● **Sheridan Le Fanu**

Carmilla, der weibliche Vampir. Vampirgeschichte. Aus dem Englischen von Helmut Degner. detebe 20596

● **W. Somerset Maugham**

Der Magier. Ein parapsychologischer Roman. Aus dem Englischen von Melanie Steinmetz und Ute Haffmans. detebe 20165

● **Hans Neff**

XAP oder Müssen Sie arbeiten? fragte der Computer. Ein fabelhafter Tatsachenroman. detebe 21052

● **Edgar A. Poe**

Die schwarze Katze und andere Verbrechergeschichten. detebe 21183

Die Maske des roten Todes und andere phantastische Fahrten. detebe 21184

Der Teufel im Glockenstuhl und andere Scherz- und Spottgeschichten. detebe 21185

Der Untergang des Hauses Usher und andere Geschichten von Schönheit, Liebe und Wiederkunft. detebe 21182

Alle Bände herausgegeben von Theodor Etzel. Aus dem Amerikanischen von Gisela Etzel, Wolf Durian u.a.

Die besten Geschichten von Edgar Allan Poe Ausgewählt von Mary Hottinger Diogenes Evergreens

Die denkwürdigen Erlebnisse des Arthur Gordon Pym. Roman. Deutsch von Gisela Etzel. Mit einem Nachwort von Jörg Drews detebe 21267

● **Herbert Rosendorfer**

Der Ruinenbaumeister. Roman detebe 20251

● **Saki**

Die offene Tür. Ausgewählte Erzählungen. Aus dem Englischen von Günter Eichel. Mit einem Nachwort von Thomas Bodmer detebe 20115

● **Hermann Harry Schmitz**

Buch der Katastrophen. Tragikomische Geschichten. Vorwort von Otto Jägersberg detebe 20548

● **Science-Fiction-Geschichten des Golden Age**

Von Ray Bradbury bis Isaac Asimov. Herausgegeben von Peter Naujack. detebe 21048

● **Klassische Science-Fiction-Geschichten**

Von Voltaire bis Conan Doyle. Herausgegeben von William Matheson detebe 21049

● **Bram Stoker**

Draculas Gast. Sechs Gruselgeschichten. Aus dem Englischen von Erich Fivian und H. Haas. detebe 20135

● **Roland Topor**

Der Mieter. Roman. Aus dem Französischen von Wolfram Schäfer. detebe 20358

● **Jules Verne**

Werke in 23 Bänden Diverse Übersetzer. detebe

● **H. G. Wells**

Der Krieg der Welten. Roman. Aus dem Englischen von G. A. Crüwell und Claudia Schmölders. detebe 20171

Die Zeitmaschine. Eine Erfindung. Deutsch von Peter Naujack. detebe 20172

● **Cesare Zavattini**

Liebenswerte Geister. Erzählung. Aus dem Italienischen von Lisa Rüdiger. Vorwort von Vittorio de Sica. detebe 21058